Jennifer Lynn Barnes

THE INHERITANCE GAMES

JENNIFER LYNN BARNES

THE INHERITANCE GAMES

Aus dem Amerikanischen
von Ivana Marinović

cbj

FÜR SAMUEL

MIX
Papier | Fördert gute Waldnutzung
FSC® C083411

Penguin Random House Verlagsgruppe
FSC® N001967

1. Auflage 2025

cbj Kinder- und Jugendbuchverlag in der Penguin Random House Verlagsgruppe GmbH,
Neumarkter Straße 28, 81673 München
produktsicherheit@penguinrandomhouse.de
(Vorstehende Angaben sind zugleich Pflichtinformationen nach GPSR.)
www.cbj-verlag.de

Die Originalausgabe erschien 2020 unter dem Titel »The Inheritance Games«
bei Little, Brown and Company, einem Verlag der Verlagsgruppe Hachette, New York
Übersetzung: Ivana Marinović
Umschlaggestaltung: Carolin Liepins, München
unter Verwendung des Originalumschlags: © 2020 Hachette Book Group, Inc.,
Illustration © Katt Phatt, Gestaltung: © Karina Granda
MP · Herstellung: AnG
Satz: Buch-Werkstatt GmbH, Bad Aibling
Druck: CPI books GmbH, Leck
ISBN 978-3-570-16783-0
Printed in the EU

KAPITEL 1

Als ich klein war, dachte meine Mom sich ständig Spiele aus. Das Stille-Spiel. Das Bei-wem-hält-der-Keks-am-längsten?-Spiel. Beim Dauerfavoriten, dem Marshmallow-Spiel, ging es darum, Marshmallows zu futtern, während man in aufgeplusterten Secondhand-Steppjacken in der Bude saß, um die Heizung nicht aufdrehen zu müssen. Das Taschenlampen-Spiel war angesagt, wenn der Strom ausfiel. Wir bewegten uns praktisch nie in normalem Tempo durch die Wohnung – wir flitzten. Der Fußboden war so gut wie immer heiße Lava. Die Hauptfunktion von Kissen war es, Festungen damit bauen zu können.

Unser am längsten andauerndes Spiel hieß »Ich habe ein Geheimnis«, denn Mom sagte, dass jeder Mensch immer mindestens eines haben sollte. An manchen Tagen erriet sie meine. An anderen nicht. Wir spielten es jede Woche, und das ziemlich genau, bis ich fünfzehn wurde und eines ihrer Geheimnisse sie ins Krankenhaus beförderte.

Bevor ich wusste, wie mir geschah, war sie fort.

»Du bist am Zug, Prinzessin.« Eine raue Stimme riss mich in die Gegenwart zurück. »Ich hab nicht den ganzen Tag Zeit.«

»Von wegen Prinzessin«, gab ich zurück, während ich einen meiner Springer verrückte. »Du bist dran, *alter Mann.*«

Harry blickte mich mürrisch an. Ich wusste nicht, wie alt er wirklich war, und ebenso wenig, was dazu geführt hatte, dass er obdachlos wurde und nun im Park wohnte, wo wir jeden Morgen Schach spielten. Ich wusste bloß, dass er ein respektabler Gegner war.

»Du«, brummte er, während er das Brett beäugte, »bist ein schlimmes Mädchen.«

Drei Züge später hatte ich ihn. »Schachmatt. Du weißt, was das bedeutet, Harry.«

Er bedachte mich mit einem vernichtenden Blick. »Ich muss mir von dir ein Frühstück spendieren lassen.« So lautete nun mal die Bedingung unserer Spiele: Wenn ich gewann, durfte er die Gratismahlzeit nicht ausschlagen.

Man muss mir zugutehalten, dass ich mich nur ein kleines bisschen mit meinem Sieg brüstete. »Es ist schön, Königin zu sein.«

Ich schaffte es pünktlich zur Schule, wenn auch gerade so. Ich habe generell die Angewohnheit, knapp zu kalkulieren. Den gleichen Drahtseilakt leistete ich mir bei meinen Noten: Wie viel Minimalaufwand musste ich investieren, um trotzdem noch eine Eins abzustauben? Ich war nicht faul. Ich war pragmatisch. Eine Extraschicht im Diner einlegen zu können war es wert, 92 Notenpunkte zu akzeptieren, auch wenn ich 98 schaffen könnte.

Ich war gerade dabei, in der Spanischstunde einen Aufsatz für Englisch zusammenzuschreiben, als ich ins Rektorat gerufen wurde. Dabei sollten Mädchen wie ich unsichtbar sein. Wir wurden nicht zu Pläuschchen mit der Schulleitung zitiert. Wir machten genau so viel Ärger, wie wir uns leisten konnten, was in meinem Fall bedeutet: gar keinen.

»Avery.« Direktor Altmans Begrüßung war nicht gerade das, was man warmherzig nennen würde. »Nimm Platz.«

Ich nahm Platz.

Er verschränkte die Hände auf dem Schreibtisch zwischen uns. »Ich nehme an, du weißt, warum du hier bist.«

Falls es hier gerade nicht um die wöchentlichen Pokerpartien ging, die ich auf dem Schülerparkplatz veranstaltete, um Harrys Frühstücksmahlzeiten zu finanzieren – und manchmal auch meine –, hatte ich keine Ahnung, was ich wohl getan haben könnte, um die Aufmerksamkeit der Schulleitung auf mich zu ziehen. »Verzeihung«, sagte ich, wobei ich mir Mühe gab, hinreichend unterwürfig zu klingen, »aber nein, ich weiß es nicht.«

Direktor Altman ließ mich eine Weile so mit meiner Antwort sitzen, bevor er mir einen Stapel Blätter vorlegte. »Das ist der Physiktest, den du gestern geschrieben hast.«

»Okay«, sagte ich. Das war nicht die Antwort, auf die er aus war, aber mehr hatte ich nicht zu bieten. Zur Abwechslung hatte ich tatsächlich für den Test gelernt. Ich konnte mir nicht vorstellen, dass ich so mies abgeschnitten hatte, dass es ein Krisengespräch verdiente.

»Mr Yates hat die Klausuren benotet, Avery. Deine hat als einzige die volle Punktzahl erreicht.«

»Super«, sagte ich, wobei ich es bewusst vermied, ein weiteres *Okay* von mir zu geben.

»Eben nicht super, junge Dame. Mr Yates konzipiert absichtlich Prüfungsaufgaben, welche die Fähigkeiten seiner Schüler herausfordern. In zwanzig Jahren hat er nie die volle Punktzahl vergeben. Siehst du das Problem?«

Ich konnte mir meine instinktive Antwort nicht verkneifen. »Ein Lehrer, der Prüfungen so anlegt, dass die meisten seiner Schüler nicht bestehen können?«

Mr Altman verengte die Augen zu Schlitzen. »Du bist eine gute Schülerin, Avery. Ziemlich gut sogar, wenn man die Umstände bedenkt. Aber du bist nicht unbedingt dafür bekannt, Spitzenleistungen abzuliefern.«

Das war nur fair – warum also fühlte es sich an, als hätte er mir in den Magen geboxt?

»Es ist nicht so, dass ich kein Mitgefühl für deine Situation hätte«, fuhr Direktor Altman fort, »aber du musst diesbezüglich aufrichtig zu mir sein.« Er bohrte seinen Blick in meinen. »Hattest du Kenntnis davon, dass Mr Yates digitale Kopien seiner Prüfungen in der Cloud speichert?«

Er glaubt, ich hätte geschummelt. Da saß er, starrte mich in Grund und Boden, und doch hatte ich das Gefühl, nie weniger gesehen worden zu sein.

»Ich würde dir gern helfen, Avery. Du hast dich außerordentlich gut geschlagen angesichts des Blatts, das das Leben dir ausgeteilt hat. Ich möchte daher nur ungern etwaige Pläne, die du womöglich für die Zukunft hast, scheitern sehen.«

»Etwaige Pläne, die ich *womöglich* habe«, wiederholte ich. Wenn mein Nachname ein anderer gewesen wäre, wenn ich einen Zahnarzt als Vater und eine Hausfrau als Mutter gehabt hätte, dann hätte er sich nicht so benommen, als ob die Zukunft etwas wäre, worüber ich *womöglich* nachgedacht hatte. »Ich bin in der Elften«, stieß ich zwischen zusammengebissenen Zähnen hervor. »Ich mache nächstes Jahr meinen Abschluss, und zwar mit Leistungspunkten, die mir mindestens zwei Studiensemester ersparen. Mein Notenschnitt sollte mir eine Chance auf ein Stipendium an der University of Connecticut eröffnen, die landesweit eines der Spitzenprogramme im Bereich Versicherungsmathematik anbietet.«

Mr Altman runzelte die Stirn. »Versicherungsmathematik?«

»Statistische Risikobewertung.« Es war das Fach, mit dem ich einem Doppelstudium in Poker und Mathe am nächsten kam. Und abgesehen davon war es jobtechnisch einer der profitabelsten Studiengänge auf dem Planeten.

»Bist du denn ein Fan kalkulierter Risiken, Avery?«

So wie Schummeln? Ich konnte mir nicht erlauben, noch wütender zu werden. Also imaginierte ich mich stattdessen beim Schachspielen. Ich legte mir die Züge in meinem Kopf zurecht. Mädchen wie mir war es nicht gestattet, in die Luft zu gehen. »Ich habe nicht geschummelt«, sagte ich ruhig. »Ich habe gelernt.«

Ich hatte mir die Zeit dafür zusammengeklaubt – in anderen Unterrichtsstunden, zwischen meinen Jobschichten, spätabends, länger, als ich hätte aufbleiben sollen. Da ich wusste, dass Mr Yates dafür berüchtigt war, unmögliche Klausuren zu machen, hatte es in mir den Wunsch geweckt, *möglich* neu zu definieren. Zur Abwechslung hatte ich, statt auszuloten, wie knapp ich kalkulieren *sollte*, sehen wollen, wie weit ich gehen *konnte*.

Und *das* bekam ich nun für all die Anstrengung – denn Mädchen wie ich schnitten in unmöglichen Klausuren nicht spitzenmäßig ab.

»Ich werde den Test noch mal schreiben.« Ich gab mir große Mühe, nicht wütend oder, schlimmer noch, gekränkt zu klingen. »Ich werde wieder dieselbe Note bekommen.«

»Und was würdest du sagen, wenn ich dir verrate, dass Mr Yates eine neue Klausur vorbereitet hat? Sämtliche Aufgaben neu und jede einzelne so schwierig wie die ersten.«

Ich zögerte nicht mal. »Ich mach's.«

»Das lässt sich einrichten, morgen in der dritten Stunde also. Aber ich muss dich warnen, dass diese Sache für dich bedeutend besser ausgehen würde, wenn …«

»Jetzt.«

Mr Altman starrte mich verdutzt an. »Entschuldigung, wie bitte?«

Pfeif auf unterwürfig klingen. Pfeif auf unsichtbar sein. »Ich möchte die Prüfung hier machen, in Ihrem Büro, genau jetzt.«

KAPITEL 2

Na, schlimmer Tag?«, fragte Libby. Meine Schwester ist sieben Jahre älter als ich und viel empathischer, als gut für sie ist – oder für mich.

»Alles in Ordnung«, erwiderte ich. Ihr von meinem Ausflug in Altmans Büro zu erzählen, hätte sie nur beunruhigt, und bis Mr Yates meinen zweiten Test benotet hatte, gab es nichts, was irgendwer tun konnte. Ich wechselte das Thema. »Trinkgeld heute Abend war gut.«

»Wie gut?« Libbys Kleidungsstil rangiert zwar irgendwo zwischen Punk und Goth, doch was ihre Persönlichkeit angeht, ist sie einer dieser ewigen Optimisten, die glauben, dass ein Hundert-Dollar-Trinkgeld einem immer winken kann – und das in einem schmuddeligen, kleinen Diner, wo die meisten Vorspeisen 6,99 $ kosten.

Ich drückte ihr ein Bündel zerknitterter Ein-Dollar-Noten in die Hand. »Gut genug, um was zur Miete beizusteuern.«

Libby versuchte mir das Geld zurückzugeben, doch ich wich schnell außer Reichweite. »Ich werd diese Kröten gleich nach dir werfen«, warnte sie mich streng.

Ich zuckte die Achseln. »Ich duck mich.«

»Du bist unmöglich.« Widerwillig packte Libby das Geld weg, zauberte aus dem Nichts eine Muffindose hervor und bedachte mich mit einem strengen Blick. »Zur Strafe nimmst du jetzt einen Muffin.«

»Yes, Ma'am.« Ich wollte ihn gerade aus ihrer Hand nehmen, die sie mir entgegenstreckte, doch da fiel mein Blick auf den Küchentresen hinter ihr. Sie hatte mehr gebacken als nur Muffins. Da standen haufenweise Cupcakes. Ich spürte, wie mein Magen in sich zusammensackte. »Oh nein, Lib.«

»Es ist nicht, was du denkst«, versprach Libby. Sie war eine Entschuldigungs-Cupcake-Bäckerin. Eine schuldbewusste Cupcake-Bäckerin. Eine Bitte-sei-nicht-sauer-auf-mich-Cupcake-Bäckerin.

»Nicht, was ich denke?«, wiederholte ich sanft. »Also zieht er nicht wieder ein?«

»Diesmal wird es anders«, beteuerte Libby. »Und die Cupcakes sind mit Schokolade!«

Meine liebsten.

»Es wird nie anders«, sagte ich. Aber wenn ich je in der Lage gewesen wäre, sie davon zu überzeugen, dann würden wir dieses Gespräch gar nicht führen.

Wie aufs Stichwort kam Libbys On-off-Macker hereinspaziert, der einen Hang dazu hatte, auf Wände einzuschlagen und sich dann noch was auf seine moralische Überlegenheit einzubilden, weil er nicht auf Libby einschlug. Er schnappte sich ein Cupcake vom Tresen und ließ seinen Blick über mich wandern. »Hey, süßes Früchtchen.«

»Drake«, sagte Libby mahnend.

»War nur Spaß.« Drake lächelte. »Du weißt doch, dass ich Spaß mache, Libbylein. Du und deine Schwester müsst einfach mal lernen, einen Scherz zu verstehen.«

Keine Minute da und schon machte er *uns* zum Problem. »Das ist nicht gesund«, sagte ich an Libby gewandt. Drake hatte nicht gewollt, dass sie mich bei sich aufnahm – und er würde nie damit aufhören, sie dafür zu bestrafen.

»Das ist nicht deine Wohnung«, schoss Drake zurück.

»Avery ist meine Schwester«, beharrte Libby.

»Halbschwester«, korrigierte Drake sie und lächelte wieder. »Späßchen.«

War es nicht, aber er hatte auch nicht unrecht. Libby und ich teilen uns einen abwesenden Vater, haben aber verschiedene Mütter. In unserer Kindheit und Jugend hatten wir uns höchstens ein-, zweimal im Jahr gesehen. Niemand hatte vor zwei Jahren von ihr erwartet, das Sorgerecht für mich zu übernehmen. Sie war jung. Sie kam selbst kaum über die Runden. Aber sie war *Libby*. Menschen zu lieben, das war es, was sie ausmachte.

»Wenn Drake hierbleibt«, sagte ich ruhig an sie gewandt, »gehe ich.«

Libby griff nach einem Cupcake und hielt ihn zwischen ihren Händen. »Ich tue mein Bestes, Avery.«

Sie war ein Mensch, der es allen Leuten recht machen wollte. Drake liebte es, sie zwischen die Fronten zu stellen. Er benutzte mich, um sie zu verletzen.

Ich konnte nicht einfach bleiben und auf den Tag warten, an dem er aufhörte auf *Wände* einzuschlagen.

»Wenn du mich brauchst«, sagte ich zu Libby, »ich wohne in meinem Auto.«

KAPITEL 3

Mein uralter Pontiac war ein Schrotthaufen, aber immerhin funktionierte die Heizung. Meistens. Ich parkte auf der Rückseite des Diners, wo niemand mich sehen würde. Libby simste mir, aber ich konnte mich nicht dazu überwinden, zurückzuschreiben, und so starrte ich stattdessen bloß mein Handy an. Das Display war gesplittert und mein Datenvolumen praktisch bei null, also konnte ich nicht online gehen, aber ich hatte unbegrenzte SMS.

Bis auf Libby gab es genau eine Person, der es sich lohnte zu schreiben. Ich hielt meine Nachrichten an Max kurz und knackig.

Du-weißt-schon-wer ist zurück.

Es kam keine sofortige Antwort. Max' Eltern waren große Verfechter »handyfreier« Zeiten und beschlagnahmten ihres öfter mal. Sie waren auch berüchtigt dafür, in unregelmäßigen Abständen Max' Nachrichten zu kontrollieren, weswegen ich Drake nicht namentlich genannt hatte und auch bestimmt kein getipptes Wort darüber verlieren würde, wo ich die Nacht verbrachte. Weder die Familie Liu noch mein Sozialarbeiter mussten wissen, dass ich nicht war, wo ich sein sollte.

Ich legte mein Handy weg und warf einen Blick zu meinem Rucksack auf dem Beifahrersitz, beschloss aber, dass der Rest meiner Hausaufgaben bis morgen warten konnte. Ich verstellte meine Lehne nach hinten und schloss die Augen, konnte jedoch nicht einschlafen, daher griff ich ins Handschuhfach und holte das einzig Wertvolle hervor, was meine Mutter mir hinterlassen hatte: einen Stapel Postkarten. Dutzende von Karten. Dutzende Orte, die wir geplant hatten, zusammen zu bereisen.

Hawaii. Neuseeland. Machu Picchu. Während ich jedes Bild nacheinander betrachtete, stellte ich mir vor, überall zu sein, nur nicht hier. *Tokio. Bali. Griechenland.* Ich war nicht sicher, wie lang ich mich so in Gedanken verlor, als mein Handy piepte. Ich hob es hoch und wurde von Max' Antwort auf meine Nachricht über Drake begrüßt.

Dieser Flachfaxer. Und dann, einen Moment später: *Bist du okay?*

Max war nach der achten Klasse weggezogen. Der Großteil unserer Kommunikation lief seitdem schriftlich ab, und sie vermied es tunlichst, Schimpfwörter zu verwenden für den Fall, dass ihre Eltern sie lasen.

Mir geht's gut, schrieb ich zurück, und das war der einzige Anstoß, den sie brauchte, um an meiner Stelle ihren gerechten Zorn zu entfesseln.

DIESER VERFUCHSTE VOLLPFOSTEN SOLL ZUR HENNE GEHEN UND DA BLEIBEN, BIS DIE EIER ABFAULEN!!!

Eine Sekunde später klingelte mein Handy. »Geht es dir wirklich gut?«, fragte Max, kaum dass ich ranging.

Ich blickte auf die Postkarten in meinem Schoß und die Muskeln in meinem Hals zogen sich zusammen. Ich würde es durch die Highschool schaffen. Ich würde mich auf jedes Stipendium bewerben, für das ich qualifiziert war. Ich würde meinen Abschluss in einem Fach schaffen, das einen gut bezahlten Job garantierte und es mir erlaubte, aus der Ferne zu arbeiten.

Ich würde die Welt bereisen.

Ich stieß einen langen, abgehackten Atemzug aus, bevor ich auf Max' Frage antwortete. »Du kennst mich, Maxine. Ich lande immer auf den Füßen.«

KAPITEL 4

Am nächsten Tag zahlte ich den Preis dafür, im Auto geschlafen zu haben. Mein gesamter Körper schmerzte; außerdem musste ich nach dem Sportunterricht in der Schule duschen, da ich nicht auf die Papierhandtücher auf der Toilette des Diners setzen wollte. Ich hatte keine Zeit zum Föhnen, also kam ich mit pitschnassem Haar in die nächste Stunde. Es war nicht mein bester Look, aber ich war mein ganzes Leben mit denselben Leuten zur Schule gegangen. Ich lief quasi unter Bildschirmschoner.

Niemand schaute auch nur hin.

»In *Romeo und Julia* wimmelt es nur so von Sprichwörtern – kleine, knackige Happen Lebensweisheit, die Aussagen über die Welt und die menschliche Natur treffen.« Meine Englischlehrerin war jung und ernst, außerdem hatte ich den starken Verdacht, dass sie zu viel Kaffee intus hatte. »Aber jetzt mal abgesehen von Shakespeare. Wer kann mir ein Beispiel für ein geläufiges Sprichwort nennen?«

Wer bettelt, ist nicht wählerisch, dachte ich mit wummerndem Schädel, während mir Wassertropfen den Rücken runterrannen. *Not macht erfinderisch. Wenn das Wörtchen wenn nicht wär, wär mein Vater Millionär.*

Die Tür zum Klassenzimmer wurde geöffnet. Eine Mitarbeiterin aus dem Sekretariat wartete, bis die Lehrerin sie registrierte, und verkündete dann so laut, dass die ganze Klasse es hören konnte: »Avery Grambs soll sich im Rektorat melden.«

Ich nahm an, es bedeutete, dass ein gewisser Jemand meinen Test benotet hatte.

Mir war schon klar, dass ich keine Entschuldigung zu erwarten hatte, was ich jedoch ebenso wenig erwartete, war Mr Altmann im Vorzimmer seiner Sekretärin, der mich dort so strahlend empfing, als hätte er gerade Besuch vom Papst gehabt. »Avery!«

Sofort schrillte ein Alarm in meinem Kopf los, denn niemand freute sich je derart, *mich* zu sehen.

»Hier entlang, bitte.« Er öffnete schwungvoll die Tür zu seinem Büro und ich erhaschte einen Blick auf einen vertrauten neonblauen Pferdeschwanz.

»Libby?«, fragte ich. Sie trug ihren Pflegerinnenkittel mit den aufgedruckten Totenköpfchen und kein Make-up, was darauf schließen ließ, dass sie direkt von der Arbeit kam. Mitten in der Frühschicht. Dabei spazierten Pflegekräfte in Einrichtungen für betreutes Wohnen nicht einfach mal so aus ihrer Schicht.

Außer etwas Schlimmes war passiert.

»Ist Dad …?« Ich konnte mich nicht überwinden, die Frage zu beenden.

»Ihrem Vater geht es gut.« Die Stimme, welche die Worte äußerte, gehörte weder Libby noch Direktor Altman. Mein Kopf ruckte hoch und ich blickte an meiner Schwester vorbei. Der Sessel hinter dem Schreibtisch des Direktors war besetzt – von einem Typen, der nicht viel älter war als ich. *Was ist denn hier los?*

Er trug einen schnieken Anzug. Und sah aus wie ein Mensch, der eine Entourage haben sollte.

»Jedenfalls gestern noch«, fuhr er fort, seine tiefe, volle Stimme gemessen und präzise, »war Ricky Grambs quicklebendig, wohlauf und schlief seinen Rausch sicher in einem Motelzimmer in Michigan, eine Stunde außerhalb von Detroit, aus.«

Ich gab mir Mühe, ihn nicht anzuglotzen … und versagte. Hellblondes Haar. Blasse Augen. Gesichtszüge so scharf wie mit dem Diamantschneider geformt.

»Woher wollen Sie das denn wissen?«, fragte ich herausfordernd. Nicht mal ich wusste je, wo mein Versagervater, der sich geflissentlich um die Unterhaltszahlungen gedrückt hatte, steckte.

Der Junge in dem Anzug beantwortete meine Frage nicht. Stattdessen hob er eine Augenbraue. »Direktor Altman?«, sagte er. »Wenn Sie uns wohl einen Moment geben würden?«

Der Direktor öffnete den Mund, vermutlich um einen Einwand zu erheben, weil er aus seinem eigenen Büro entfernt wurde, aber die Augenbraue des Jungen hob sich nur noch ein bisschen höher.

»Ich meine, wir hätten eine Vereinbarung.«

Altman räusperte sich. »Selbstverständlich.« Und einfach so drehte er sich um und spazierte aus der Tür. Sie schloss sich hinter ihm, woraufhin ich wieder dazu überging, unverhohlen den Jungen anzuglotzen, der ihn aus seinem Reich verbannt hatte.

»Sie fragten, woher ich wisse, wo Ihr Vater ist.« Seine Augen hatten die gleiche Farbe wie sein Anzug – grau, beinahe silbern. »Für den Moment wäre es wohl das Beste für Sie, einfach davon auszugehen, dass ich alles weiß.«

Es hätte angenehm sein können, seiner Stimme zu lauschen, wenn da nicht die Worte gewesen wären. »Ein Kerl, der glaubt, dass er alles weiß«, murmelte ich. »Ganz was Neues.«

»Ein Mädchen mit rasiermesserscharfer Zunge«, gab er zurück, die silbernen Augen auf mich gerichtet, wobei seine Mundwinkel nach oben zuckten.

»Wer sind Sie?«, fragte ich. »Und was wollen Sie?« *Von mir,* fügte etwas in mir hinzu. *Was wollen Sie von mir?*

»Alles, was ich will«, erwiderte er, »ist, eine Nachricht zu überbringen.« Aus Gründen, die ich nicht so ganz fassen konnte, begann mein Herz schneller zu schlagen. »Eine, die sich auf traditionellem Wege eher als schwierig zustellbar erwies.«

»Das könnte meine Schuld gewesen sein«, meldete sich Libby neben mir verlegen.

»*Was* könnte deine Schuld gewesen sein?« Ich drehte mich zu ihr um, froh darüber, den Blick von Grauauge lösen zu können, wobei ich gegen den Drang ankämpfen musste, gleich wieder hinzuschauen.

»Erst musst du wissen«, sagte Libby so ernst, wie es jemandem in einem Totenkopf-Pflegekittel nur möglich war, »dass ich ja *keine* Ahnung hatte, dass die Briefe echt waren.«

»Welche Briefe?«, wollte ich wissen. Ich war die einzige Person in diesem Raum, die keinen Schimmer hatte, was hier vor sich ging, und ich wurde das Gefühl nicht los, dass Nichtwissen gerade von Nachteil war – so wie wenn man auf dem Gleis steht und nicht weiß, aus welcher Richtung der Zug angebraust kommt.

»Jene Briefe«, sagte der Junge in dem Anzug, wobei mich seine Stimme wieder sanft umfing, »welche die Anwälte meines Großvaters seit nunmehr drei Woche per Einschreiben an Ihren Wohnort schicken.«

»Ich dachte, das wäre eine Betrügermasche«, sagte Libby zu mir.

»Ich versichere Ihnen«, erwiderte der Junge geflissentlich, »das sind sie nicht.«

Ich war klug genug, um nichts auf die Versicherungen gut aussehender Typen zu geben.

»Lassen Sie mich noch mal beginnen.« Er verschränkte die Hände auf dem Schreibtisch vor uns, wobei der Daumen seiner Rechten sanft über die Manschette an seinem linken Handgelenk strich. »Mein Name ist Grayson Hawthorne. Ich bin hier im Auftrag von *McNamara, Ortega & Jones*, einer in Dallas ansässigen Anwaltskanzlei, die den Nachlass meines Großvaters verwaltet.« Graysons blasse Augen begegneten meinen. »Mein Großvater ist Anfang des Monats von uns gegangen.« Eine gewichtige Pause. »Sein Name war Tobias Hawthorne.« Grayson beobachtete aufmerksam meine Reaktion – oder, genauer, das Ausbleiben einer solchen. »Sagt der Name Ihnen irgendetwas?«

Und da war es wieder – dieses Gefühl, auf den Gleisen zu stehen. »Nein«, erwiderte ich. »Sollte er?«

»Mein Großvater war ein sehr vermögender Mann, Miss Grambs. Und wie es scheint, wurden, neben unserer Familie und den Leuten, die seit Jahren für ihn arbeiteten, Sie in seinem Testament erwähnt.«

Ich hörte die Worte, konnte sie jedoch nicht begreifen. »Seinem *was?*«

»Seinem Testament«, wiederholte Grayson, wobei ein mattes Lächeln über seine Lippen huschte. »Ich weiß nicht, was genau er Ihnen vermacht hat, aber Ihre Anwesenheit ist bei der Verlesung des Testaments erforderlich. Wir schieben sie nun schon seit Wochen vor uns her.«

Ich war kein begriffsstutziger Mensch, aber Grayson Hawthorne hätte gerade genauso gut Schwedisch sprechen können.

»Warum sollte Ihr Großvater mir was vermachen?«, fragte ich.

Grayson erhob sich. »Tja, das ist die Frage der Stunde, nicht wahr?« Er trat hinter dem Schreibtisch hervor, und plötzlich wusste ich ganz genau, aus welcher Richtung der Zug angerattert kam.

Aus *seiner.*

»Ich habe mir die Freiheit genommen, Reisevorkehrungen für Sie zu treffen.«

Das war keine Einladung. Das war eine *Vorladung*. »Wie kommen Sie überhaupt auf die Idee …?«, begann ich, doch Libby schnitt mir das Wort ab.

»Super!«, sagte sie und bedachte mich mit einem eindringlichen Seitenblick.

Grayson schmunzelte. »Ich werde Ihnen beiden einen Moment geben.« Seine Augen verweilten etwas zu lang auf meinen als angenehm; dann, ohne ein weiteres Wort, stolzierte er zur Tür hinaus.

Libby und ich schwiegen noch ganze fünf Sekunden, nachdem er fort war. »Krieg das jetzt nicht in den falschen Hals«, flüsterte sie schließlich, »aber ich glaub, der Typ könnte so was wie Gott sein.«

Ich schnaubte. »Ja, dafür hält er sich ganz bestimmt.« Nun, da er weg war, fiel es leichter, seine Wirkung auf mich zu ignorieren. Was für ein Mensch verfügte bitte schön über so eine absolute Selbstsicherheit? Sie zeigte sich in jedem Aspekt seiner Haltung und Wortwahl, in jeder Interaktion. Macht war für diesen Typen eine schlichte Lebenstatsache, so wie die Schwerkraft. Die Welt beugte sich dem Willen von Grayson Hawthorne. Was Geld ihm nicht kaufen konnte, das besorgten ihm wahrscheinlich diese Augen.

»Fang mal von vorne an«, sagte ich zu Libby, »und lass nichts aus.«

Sie fummelte an den pechschwarzen Spitzen ihres blauen Pferdeschwanzes herum. »Vor zwei Wochen trudelten plötzlich diese Briefe bei uns ein – adressiert an dich. Ich dachte, das wäre eine Masche. So wie diese E-Mails, die behaupten, von einem ausländischen Prinzen zu kommen.«

»Warum sollte dieser Tobias Hawthorne – ein Mann, den ich nie getroffen habe, von dem ich nie auch nur gehört habe – mich in seinem Testament bedenken?«, fragte ich.

»Ich weiß nicht«, sagte Libby, »aber *das*« – sie deutete in die Richtung, in die Grayson verschwunden war – »ist keine Masche. Hast du gesehen, wie er Direktor Altman abgefertigt hat? Was meinst du, wie diese Vereinbarung zwischen den beiden aussieht? Ein fettes Schmiergeld … oder eine Drohung?«

Beides. Ich verkniff mir die Antwort, zog mein Handy hervor und verband mich mit dem Schul-Wi-Fi.

Eine Suchanfrage später lasen wir schon die Nachrichtenschlagzeile: *Bekannter Philanthrop stirbt mit 78 Jahren.*

»Weißt du, was ›Philanthrop‹ heißt?«, fragte Libby ernst. »Es heißt *reich.*«

»Es heißt Wohltäter, der für die gute Sache spendet«, korrigierte ich sie.

»So … *reich.*« Libby bedachte mich mit einem Blick. »Was, wenn *du* die gute Sache bist? Die würden doch nicht den Enkel von diesem Typen losschicken, um dich zu holen, wenn er dir nur ein paar Hundert Kröten hinterlassen hätte. Wir müssen hier von Tausenden ausgehen. Du könntest reisen, Avery, oder das Geld fürs College zurücklegen, oder dir ein besseres Auto kaufen.«

Erneut spürte ich, wie mein Herz schneller zu schlagen begann. »Warum sollte ein Wildfremder mir etwas hinterlassen?«, wiederholte ich abermals, wobei ich dem Drang widerstand, mich auch nur eine Sekunde irgendwelchen Tagträumen hinzugeben, denn wenn ich erst mal damit anfing, war ich nicht sicher, ob ich würde aufhören können.

»Vielleicht kannte er ja deine Mom?«, mutmaßte Libby. »Ich weiß es nicht, aber was ich weiß, ist, dass du zu der Verlesung dieses Testaments gehen musst.«

»Ich kann nicht einfach weg hier«, erinnerte ich sie. »Und du auch nicht.« Wir würden beide bei der Arbeit fehlen. Ich würde Unterricht verpassen. Und doch … Wenn schon nichts anderes, so würde ein Ausflug immerhin Libby von Drake wegbringen, sei es auch nur für eine kurze Zeit.

Und wenn das alles echt ist … Es wurde *jetzt* schon schwierig, sich nicht all die Möglichkeiten auszumalen.

»Meine Schichten für die nächsten zwei Tage hat schon jemand übernommen«, informierte mich Libby. »Genauso wie deine. Ich habe einige Anrufe getätigt.« Sie griff nach meiner Hand. »Komm schon, Ave. Wäre es nicht nett, mal wegzukommen, nur du und ich?«

Sie drückte meine Finger. Nach einem Augenblick erwiderte ich die Geste. »Wo genau ist denn die Testamentseröffnung?«

»Texas!« Libby grinste. »Und sie haben uns nicht nur die Flugtickets gebucht. Sie haben *erste Klasse* gebucht.«

KAPITEL 5

Ich war nie zuvor geflogen. Als ich dreitausend Meter in die Tiefe hinabblickte, fantasierte ich davon, noch weiter zu fliegen als nach Texas. *Paris. Bali. Machu Picchu.* Das waren immer Eines-schönen-Tages-Träume gewesen.

Aber nun …

Libby neben mir schwelgte in Seligkeit, während sie genüsslich an einem Gratis-Cocktail nippte. »Fotozeit!«, verkündete sie. »Knuddel dich ran und halt deine warmen Nüsschen hoch.«

Eine Dame auf der anderen Seite des Gangs warf Libby einen missbilligenden Blick zu. Keine Ahnung, was das Objekt ihres Missmuts war – Libbys Haar, die Camouflage-Jacke, in die sie geschlüpft war, nachdem sie ihren Kittel abgelegt hatte, ihr Nietenhalsband, die Selfies, die sie knipsen wollte, oder die Lautstärke, in der sie gerade *warme Nüsschen* gesagt hatte.

Jedenfalls setzte ich meine arroganteste Miene auf, lehnte mich zu meiner Schwester rüber und hielt dekorativ die warmen Nüsschen hoch.

Libby legte den Kopf auf meine Schulter und machte das Foto. Sie drehte das Handy, um es mir zu zeigen. »Ich schicke es dir gleich.« Das Lächeln auf ihrem Gesicht geriet für einen Moment ins Wanken. »Stell es nicht online, okay?«

Drake weiß nicht, wo du bist, stimmt's? Ich verkniff es mir, sie daran zu erinnern, dass sie ein Leben haben durfte. Ich wollte nicht streiten. »Mach ich nicht.« Was mich betraf, war das kein großes Opfer. Ich hatte zwar Social-Media-Accounts, aber die benutzte ich hauptsächlich, um Max über Twitter zu schreiben.

Apropos … Ich zog mein Handy hervor. Ich hatte es in den Flugmodus geschaltet, was bedeutete, keine SMS, aber die erste Klasse bot natürlich freies Wi-Fi an. Ich schickte Max ein kurzes Update über das, was passiert war, und verbrachte den Rest des Fluges damit, mich eingehend über Tobias Hawthorne zu informieren.

Er hatte sein Geld mit Öl gemacht, dann expandiert. Da Grayson seinen Großvater als vermögenden Mann tituliert und die Zeitung den Begriff *Philanthrop* verwendet hatte, war ich davon ausgegangen, dass er so was wie ein Millionär gewesen war.

Irrtum.

Tobias Hawthorne war nicht *vermögend* oder *gut betucht*. Es gab keine höfliche Umschreibung für das, was Tobias Hawthorne war, als echt fügen-Sie-ein-Schimpfwort-Ihrer-Wahl-ein-reich. Milliardenschwer. Milliarden – mit großem M und im Plural. Er war der neuntreichste Mensch in den USA und der reichste Mann von ganz Texas.

Sechsundvierzig Komma zwei Milliarden Dollar. Das war sein Reinvermögen. So eine Größenordnung war einfach unvorstellbar. Und so hörte ich auf, mich zu fragen, *warum* ein Mann, den ich nie getroffen hatte, mir irgendwas hätte hinterlassen sollen – und begann mich zu fragen, *wie viel*.

Max schrieb mir kurz vor der Landung zurück: *Krasse Meise, du willst mich wohl verhackeiern?*

Ich grinste. *Nein. Ich hock ernsthaft in einem Flieger nach Texas. Machen uns gerade zur Landung bereit.*

Max' einzige Antwort war: *Heilige Schneise.*

Kaum dass wir an der Sicherheitskontrolle vorbei waren, nahm uns eine dunkelhaarige Frau in weißem Hosenanzug in Empfang. »Miss Grambs.«

Sie nickte mir zu, dann Libby, wobei sie eine identische Begrüßung anhängte. »Miss Grambs.« Sie wandte sich ab in der Erwartung, dass wir folgten. Zu meinem Unmut taten wir es beide anstandslos. »Ich bin Alisa Ortega«, stellte sie sich im Gehen vor, »von der Kanzlei *McNamara, Ortega & Jones.*« Eine weitere Pause, dann warf sie mir einen Seitenblick zu. »Sie sind eine schwer auffindbare junge Dame.«

Ich zuckte die Achseln. »Ich wohne in meinem Auto.«

»Da *wohnt* sie nicht«, warf Libby rasch ein. »Sag ihr, dass du da nicht wohnst.«

»Wir freuen uns sehr, dass Sie es einrichten konnten.« Alison Ortega von *McNamara, Ortega & Jones* wartete nicht darauf, dass ich ihr irgendwas sagte. Ich hatte das Gefühl, dass meine Hälfte dieses Gesprächs vernachlässigbar war. »Während Ihres Aufenthalts in Texas dürfen Sie sich als Gäste der Familie Hawthorne betrachten. Ich bin Ihr Ansprechpartner in der Kanzlei. Egal, was Sie während Ihres Aufenthalts hier benötigen, kommen Sie zu mir.«

Rechnen Anwälte nicht stundenweise ab?, dachte ich. Wie viel kostete dieser persönliche Abholservice die Familie Hawthorne wohl? Ich zog gar nicht erst in Betracht, dass diese Frau keine Anwältin sein könnte. Sie sah aus wie Ende zwanzig. Mit ihr zu sprechen gab mir das gleiche Gefühl wie gegenüber Grayson Hawthorne. Sie war *Jemand.*

»*Gibt* es denn irgendwas, das ich für Sie tun kann?«, erkundigte sich Alisa Ortega, während sie auf eine automatische Schiebetür zusteuerte, ohne ihren Schritt im Mindesten zu verlangsamen, obwohl es den Anschein machte, als würde die Tür sich nicht rechtzeitig öffnen.

Ich wartete, bis ich sicher sein konnte, dass sie nicht gegen die Glasscheibe knallen würde, bevor ich antwortete. »Wie wäre es mit ein paar Informationen?«

»Sie müssten bitte etwas spezifischer werden.«

»Wissen Sie denn, was in dem Testament steht?«, fragte ich geradeheraus.

»Nein, weiß ich nicht.« Sie deutete zu einem schwarzen Sedan, der am Straßenrand wartete. Sie öffnete mir die Fondtür. Ich stieg ein, Libby folgte mir. Alisa glitt vorne auf den Beifahrersitz. Der Platz hinter dem Steuer war bereits besetzt. Ich versuchte, einen Blick auf den Fahrer zu erhaschen, konnte aber nicht viel von seinem Gesicht ausmachen.

»Sie werden früh genug herausfinden, was in dem Testament steht«, sagte Alisa, die Worte so glatt und gebügelt wie ihr weißer Wag-es-ja-nicht-ihn-zu-ruinieren-Hosenanzug. »So wie wir alle. Die Testamentseröffnung ist direkt im Anschluss an Ihre Ankunft in Hawthorne House angesetzt.«

Nicht im *Haus der Familie Hawthorne.* Einfach nur *Hawthorne House* – als wäre es so ein englischer Herrensitz samt eigenem Namen.

»Werden wir da auch übernachten?«, fragte Libby. »Im Hawthorne House?«

Unsere Rückflugtickets waren auf den nächsten Tag gebucht. Wir hatten für eine Übernachtung gepackt.

»Sie werden sich Ihre Schlafzimmer aussuchen können«, versicherte Alisa uns. »Mr Hawthorne hat das Anwesen, auf dem das Haus errichtet wurde, vor über fünfzig Jahren erworben und seitdem jedes einzelne Jahr damit verbracht, etwas zu dem architektonischen Wunderwerk, das er dort erbaut hat, hinzuzufügen. Ich habe die Übersicht über die Gesamtzahl der Schlafzimmer verloren, aber es sind über dreißig. Hawthorne House ist recht … besonders.«

Das war bisher das Maximum an Information, die wir aus ihr herausbekommen hatten, daher versuchte ich mein Glück weiter. »Ich rate einfach mal drauflos: Mr Hawthorne war ebenfalls *recht besonders*, ja?«

»Gut geraten«, sagte Alisa. Sie erwiderte meinen Blick. »Mr Hawthorne hatte was übrig für Leute, die gut raten können.«

Und da überkam mich ein unheimliches Gefühl, beinahe wie eine Vorahnung. *Ist das der Grund, warum er mich gewählt hat?*

»Wie gut kannten Sie ihn denn?«, wollte Libby wissen.

»Mein Vater war schon Tobias Hawthornes Anwalt, bevor ich auf die Welt kam.« Alisa Ortega hatte ihren autoritären Tonfall abgelegt; ihre Stimme war sanft. »Ich habe meine Kindheit und Jugend über viel Zeit in Hawthorne House verbracht.«

Er war nicht nur ein Klient für sie, dachte ich. »Haben Sie irgendeine Ahnung, warum ich hier bin?«, fragte ich. »Warum er mir überhaupt etwas hinterlassen sollte?«

»Sind Sie mehr so der Ich-will-die-Welt-retten-Typ?«, fragte Alisa, als wäre das eine ganz normale Frage.

»Nein?«, erwiderte ich vage.

»Wurde Ihnen je das Leben von jemandem mit dem Namen Hawthorne ruiniert?«, fuhr Alisa fort.

Ich blickte sie ratlos an, bevor es mir gelang, dieses Mal überzeugender zu antworten: »Nein.«

Alisa lächelte, doch das Lächeln reichte nicht ganz bis zu ihren Augen. »Glück gehabt.«

KAPITEL 6

Hawthorne House befand sich auf einem Hügel. Gewaltig. Weitläufig. Es sah aus wie ein Schloss – eher einem Adelssitz angemessen als texanischem Farmland. Auf der Vorderseite parkte ein halbes Dutzend Autos sowie ein zerbeultes Motorrad, das aussah, als sollte es besser zerlegt und die Einzelteile auf dem Schrottplatz verscherbelt werden.

Alisa beäugte das Motorrad. »Sieht aus, als hätte Nash es nach Hause geschafft.«

»Nash?«, fragte Libby.

»Der älteste der Hawthorne-Enkel«, erwiderte Alisa, die den Blick vom Motorrad losriss und zum Schloss emporsah. »Es sind insgesamt vier.«

Vier Enkel. Ich konnte meine Gedanken nicht davon abhalten, zu dem einen Hawthorne zurückzukehren, den ich bereits kennengelernt hatte. *Grayson.* Der perfekte, maßgeschneiderte Anzug. Die silbergrauen Augen. Diese Arroganz, mit der er mir mitteilte, ich solle davon ausgehen, er wüsste alles.

Alisa bedachte mich mit einem wissenden Blick. »Nimm bitte den Rat von jemandem an, der es bereits ausprobiert und hinter sich gebracht hat – verliere nie dein Herz an einen Hawthorne.«

»Keine Sorge«, erwiderte ich, gleichermaßen verärgert über ihre

Unterstellung wie über die Tatsache, dass sie in der Lage gewesen war, auch nur eine Spur meiner Gedanken in meinem Gesicht zu lesen. »Ich verwahre meins hinter Schloss und Riegel.«

Die Eingangshalle war größer als manches Haus – locker hundert Quadratmeter –, so als hätte derjenige, der es erbaut hatte, damit gerechnet, dass der Eingangsbereich auch als Ballsaal herhalten müsse. Steinerne Bögen säumten die Halle zu beiden Seiten und der Raum öffnete sich über zwei Stockwerke bis zu einer kunstvoll verzierten Decke aus geschnitztem Holz. Alleine der Blick nach oben raubte mir den Atem.

»Sie sind eingetroffen.« Eine bekannte Stimme holte meine Aufmerksamkeit auf den Boden zurück. »Und auch noch pünktlich. Darf ich davon ausgehen, dass es keine Probleme mit Ihrem Flug gab?«

Grayson Hawthorne trug nun einen anderen Anzug. Diesmal war er schwarz – genauso wie sein Hemd und die Krawatte.

»Du.« Alisa begrüßte ihn mit einem stählernen Blick.

»Ich nehme also an, meine Einmischung wird mir nicht verziehen?«, fügte Grayson hinzu.

»Du bist neunzehn«, gab Alisa zurück. »Würde es dich umbringen, dich auch so zu benehmen?«

»Womöglich, ja.« Grayson entblößte die Zähne zu einem Lächeln. »Und gern geschehen.« Ich brauchte einen Moment, um zu begreifen, dass Grayson mit *Einmischung* meinte, mich holen gekommen zu sein. »Meine Damen«, sagte er, »darf ich Ihnen Ihre Jacken abnehmen?«

»Ich behalte meine an«, erwiderte ich aus reinem Trotz – und weil ich das Gefühl hatte, dass eine Extra-Schutzschicht zwischen mir und dem Rest der Welt gerade nicht schaden konnte.

»Und Ihre?«, fragte Grayson galant an Libby gewandt.

Immer noch baff von der imposanten Eingangshalle, streifte Libby ihre Jacke wortlos ab und reichte sie ihm. Grayson ging unter einem der Steinbögen hindurch. Auf der anderen Seite befand sich ein Korridor. Die

Wand war mit kleinen quadratischen Holzpaneelen getäfelt. Grayson legte die Hand auf eines der Paneele und drückte. Er drehte die Hand um neunzig Grad, berührte das nächste Paneel und dann, mit einer Bewegung, die zu schnell für mich war, um sie nachzuverfolgen, tippte er gegen mindestens zwei andere. Ich hörte ein sattes Ploppen und dann glitt ein Teil der Vertäfelung lautlos aus der Wand.

»Was zum …?«, entfuhr es mir.

Grayson griff hinein und zog einen Bügel hervor. »Die Garderobe.« Das war keine Erklärung. Das war eine verdammte Untertreibung, so als wäre das nur irgendein lausiger Wandschrank in irgendeinem alten Haus.

Alisa nahm das wohl als Stichwort, uns Graysons fähigen Händen zu überlassen, und ich versuchte, mit einer Antwort aufzuwarten, die nicht bloß darin bestand, wie ein Fisch mit offenem Mund zu glotzen. Grayson wollte gerade den Wandschrank schließen, als ein Laut tief aus seinem Inneren ihn innehalten ließ.

Ich hörte ein *Krächz*, dann ein *Bumm*. Ein schlurfendes Geräusch war hinter den Jacken und Mänteln zu vernehmen, dann schob sich aus der Dunkelheit eine Gestalt durch sie hindurch und trat ins Licht. Ein Typ – vielleicht in meinem Alter, vielleicht etwas jünger. Er trug einen Anzug, aber da endete auch schon die Ähnlichkeit mit Grayson. Der Anzug dieses Jungen war zerknautscht, als hätte er ein Nickerchen drin gehalten … oder auch zwanzig. Das Sakko war nicht zugeknöpft. Die Krawatte, die um seinen Hals lag, war nicht geknotet. Er war groß, hatte jedoch ein glattes Jungsgesicht sowie einen dunkel gelockten Haarschopf. Seine Augen waren hellbraun, genau wie seine Haut.

»Bin ich zu spät?«, fragte er Grayson.

»Man würde meinen, du könntest diese Frage an deine Uhr richten.«

»Ist Jameson schon da?«, änderte der dunkelhaarige Junge seine Frage ab.

Grayson versteifte sich. »Nein.«

Der andere Junge grinste. »Dann bin ich nicht zu spät!« Er sah an Grayson vorbei zu Libby und mir. »Und das müssen unsere Gäste sein! Wie unhöflich von Grayson, uns nicht vorzustellen.«

Ein Muskel in Graysons Gesicht zuckte. »Avery Grambs«, sagte er förmlich, »und ihre Schwester, Libby. Meine Damen, das ist mein Bruder, Alexander.« Einen Moment schien es, als würde Grayson es dabei belassen, doch da hob sich auch schon die gewölbte Augenbraue. »Xander ist das Baby der Familie.«

»Ich bin der Gutaussehende der Familie«, berichtigte ihn Xander. »Ich weiß, was ihr denkt. Dieser witzlose Bursche neben ihm kann doch durchaus einen Armani-Anzug ausfüllen. Aber ich frage euch: Kann er mit seinem Lächeln das Universum erhellen wie die Reinkarnation einer jungen Mary Tyler Moore im Körper eines Schwarzen James Dean?« Xander schien nur einen Sprachmodus zu haben: schnell. »Nein«, beantwortete er seine eigene Frage. »Nein, kann er nicht.«

Endlich hörte er lange genug zu sprechen auf, damit jemand anderes was sagen konnte. »Schön, dich kennenzulernen«, preschte Libby dazwischen.

»Verbringst du viel Zeit in Garderobenschränken?«, schob ich hinterher.

Xander wischte sich die staubigen Hände an seiner Hose ab. »Geheimgang«, sagte er, bevor er wiederum versuchte, seine Hosenbeine mit seinen Händen abzustauben. »Dieser Ort ist voll davon.«

KAPITEL 7

Es juckte mich in den Fingern, mein Handy hervorzuholen und Fotos von dem Haus zu machen, doch ich widerstand. Libby hatte keine derartigen Hemmungen.

»Mademoiselle …« Xander machte einen Schritt zur Seite, um sich einem von Libbys Schnappschüssen in den Weg zu stellen. »Dürfte ich fragen: Wie stehen Sie zu Achterbahnen?«

Ich bekam ernsthaft Angst, Libbys Augen könnten ihr gleich aus dem Kopf ploppen. »Dieses Haus hat eine eigene Achterbahn?«

Xander grinste. »Nicht ganz.« Und bevor ich mich versah, zog das »Baby« der Hawthorne-Familie – das in Metern gute eins neunzig maß – meine Schwester zum hinteren Ende der Eingangshalle.

Ich war völlig perplex. *Wie kann ein Haus eine Nicht-ganz-Achterbahn haben?* Grayson neben mir schnaubte. Ich erwischte ihn dabei, wie er mich anschaute, und verengte die Augen. »Was?«

»Nichts«, erwiderte Grayson, obgleich das Zucken seiner Mundwinkel etwas anderes vermuten ließ. »Es ist nur … Sie haben eine sehr expressive Mimik.«

Nein. Hatte ich nicht. Libby sagte immer, ich sei schwer zu durchschauen. Mein durchtriebenes Pokerface hatte monatelang Harrys Frühstücksmahlzeiten finanziert. Von wegen expressiv.

Nichts an meinem Gesicht war irgendwie auffällig oder bemerkenswert.

»Ich entschuldige mich für Xander«, meinte Grayson. »Er hält gemeinhin nichts von so antiquierten Konzepten wie *denken, bevor man spricht* und mehr als drei Sekunden hintereinander stillzusitzen.« Er blickte zu Boden. »Er ist der Beste von uns, selbst an seinen schlimmsten Tagen.«

»Miss Ortega meinte, ihr wärt zu viert.« Ich konnte nicht anders. Ich wollte mehr über diese Familie erfahren. Über ihn. »Vier Enkelsöhne, meine ich.«

»Ich habe drei Brüder«, erklärte Grayson. »Dieselbe Mutter, verschiedene Väter. Unsere Tante Zara hat keine Kinder.« Er schaute an mir vorbei. »Und was meine Verwandtschaft betrifft, sollte ich wohl vorab gleich eine zweite Entschuldigung aussprechen.«

»Gray, Darling!« Eine Frau kam in einem Wirbel aus Stoff und Schwung auf uns zugerauscht. Als ihre wallende Tunika sich beruhigt hatte, versuchte ich, ihr Alter einzugrenzen. Älter als dreißig, jünger als fünfzig. Darüber hinaus ließ es sich nicht genauer festmachen. »Sie warten alle im Großen Salon auf uns und sind bereit«, sagte sie zu Grayson. »Oder zumindest werden sie es in Kürze sein. Wo ist dein Bruder?«

»Etwas spezifischer, Mutter.«

Die Frau verdrehte die Augen. »Komm mir nicht mit *Mutter*, Grayson Hawthorne.« Sie wandte sich zu mir. »Man könnte meinen, er wäre in diesem Anzug zur Welt gekommen«, sagte sie in einem Tonfall, als würde sie mir ein großes Geheimnis anvertrauen, »dabei war Gray mein kleiner Nackedei. Ein richtiger Freigeist. Bis er vier war, konnten wir ihn schlicht nicht dazu bringen, seine Kleidung anzubehalten. Offen gesagt, habe ich es gar nicht erst versucht.« Sie hielt inne und taxierte mich, ohne sich die Mühe zu machen, es unauffällig zu tun. »Du musst Ava sein.«

»Avery«, berichtigte Grayson sie. Falls ihm seine angebliche Vergangenheit als FKK-Dreikäsehoch peinlich war, so zeigte er es nicht. »Ihr Name lautet Avery, Mutter.«

Die Frau seufzte, lächelte aber auch, so als wäre es ihr unmöglich, ihren Sohn anzuschauen und in seiner Gegenwart nicht in völlige Verzückung zu geraten. »Dabei habe ich mir immer geschworen, meine Kinder würden mich nur mit meinem Vornamen anreden«, erklärte sie mir. »Ich habe sie als ebenbürtige Personen erzogen, weißt du? Aber andererseits habe ich mir auch immer vorgestellt, Mädchen zu bekommen. Am Ende waren es vier Jungs …« Sie vollführte das eleganteste Schulterzucken der Welt.

Rein objektiv war Graysons Mutter völlig überspannt. Aber subjektiv? Absolut mitreißend.

»Meine Liebe, würde es dir was ausmachen, mir deinen Geburtstag zu verraten?«

Die Frage erwischte mich unvorbereitet. Ja, ich hatte einen Mund. Er war voll funktionsfähig. Aber bei dieser Lady konnte ich einfach nicht schnell genug mithalten, um eine Antwort zu produzieren. Sie legte eine Hand auf meine Wange. »Skorpion? Oder Steinbock? Nein, ganz klar ein Fisch …«

»Mutter«, unterbrach Grayson und berichtigte sich sogleich. »Skye.«

Ich brauchte einen Moment, um zu kapieren, dass dies ihr Vorname sein musste und er ihn benutzt hatte, um ihr entgegenzukommen und sie damit davon abzuhalten, mich ins astrologische Kreuzverhör zu nehmen.

»Grayson ist ein guter Junge«, sagte Skye zu mir. »Zu gut.« Dann zwinkerte sie mir zu. »Wir reden später noch.«

»Ich bezweifle, dass Miss Grambs lange genug bleibt, um einem Plausch am Kamin beizuwohnen – oder einer Tarotsitzung.« Eine zweite Frau, in Skyes Alter oder etwas älter, schaltete sich in unser Gespräch ein. Wenn Skye für fließende Stoffe und eine überbordende Art stand, dann vertrat diese Frau die Fraktion Bleistiftrock und Perlenkette.

»Ich bin Zara Hawthorne-Calligaris.« Sie taxierte mich mit einer Miene so streng wie ihr Name. »Dürfte ich Sie wohl fragen – woher kannten Sie meinen Vater?«

Stille senkte sich über den riesigen Saal. Ich schluckte. »Ich kannte ihn nicht.«

Wieder konnte ich Graysons seitlichen Blick spüren. Nach einer kleinen Ewigkeit schenkte Zara mir ein schmächtiges Lächeln. »Nun, wir wissen Ihre Anwesenheit zu schätzen. Die letzten Wochen waren eine zermürbende Zeit, wie Sie sich sicher vorstellen können.«

Ja, diese letzten Wochen, ergänzte ich, *in denen ihr mich nicht zu fassen bekommen habt.*

»Zara?« Ein Mann mit gelecktem, nach hinten gekämmtem Haar unterbrach uns und ließ einen Arm um ihre Taille gleiten. »Mr Ortega hätte uns gern auf ein Wort.« Der Mann, bei dem ich auf Zaras Ehemann tippte, würdigte mich kaum eines flüchtigen Blickes.

Was Skye wiederum wettmachte: »Meine Schwester hat *ein Wort* mit Leuten«, bemerkte sie an mich gewandt. »Ich führe Unterhaltungen. Reizende Unterhaltungen. Offen gesagt bin ich so zu meinen vier Söhnen gekommen. Wunderbare, *intime* Unterhaltungen mit vier faszinierenden Männern …«

»Ich zahle dir was, wenn du genau jetzt aufhörst«, unterbrach Grayson sie mit einem gequälten Ausdruck im Gesicht.

Skye tätschelte die Wange ihres Sohnes. »Bestechen. Bedrohen. Sich rauskaufen. Du könntest nicht mehr ein Hawthorne sein, wenn du es versuchen würdest, Darling.« Sie bedachte mich mit einem wissenden Lächeln. »Deswegen nennen wir ihn auch den *Erben in spe*.«

Da war etwas in Skyes Stimme, etwas in Graysons Miene, als seine Mutter die Worte *Erbe in spe* sagte, bei dem mir dämmerte, dass ich völlig unterschätzt hatte, wie sehr die Familie Hawthorne auf die Eröffnung dieses Testaments hinfieberte.

Sie wissen genauso wenig wie ich, was in dem Testament steht. Plötzlich hatte ich das Gefühl, in eine Arena getreten zu sein – völlig ahnungslos, wie die Spielregeln lauteten.

»Nun«, sagte Skye und schlang einen Arm um mich, einen um Grayson, »sollen wir uns in den Großen Salon begeben?«

KAPITEL 8

Der Große Salon war gerade mal ein Drittel kleiner als die Eingangshalle. Ein riesiger gemauerter Kamin befand sich an der Stirnseite. Wasserspeier mit Fratzen waren links und rechts in den Stein gemeißelt. Waschechte Gargoyles.

Grayson setzte Libby und mich in zwei Lehnsesseln ab und entschuldigte sich dann, um nach vorne zu gehen, wo drei ältere Herren in Anzügen herumstanden und sich mit Zara und ihrem Ehemann unterhielten.

Die Anwälte, wurde mir klar. Ein paar Minuten später gesellte Alisa sich zu ihnen, während ich die anderen Anwesenden im Raum in Augenschein nahm. Ein weißes Pärchen, schon älter, mindestens sechzig. Ein schwarzer Mann in seinen Vierzigern mit einer militärischen Haltung, der mit dem Rücken zur Wand stand und beide Ausgänge im Blick behielt. Dann Xander mit einem Typen an seiner Seite, der ganz offensichtlich ein weiterer Hawthorne-Bruder war. Dieser war älter – Mitte zwanzig etwa. Er musste definitiv mal zum Friseur, und zu seinem Anzug trug er ein Paar Cowboy-Stiefel, die, genau wie das Motorrad draußen, schon bessere Tage gesehen hatten.

Nash, dachte ich, als mir der Name einfiel, den Alisa vorhin genannt hatte.

Schließlich stieß eine uralte Dame zum Getümmel. Nash bot ihr einen

Arm an, aber sie nahm stattdessen Xanders. Er führte sie auf direktem Weg zu Libby und mir. »Das ist Nan«, stellte er sie uns vor. »Die Frau. Die Legende.«

»Papperlapapp.« Sie gab ihm einen kräftigen Klaps auf den Arm. »Ich bin die Großmutter dieses Bengels.« Nan ließ sich mit sichtlicher Mühe auf dem freien Sessel neben mir nieder. »Älter als die Erde selbst und doppelt so gemein.«

»Sie hat ein weiches Herz«, versicherte Xander gut gelaunt. »Und ich bin ihr Liebling.«

»Du bist nicht mein Liebling«, brummte Nan.

»Ich bin jedermanns Liebling!« Xander grinste.

»Viel zu sehr nach deinem unbelehrbaren Großvater geraten«, grummelte Nan. Sie schloss die Augen und ich sah das leichte Zittern ihrer Hände. »Furchtbarer Mann.« Zärtlichkeit schwang darin mit.

»War Mr Hawthorne Ihr Sohn?«, erkundigte sich Libby sanft. Sie arbeitete mit älteren Leuten und war eine gute Zuhörerin.

Nan nutzte die Gelegenheit, um abermals zu schnauben. »Schwiegersohn.«

»Er war auch ihr Liebling«, stellte Xander klar. Da war etwas Schmerzliches in der Art, wie er es sagte. Das hier war keine Gedenkfeier. Sie mussten den Mann schon vor einigen Wochen zur Ruhe gebettet haben, doch ich kannte Trauer, konnte sie spüren … konnte sie förmlich *riechen*.

»Alles in Ordnung, Ave?«, erkundigte sich Libby neben mir. Ich musste an Graysons Behauptung denken, wie verräterisch mein Gesichtsausdruck war.

Besser, an Grayson Hawthorne denken als an Beerdigungen und Trauer.

»Mir geht's gut«, erwiderte ich. Aber das stimmte nicht. Selbst nach zwei Jahren traf mich die Sehnsucht nach Mom manchmal wie ein Tsunami. »Ich gehe nur mal kurz raus«, sagte ich und zwang mich zu einem Lächeln. »Ich brauche ein bisschen frische Luft.«

Auf dem Weg nach draußen hielt mich Zaras Mann auf. »Wohin gehst du? Wir fangen gleich an.« Er schloss seine Hand um meinen Oberarm.

Ich wand meinen Ellbogen aus seinem Griff. Es war mir egal, wer diese Leute waren. Niemand hatte das Recht, Hand an mich zu legen. »Mir wurde gesagt, dass es vier Hawthorne-Enkel gibt«, sagte ich mit eisiger Stimme. »Meinen Hochrechnungen nach fehlt einer noch. Ich bin gleich zurück. Sie werden nicht mal merken, dass ich weg bin.«

Ich landete im Garten hinter dem Haus statt vor dem Eingang – falls man es denn Garten nennen konnte. Endlose picobello gepflegte Rasenflächen. Es gab einen massiven Brunnen. Steinerne Statuen. Ein Gewächshaus. Und vor mir, so weit das Auge reichte, erstreckte sich das *Land*. Ein Teil davon war baumbewachsen. Andere Teile offene Flächen. Doch wenn man da so stand und hinausschaute, konnte man sich problemlos vorstellen, dass ein Mensch, der zu dessen Grenzen aufbrach, es womöglich nie wieder zurückschaffen würde.

»Wenn *Ja Nein* ist und *einmal nie*, wie viele Seiten hat ein Dreieck dann?« Die Frage kam von oben. Ich schaute auf und sah auf dem Balkon über mir einen Jungen, der gefährlich hoch auf einem schmiedeeisernen Geländer hockte. Wohlgemerkt *betrunken.*

»Du wirst runterfallen«, sagte ich.

Er grinste verschmitzt. »Ein verlockender Vorschlag.«

»Das war kein Vorschlag«, sagte ich.

Er bedachte mich mit einem lasziven Lächeln. »Es ist keine Schande, einem Hawthorne einen Vorschlag zu unterbreiten.« Sein Haar war dunkler als das von Grayson und heller als Xanders. Er trug kein Hemd.

Immer eine gute Entscheidung mitten im Winter, dachte ich, konnte meine Augen aber nicht davon abhalten, von seinem Gesicht abwärts zu wandern. Sein Oberkörper war schlank, sein Bauch straff. Er hatte eine lange, dünne Narbe, die sich von seinem Schlüsselbein zur Hüfte zog.

»Du musst das Mystery-Girl sein«, sagte er.

»Ich bin Avery«, korrigierte ich ihn. Ich war hier rausgekommen, um den Hawthornes und ihrer Trauer zu entfliehen. Im Gesicht dieses Jungen konnte ich keine Spur von Kummer oder Sorge sehen, er wirkte, als wäre das Leben ein einziger großer Jux. Als würde *er* nicht so trauern wie die Leute drinnen.

»Wie du meinst, M. G.«, gab er zurück. »Darf ich dich M. G. nennen, Mystery-Girl?«

Ich verschränkte die Arme. »Nein.«

Er zog die Beine aufs Geländer und stand auf. Er schwankte und mich durchfuhr blitzartig eine grauenhafte Erkenntnis. *Doch, er trauert, und er ist viel zu weit oben.*

Ich hatte mir nicht erlaubt, mich der Selbstzerstörung hinzugeben, als meine Mom starb. Das hieß jedoch nicht, dass ich den Ruf nicht gehört hätte.

Er verlagerte das Gewicht auf ein Bein und streckte das andere aus.

»Nicht!« Bevor ich noch mehr sagen konnte, bückte der Junge sich, packte das Geländer mit beiden Händen, stemmte sich darauf und schwang die Beine nach oben, beide Füße in der Luft. Ich konnte sehen, wie sich seine Muskulatur anspannte und über den Schulterblättern wölbte, als er die Beine immer weiter nach außen sinken ließ … und fiel.

Er landete direkt neben mir. »Du solltest nicht hier draußen sein, M. G.«

Ich war nicht diejenige, die gerade oben ohne von einem Balkon gesprungen war. »Genauso wenig wie du.«

Ich fragte mich, ob er mitbekam, wie schnell mein Herz hämmerte. Ich fragte mich, ob sich sein Puls überhaupt beschleunigt hatte.

»Wenn ich tue, was ich sollte, und das nicht öfter, als ich sage, was ich nicht sollte« – seine Lippen verzogen sich – »zu was macht mich das?«

Jameson Hawthorne, dachte ich. Aus der Nähe konnte ich die Farbe seiner Augen erkennen: ein dunkles, unergründliches Grün.

»Was«, wiederholte er nachdrücklich, »bin ich dann?«

Ich löste meinen Blick von seinen Augen. Und von seinen Bauchmuskeln. Und seinem planlos gegelten Haar.

»Betrunken«, erwiderte ich; dann, weil ich die nervige Retourkutsche schon kommen spürte, schob ich zwei weitere Worte hinterher. »Außerdem: zwei.«

»Was?«, fragte Jameson Hawthorne.

»Na, die Antwort auf dein erstes Rätsel«, klärte ich ihn auf. »Wenn *Ja Nein* und *einmal nie* ist, dann ist die Anzahl der Seiten eines Dreiecks … zwei«, führte ich meine Antwort aus, ohne mir die Mühe zu machen, zu erklären, wie ich zu meiner Schlussfolgerung gekommen war.

»Touché, M. G.« Jameson schlenderte an mir vorbei, wobei sein nackter Arm meinen leicht streifte. »Touché.«

KAPITEL 9

Ich blieb noch ein paar Minuten länger draußen.

Nichts an diesem Tag fühlte sich real an. Und morgen schon würde ich nach Connecticut zurückkehren – hoffentlich ein klein bisschen weniger arm und um eine gute Story reicher – und würde wahrscheinlich keinen der Hawthornes je wiedersehen.

Ich würde nie wieder eine Aussicht wie *diese* haben.

Als ich in den Großen Salon zurückkehrte, hatte Jameson Hawthorne es wunderbarerweise geschafft, ein Hemd samt Sakko aufzutreiben. Er lächelte in meine Richtung und tippte sich leicht an die Stirn. Grayson neben ihm versteifte sich, seine Kiefermuskulatur spannte sich an.

»Nun, da alle da sind«, ergriff einer der Anwälte das Wort, »lasst uns beginnen.«

Die drei Rechtsanwälte standen in einer Dreiecksformation. Derjenige, der gesprochen hatte, besaß wie Alisa dunkles Haar, braune Haut und eine selbstsichere Ausstrahlung. Ich tippte, dass es der Ortega bei *McNamara, Ortega & Jones* war. Die anderen zwei – vermutlich Jones und McNamara – standen links und rechts von ihm.

Seit wann braucht es vier Anwälte, um ein Testament zu verlesen?, dachte ich verwirrt.

»Sie sind hier«, verkündete Mr Ortega, der seine Stimme in alle Ecken des Raumes aussandte, »um den letzten Willen und das Testament von Tobias Tattersall Hawthorne anzuhören. Auf Mr Hawthornes Weisung hin werden meine Kollegen nun die Briefe verteilen, von denen er jedem von Ihnen einen hinterlassen hat.«

Die beiden anderen Männer begannen damit, ihre Runde im Raum zu machen und jedes Kuvert einzeln auszuteilen.

»Sie dürfen diese Briefe öffnen, wenn die Testamentseröffnung abgeschlossen ist.«

Ich bekam ebenfalls einen Umschlag gereicht. Mein voller Name war in kunstvoller Handschrift auf der Vorderseite vermerkt. Libby neben mir blickte zu dem Anwalt auf, doch er überging sie und verteilte weiter Kuverts an die Anwesenden im Salon.

»Mr Hawthorne hat festgelegt, dass sämtliche der folgenden Personen zur Testamentseröffnung persönlich anwesend sein müssen: Skye Hawthorne, Zara Hawthorne-Calligaris, Nash Hawthorne, Grayson Hawthorne, Jameson Hawthorne, Alexander Hawthorne sowie Miss Avery Kylie Grambs aus New Castle, Connecticut.«

Ich fühlte mich ungefähr so angestarrt, als wäre ich nackt.

»Da Sie nun alle hier sind«, fuhr Mr Ortega fort, »können wir beginnen.«

Libby ließ wortlos ihre Hand in meine gleiten.

»Ich, Tobias Tattersall Hawthorne«, las Mr Ortega, »verfüge im Vollbesitz meiner geistigen und körperlichen Kräfte, dass meine weltlichen Besitztümer, einschließlich sämtlicher Geld- und Sachgüter, wie folgt verteilt werden.« Der Anwalt legte eine Pause ein. »Andrew und Lotte Laughlin vermache ich für die Jahre treuer Dienste eine Summe von hunderttausend Dollar pro Person sowie ein lebenslanges, mietfreies Wohnrecht im Wayback Cottage am westlichen Ende meines Anwesens in Texas.«

Das ältere Pärchen, das ich vorhin gesehen hatte, lehnte sich aneinander. Alles, was ich denken konnte, war: *EINHUNDERTTAUSEND DOLLAR.* Die Anwesenheit der Laughlins war für die Testamentseröffnung nicht verpflichtend gewesen und doch hatten sie gerade hunderttausend Dollar erhalten. Pro Kopf!

Ich gab mir große Mühe, mich daran zu erinnern, wie man atmete.

»John Oren, dem Leiter meines Personenschutzteams, der mein Leben öfter gerettet hat, als ich zählen kann, vermache ich den Inhalt meiner Werkzeugkiste, die gegenwärtig im Büro von *McNamara, Ortega & Jones* aufbewahrt wird, sowie eine Summe von dreihunderttausend Dollar.«

Tobias Hawthorne kannte diese Menschen, sagte ich mir mit wummerndem Herzen. *Sie haben für ihn gearbeitet. Sie waren ihm* wichtig. *Ich bin niemand.*

»Meiner Schwiegermutter, Pearl O'Day, vermache ich eine jährliche Pension von hunderttausend Dollar, zudem einen Fonds für medizinische Ausgaben wie im Anhang festgelegt. Sämtlicher Schmuck, der meiner verstorbenen Ehefrau, Alice O'Day-Hawthorne, gehörte, soll nach meinem Tod in den Besitz ihrer Mutter übergehen, damit er nach ihrem Gutdünken verteilt wird.«

Nan brummte vernehmlich. »Kommt ja nicht auf dumme Gedanken«, wies sie den Raum im Allgemeinen an. »Ich werde euch alle überleben.«

Mr Ortega schmunzelte, doch dann erstarb sein Lächeln. »Meinen …« Er hielt inne und setzte noch mal an. »Meinen Töchtern, Zara Hawthorne-Calligaris und Skye Hawthorne, hinterlasse ich die finanziellen Mittel, die nötig sind, um die Summe sämtlicher Schulden zu begleichen, auf die sie sich zum Zeitpunkt meines Todes beliefen.« Mr Ortega hielt noch einmal inne, seine Lippen pressten sich aufeinander. Die anderen beiden Anwälte starrten unverwandt geradeaus und vermieden es, irgendein Mitglied der Familie Hawthorne direkt anzuschauen. »Darüber hinaus vermache ich Skye meinen Kompass – auf dass sie immer den wahren Norden finde; und Zara vermache ich meinen Hochzeitsring – auf dass sie immer so ganz und gar und unerschütterlich liebe, wie ich ihre Mutter liebte.«

Eine weitere Pause, noch peinlicher als die letzte.

»Machen Sie weiter.« Das kam von Zaras Ehemann.

»Neben dem bisher Aufgeführten«, las Mr Ortega langsam, »vermache ich jeder meiner Töchter eine einmalige Erbzahlung von fünfzigtausend Dollar.«

Fünfzigtausend Dollar? Ich hatte die Worte kaum gedacht, da stieß Zaras Mann sie erzürnt aus. *Tobias Hawthorne hat seinen Töchtern weniger hinterlassen als seinem Leibwächter.*

Plötzlich bekam Skyes Anspielung auf Grayson als *Erbe in spe* eine ganz neue Bedeutung.

»Das haben wir dir zuzuschreiben.« Zara drehte sich zu Skye um. Sie erhob ihre Stimme nicht, dennoch klang es vernichtend.

»Mir?«, erwiderte Skye empört.

»Daddy war nicht mehr derselbe, nachdem Toby starb«, fuhr Zara fort.

»Verschwand«, berichtigte Skye sie.

»Gott, hör dir doch nur mal zu!« Zara verlor die Beherrschung über ihren Ton. »Du hast ihn auf diese Gedanken gebracht, nicht wahr, Skye? Hast mit den Wimpern geklimpert und ihn überzeugt, uns zu übergehen und alles deinen …«

»Söhnen.« Skyes Stimme war schnippisch. »Das Wort, das du suchst, ist *Söhne*.«

»Das Wort, nach dem sie sucht, ist *Bastarde*.« Nash Hawthorne hatte den ausgeprägtesten texanischen Akzent von allen im Raum. »Nicht dass wir nicht zuvor schon so genannt worden wären.«

»Wenn ich einen Sohn gehabt hätte …« Zaras Stimme stockte.

»Hast du aber nicht.« Skye ließ das wirken und legte dann nach: »Oder, Zara?«

»Genug!« Zaras Mann ging dazwischen. »Wir werden das in Ordnung bringen.«

»Ich fürchte, es gibt da nichts in Ordnung zu bringen«, mischte sich Mr Ortega in das Wortgefecht. »Sie werden bei einer gerichtlichen Auseinandersetzung feststellen, dass das Testament hieb- und stichfest ist und erhebliche Einbußen für all diejenigen verheißt, die versuchen könnten, es anzufechten.«

Ich übersetzte es grob in: *Klappe halten und setzen.*

»Nun, wenn ich fortfahren dürfte …« Mr Ortega blickte erneut auf das Testamentsschreiben in seinen Händen hinab. »Meinen Enkelsöhnen, Nash Westbrook Hawthorne, Grayson Davenport Hawthorne, Jameson Winchester Hawthorne und Alexander Blackwood Hawthorne, vermache ich …«

»Alles«, murmelte Zara bitter.

Mr Ortega sprach unbeirrt weiter. »… zweihundertfünfzigtausend Dollar für jeden, auszuzahlen jeweils an ihrem fünfundzwanzigsten Geburtstag. Bis dahin soll es treuhänderisch von Alisa Ortega verwaltet werden.«

»Was?« Alisa klang geschockt. »Ich meine … *was?*«

»Zur Hölle«, half ihr Nash höflich auf die Sprünge. »Der Ausdruck, nach dem du suchst, Schätzchen, ist: *Was zur Hölle?*«

Tobias Hawthorne hatte *nicht* alles seinen Enkelsöhnen vermacht. In Anbetracht des gewaltigen Umfangs seines Vermögens hatte er ihnen praktisch ein Almosen hinterlassen.

»Was. Geht. Hier. Vor?«, fragte Grayson, jedes Wort tödlich und präzise.

Tobias Hawthorne hat nicht alles seinen Enkelsöhnen vermacht. Er hat auch seinen Töchtern nicht alles vermacht. Genau da setzte mein Hirn aus. Meine Ohren schrillten.

»Wenn ich alle bitten dürfte.« Mr Ortega hielt eine Hand hoch. »Erlauben Sie mir, zum Ende zu kommen.«

Sechsundvierzig Komma zwei Milliarden Dollar, dachte ich. Mein Herz attackierte wie wild meinen Brustkorb, mein Mund war trocken wie Sandpapier. *Tobias Hawthorne war sechsundvierzig Komma zwei Milliarden Dollar schwer. Er hat seinen Enkeln zusammen eine Million Dollar vererbt. Hunderttausend insgesamt an seine Töchter. Eine weitere halbe Million an seine Bediensteten, eine jährliche Pension an Nan …*

Die Rechnung in dieser Gleichung ging nicht auf. Sie *konnte* nicht aufgehen.

Einer nach dem anderen wandten die Anwesenden im Raum sich um und starrten mich an.

»Den Rest meines Nachlasses«, las Mr Ortega vor, »einschließlich sämtlicher Immobilien, Geldvermögen und irdischer Besitztümer, die nicht anderweitig im Einzelnen ausgeführt wurden, vermache ich Avery Kylie Grambs.«

KAPITEL 10

Das ist nicht wahr.

Das kann nicht wahr sein.

Ich träume.

Ich halluziniere.

»Er hat alles *ihr* hinterlassen?« Skyes Stimme war so schrill, dass sie sogar meine Benommenheit durchdrang. »Warum?« Weg war die Frau, die über mein Sternzeichen sinniert und mich mit Anekdoten von ihren Söhnen und Liebhabern unterhalten hatte. Diese Skye sah aus, als könnte sie ohne Zögern jemanden erwürgen. Buchstäblich.

»Wer zur Hölle ist sie überhaupt?«, ertönte Zaras Stimme messerscharf und glockenklar.

»Da muss ein Irrtum vorliegen.« Grayson sprach wie ein Mensch, der es gewohnt ist, sich um Irrtümer zu kümmern. *Bestechen, bedrohen, sich rauskaufen*, dachte ich. Was würde der »Erbe in spe« wohl mit mir tun? *Das hier ist nicht wahr.* Das spürte ich mit jedem Herzschlag, jedem Einatmen, jedem Ausatmen. *Das hier kann nicht wahr sein.*

»Er hat recht.« Meine Worte kamen als Flüstern heraus, verloren in dem Stimmengewirr, das um mich herum anhob. Ich versuchte es erneut, diesmal lauter. »Grayson hat recht.« Nacheinander wendeten sich die Köpfe mir zu. »Da muss ein Irrtum vorliegen.« Meine Stimme war heiser. Ich fühlte mich, als ob ich gerade aus einem Flugzeug gesprungen wäre. Als würde ich mich in freiem Fall befinden und darauf warten, dass mein Fallschirm sich öffnet.

Das hier ist nicht real. Kann es gar nicht sein.

»*Avery.*« Libby stupste mich verstohlen in die Rippen, um mir mitzuteilen, dass ich gefälligst die Klappe halten und aufhören sollte, von *Irrtümern* zu reden.

Aber das war völlig unmöglich. Da musste es so was wie eine Verwechslung gegeben haben. Ein Mann, den ich nie getroffen hatte, würde mir ja wohl kein Multi-Milliarden-Vermögen hinterlassen. Solche Dinge passierten schlichtweg nicht. Punkt.

»Hört ihr?«, stürzte Skye sich auf das, was ich gesagt hatte. »Selbst Ava stimmt mit uns überein, dass es lächerlich ist.«

Diesmal war ich mir ziemlich sicher, dass sie meinen Namen absichtlich missverstanden hatte. *Den Rest meines Nachlasses, einschließlich sämtlicher Immobilien, Geldvermögen und irdischer Besitztümer, die nicht anderweitig im Einzelnen ausgeführt wurden, vermache ich Avery Kylie Grambs.* Skye Hawthorne kannte meinen Namen nun sehr wohl.

Sie alle kannten ihn.

»Ich versichere Ihnen, dass kein Irrtum vorliegt.« Mr Ortega begegnete meinem Blick, bevor er seine Aufmerksamkeit den anderen zuwandte. »Und ich versichere dem Rest von Ihnen, dass Tobias Hawthornes Testament und letzter Wille absolut unanfechtbar sind. Da der Großteil der verbleibenden Details lediglich Avery betrifft, setzen wir dem Theater an dieser Stelle ein Ende. Aber lassen Sie mich eine Sache klarstellen: Nach den Bedingungen des Testaments wird jeder, der Averys Erbe anficht, seinen Anteil vom Nachlass komplett verlieren.«

Averys Erbe. Mir war schwindlig, beinahe schon übel. Es war, als hätte jemand mit den Fingern geschnipst und die Gesetze der Physik außer Kraft gesetzt; so als hätte sich die Gravitationskonstante geändert und mein Körper hätte Schwierigkeiten, sich daran anzupassen. Die Welt schlingerte um ihre Achse.

»Kein Testament ist völlig unanfechtbar«, meldete sich Zaras Ehemann mit säuerlicher Stimme. »Nicht wenn es um so viel Geld geht.«

»Gesprochen«, warf Nash Hawthorne trocken ein, »wie einer, der den alten Herrn nicht wirklich kannte.«

»Falltür um Falltür«, murmelte Jameson. »Und Rätsel um Rätsel.« Ich konnte den Blick seiner dunkelgrünen Augen auf mir spüren.

»Ich denke, du solltest gehen«, sagte Grayson knapp in meine Richtung. Keine Bitte. Ein Befehl.

»Theoretisch ...«, Alisa Ortega hörte sich an, als hätte sie gerade Arsen geschluckt, »... ist es ihr Haus.«

Ganz offenbar hatte sie tatsächlich nicht gewusst, was in dem Testament stand. Man hatte sie im Dunkeln gelassen, genauso wie die Familie. *Wie konnte Tobias Hawthorne sie nur so übergehen? Was für ein Mensch tut so was seinem eigenen Fleisch und Blut an?*

»Ich verstehe nicht«, sagte ich laut, benommen und wie betäubt, denn nichts von alldem ergab einen Sinn.

»Meine Tochter hat recht.« Mr Ortegas Tonfall blieb sachlich. »Sie besitzen alles, Miss Grambs. Nicht nur das Vermögen, sondern auch sämtliche Immobilien, Hawthorne House mit eingeschlossen. Den Bedingungen Ihrer Erbschaft entsprechend, die ich gerne mit Ihnen durchgehe, wird den jetzigen Bewohnern jedoch ein unbegrenztes Wohnrecht gewährt, außer, beziehungsweise bis sie Ihnen Anlass für einen Rauswurf geben.« Er ließ die Worte mit Nachdruck in der Luft hängen. »Unter keinerlei Umständen«, fuhr er ernst und mit nachdrücklich mahnendem Ton fort, »dürfen diese Bewohner versuchen, Sie zum Auszug zu veranlassen.«

Im Raum herrschte plötzlich reglose Stille. *Sie werden mich umbringen. Jemand in diesem Raum wird mich ganz sicher umbringen.* Der Mann, den ich als ehemaligen Soldaten eingeordnet hatte, trat vor und stellte sich zwischen mich und Tobias Hawthornes Familie. Er sagte nichts, verschränkte lediglich die Arme vor der Brust, wobei er mich hinter seinem Rücken und den Rest der Anwesenden im Blick behielt.

»Oren!« Zara klang schockiert. »Du arbeitest für diese Familie.«

»Ich habe für Mr Hawthorne gearbeitet.« John Oren legte eine Pause ein und hielt ein Stück Papier hoch. Ich brauchte einen Moment, um zu kapieren, dass es sein Brief war. »Es war seine letzte Bitte, dass ich meine Aufgabe im Dienst von Miss Avery Kylie Grambs fortsetze.« Er blickte zu mir. »Als Sicherheit. Du wirst sie brauchen.«

»Und nicht nur, um dich vor uns zu beschützen!«, fügte Xander zu meiner Linken hinzu.

»Bitte tritt einen Schritt zurück«, befahl Oren.

Xander hob seine Hände. »Frieden«, erklärte er. »Ich mache nur ganz friedlich düstere Voraussagen!«

»Xan hat recht.« Jameson lächelte, als sei das alles ein Spiel. »Die ganze Welt wird ein Stück von dir abhaben wollen, Mystery-Girl. Das schreit förmlich *Story des Jahrhunderts.*«

Story des Jahrhunderts. Mein Hirn schaltete sich plötzlich wieder ein, denn alles deutete darauf hin, dass dies hier kein Witz war. Ich halluzinierte nicht. Ich träumte nicht.

Ich war eine Erbin.

KAPITEL 11

Ich stürzte davon. Im nächsten Moment stand ich auch schon draußen im Freien und die Eingangstür von Hawthorne House fiel krachend hinter mir zu. Kalte Luft schlug mir ins Gesicht. Ich war mir beinahe sicher, dass ich atmete, aber mein gesamter Körper fühlte sich entkoppelt an, taub. Fühlte sich so ein Schock an?

»Avery!« Libby kam gleich nach mir aus dem Haus gestürmt. »Bist du okay?« Sie musterte mich besorgt. »Ach ja: Und bist du verrückt? Wenn jemand dir Geld gibt, dann versuchst du nicht, es zurückzugeben!«

»*Du* tust das aber«, merkte ich an. Das Dröhnen in meinem Kopf war so laut, dass ich mich selbst nicht denken hören konnte. »Jedes Mal, wenn ich dir meine Trinkgelder geben möchte.«

»Wir reden hier aber nicht von Trinkgeld!« Libbys blaues Haar löste sich aus ihrem Pferdeschwanz. »Wir reden hier von *Millionen.*«

Milliarden, korrigierte ich sie im Stillen, aber mein Mund weigerte sich, das Wort auszusprechen.

»Ave.« Libby legte eine Hand auf meine Schulter. »Denk mal nach, was das bedeutet. Du wirst nie wieder Geldsorgen haben. Du kannst dir kaufen, was immer du willst, tun, was immer du willst. Diese Postkarten von deiner Mom, die du aufbewahrt hast?« Sie beugte sich vor, lehnte ihre Stirn gegen meine. »Du kannst überallhin reisen. Stell dir nur all die Möglichkeiten vor.«

Das tat ich, auch wenn sich das Ganze wie ein grausamer Scherz anfühlte, so als würde das Universum mich irgendwie austricksen, damit ich begann mir Dinge zu wünschen, die Mädchen wie ich sich niemals wünschten …

Die massive Eingangstür von Hawthorne House wurde mit einem Knall aufgestoßen. Ich zuckte erschrocken zusammen, und Nash Hawthorne kam herausspaziert. Selbst im Anzug sah jeder Zentimeter von ihm nach Cowboy aus, als sei er bereit, sich seinem Gegner in der heißen Mittagsstunde zum Duell zu stellen.

Ich wappnete mich innerlich. *Milliarden.* Es waren schon Kriege um weniger geführt worden.

»Entspann dich, Kleines.« Nashs texanischer Akzent war so träge und geschmeidig wie Whiskey. »Ich will die Kohle gar nicht. Wollte ich noch nie. So wie ich das sehe, erlaubt sich das Universum gerade einen kleinen Scherz mit ein paar Leuten, die es wahrscheinlich verdienen.«

Der Blick des ältesten Hawthorne-Bruders schweifte von mir zu Libby. Er selbst war groß, muskulös und sonnengebräunt. Sie war klein und zierlich, ihre blasse Haut bildete einen krassen Kontrast zu ihrem dunklen Lippenstift und neonblauem Haar. Die beiden sahen aus, als gehörten sie nicht einmal in die Nähe des anderen, und doch stand er da und bedachte sie mit einem kleinen trägen Lächeln.

»Mach's gut, Darling«, sagte Nash zu meiner Schwester. Er schlenderte zu dem abgewrackten Motorrad, setzte seinen Helm auf, und Sekunden später war er fort.

Libby starrte dem Motorrad nach. »Ich nehme zurück, was ich über Grayson gesagt habe. Vielleicht ist *er* hier Gott.«

Im Moment hatten wir größere Probleme als die Frage, welcher der Hawthorne-Brüder göttlicher war. »Wir können nicht hierbleiben, Libby. Ich habe starke Zweifel, dass der Rest dieser Familie in Sachen Testament so locker ist wie Nash. Wir müssen hier weg.«

»Ich gehe mit euch«, ertönte eine tiefe Stimme. Ich drehte mich um. John Oren stand neben der Tür. Ich hatte ihn sie gar nicht öffnen hören.

»Ich brauche keine Security«, erwiderte ich. »Ich muss hier einfach nur fort.«

»Du wirst den Rest deines Lebens Security brauchen.« Er sagte das so nüchtern, dass ich nichts dagegen einwenden konnte. »Aber sieh es mal von der positiven Seite.« Er nickte zu dem Wagen, der uns am Flughafen abgeholt hatte. »Ich fungiere auch als Chauffeur.«

Ich bat Oren, uns zu einem Motel zu fahren. Stattdessen kutschierte er uns zu dem vornehmsten Hotel, das ich je gesehen hatte, und er musste wohl den landschaftlich reizvolleren Umweg genommen haben, denn Alisa Ortega erwartete uns bereits in der Lobby.

»Ich hatte die Gelegenheit, das Testament in Gänze zu lesen.« Anscheinend war das ihre Version eines *Hallo*. »Ich habe dir eine Ausfertigung mitgebracht. Ich schlage vor, wir ziehen uns in eure Suite zurück und gehen dort die Details durch.«

»Unsere *Suite?*«, wiederholte ich. Der Portier trug einen Frack. In der Lobby hingen sechs Kronleuchter. Ein paar Meter weiter klimperte eine Frau auf einer ausgewachsenen Harfe herum. »Wir können uns hier keine Suite leisten.«

Alisa bedachte mich mit einem beinahe schon mitleidigen Blick. »Oh, Süße«, sagte sie, bevor sie ihre Professionalität zurückgewann. »Dir gehört das Hotel.«

Mir … Wie bitte? Libby und ich kassierten eindeutige »Wer hat das Gesindel hier reingelassen?«-Blicke von den anderen Gästen, die in der Lobby herumstanden. Unmöglich konnte *mir* das Hotel gehören.

»Wo wir schon dabei sind«, fuhr Alisa fort, »das Testament muss erst noch vollstreckt werden. Es könnte seine Zeit dauern, bis das Geld und die Immobilien treuhänderisch übergeben wurden, aber in der Zwischenzeit werden *McNamara, Ortega & Jones* eure etwaigen Spesen übernehmen.«

Libby kräuselte die Augenbrauen. »Ist das normal, dass Anwaltskanzleien so was tun?«

»Ihr habt wahrscheinlich mitbekommen, dass Mr Hawthorne einer unserer wichtigsten Klienten war«, erklärte Alisa taktvoll. »Es wäre wohl präziser zu sagen, dass er unser *einziger* Klient war. Und nun …«

»Nun«, sagte ich, während die gesamte Tragweite dessen, was sie da sagte, zu mir durchsickerte, »bin ich dieser Klient.«

Ich brauchte fast eine Stunde, um das Testament zu lesen, wieder zu lesen und dann noch ein letztes Mal durchzulesen. Tobias Hawthorne hatte lediglich eine Bedingung an mein Erbe geknüpft.

»Du wirst ein ganzes Jahr in Hawthorne House leben müssen, beginnend drei Tage von heute an.« Alisa hatte den Punkt mindestens schon zweimal herausgestrichen, doch ich bekam es einfach nicht in mein Hirn.

»Der einzige Haken, an dem mein Erbe von mehreren Milliarden Dollar hängt, ist, dass ich in eine Riesenvilla ziehen *muss.*«

»Korrekt.«

»Eine Villa, in der immer noch ein Großteil der Leute wohnt, die erwartet hatten, dieses Geld zu erben. Und ich kann sie nicht rauswerfen.«

»Außer im Fall außergewöhnlicher Umstände, ebenfalls korrekt. Falls es ein Trost ist – es ist ein *sehr* großes Haus.«

»Und wenn ich mich weigere?«, frage ich. »Oder wenn die Hawthorne-Familie mich abmurksen lässt?«

»Niemand wird dich abmurksen lassen«, erwiderte Alisa ruhig.

»Ich weiß ja, dass du mit diesen Leuten aufgewachsen bist«, meinte Libby diplomatisch an Alisa gewandt, »aber die werden bei meiner Schwester hundertpro zu Axtmördern mutieren. Ich sage nur Lizzie Borden …«

»Ich fände es echt schöner, nicht mit einer Axt ermordet zu werden«, bestätigte ich mit Nachdruck.

»Risikobewertung: niedrig«, brummte Oren. »Zumindest, was den Einsatz von Äxten angeht.«

Ich brauchte eine Sekunde, bis ich kapierte, dass er scherzte. »Das hier ist ernst!«

»Glaub mir«, erwiderte er, »das weiß ich. Aber ich weiß auch, wie die Hawthornes ticken. Die Jungs würden einer Frau nie was zuleide tun und die Frauen werden dich vor Gericht zerren, ganz ohne Äxte.«

»Außerdem«, fügte Alisa hinzu, »ist es im Bundesstaat Texas so geregelt, dass, sollte ein Erbanwärter im Prozess der Vollstreckung sterben, das Erbe nicht in den ursprünglichen Nachlass zurückfällt – es wird Teil des Nachlasses des Erben.«

Ich habe einen Nachlass?, dachte ich dumpf. »Und wenn ich mich weigere, dort einzuziehen?«, fragte ich erneut mit einem riesigen Kloß in meinem Hals.

»Sie wird sich nicht weigern.« Libby feuerte Laserblicke auf mich ab.

»Falls du es versäumst, innerhalb von drei Tagen in Hawthorne House einzuziehen«, klärte Alisa mich geduldig auf, »geht dein Erbteil an verschiedene wohltätige Einrichtungen.«

»Und nicht an die Familie von Tobias Hawthorne?«, hakte ich nach.

»Nein.« Alisas neutrale Miene verrutschte ein klein wenig. Sie kannte die Hawthornes seit Jahren. Sie mochte jetzt für mich arbeiten, aber sie konnte unmöglich glücklich darüber sein.

Oder?

»Dein Vater hat das Testament aufgesetzt, richtig?«, fragte ich, während ich immer noch versuchte, diese völlig irre Situation zu begreifen, in der ich mich plötzlich befand.

»In Abstimmung mit den anderen Partnern in der Kanzlei«, bestätigte Alisa.

»Hat er dir gesagt …?« Ich suchte nach einer besseren Formulierung, um auszudrücken, was ich fragen wollte, gab dann aber auf. »Hat er dir gesagt, warum?«

»Ich denke nicht, dass mein Vater weiß, warum«, erwiderte Alisa. Sie beäugte mich, wobei ihre neutrale Miene abermals verrutschte. »Du vielleicht?«

KAPITEL 12

»Heilige Schmeißfliege«, keuchte Max. »Heilige grottenverschlammte Schmeißfliege.« Sie senkte die Stimme zu einem Flüstern und stieß diesmal einen unverfälschten Kraftausdruck aus. Bei mir war es nach Mitternacht, bei ihr zwei Stunden früher. Ich erwartete schon, dass Mrs Liu gleich reinstürmen und ihr das Handy wegnehmen würde, doch nichts geschah.

»Wie?«, wollte Max wissen. »Warum?«

Ich blickte auf den Brief in meinem Schoß. Tobias Hawthorne hatte mir eine Erklärung hinterlassen, aber in den Stunden seit der Testamentsverlesung hatte ich mich nicht überwinden können, den Umschlag zu öffnen. Ich war allein, saß im Dunkeln auf dem Balkon der Penthouse-Suite von einem *Hotel, das mir gehörte*, wobei ich einen flauschigen bodenlangen Bademantel trug, der wahrscheinlich mehr kostete als mein Auto, und war wie erstarrt.

»Vielleicht«, meinte Max nachdenklich, »wurdest du bei der Geburt vertauscht.« Max schaute viel fern und litt unter etwas, das man wohl *Büchersucht* nennen konnte. »Vielleicht hat deine Mutter vor Jahren mal sein Leben gerettet. Vielleicht verdankt er sein Vermögen deinem Ur-Ur-Großvater. Vielleicht wurdest du durch einen fortgeschrittenen Computeralgorithmus ausgewählt, der im Begriff steht, eine künstliche Intelligenz zu entwickeln.«

»Maxine!« Ich schnaubte. Doch irgendwie reichten ihre verrückten Einfälle, damit ich genau die Worte aussprechen konnte, die ich den ganzen Tag nicht hatte denken wollen. »Vielleicht ist mein Vater gar nicht mein richtiger Vater.«

Das wäre doch die rationalste Erklärung, oder nicht? Vielleicht hatte Tobias Hawthorne seine Familie gar nicht wegen einer *Fremden* enterbt. Vielleicht *gehörte* ich zur Familie.

Ich habe ein Geheimnis … Ich rief mir Moms Bild ins Gedächtnis. Wie oft hatte ich sie genau diese Worte sagen hören?

»Alles gut bei dir?«, erkundigte sich Max am anderen Ende der Leitung.

Ich schaute erneut auf den Brief hinab, meinen in Schönschrift vermerkten Namen auf der Vorderseite. Ich schluckte. »Tobias Hawthorne hat mir einen Brief hinterlassen.«

»Und du hast ihn noch nicht aufgemacht?«, empörte sich Max. »Avery, verfuchst noch mal …«

»Maxine!« Selbst übers Handy konnte ich die Stimme ihrer Mom im Hintergrund hören.

»Verfuchst, Mama. Ich habe *verfuchst* gesagt. So wie in: ›So eine vertrackte Sache, das mit den Füchsen und ihren flauschigen Schwänzchen …‹« Es folgte eine kurze Pause, und dann: »Avery? Ich muss dann mal.«

Meine Bauchmuskeln verkrampften sich. »Telefonieren wir bald?«

»Sehr bald«, versprach Max. »Und bis dahin: Öffne. Den. Brief.«

Sie legte auf. Ich legte auf. Ich schob meinen Daumen unter die Lasche des Kuverts … Ein Klopfen an der Tür rettete mich davor, es durchzuziehen.

Ich kehrte vom Balkon in die Suite zurück und sah Oren, der sich vor der Tür aufgebaut hatte. »Wer ist es?«, wollte ich wissen.

»Grayson Hawthorne«, erwiderte Oren. Ich starrte die Tür an, während er weiter ausführte. »Wenn meine Männer ihn als Gefahr betrachten würden, hätte er es nie in unser Stockwerk geschafft. Ich vertraue Grayson. Aber wenn du ihn nicht sehen willst …?«

»Nein«, unterbrach ich ihn. *Was tue ich da?*

Es war spät, und ich bezweifelte stark, dass der texanische Geldadel es allzu gut aufnahm, vom Thron gestoßen zu werden. Aber da war etwas in der Art, wie Grayson mich angeschaut hatte, beim ersten Mal, als wir uns trafen … »Öffnen Sie die Tür«, sagte ich zu Oren. Das tat er und trat dann zurück.

»Willst du mich nicht hereinbitten?« Grayson war nicht mehr der *Erbe in spe*, aber bei seinem Tonfall hätte man es meinen können.

»Du solltest nicht hier sein«, entgegnete ich und zog den Bademantel fester um mich.

»Ich habe die ganze letzte Stunde damit verbracht, mir das Gleiche zu sagen, und doch stehe ich nun hier.« Seine Augen waren tiefgraue Tümpel, sein Haar zerzaust, als sei ich nicht die Einzige, die keinen Schlaf hatte finden können. Er hatte heute alles verloren.

»Grayson …«, begann ich.

»Ich weiß nicht, wie du das getan hast«, schnitt er mir das Wort ab, seine Stimme gefährlich leise. »Ich weiß nicht, welchen Einfluss du auf meinen Großvater hattest oder was für einen Schwindel du hier abziehst.«

»Ich ziehe hier gar nichts …«

»Jetzt rede ich, Miss Grambs.« Er legte seine Handfläche aufs Türblatt.

Ich hatte mich geirrt, was seine Augen anging. Das waren keine Tümpel. Das war Eis.

»Ich habe keine Ahnung, wie du das eingefädelt hast, aber ich werde es herausfinden. Jetzt sehe ich dich. Ich weiß, was du bist und wozu du in der Lage bist, und es gibt *nichts*, was ich nicht tun würde, um meine Familie zu beschützen. Was auch immer du hier für ein Spiel treibst, ganz gleich, wie lange diese Gaunerei dauern mag – ich werde die Wahrheit herausfinden, und dann stehe Gott dir bei.«

Oren trat in mein Gesichtsfeld, doch ich wartete nicht darauf, dass er in Aktion trat. Ich stieß die Tür nach vorne, und zwar so heftig, dass Grayson zurücktaumelte, und knallte sie dann fest zu. Mit wummerndem Herzen wartete ich darauf, dass er wieder klopfte, dass er mich durch die Tür hindurch anbrüllte. Doch nichts. Langsam senkte sich mein Kopf, meine Augen wurden wie Magneten von dem Umschlag in meinen Händen angezogen.

Nach einem letzten Blick zu Oren ging ich in mein Schlafzimmer. *Öffne. Den. Brief.* Dieses Mal tat ich es, zog eine schlichte Karte aus dem Kuvert heraus. Die Nachricht umfasste bloß vier Worte. Ich starrte das Papier an, wobei ich immer wieder die Anrede, den Text und die Unterschrift las.

Liebste Avery,
es tut mir leid.
T.T.H.

KAPITEL 13

Es tut mir leid? Was denn? Diese Frage schrillte noch am nächsten Morgen durch meinen Kopf. Zur Abwechslung hatte ich mal richtig ausgeschlafen. Als ich die Küche der Suite betrat, fand ich dort Oren und Alisa vor, die sich leise unterhielten.

»Avery.« Oren bemerkte mich zuerst. Ich fragte mich, ob er Alisa von Grayson erzählt hatte. »Es gibt da ein paar Sicherheitsprotokolle, die ich gerne mit dir durchgehen würde.«

So was wie, Grayson Hawthorne nicht die Tür zu öffnen?

»Du stehst nun im Visier«, verkündete Alisa knapp.

So wie sie darauf beharrt hatte, dass die Hawthornes keine Bedrohung darstellten, musste ich einfach fragen: »In wessen Visier?«

»Dem der Paparazzi natürlich. Die Kanzlei hält die Angelegenheit aktuell noch unter Verschluss, aber das wird nicht lange vorhalten. Zudem bestehen noch andere Sorgen.«

»Entführungsversuche.« Oren legte keine besondere Betonung in das Wort. »Stalker. Leute werden Drohungen schicken … Tun sie immer. Du bist jung, und du bist weiblich, was es schlimmer machen wird. Mit der Erlaubnis deiner Schwester werde ich für sie ebenfalls ein Personenschutzteam aufstellen, sobald sie zurück ist.«

Entführungsversuche. Stalker. Drohungen. Ich bekam kaum die Wörter in meinen Kopf. »Wo ist Libby überhaupt?«, fragte ich.

»In einem Flugzeug«, antwortete Alisa. »Genau genommen, in deinem Flugzeug.«

»Ich habe ein Flugzeug?« Ich würde mich *niemals* dran gewöhnen.

»Du hast mehrere«, klärte Alisa mich auf. »Und einen Hubschrauber, glaube ich, aber das ist jetzt nicht von Belang. Deine Schwester ist unterwegs, um deine Sachen zu holen, genauso wie ihre. In Anbetracht der Deadline für deinen Einzug in Hawthorne House – und dessen, was auf dem Spiel steht – dachten wir, es sei das Beste, wenn du gleich hierbleibst. Idealerweise haben wir deinen Umzug schon bis heute Abend über die Bühne gebracht.«

»Sobald diese Neuigkeit erst draußen ist«, sagte Oren ernst, »wirst du auf dem Cover jeder Zeitschrift prangen. Du wirst die Topstory jedes Nachrichtensenders sein, das Nummer-eins-Trendthema auf sämtlichen Social-Media-Kanälen. Für die einen wirst du Aschenputtel sein. Für die anderen Marie Antoinette.«

Manche Leute würden sich wünschen, ich zu sein. Andere würden mich bis in den tiefsten Abgrund ihrer Seele hassen. Zum ersten Mal fiel mir das Pistolenholster an Orens Seite auf.

»Es ist besser, du hältst dich bedeckt«, sagte Oren gleichmütig. »Deine Schwester dürfte heute Abend zurück sein.«

Den Rest des Vormittags spielten Alisa und ich das, was ich im Stillen das Stell-Averys-Leben-in-Sekundenschnelle-auf-den-Kopf-Spiel betitelt hatte. Ich kündigte meinen Job im Diner. Alisa kümmerte sich darum, mich von der Schule abzumelden.

»Was ist mit meinem Auto?«, fragte ich.

»Bis auf Weiteres wird Oren dich fahren, aber wir können dein Fahrzeug hertransportieren lassen, wenn du das willst«, bot Alisa an. »Oder du suchst dir einen neuen Wagen zur persönlichen Nutzung aus.«

So unaufgeregt, wie sie das sagte, hätte man meinen können, sie würde vorschlagen, Kaugummi im nächsten Supermarkt zu kaufen.

»Bevorzugst du SUVs oder schnittigere Modelle?«, erkundigte sie sich, wobei sie ihr Handy auf eine Art hochhielt, die verriet, dass sie problemlos in der Lage wäre, mit einem simplen Knopfdruck einen Wagen zu bestellen. »Irgendwelche farbliche Vorlieben?«

»Wenn du mich einen Moment entschuldigen würdest«, erwiderte ich. Ich verzog mich in mein Schlafzimmer. Auf dem Bett türmten sich die Kissen absurd hoch. Ich kraxelte auf die Matratze, ließ mich in den Kissenberg plumpsen und zog mein Handy raus.

Max simsen, anrufen, auf Twitter anschreiben, all das führte zu ein und demselben Ergebnis: nichts. Ihre Mom hatte definitiv ihr Handy beschlagnahmt und wahrscheinlich auch ihren Laptop, was bedeutete, dass sie mich leider nicht bei der angemessenen Antwort auf das Angebot der eigene Anwältin, einen Wagen zu bestellen wie so eine verfuchste Pizza, beraten konnte.

Das hier ist nicht real. Vor nicht einmal vierundzwanzig Stunden hatte ich noch auf dem Parkplatz gepennt. Das Verschwenderischste, was ich mir bisher in meinem Leben gegönnt hatte, war hier und da ein Frühstücks-Panini gewesen.

Frühstücks-Panini, fiel es mir siedend heiß ein. *Harry.* Ich setzte mich im Bett auf.

»Alisa?«, rief ich. »Und wenn ich nun kein neues Auto will, wenn ich das Geld lieber für was anderes ausgeben möchte – ginge das auch?«

Eine Wohnung für Harry zu besorgen – und ihn dazu zu bringen, sie anzunehmen –, würde nicht einfach werden, doch Alisa meinte nur, ich solle die Sache als erledigt betrachten. Das war die Welt, in der ich nun lebte. Alles, was ich tun musste, war zu sprechen, und es wurde *erledigt.*

Das hier würde nicht von Dauer sein. Konnte es gar nicht. Früher oder später würde jemand dahinterkommen, dass alles nur eine riesige Verarsche war. *Also kann ich es genauso gut genießen, solange es andauert.*

Das war mein vorrangiger Gedanke, als wir losfuhren, um Libby abzuholen.

Als meine Schwester dann aus *meinem* Privatjet stieg, überlegte ich, ob Alisa ihr einen Studienplatz an der Sorbonne besorgen könnte. Oder ihr einen kleinen Cupcake-Laden kaufen. Oder …

»Libby!« Sämtliche Gedanken in meinem Kopf kamen kreischend zum Halt, sobald ich ihr Gesicht sah. Ihr rechtes Auge war blau angelaufen und fast komplett zugeschwollen.

Libby schluckte, wandte aber nicht den Blick ab. »Wenn du jetzt sagst: *Ich hab's dir doch gesagt,* werde ich Buttertoffee-Cupcakes machen und dich nötigen, sie jeden Tag zu essen.«

»Gibt es da ein Problem, von dem ich wissen sollte?«, erkundigte Alisa sich bei Libby, doch ihre Stimme war verräterisch ruhig, als sie das Veilchen beäugte.

»Avery hasst Buttertoffee«, erwiderte Libby, elegant ausweichend.

»Alisa«, stieß ich gepresst hervor, »hat deine Kanzlei zufällig einen Auftragskiller an der Hand?«

»Nein.« Alisa wahrte ihren strikt professionellen Tonfall. »Aber ich bin sehr einfallsreich. Ich könnte einige Erkundungen einziehen.«

»Ich kann ehrlich nicht sagen, ob du gerade scherzt«, sagte Libby, bevor sie sich mir zuwandte. »Ich will nicht darüber reden. Und mir geht's gut.«

»Aber …«

»Mir geht's gut.«

Ich schaffte es, meine Klappe zu halten, und wir schafften es zusammen zurück ins Hotel.

Der Plan bestand darin, ein paar letzte Arrangements zu treffen und dann umgehend nach Hawthorne House aufzubrechen.

Die Sache verlief nicht ganz nach Plan.

»Wir haben ein Problem.« Oren klang nicht mal sonderlich beunruhigt, doch Alisa ließ sofort ihr Smartphone sinken. Oren nickte zum Balkon unserer Suite. Alisa trat hinaus, sah runter und fluchte leise.

Ich quetschte mich an Oren vorbei auf den Balkon. Unter uns, vor dem Hoteleingang, mühten sich die Sicherheitsleute des Hotels ab, einen wahren Mob an Menschen im Zaum zu halten. Erst als ein Blitz ausgelöst wurde, kapierte ich, was das war.

Paparazzi.

Bevor ich wusste, wie mir geschah, richteten sich auch schon sämtliche Kameras hoch zum Balkon. Auf mich.

KAPITEL 14

»Du hast doch gesagt, die Kanzlei hätte die Sache noch unter Verschluss.« Oren bedachte Alisa mit einem vorwurfsvollen Blick. Sie erwiderte ihn finster, tätigte kurz hintereinander drei Anrufe – zwei davon auf Spanisch – und wandte sich dann wieder an meinen Security-Chef. »Das Leck war nicht bei uns.« Ihre Augen zuckten zu Libby. »Es war dein Freund.«

Libbys Antwort war kaum mehr als ein Flüstern. »Mein Ex-Freund.«

»Es tut mir leid.« Libby hatte sich mindestens ein Dutzend Mal entschuldigt. Sie hatte Drake alles erzählt – von dem Testament, den Bedingungen, an die mein Erbe geknüpft war, und wo wir untergebracht waren. *Alles.* Ich kannte sie gut genug, um zu wissen, warum. Er war wahrscheinlich stinksauer geworden, dass sie einfach so fortgegangen war. Sie hatte versucht, ihn zu beschwichtigen. Und in dem Moment, als sie ihm von dem Geld erzählte, hatte er gefordert mitzukommen. Er hatte angefangen Pläne zu schmieden, das Hawthorne'sche Geld zu verprassen. Und Libby, die Gute, hatte ihm gesagt, dass es ihnen nicht zustand, es auszugeben, dass es nicht *seins* war.

Er hat sie verprügelt. Sie hat ihn verlassen. Er ist zur Presse gegangen.

Und nun war die Presse hier. Eine regelrechte Horde fiel über uns her, als Oren mich durch eine Seitentür rausführte.

»Da ist sie!«, schrie eine Stimme.

»Avery!«

»Avery, hier drüben!«

»Avery, wie fühlt es sich an, der reichste Teenager von Amerika zu sein?«

»Wie fühlt es sich an, die weltjüngste Milliardärin zu sein?«

»Woher kanntest du Tobias Hawthorne?«

»Ist es wahr, dass du die uneheliche Tochter von Tobias Hawthorne bist?«

Ich wurde in einen SUV bugsiert. Die Tür ging zu und dämpfte abrupt das Getöse der Reporterfragen. Ziemlich genau auf der Hälfte unserer Fahrt erhielt ich eine Nachricht – nicht von Max. Von einer unbekannten Nummer.

Ich öffnete sie und sah den Screenshot einer Schlagzeile. *Avery Grambs – Wer ist die Hawthorne-Erbin?*

Ein kurzer Text begleitete das Bild.

Hey, Mystery-Girl. Du bist offiziell berühmt.

Vor den Toren von Hawthorne House befanden sich noch mehr Paparazzi, doch sobald wir diese passiert hatten, verblasste die Außenwelt. Es gab keinen Willkommensempfang, als ich eintraf. Kein Jameson. Kein Grayson. Gar keiner von den Hawthornes. Ich streckte meine Hand nach der massiven Eingangstür aus – abgeschlossen. Alisa verschwand um das Haus herum zur Rückseite. Als sie endlich wieder auftauchte, blickte sie gequält drein. Sie reichte mir einen großen Umschlag.

»Von Rechts wegen«, erklärte sie, »ist die Familie Hawthorne verpflichtet, dir die Schlüssel zur Verfügung zu stellen. Praktisch jedoch …«, sie kniff entnervt die Augen zusammen, »… geht die Familie Hawthorne einem gewaltig auf den Sack.«

»Ist das ein offizieller Rechtsbegriff?«, fragte Oren trocken.

Ich riss den Umschlag auf und sah, dass die Hawthornes mir tatsächlich die Schlüssel zur Verfügung gestellt hatten – so um die hundert davon.

»Irgendeinen Schimmer, welcher von denen zur Eingangstür gehört?«, fragte ich. Es waren keine normalen Schlüssel. Sie waren übergroß und reich verziert. Sie sahen allesamt wie Antiquitäten aus und jeder Schlüssel war anders – unterschiedliche Formen, unterschiedliche Metalle, verschiedenste Längen und Größen.

»Das wirst du schon herausfinden«, sagte jemand.

Mein Blick zuckte hoch und blieb an der Gegensprechanlage hängen.

»Lass die Sperenzchen, Jameson«, befahl Alisa. »Das ist nicht annähernd so possierlich, wie ihr alle meint.«

Keine Antwort.

»Jameson?«, versuchte Alisa es erneut.

Stille, und dann: »Ich habe Vertrauen in dich, M. G.«

Die Gegensprechanlage verstummte und Alisa stieß einen langen, frustrierten Seufzer aus. »Gott, errette mich vor den Hawthornes!«

»*M. G.?*«, fragte Libby verdutzt.

»Mystery-Girl«, klärte ich sie auf. »So wie ich das mitbekommen habe, ist das Jameson Hawthornes Vorstellung von einem Spitznamen.« Ich wandte meine Aufmerksamkeit erneut dem Schlüsselring in meinen Händen zu. Die offensichtlichste Lösung war, sie alle auszuprobieren. Mal angenommen, dass einer dieser Schlüssel tatsächlich zur Eingangstür gehörte, würde ich irgendwann Glück haben. Aber reines Glück schien nicht zu genügen. Ich war bereits das glücklichste Mädchen der Welt.

Ein Teil von mir wollte sich das nun auch verdienen.

Ich ging die Schlüssel durch, inspizierte die Verzierungen. Ein Apfel. Eine Schlange. Ein verwirbeltes Muster, das an einen Wasserstrudel erinnerte. Es gab Schlüssel mit Buchstaben in eleganter, altmodischer Schreibschrift, das ganze Alphabet. Es gab Schlüssel mit Zahlen und Schlüssel mit Formen, einer mit einer Meerjungfrau und vier unterschiedliche Schlüssel, auf denen Augen prangten.

»Und?«, meldete sich Alisa abrupt. »Willst du, dass ich einen Anruf tätige?«

»Nein.« Ich wandte meine Aufmerksamkeit von den Schlüsseln zur Tür. Die Gestaltung war schlicht, geometrisch – nichts, was zu einem der Motive auf den Schlüsseln gepasst hätte. *Das wäre auch zu leicht*, dachte ich. *Zu simpel.* Und eine Sekunde später folgte gleich der nächste Gedanke: *Nicht simpel genug.*

So viel hatte ich beim Schach gelernt: Je komplizierter die Spielstrategie schien, desto weniger wahrscheinlich war, dass der Gegner nach simplen Antworten suchte. Wenn man sein Gegenüber dazu bringen konnte, nur auf den Springer zu schauen, konnte man ihn auch mit einem Bauern einsacken. *Schau an den Details vorbei. An den Komplikationen vorbei.* Ich verlagerte meinen Fokus von den kunstvollen Griffen der Schlüssel zum Bart, der potenziell ins Schloss gehörte. Obwohl die Schlüssel insgesamt in ihrer Größe variierten, waren die Bärte allesamt ähnlich groß bemessen.

Nicht nur ähnlich, wurde mir klar, als ich zwei der Schlüssel im direkten Vergleich inspizierte. Das Muster der Zähne war bei beiden identisch. Ich ging zu einem dritten Schlüssel über. *Dasselbe.* Ich arbeitete mich durch den Ring, wobei ich jeden Schlüssel mit dem nächsten verglich, einen nach dem anderen. *Dasselbe. Dasselbe. Dasselbe.*

Es gab keine hundert Schlüssel an dem Ring. Je schneller ich sie durchging, desto sicherer war ich. Es gab ein paar Dutzend Ausfertigungen des falschen Schlüssels, die allesamt so aufgemacht waren, um anders als die anderen auszuschauen, und dann …

»Der hier.« Endlich traf ich auf einen Schlüssel, der einen anderen Bart hatte. Die Gegensprechanlage knisterte, aber falls Jameson immer noch auf der anderen Seite war, sagte er kein Wort. Ich trat vor, um den Schlüssel ins Schloss zu stecken, und Adrenalin schoss durch meine Adern, als er sich drehte.

Heureka!

»Woher wusstest du, welchen Schlüssel man nehmen muss?«, wollte Libby wissen.

Die Antwort kam aus der Gegensprechanlage. »Manchmal«, verkündete Jameson Hawthorne, wobei er seltsam nachdenklich klang, »sind Dinge, die oberflächlich sehr verschieden ausschauen, in ihrem Kern dasselbe.«

KAPITEL 15

»Willkommen daheim, Avery.« Alisa trat in die Eingangshalle und wirbelte zu mir herum. Ich hörte ganz kurz zu atmen auf, als ich über die Schwelle schritt. Es war, wie den Buckingham-Palast oder Hogwarts zu betreten und zu realisieren, dass das Ganze *dir* gehörte.

»Diesen Flur entlang«, verkündete Alisa, »haben wir das Kino, das Musikzimmer, die Orangerie …« Bei Letzterem wusste ich nicht mal, was das war. »Den Großen Salon hast du bereits gesehen«, fuhr Alisa fort. »Das offizielle Speisezimmer ist weiter da lang, dann die Privatküche, die Küche für den Koch …«

»Es gibt einen Koch?«, platzte ich heraus.

»Es stehen Sushi-, Thai-, italienische und vegetarische Köche sowie ein Konditor auf Abruf bereit.« Die Stimme, die das sagte, war männlich. Ich drehte mich um und sah das ältere Ehepaar von der Testamentseröffnung in der Tür zum Großen Salon stehen. *Die Laughlins*, fiel es mir ein. »Aber meine Ehefrau kümmert sich um die tagtägliche Küche«, fuhr Mr Laughlin schroff fort.

»Mr Hawthorne legte sehr viel Wert auf Privatsphäre.« Mrs Laughlin beäugte mich. »An den meisten Tagen nahm er mit meinen Kochkünsten vorlieb, da er es nicht mochte, wenn mehr Außenstehende als nötig im Haus herumstromerten.«

Ich hatte keinen Zweifel, dass sie auch mich als *Außenstehende* betrachtete.

»Es gibt Dutzende Angestellte, die auf Abruf bereitstehen«, erklärte Alisa. »Sie erhalten alle einen Vollzeitlohn, arbeiten jedoch nur bei Bedarf.«

»Wenn etwas getan werden muss, gibt es immer jemanden, der es tut«, meinte Mr Laughlin schlicht, »und ich achte darauf, dass es möglichst diskret erledigt wird. Meist werden Sie gar nicht merken, dass die Leute hier sind.«

»Aber ich werde es merken«, bekundete Oren. »Alles Kommen und Gehen auf dem Anwesen wird strikt verfolgt und keiner schafft es durch die Tore ohne einen gründlichen Background-Check. Bauarbeiter, die Haus- und Gartenangestellten, jeder Masseur, Koch, Stylist oder Sommelier … Sie werden alle von meinem Team geprüft.«

Sommelier. Stylist. Koch. Masseur. Mein Hirn arbeitete sich rückwärts durch die Liste. Es war schwindelerregend.

»Die Fitnessräume befinden sich diesen Flur runter«, sagte Alisa, die in ihre Reiseführerrolle zurückverfiel. »Es gibt zudem ein Basketball- sowie ein Racquetballfeld, eine Kletterwand, eine Bowlinganlage …«

»Eine *Bowlinganlage*?«, wiederholte ich.

»Nur vier Bahnen«, versicherte Alisa mir, als wäre es völlig nachvollziehbar, eine *kleine* Bowlinganlage im Haus zu haben.

Ich versuchte immer noch, eine angemessene Antwort zu formulieren, als hinter mir die Eingangstür aufging. Am Vortag hatte Nash Hawthorne den Eindruck gemacht, als ob er hier nichts verloren habe – und doch stand er nun da.

»Der Motorrad-Cowboy«, flüsterte Libby mir ins Ohr.

Alisa neben mir versteifte sich. »Wenn dann so weit alles in Ordnung ist, sollte ich wohl in der Kanzlei vorbeischauen.« Sie griff in die Tasche ihres Blazers und reichte mir ein nagelneues Smartphone. »Ich habe meine Nummer sowie die von Mr Laughlin und Oren eingespeichert. Wenn du irgendwas brauchst, ruf an.«

Dann ging sie ohne ein einziges Wort an Nash davon und er schaute ihr nach.

»Nimm dich vor der in Acht«, riet Mrs Laughlin dem ältesten Hawthorne-Bruder, als die Tür zugefallen war. »Die Hölle selbst kann nicht wüten wie eine verschmähte Frau.«

Und da dämmerte es mir. *Alisa und Nash.* Meine Anwältin hatte mir dringend davon abgeraten, mein Herz an einen Hawthorne zu verlieren, und als ich die Frage, ob mir je jemand das Leben ruiniert habe, verneint hatte, lautete ihre Antwort: *Glück gehabt.*

»Jetzt red dir bloß nicht ein, Lee-Lee würde mit dem Feind paktieren«, sagte Nash zu Mrs Laughlin. »Avery ist niemandes Feind. Es gibt hier keine Feinde. Das hier ist *sein* Wille.«

Er. Tobias Hawthorne. Selbst tot war er noch übermenschlich präsent.

»Nichts von alldem hier ist Averys Schuld«, sagte Libby neben mir. »Sie ist praktisch noch ein Kind.«

Nash wandte seine Aufmerksamkeit meiner Schwester zu, und ich konnte spüren, wie sie sich am liebsten in Luft aufgelöst hätte. Nash spähte durch ihr blaues Haar hindurch, sah ihr zugeschwollenes Auge. »Was ist denn da passiert?«, murmelte er.

»Alles gut«, sagte Libby und reckte ihr Kinn.

»Ja, das kann ich sehen«, erwiderte Nash leise. »Aber falls du dich entschließen solltest, mir einen Namen zu geben? Ich würde ihn dankend annehmen.«

Ich konnte den Effekt sehen, den diese Worte auf Libby hatten. Sie war es nicht gewohnt, irgendwen außer mir auf ihrer Seite zu haben.

»Libby.« Oren forderte ihre Aufmerksamkeit. »Wenn du einen Moment hättest, würde ich dir gerne Hector vorstellen, der ab sofort dein Sicherheitsteam leiten wird. Avery, ich kann mich persönlich dafür verbürgen, dass Nash dich nicht mit der Axt erschlagen und auch nicht zulassen wird, dass jemand anderes dich mit der Axt erschlägt, während ich fort bin.«

Das wurde von Nash mit einem amüsierten Schnauben quittiert und ich funkelte Oren wütend an. Er musste ihnen doch nicht gleich auf die Nase binden, wie wenig ich ihnen traute! Während Libby Oren in die Untiefen des Hauses folgte, entging mir nicht, dass der älteste Hawthorne-Bruder ihr nachschaute.

»Lass sie in Ruhe«, warnte ich ihn.

»Du verfügst über einen beachtlichen Beschützerinstinkt«, bemerkte Nash, »und es schaut aus, als würdest du mit allen Mitteln kämpfen. Wenn es etwas gibt, das ich respektiere, dann diese zwei besonderen Eigenschaften in Kombination.«

Da ertönte ein *Krach* und dann ein *Wumms* in der Ferne.

»Und das«, sagte Nash sinnierend, »wäre dann wohl der Grund, warum ich zurückgekommen bin und in eben diesem Moment nicht den Freuden der Nomadenexistenz fröne.«

Noch ein *Wumms.*

Nash verdrehte die Augen. »Das wird ein Spaß.« Er schritt entschlossen auf einen der Flure zu. Dann warf er einen Blick über die Schulter. »Du kannst genauso gut mitkommen, Kleines. Du weißt doch, was man sagt, über das Feuer und die Taufe.«

KAPITEL 16

Nash hatte lange Beine, daher erforderte ein gemächliches Schlendern seinerseits von mir ein zügiges Joggen, um Schritt zu halten. Ich schaute im Vorbeigehen in jedes Zimmer, das wir passierten, aber es war ein einziges verschwommenes Mischmasch aus Kunst, Architektur und Sonnenlicht. Am Ende des langen Flurs stieß Nash eine Tür auf. Ich bereitete mich mental darauf vor, die Spuren einer Prügelei zu sehen. Stattdessen erblickte ich Grayson und Jameson, die sich mit einigem Abstand gegenüberstanden – in einer Bibliothek, deren Anblick mir schier den Atem raubte.

Der Raum war kreisrund. Reihum erhoben sich die Regale etwa fünf Meter hoch bis zur Decke und jedes davon war vollständig mit gebundenen Büchern gefüllt. Die Regale waren aus einem dunklen, prächtigen Holz gefertigt. Im Raum verteilt zogen sich vier schmiedeeiserne Wendeltreppen nach oben wie die Pfeile auf einem Kompass. Im Zentrum der Bibliothek befand sich ein massiver Baumstumpf mit locker drei Meter Durchmesser. Selbst aus dieser Entfernung konnte ich die Jahresringe ausmachen, die das Alter des Baumes markierten.

Ich brauchte kurz, um zu begreifen, dass er als Schreibtisch genutzt wurde.

Ich könnte ewig hierbleiben, dachte ich. *Ich könnte für immer in diesem Zimmer bleiben und nie wieder gehen.*

»Also«, meldete sich Nash neben mir zu Wort, wobei er beiläufig seine Brüder taxierte. »Wem darf ich zuerst den Arsch versohlen?«

Grayson schaute als Erster von dem Buch auf, das er hielt. »Müssen wir denn immer gleich handgreiflich werden?«

»Tja, sieht aus, als hätte ich den ersten Freiwilligen gefunden«, bemerkte Nash trocken, bevor er einen abschätzenden Blick zu Jameson warf, der an einer der eisernen Wendeltreppen lehnte. »Dürfte ich wohl einen Moment?«

Jameson feixte. »Konntest einfach nicht wegbleiben, was, großer Bruder?«

»Und Avery allein mit euch Kindsköpfen lassen?« Bis Nash meinen Namen erwähnte, schien keiner von beiden meine Anwesenheit hinter ihm registriert zu haben, doch nun spürte ich, wie meine Unsichtbarkeit sich auflöste.

»Ich würde mir nicht so viele Gedanken um Miss Grambs machen«, meinte Grayson mit silberscharfen Augen. »Sie ist offenbar ganz gut in der Lage, für sich zu sorgen.«

Übersetzung: Ich bin eine skrupellose, geldgierige Hochstaplerin und er durchschaut mich ganz und gar.

»Achte bloß nicht auf Gray«, sagte Jameson gedehnt. »Tut keiner von uns.«

»Jamie«, mahnte Nash. »Halt die Klappe.«

Jameson ignorierte ihn. »Grayson trainiert gerade für die Unausstehlichkeits-Olympiade, und wir glauben echt, dass er es bis an die Spitze schaffen kann, wenn er den Stock nur noch ein bisschen tiefer in seinen …«

… *Marsch dirigiert*, vervollständigte ich als Hommage an Max.

»Genug«, knurrte Nash.

»Was habe ich verpasst?« Xander kam durch die Tür gehüpft. Er trug eine Privatschuluniform samt Blazer, den er in einer flüssigen Bewegung von sich schleuderte.

»Du hast gar nichts verpasst«, erwiderte Grayson. »Und Miss Grambs wollte gerade gehen.« Sein Blick zuckte zu mir. »Ich bin sicher, du möchtest erst mal in Ruhe ankommen.«

Ich war nun die Milliardärin, doch er erteilte immer noch Befehle.

»Wartet mal.« Xander runzelte die Stirn, während er den Zustand des Raums in sich aufnahm. »Habt ihr beiden euch etwa ohne mich geprügelt?« Ich sah nach wie vor keine erkennbaren Anzeichen eines Kampfs, doch offenbar war Xander etwas ins Auge gefallen, was mir entging. »Das ist also der Lohn dafür, dass ich der Einzige bin, der nicht die Schule schwänzt«, meinte er bekümmert.

Bei der Erwähnung von Schule sah Nash von Xander zu Jameson. »Keine Uniform«, bemerkte er. »Na, spielen wir etwa Blaumachen, Jamie? Das heißt dann wohl zweimal Arsch versohlen.«

Xander hörte den Ausdruck *Arsch versohlen*, grinste, sprang auf und vollführte ohne Vorwarnung einen Satz, wobei er Nash zu Boden riss. *Nur eine spontane, lieb gemeinte Rauferei unter Brüdern.*

»Hab dich!«, erklärte Xander triumphierend.

Nash hakte einen Fuß um Xanders Knöchel, fegte ihn um und nagelte ihn auf dem Boden fest. »Nicht heute, kleiner Bruder.« Nash grinste, dann warf er seinen anderen zwei Brüdern einen finstereren Blick zu. »Nicht heute.«

Sie waren eine Einheit. Alle vier. Sie waren Hawthornes. Ich nicht. Das spürte ich nun deutlich, auf eine körperliche Art und Weise. Sie teilten eine Verbindung, die für Außenstehende unzugänglich war.

»Ich sollte gehen«, sagte ich. Ich gehörte nicht hierher, und wenn ich hierbliebe, würde ich doch nur blöd in die Gegend glotzen.

»Du solltest gar nicht erst hier sein«, erwiderte Grayson schnippisch.

»Krieg dich mal wieder ein, Gray«, sagte Nash. »Was geschehen ist, ist geschehen, und du weißt genauso gut wie ich, wenn der alte Herr etwas entschieden hat, dann war das unumstößlich.« Sein Kopf schnellte zu Jameson herum. »Und was dich betrifft: Selbstzerstörerische Neigungen sind nicht annähernd so charmant, wie du meinst.«

»Avery hat das Schlüsselrätsel gelöst«, sagte Jameson beiläufig. »Schneller als irgendeiner von uns.«

Zum ersten Mal, seit ich den Raum betreten hatte, verfielen alle vier Brüder in ein ausgedehntes Schweigen. *Was geht hier vor sich?*, fragte ich mich. Der Moment war irgendwie angespannt, aufgeladen, fast schon unerträglich, und dann …

»Du hast ihr die Schlüssel gegeben?«, brach Grayson das Schweigen.

Ich hielt immer noch den Schlüsselring in der Hand. Plötzlich fühlte er sich sehr schwer an. *Jameson hätte sie mir also nicht geben sollen.*

»Wir waren gesetzlich dazu verpflichtet, ihr …«

»… einen Schlüssel zu geben«, unterbrach Grayson. Er ging langsam auf Jameson zu, der das Buch in seiner Hand zuschnappen ließ. »Wir waren gesetzlich dazu verpflichtet, ihr *einen* Schlüssel zu geben, Jameson, nicht *die* Schlüssel.«

Ich war davon ausgegangen, dass man sich einen Spaß mit mir erlaubte. Bestenfalls, dass es ein kleiner Test sei. Aber so, wie sie klangen, schien es mehr eine Tradition. Eine Einladung.

Ein Initiationsritus.

»Ich war neugierig, wie sie sich schlagen würde.« Jameson hob eine Augenbraue. »Wollt ihr die Zeit hören?«

»Nein«, rief Nash. Ich war nicht sicher, ob er Jamesons Frage beantwortete oder Grayson davon abhalten wollte, sich weiter seinem Bruder zu nähern.

»Kann ich jetzt hoch?«, unterbrach Xander, der immer noch unter Nash feststeckte und anscheinend besserer Laune war als die anderen drei zusammen.

»Nope«, erwiderte Nash.

»Ich habe euch doch gesagt, dass sie besonders ist«, murmelte Jameson, während Grayson weiter auf ihn zukam.

»Und ich habe dir gesagt, du sollst dich von ihr fernhalten.« Grayson blieb knapp außer Jamesons Reichweite stehen.

»Aha, ich sehe, ihr beide redet wieder!«, bemerkte Xander vergnügt. »Hervorragend.«

Gar nicht hervorragend, dachte ich, unfähig, meinen Blick von dem Sturm abzuwenden, der sich nur wenige Meter von mir zusammenbraute. Jameson war größer, Grayson hatte die breiteren Schultern.

Das Feixen auf dem Gesicht des einen spiegelte sich stählern in dem des anderen.

»Willkommen in Hawthorne House, Mystery-Girl.« Jamesons Begrüßung schien mehr an Grayson gerichtet als an mich. Worum auch immer es bei diesem Streit ging, es war nicht bloß eine Meinungsverschiedenheit wegen der aktuellen Geschehnisse.

Es ging nicht nur um mich.

»Hör auf, mich Mystery-Girl zu nennen.« Ich hatte praktisch nichts gesagt, seit die Bibliothekstür aufgeschwungen war, aber ich war es allmählich leid, hier nur die Zuschauerin zu mimen. »Ich heiße Avery.«

»Ich wäre ja auch gewillt, dich *Erbin* zu nennen«, bot Jameson an. Er trat vor in einen Sonnenstrahl, der von einem Oberlicht in der Decke herabfiel. Nun stand er direkt vor Grayson, keine Nasenspitzenlänge entfernt. »Was meinst du, Gray? Hast du schon einen Kosenamen für unsere neue Herrin des Hauses?«

Herrin des Hauses. Jameson rieb es ihm heftig unter die Nase, so als käme er sehr gut damit klar, enterbt worden zu sein, solange es nur bedeutete, dass der *Erbe in spe* ebenfalls alles verloren hatte.

»Ich versuche nur, euch alle zu beschützen«, erwiderte Grayson gepresst.

»Ich denke, wir wissen beide«, erwiderte Jameson, »der einzige Mensch, den du je beschützt hast, bist du selbst.«

Grayson wurde auf einmal totenstill.

»Xander!« Nash stand auf und zog seinen jüngsten Bruder auf die Füße. »Warum zeigst du Avery nicht den Weg zu ihrem Flügel?«

Das war entweder Nashs Versuch, das Überschreiten einer Grenze zu verhindern, oder ein Hinweis darauf, dass bereits eine überschritten wurde.

»Komm mit.« Xander stupste mich sanft gegen die Schulter. »Wir legen unterwegs einen Keks-Zwischenstopp ein.«

Falls dieser Vorschlag dazu gedacht war, die Spannung im Raum aufzulösen, funktionierte es nicht, aber es lenkte Graysons Aufmerksamkeit von Jameson weg – zumindest für den Moment.

»Keine Kekse.« Graysons Stimme war erstickt, so als würde sich seine Kehle um die Worte zusammenziehen – so als hätte Jamesons letzte Entgegnung ihm völlig die Luft abgeschnürt.

»Na schön«, erwiderte Xander fröhlich. »Du bist echt hart im Verhandeln, Grayson Hawthorne. Dann eben keine Kekse.« Xander zwinkerte mir zu. »Wir machen einen Scones-Zwischenstopp.«

KAPITEL 17

Der erste Scone ist das, was ich gerne den *praktischen* Scone nenne.« Xander stopfte sich einen komplett in den Mund, reichte mir ebenfalls einen, bevor er schluckte und dann mit seinem Vortrag fortfuhr. »Erst beim dritten – na, sagen wir beim vierten – Scone ist es so, dass man eine gewisse Scone-Verspeis-Expertise entwickelt.«

»Scone-Verspeis-Expertise«, wiederholte ich trocken.

»Du bist mehr so die Skeptikerin«, bemerkte Xander. »Das wird dir in diesen Hallen von Nutzen sein, aber wenn es eine universelle Wahrheit über die menschliche Existenz gibt, dann, dass ein fein ausgebildeter Scone-Genießergaumen sich nicht von einem Tag auf den anderen entwickelt.«

Aus dem Augenwinkel erblickte ich Oren und fragte mich, wie lange er uns wohl schon beschattete. »Warum stehen wir hier und reden über Scones?«, fragte ich Xander. Oren hatte behauptet, dass die Hawthorne-Brüder keine physische Bedrohung darstellten, aber trotzdem! Xander hätte zumindest versuchen müssen, mir das Leben schwer zu machen. »Solltest du mich nicht hassen oder so?«, fragte ich daher.

»Und ob ich dich hasse«, erwiderte Xander, während er vergnügt seinen dritten Scone verschlang. »Falls es dir nicht aufgefallen ist, ich habe die Blaubeer-Variation für mich behalten und dir« – er schüttelte sich –

»die mit *Zitronen*geschmack gegeben. So tief ist mein Abscheu für dich als Person und überhaupt aus Prinzip.«

»Das hier ist kein Scherz.« Mir kam es vor, als wäre ich durchs Kaninchenloch ins Wunderland geplumpst … und dann gleich weiter, von einem Kaninchenbau in den nächsten, eine nicht enden wollende absurde Reise.

Falltür um Falltür, höre ich Jameson wieder sagen. *Und Rätsel um Rätsel.*

»Warum sollte ich dich denn hassen, Avery?«, fragte Xander schließlich. In seinem Tonfall schwangen verschiedene Gefühle mit, die davor nicht da gewesen waren. »Du bist nicht diejenige, die das hier verbrochen hat.«

Nein, das hat Tobias Hawthorne getan.

»Vielleicht bist du völlig unschuldig.« Xander zuckte die Achseln. »Vielleicht bist du das böse Genie, für das Gray dich anscheinend hält. Aber letzten Endes ist es doch so: Selbst wenn du *glauben* solltest, du hättest unseren Großvater manipuliert, so garantiere ich dir, dass in Wahrheit er es war, der dich manipuliert hat.«

Ich musste an den Brief denken, den Tobias Hawthorne mir hinterlassen hatte: vier kleine Worte, keine Erklärung.

»Dein Großvater war ein krasser Typ.«

Xander griff nach seinem vierten Scone. »Da stimme ich dir zu. Zu seinen Ehren esse ich diesen Scone.« Und genau das tat er. »Möchtest du, dass ich dir jetzt deine Zimmer zeige?«

Da muss doch irgendwo ein Haken sein. Hinter Xander Hawthorne musste mehr stecken, als es vordergründig den Anschein machte. »Zeig mir einfach die Richtung«, erwiderte ich.

»Was das angeht …« Der jüngste Hawthorne zog eine Grimasse. »Es ist wohl so, dass Hawthorne House gemeinhin eine klitzekleine Herausforderung für den Orientierungssinn darstellt. Stell dir einfach vor, ein Labyrinth hätte ein Baby mit einem *Wo ist Walter?*-Wimmelbuch gezeugt – nur dass Walter dein Zimmer ist.«

Ich versuchte, diese absurde Metapher zu übersetzen. »Hawthorne House verfügt also über einen ungewöhnlichen Grundriss.«

Xander verputzte den fünften und letzten Scone. »Hat dir schon mal jemand gesagt, dass du sehr wortgewandt bist?«

»Hawthorne House ist das größte private Wohnhaus im Bundesstaat Texas.« Xander führte mich eine Treppe hoch. »Ich könnte dir jetzt die Zahl der Quadratmeter nennen, aber das wäre nur eine grobe Schätzung. Das, was Hawthorne House eigentlich von anderen unverschämt großen, schlossähnlichen Gemäuern unterscheidet, ist nicht so sehr die Größe als vielmehr seine Beschaffenheit. Stell dir, wenn du magst, einfach vor, eine M.C.-Escher-Zeichnung hätte ein Kind mit Leonardo da Vincis meisterhaftestem Entwurf gezeugt und ...«

»Halt«, befahl ich. »Neue Regel: ab sofort keine Babyzeugungs-Metaphern mehr, wenn du dieses Haus oder seine Bewohner – dich eingeschlossen – beschreibst.«

Xander legte sich melodramatisch eine Hand an die Brust. »Das ist hart.«

Ich zuckte mit den Schultern. »Mein Haus, meine Regeln.«

Er guckte mich aus großen Augen an. Ich konnte zwar auch nicht glauben, was ich da gerade gesagt hatte, aber irgendwas an Xander Hawthorne gab mir das Gefühl, dass ich mich bei ihm nicht für meine Existenz an sich entschuldigen musste.

»Zu früh?«, fragte ich.

»Ich bin ein Hawthorne.« Xander bedachte mich mit seinem würdevollsten Blick. »Es kann gar nicht früh genug sein, um Mist zu verzapfen.« Er ging wieder dazu über, den Fremdenführer zu mimen. »Nun, wie ich gerade sagte, ist der Ostflügel tatsächlich der Nord-Ost-Flügel, der sich im zweiten Stockwerk befindet. Wenn du dich verirrst, halte einfach nach dem alten Herrn Ausschau.« Xander nickte zu einem Porträt an der Wand. »Das hier war die letzten Monate sein Flügel.«

Ich hatte online schon Bilder von Tobias Hawthorne gesehen, doch kaum hatte ich das Porträt erblickt, konnte ich die Augen nicht mehr abwenden. Er hatte silbergraues Haar und ein Gesicht, das wettergegerbter war, als ich gedacht hätte. Seine Augen waren fast exakt wie die von Grayson, die Statur wie die von Jameson, sein Kinn wie das von Nash. Wenn ich Xander nicht in Aktion gesehen hätte, hätte ich womöglich keinerlei Ähnlichkeit zwischen ihm und dem alten Mann festgestellt, aber sie war da, in der Art, wie sich Tobias Hawthornes Züge fügten – nicht die Augen oder die Nase oder der Mund, aber irgendwas an den Proportionen.

»Ich habe ihn nie getroffen.« Ich riss meine Augen von dem Gemälde los und schaute zu Xander. »Sonst hätte ich mich daran erinnert.«

»Bist du sicher?«, wollte Xander wissen.

Ich erwischte mich dabei, wie ich erneut zu dem Bildnis schaute. Hatte ich den Milliardär je getroffen? Hatten sich unsere Wege vielleicht auch nur für einen Moment gekreuzt? In meinem Kopf herrschte ratlose Leere. Da war nur ein Satz, der wieder und wieder seine Bahnen darin zog: *Es tut mir leid.*

KAPITEL 18

Xander ließ mich allein, damit ich meinen Flügel erkunden konnte. *Meinen Flügel.* Es erschien mir komplett lächerlich, diese Worte nur zu denken. *In meinem Herrenhaus.* Die ersten vier Türen führten zu separaten Suiten, jede davon so groß, dass die herrschaftlichen Doppelbetten darin klein aussahen. Die begehbaren Kleiderschränke hätten auch selbst als Schlafzimmer fungieren können. Und die Badezimmer erst! Duschen mit eingebauten Sitzgelegenheiten und Minimum *drei* verschiedenen Duschköpfen in jeder. Riesige Badewannen samt elektrischem Bedienfeld. In jedem Spiegel waren Fernseher eingelassen.

Benommen ging ich zur fünften und letzten Tür auf meinem Flur. *Kein Schlafzimmer*, wurde mir klar, als ich sie öffnete. Ein Büro. Gewaltige Ledersessel – sechs an der Zahl – standen in Hufeisenform vor dem Balkon. Gläserne Vitrinenschränke säumten die Wände. Gleichmäßig verteilt auf den Regalböden befanden sich Gegenstände, die aussahen, als gehörten sie in ein Museum: Geoden, antike Waffen, Statuetten aus Onyx und Stein. Gegenüber vom Balkon auf der Rückseite des Zimmers befand sich ein Schreibtisch. Als ich näher kam, sah ich einen großen Bronzekompass, der in die Tischplatte eingelassen war. Ich fuhr mit den Fingern darüber. Er drehte sich – *Nordwest* – und ein Fach in dem Schreibtisch sprang auf.

In diesem Flügel also hat Tobias Hawthorne seine letzten Monate ver-

bracht, dachte ich. Plötzlich wollte ich nicht nur in das geöffnete Geheimfach schauen – ich wollte jede einzelne Schublade in Tobias Hawthornes Schreibtisch durchwühlen. Es musste doch irgendwas geben, irgendwo, das mir verraten konnte, was er sich dabei gedacht hatte – warum ich hier war, warum er seine Familie zu meinen Gunsten enterbt hatte. Hatte ich irgendwas getan, um ihn zu beeindrucken? Hatte er irgendwas in mir gesehen?

Oder Mom?

Ich beäugte das geöffnete Fach genauer. In den hölzernen Boden geschnitzt befanden sich tiefe Rillen in der Form eines *T*. Ich fuhr mit den Fingern über die Vertiefungen. Nichts passierte. Dann probierte ich die restlichen Schubladen aus. Verschlossen.

Hinter dem Schreibtisch befanden sich mehrere Schränke mit Auszeichnungen und Urkunden. Ich ging darauf zu. Auf der ersten Metallplakette waren die Worte *United States of America* auf goldenem Hintergrund eingraviert; darunter befand sich ein Siegel. Ich musste das Kleingedruckte lesen, um zu begreifen, dass es ein Patent war – und zwar keines, das auf Tobias Hawthorne ausgestellt war.

Der Inhaber des Patents war niemand anderes als Xander.

Es gab mindestens ein halbes Dutzend anderer Patente an der Wand, mehrere Auszeichnungen auf allen nur erdenklichen Gebieten. Ein bronzener Rodeoreiter auf einem Bullen. Ein Surfbrett. Ein Schwert. Es gab Medaillen. Mehrere Schwarzgurte. Meisterschafts-Cups – darunter auch nationale Meisterschaften – für ungefähr alles von Motorcross über Schwimmen bis Flippern. Es gab sogar eine Reihe von vier gerahmten Comicheften – Superhelden, so erkannte ich, solche, über die Filme gedreht wurden –, verfasst von den vier Hawthorne-Enkeln. Ein Bildband mit Fotografien trug Graysons Namen auf dem Rücken.

Das war nicht nur eine Vitrine. Das war ein Schrein – Tobias Hawthornes Ode an seine vier außergewöhnlichen Enkel. Das ergab doch keinen Sinn. Es ergab keinen Sinn, dass überhaupt vier Menschen – drei von ihnen noch Teenager – so viel erreicht haben konnten; und es ergab definitiv keinen Sinn, dass der Mann, der diese Vitrine in seinem Büro stehen hatte, beschlossen haben sollte, dass *keiner* von ihnen es verdiente, sein Vermögen zu erben. *Selbst wenn du* glauben *solltest, du hättest unseren Großvater manipuliert, so garantiere ich dir, dass in Wahrheit er es war, der dich manipuliert hat.*

»Avery?«

Kaum dass ich meinen Namen hörte, trat ich von den Trophäen zurück. Hastig schloss ich das Geheimfach im Schreibtisch, dessen Mechanismus ich ausgelöst hatte.

»Hier drin!«, rief ich zurück.

Libby tauchte in der Tür auf. »Das ist unwirklich«, sagte sie. »Dieser ganze Ort ist *unwirklich.*«

»Das wäre *eine* Bezeichnung dafür.« Ich versuchte, mich auf das Wunderwerk von Hawthorne House zu konzentrieren, nicht auf das blaue Auge meiner Schwester, aber es misslang mir. Wenn überhaupt möglich, sah das Veilchen nun noch schlimmer aus.

Libby schlang die Arme um ihren Oberkörper. »Alles gut«, sagte sie, als sie meinen Blick bemerkte. »Es tut nicht mal so arg weh.«

»Bitte sag mir, dass du mit ihm fertig bist.« Die Worte entschlüpften mir, bevor ich sie aufhalten konnte. Libby brauchte jetzt Unterstützung und niemanden, der sie verurteilte. Aber ich kam nicht umhin zu denken, dass Drake schon mal ihr Ex gewesen war.

»Ich bin doch hier, oder nicht?«, sagte Libby. »Ich habe *dich* gewählt.«

Ich wollte, dass sie sich selbst wählte, und genau das sagte ich auch. Libby ließ ihr Haar ins Gesicht fallen und drehte sich zum Balkon um. Sie schwieg eine ganze Minute, bevor sie wieder sprach.

»Meine Mom hat mich früher geschlagen – nur wenn sie richtig gestresst war, du weißt schon. Sie war alleinerziehend und es war hart. Ich konnte das verstehen. Ich versuchte, alles einfacher zu machen.«

Ich konnte meine Schwester vor mir sehen, als Kind, wie sie geschlagen wurde und doch versuchte, es der Person recht zu machen, die sie schlug. »Libby …«

»Drake hat mich geliebt, Avery. Ich weiß das und ich habe mich so sehr bemüht zu verstehen …« Sie schlang die Arme nun fester um sich.

Der schwarze Nagellack an ihren Fingern sah frisch aus. *Perfekt.* »Aber du hattest recht.«

Mein Herz zog sich zusammen. »Ich wollte nicht recht haben.«

Libby stand noch ein paar Sekunden so da, dann ging sie zum Balkon rüber und öffnete die Tür. Ich folgte ihr und wir beide traten hinaus in die Abendluft. Unter uns befand sich ein Swimmingpool. Er musste beheizt sein, denn jemand zog darin seine Bahnen.

Grayson. Mein Körper erkannte ihn noch vor meinem Geist. Seine Arme schlugen rabiat in einem souveränen Schmetterlingsstil auf das Wasser ein. Und seine Rückenmuskulatur …

»Ich muss dir etwas sagen«, sagte Libby neben mir.

Das ließ mich den Blick vom Becken – und dem Schwimmer darin – losreißen. »Wegen Drake?«

»Nein, ich habe was mitangehört.« Libby schluckte. »Als Oren mich meinem Security-Team vorgestellt hat, habe ich zufällig Zaras Mann sprechen gehört. Sie machen einen Test … einen DNA-Test. Von *dir.*«

Ich hatte keine Ahnung, woher Zara und ihr Mann eine Probe meiner DNA aufgetrieben hatten, aber ich war nicht wirklich überrascht. Ich hatte ja selbst schon daran gedacht. Die einfachste Erklärung dafür, eine völlig Fremde in seinem Testament zu bedenken, war, dass diese Fremde nicht wirklich eine war. Die einfachste Erklärung bestand darin, dass ich eine Hawthorne war.

Ich sollte Grayson eigentlich überhaupt nicht anglotzen.

»Falls Tobias Hawthorne dein Vater war«, brachte Libby hervor, »dann ist unser … *mein* Vater es nicht. Und wenn wir keinen gemeinsamen Dad haben und wir uns in unserer Kindheit sowieso praktisch nicht gesehen haben …«

»Wage es ja nicht zu sagen, wir wären keine Schwestern«, unterbrach ich sie.

»Würdest du mich dann immer noch hier haben wollen?«, fragte Libby, wobei ihre Finger verlegen über ihr schwarzes Samthalsband rieben. »Also falls wir nicht …«

»Ich will dich hier haben«, versprach ich. »Egal, was passiert.«

KAPITEL 19

An jenem Abend nahm ich die längste Dusche meines Lebens. Die Heißwasserversorgung war unerschöpflich. Die Glastüren der Dusche hielten den Dampf im Inneren. Es war, als hätte ich meine eigene Privatsauna. Nachdem ich mich mit plüschigen, übergroßen Badetüchern abgetrocknet hatte, zog ich mir meinen schäbigen Pyjama an und ließ mich auf ein makelloses Laken plumpsen, das mit ziemlicher Sicherheit aus ägyptischer Baumwolle bestand.

Ich weiß nicht genau, wie lange ich dort lag, als ich es hörte. Eine Stimme. »Zieh an dem Kerzenhalter.«

Sofort war ich auf den Beinen und wirbelte herum, um mich mit dem Rücken zur Wand aufzustellen. Instinktiv griff ich nach dem Schlüsselbund, den ich auf dem Nachttisch abgelegt hatte, für den Fall, dass ich eine Waffe brauchte. Meine Augen schweiften durch das Zimmer auf der Suche nach der Person, die gesprochen hatte, fanden aber nichts.

»Zieh an dem Kerzenhalter am Kamin, Erbin. Außer du *willst*, dass ich hier drin stecken bleibe?«

Ärger trat an die Stelle meiner anfänglichen Kampf-oder-Flucht-Reaktion. Mit zusammengekniffenen Augen sah ich zu dem gemauerten Kamin. Ja, auf dem Sims befand sich ein Leuchter.

»Bin mir ziemlich sicher, dass das schon unter Stalking läuft«, sagte ich zum Kamin – oder, genauer gesagt, dem Jungen auf der anderen Seite des Kamins. Trotzdem, ich konnte unmöglich *nicht* an dem Kerzenhalter ziehen. Wer könnte bei so etwas widerstehen? Ich schlang die Hand um den Fuß des Leuchters, traf jedoch auf Widerstand, woraufhin ein weiterer Vorschlag von der anderen Seite des Kamins ertönte.

»Nicht einfach nach vorne ziehen. Winkel ihn nach unten an.«

Ich tat, wie mir geheißen. Der Kerzenhalter vollführte eine Drehung, dann hörte ich ein Klicken, und die Rückwand des Kamins trennte sich ein, zwei Zentimeter von seinem Fundament. Eine Sekunde später sah ich Fingerspitzen in der Ritze. Und ich sah zu, wie die Rückwand des Kamins nach oben geschoben wurde und hinter dem Sims verschwand. Nun war da eine Öffnung hinten im Kamin. Jameson Hawthorne trat hindurch. Er richtete sich auf, brachte die Kerze in ihre aufrechte Position zurück, und der Eingang, den er gerade benutzt hatte, wurde langsam wieder verdeckt.

»Geheimgang«, erklärte er unnötigerweise. »Das Haus ist voll davon.«

»Soll ich das jetzt beruhigend finden?«, entgegnete ich. »Oder beängstigend?«

»Sag du's mir, Mystery-Girl. Bist du beruhigt oder verängstigt?« Er ließ das einen Moment nachwirken. »Oder ist es etwa möglich, dass du fasziniert und neugierig bist?«

Das erste Mal, als ich Jameson getroffen hatte, war er betrunken gewesen. Dieses Mal roch ich zwar keinen Alkohol in seinem Atem, fragte mich aber, wie lange er seit der Testamentseröffnung wohl geschlafen hatte. Seine Frisur benahm sich heute zwar, aber da war etwas Wildes in seinen funkelnden grünen Augen.

»Du fragst gar nicht wegen der Schlüssel.« Jameson bedachte mich mit einem schiefen kleinen Lächeln. »Ich hätte erwartet, dass du danach fragst.«

Ich hielt sie hoch. »Das hast du also verbrochen.«

Keine Frage – und als solche betrachtete er es auch nicht. »Ist ein bisschen so was wie eine Familientradition.«

»Ich gehöre nicht zur Familie.«

Er legte den Kopf schief. »Glaubst du das, ja?«

Ich dachte an Tobias Hawthorne … an den DNA-Test, den Zaras Mann bereits durchführen ließ. »Ich weiß es nicht.«

»Es wäre ein Jammer«, bemerkte Jameson, »wenn wir verwandt wären.« Er ließ mir ein weiteres Lächeln zukommen, langsam und scharfkantig. »Findest du nicht?«

Was war das nur mit mir und den Hawthorne-Jungs? *Hör auf, über sein Lächeln zu fabulieren! Hör auf, auf seine Lippen zu glotzen. Hör … einfach auf.*

»Ich glaube, du hast bereits mehr Familie, als du verkraften kannst.« Ich verschränkte die Arme. »Ich glaube auch, dass du um einiges weniger galant bist, als du mich glauben machen möchtest. Du willst etwas.«

Ich war schon immer gut in Mathe gewesen. Ich war immer logisch veranlagt gewesen. Er war hier, in meinem Zimmer, und flirtete aus einem Grund.

»Alle werden sie etwas von dir wollen, Erbin.« Jameson schmunzelte. »Die Frage ist: Wie viele von uns wollen etwas, das du gewillt bist zu geben?«

Allein der Klang seiner Stimme, die Art, wie er die Dinge ausdrückte … Ich spürte förmlich, wie ich mich ihm entgegenneigen wollte. Das war doch *albern.*

»Hör auf, mich *Erbin* zu nennen«, feuerte ich zurück. »Und wenn du anfängst, die Antworten auf meine Fragen in Rätsel zu verpacken, rufe ich gleich die Security.«

»Das ist die Sache, Mystery-Girl. Ich denke nicht, dass ich irgendwas in ein Rätsel verpacke. Ich glaube nicht, dass es nötig ist. *Du* bist ein Rätsel, ein wandelndes Fragezeichen, ein Spiel … Das letzte meines Großvaters.«

Er sah mich jetzt so eindringlich an, dass ich es nicht wagte wegzuschauen.

»Warum, glaubst du, hat das Haus so viele Geheimgänge? Warum gibt es so viele Schlüssel, die zu keinem der Schlösser passen? Jeder Schreibtisch, den mein Großvater je gekauft hat, verfügt über Geheimfächer. Im Theatersaal gibt es eine Orgel, und wenn man eine bestimmte

Notenfolge spielt, öffnet sich eine versteckte Schublade. Jeden Samstagvormittag, von meiner Zeit als kleiner Junge bis zu dem Tag, an dem mein Großvater starb, setzte er sich mit meinen Brüdern und mir hin und gab uns ein Rätsel auf, eine Denkaufgabe, eine unlösbare Herausforderung … irgendwas zum Grübeln. Und dann starb er. Und dann …« Jameson machte einen Schritt auf mich zu. »… kamst du.«

Ich.

»Grayson glaubt, du wärst so eine Art meisterhafte Manipulantin. Meine Tante ist überzeugt, dass du Hawthorne-Blut in dir hast. Aber ich glaube, dass du das letzte Rätsel des alten Herrn bist – eine letzte Frage, die es zu lösen gilt.« Er machte einen weiteren Schritt, der uns viel näher zueinander brachte. »Er hat dich aus einem Grund gewählt, Avery. Du bist besonders, und ich glaube, er wollte, dass wir, dass *ich* herausfinde, warum.«

»Ich bin kein Rätsel.« Ich spürte, wie mir das Herz bis zum Hals schlug. Er stand jetzt nahe genug, um das Pochen meines Pulses zu sehen.

»Klar bist du das«, erwiderte Jameson. »Das sind wir alle. Erzähl mir nicht, dass ein Teil von dir nicht schon versucht hat, uns zu enträtseln. Grayson. Mich. Vielleicht sogar Xander.«

»Ist das alles nur ein Spiel für dich?« Ich hob eine Hand, um ihn davon abzuhalten, noch näher zu treten. Er machte einen letzten Schritt, wobei er meine Hand unwillkürlich gegen seine Brust presste.

»Alles ist ein Spiel, Avery Grambs. Das Einzige, was wir in diesem Leben entscheiden dürfen, ist, ob wir spielen, um zu gewinnen.« Er hob die Hand, um mir das Haar aus dem Gesicht zu streichen, und ich wich abrupt zurück.

»Raus hier«, sagte ich leise. »Und benutz dieses Mal gefälligst die Tür.« In meinem gesamten Leben hatte niemand mich so sanft berührt wie dieser Junge nur einen Moment zuvor.

»Du bist wütend«, sagte Jameson.

»Ich habe es dir gesagt: Wenn du etwas willst, dann frag. Komm nicht hier rein und erzähl mir, wie besonders ich bin. Und fass mein Gesicht nicht an.«

»Du *bist* besonders.« Jameson behielt die Hände bei sich, aber der verwegene Ausdruck in seinen Augen geriet kein bisschen ins Wanken. »Und was ich will, ist, herauszufinden, warum. Warum du, Avery?« Er trat einen Schritt zurück und gab mir damit etwas Raum. »Erzähl mir nicht, dass du es nicht auch wissen willst.«

Und ob. Natürlich wollte ich das.

»Ich werde das hier dalassen.« Jameson hielt einen Briefumschlag hoch. Er legte ihn sorgfältig auf dem Sims ab. »Lies ihn, und dann sag mir, dass das hier kein Spiel ist, das es zu gewinnen gilt. Sag mir, dass es kein Rätsel ist.« Jameson griff nach dem Kerzenhalter, und als der Kamindurchgang sich erneut öffnete, schoss er einen letzten zielgenauen Satz zum Abschied hinterher. »Dir hat er das Vermögen hinterlassen, Avery. Alles, was er uns hinterlassen hat, bist *du*.«

KAPITEL 20

Eine ganze Weile, nachdem Jameson in der Finsternis verschwunden war und die Kamintür sich geschlossen hatte, stand ich noch da und starrte vor mich hin. War das der einzige Geheimgang, der in mein Schlafzimmer führte? Wie konnte ich in einem Haus wie diesem je wirklich wissen, dass ich allein war?

Schließlich rührte ich mich, um nach dem Umschlag zu greifen, den Jameson auf dem Sims liegen gelassen hatte, obwohl alles in mir gegen das rebellierte, was er gesagt hatte. Ich war kein Rätsel. Ich war nur ein Mädchen.

Ich drehte das Kuvert um und sah, dass Jamesons Name auf die Vorderseite geschrieben war. *Das ist sein Brief*, wurde mir klar. *Derjenige, der ihm bei der Testamentseröffnung überreicht wurde.* Ich hatte nach wie vor keine Ahnung, was ich von meinem halten sollte, keine Ahnung, wofür sich Tobias Hawthorne entschuldigte. Vielleicht würde ja Jamesons Brief etwas Klarheit in die Sache bringen.

Ich öffnete ihn und las. Die Botschaft war länger als meine – und ergab noch weniger Sinn.

> ***Jameson.***
> ***Besser den Teufel, den man kennt, als den Teufel, den man nicht kennt – oder etwa nicht? Macht verdirbt. Absolute***

Macht verdirbt absolut. Es ist nicht alles Gold, was glänzt. Nichts ist sicher, außer dem Tod und den Steuern. Selig, wer unter einem glücklichen Stern geboren.

Beurteile niemals.
Tobias Tattersall Hawthorne

Bis zum nächsten Morgen hatte sich mir Jamesons Brief eingeprägt. Er klang so wirr, als wäre er von jemandem verfasst worden, der tagelang nicht geschlafen hatte – manisch, eine Floskel nach der anderen runterrasselnd. Doch je länger die Worte Zeit hatten, sich in meinem Hirn zu setzen, desto mehr fing ich an, die Möglichkeit in Betracht zu ziehen, dass Jameson recht haben könnte.

Irgendwas steckt da drin, in den Briefen. In Jamesons. In meinem. Eine Antwort … oder ein letzter Hinweis.

Ich rollte mich von meinem riesigen Bett, ging rüber, um meine Handys – Mehrzahl – von ihren Ladegeräten zu ziehen, und musste feststellen, dass mein altes Gerät trotzdem ausgegangen war. Mit ein paar beherzten Versuchen, den Anschaltknopf zu drücken, und etwas Glück schaffte ich es, das Ding wieder zum Leben zu erwecken. Ich hatte keine Ahnung, wo ich überhaupt anfangen sollte, um Max die Ereignisse der letzten vierundzwanzig Stunden zu erklären, aber ich musste mit irgendjemandem reden.

Ich brauchte einen Realitätscheck.

Was ich bekam, waren über hundert verpasste Anrufe und SMS. Plötzlich war der Grund, warum Alisa mir ein neues Smartphone gegeben hatte, glasklar. Leute, mit denen ich seit Jahren nicht mehr gesprochen hatte, schrieben mir. Leute, die ihr Leben damit verbracht hatten, mich zu ignorieren, buhlten um meine Aufmerksamkeit. Kollegen. Klassenkameraden. Sogar Lehrer. Bei der Hälfte hatte ich keinen Schimmer, wie sie überhaupt an meine Nummer gekommen waren. Ich schnappte mir mein neues Handy, ging online und musste feststellen, dass es bei meinen E-Mails und Social-Media-Profilen noch schlimmer stand.

Ich hatte *Tausende* von Nachrichten – die meisten davon von Fremden. *Für einige Leute wirst du Cinderella sein. Für die anderen Marie Antoinette.* Meine Bauchmuskeln krampften sich zusammen. Ich legte beide Handys weg und stand auf; meine Hand schob sich wie von selbst über meinen Mund. Ich hätte das kommen sehen sollen. Eigentlich hätte es kein Schock sein dürfen. Aber ich war nicht bereit dafür.

Wie konnte ein Mensch überhaupt bereit sein für das hier?

»Avery?«, rief eine Stimme aus dem Flur – weiblich, nicht Libby.

»Alisa?«, vergewisserte ich mich, bevor ich die Schlafzimmertür öffnete.

»Du hast das Frühstück verpasst«, kam die Antwort. Prägnant, sachlich, definitiv Alisa.

Ich öffnete die Tür.

»Mrs Laughlin wusste nicht, was du magst, also hat sie ein bisschen von allem gemacht«, erklärte Alisa. Eine Frau, die ich nicht kannte – Anfang zwanzig vielleicht –, folgte ihr mit einem Tablett ins Zimmer. Sie stellte es auf meinem Nachttisch ab, warf einen verkniffenen Blick in meine Richtung und ging dann ohne ein Wort wieder.

»Ich dachte, das Personal kommt nur bei Bedarf ins Haus«, bemerkte ich an Alisa gewandt, nachdem die Tür zu war.

Alisa stieß einen langen Seufzer aus. »Das Personal«, sagte sie, »ist sehr, sehr loyal und momentan äußerst besorgt. Das da« – Alisa nickte zur Tür – »war eine der Neueinstellungen. Sie gehört zu Nash.«

Ich verengte die Augen. »Was meinst du damit, *sie gehört zu Nash?*«

Alisas Fassung geriet kein bisschen ins Wanken. »Nash ist so was wie ein Nomade. Er zieht los. Wandert umher. Er stöbert irgendeinen heruntergekommenen Laden auf, in dem er eine Weile kellnert, und dann kommt er zurück wie die Motte ins Licht – meist mit der einen oder anderen hoffnungslosen Seele im Schlepptau. Wie du dir vorstellen kannst, gibt es in Hawthorne House eine Menge Arbeit zu erledigen, und Mr Hawthorne hatte die Angewohnheit, Nashs verlorene Seelen in Lohn und Brot zu nehmen.«

»Und das Mädchen, das gerade hier war?«, wollte ich wissen.

»Sie ist seit etwa einem Jahr bei uns.« Alisas Tonfall verriet nichts. »Sie würde für Nash sterben. Die meisten von ihnen.«

»Sind sie und Nash …?« Ich war nicht sicher, wie ich es ausdrücken sollte. »Läuft da was?«

»Nein!«, erwiderte Alisa scharf. Sie nahm einen Atemzug und fuhr dann fort. »Nash würde sich nie gestatten, etwas mit jemandem anzufangen, über den er irgendeine Form von Macht hat. Er hat zwar seine Fehler – unter anderem einen ausgeprägten Retterkomplex –, aber so ist er nicht.«

Ich konnte das Offensichtliche nicht länger ungesagt im Raum stehen lassen, also sprach ich es unverblümt aus. »Er ist dein Ex.«

Alisa reckte das Kinn. »Wir waren eine Zeit lang verlobt«, räumte sie ein. »Wir waren jung. Es gab Probleme. Aber ich versichere dir, ich habe keinerlei Interessenkonflikt, was deine juristische Vertretung angeht.«

Verlobt? Ich musste mich echt darum bemühen, dass mein Kiefer nicht runterklappte. Meine Anwältin hatte vorgehabt, einen Hawthorne zu *heiraten*, und sie hatte nicht daran gedacht, dass dies eine Erwähnung verdiente?

»Wenn du es vorziehst«, sagte Alisa steif, »kann ich arrangieren, dass jemand anderes die Aufgabe deines Ansprechpartners in der Kanzlei einnimmt.«

Ich hörte auf, sie so anzuglotzen, und versuchte stattdessen, die Situation zu verarbeiten. Alisa hatte sich bisher durch und durch professionell verhalten und schien geradezu beängstigend gut in ihrem Job. Außerdem hatte sie in Anbetracht der ganzen Geschichte mit der aufgelösten Verlobung wohl eher Grund, den Hawthornes gegenüber *nicht* loyal zu sein.

»Ist schon gut«, sagte ich. »Ich brauche keine neue Ansprechpartnerin.«

Das entlockte ihr ein ganz kleines Lächeln. »Ich habe mir die Freiheit genommen, dich an der *Heights Country Day* einzuschreiben.« Alisa wechselte mit geradezu gnadenloser Effizienz zum nächsten Punkt auf ihrer To-do-Liste. »Das ist die Privatschule, die auch Xander und Jameson besuchen. Grayson hat seinen Abschluss letztes Jahr gemacht. Ich hatte eigentlich gehofft, dich einzuschreiben und wenigstens ein Stück weit akklimatisieren lassen zu können, bevor die Neuigkeit von deiner

Erbschaft es in die Presse schafft, aber wir werden mit dem Blatt spielen müssen, das uns ausgeteilt wurde.« Sie bedachte mich mit einem ernsten Blick. »Du bist die Hawthorne-Erbin, aber du bist keine Hawthorne. Das wird für Aufsehen sorgen, selbst an einem Ort wie der Country Day, wo du bei Weitem nicht die einzige gut situierte Schülerin sein wirst.«

Gut situiert, dachte ich. Wie viele Umschreibungen hatten reiche Leute eigentlich, um nicht das Wort *reich* auszusprechen?

»Ich bin ziemlich sicher, dass ich mit einem Haufen Privatschüler zurechtkomme«, sagte ich, obwohl ich mir dessen nicht sicher war. Kein bisschen.

Alisa erhaschte einen Blick auf meine Handys. Sie ging in die Hocke und hob mein altes Gerät vom Boden auf. »Das werde ich für dich entsorgen.«

Sie musste nicht einmal aufs Display schauen, um zu sehen, was passiert war – was immer noch passierte, falls man das unablässige Vibrieren als Indikator nehmen konnte.

»Warte«, sagte ich. Ich schnappte mir das Handy, ignorierte die Nachrichten und rief direkt Max' Nummer auf. Ich speicherte sie auf meinem neuen Smartphone.

»Ich schlage vor, du regulierst strikt, wer Zugang zu deiner neuen Nummer bekommt«, riet mir Alisa. »Das hier wird sich nicht so bald erledigt haben.«

»Das hier«, wiederholte ich nachdenklich. Die mediale Aufmerksamkeit. Wildfremde, die mich mit Nachrichten bombardierten. Leute, die sich nie um mich gekümmert hatten und beschlossen, dass wir beste Freunde seien.

»Die Schüler an der Country Day werden über etwas mehr Diskretion verfügen«, beruhigte mich Alisa, »aber du musst vorbereitet sein. So schrecklich es auch klingen mag: Geld ist Macht und Macht ist magnetisch. Du bist nicht der Mensch, der du noch vor zwei Tagen warst.«

Ich wollte entschieden widersprechen, doch stattdessen kam mir Tobias Hawthornes Brief an Jameson in den Sinn, dessen Worte in meinem Kopf nachhallten. *Macht verdirbt. Absolute Macht verdirbt absolut.*

KAPITEL 21

»Du hast meinen Brief gelesen.« Jameson Hawthorne ließ sich auf den Rücksitz des SUV neben mir gleiten. Oren hatte mir bereits einen kurzen Überblick der Sicherheits-Features des Wagens gegeben. Die Fenster waren kugelsicher und dunkel getönt, und Tobias Hawthorne hatte mehrere identisch aussehende SUVs besessen, für Anlässe, bei denen Ablenkung nötig war.

Zur Heights Country Day School zu fahren gehörte offenbar nicht dazu.

»Fährt Xander mit?«, erkundigte sich Oren vom Fahrersitz, wobei er Jamesons Blick im Rückspiegel einfing.

»Xan geht freitags früher zur Schule«, erwiderte Jameson. »Irgendwelche AGs.«

Orens Blick schweifte im Spiegel zu mir rüber. »Bist du mit Begleitung einverstanden?«

War ich einverstanden, mit Jameson Hawthorne, der am Vorabend aus dem Kamin und in mein Schlafzimmer spaziert war, auf engstem Raum zusammenzusitzen? *Er hat mein Gesicht berührt …*

»Ist okay«, beruhigte ich Oren, wobei ich die Erinnerung verscheuchte.

Oren ließ den Motor an und warf dann einen Blick über die Schulter. »Avery ist mein Auftrag«, sagte er zu Jameson. »Sollte es zu einem Vorfall kommen …«

»Retten Sie sie zuerst«, beendete Jameson. Er stemmte einen Fuß auf die Mittelkonsole und lehnte sich lässig gegen die Tür. »Großvater sagte immer, die männlichen Hawthornes hätten neun Leben. Ich kann unmöglich mehr als fünf verbraten haben.«

Oren drehte sich wieder nach vorne, legte den Gang ein, und schon fuhren wir los. Selbst durch die Panzerglasscheiben konnte ich gedämpft das Gebrüll hören, als wir die Tore passierten. *Paparazzi.* Am Vortag waren es mindestens ein Dutzend gewesen. Nun stand da die doppelte Anzahl … vielleicht sogar mehr.

Ich hielt mich gedanklich nicht allzu lange dabei auf, sondern wandte den Blick von den Reportern hin zu Jameson. »Da.« Ich griff in meine Tasche und reichte ihm meinen Brief.

»Ich hab dir meins gezeigt«, sagte Jameson, wobei er die Doppeldeutigkeit bis zum Gehtnichtmehr ausspielte. »Jetzt zeig du mir deins.«

»Halt die Klappe und lies.«

Was er tat. »Das war's?«, fragte er, als er fertig war.

Ich nickte.

»Irgendeine Idee, für was er sich entschuldigt?«, wollte Jameson wissen. »Irgendein größeres, niemandem anlastbares Unrecht in der Vergangenheit?«

»Eins.« Ich schluckte und riss den Augenkontakt ab. »Aber falls du nicht gerade deinen Großvater dafür verantwortlich hältst, dass meine Mutter eine extrem seltene Blutgruppe hatte und viel zu weit unten auf der Transplantationsliste stand, ist er da wahrscheinlich raus.«

Eigentlich hatte es sarkastisch klingen sollen, nicht grob.

»Wir kommen später auf deinen Brief zurück.« Jameson tat mir den Gefallen und ignorierte meinen emotionalen Ausrutscher. »Und wenden uns meinem zu. Ich bin neugierig, Mystery-Girl, was hältst du davon?«

Ich hatte das Gefühl, dass dies ein weiterer Test war. Eine Chance, meinen Wert unter Beweis zu stellen. *Na gut, Herausforderung akzeptiert.*

»Dein Brief ist in Zitaten verfasst«, begann ich mit dem Offensichtlichen. »*Es ist nicht alles Gold, was glänzt. Absolute Macht verdirbt absolut.* Er sagt, dass Geld und Macht gefährlich sind. Und die erste Zeile – *Bes-*

ser den Teufel, den man kennt, als den Teufel, den man nicht kennt –, das ist ja wohl mehr als offensichtlich, oder?«

Seine Familie war der Teufel, den Tobias Hawthorne gekannt hatte – und ich war der Teufel, den er nicht gekannt hatte. *Aber wenn das stimmt – warum ich?* Wenn ich eine Fremde war, wie hatte er mich dann ausgewählt? Ein wahlloser Fingerzeig auf der Karte? Max' imaginärer Computeralgorithmus?

Und wenn ich eine Fremde war – warum tat es ihm dann leid?

»Mach weiter«, drängte Jameson.

Ich konzentrierte mich. »*Nichts ist sicher, außer dem Tod und den Steuern.* Für mich klingt das, als habe er gewusst, dass er sterben wird.«

»Wir wussten nicht einmal, dass er krank war«, murmelte Jameson. Das traf also ins Schwarze. Tobias Hawthorne war offenbar ein Meister im Hüten von Geheimnissen gewesen – wie meine Mutter. *Ich könnte der Teufel sein, den er nicht kennt, auch wenn er sie kannte. Ich wäre immer noch eine Fremde, auch wenn sie es nicht war.*

»Selig, wer unter einem glücklichen Stern geboren«, kehrte ich zum Inhalt des Briefes zurück, bedacht drauf, dem Gedankengang zu Ende zu folgen. »Das Glück liegt nicht in unseren Händen, sondern in dem, was uns gegeben wird«, übersetzte ich.

»Der reiche Knabe kann zum Bettler werden.« Jameson nahm die Füße von der Mittelkonsole und drehte den Kopf nun ganz zu mir; seine grünen Augen fesselten meine auf eine Art, die meinen gesamten Körper in höchste Alarmbereitschaft versetzte. »Und das Mädchen aus der Gosse kann alles werden …«

Eine Prinzessin. Ein Rätsel. Eine Erbin. Ein Spiel.

Jameson lächelte. Falls das ein Test war, so hatte ich bestanden. »Oberflächlich betrachtet«, sagte er, »scheint der Brief das zusammenzufassen, was wir bereits wissen: Mein Großvater starb und hinterließ alles dem Teufel, den er nicht kannte, womit er das Vermögen vieler auflöste. Warum? Weil die Macht einen verdirbt. Und die absolute Macht verdirbt absolut.«

Ich hätte meinen Blick nicht von ihm abwenden können, selbst wenn ich es versucht hätte.

»Und was ist mit dir, Erbin?«, fuhr Jameson fort. »Bist du unkorrumpierbar? Ist das der Grund, warum er das Vermögen in deine Hände gelegt hat?« Der Ausdruck, der um seine Mundwinkel spielte, war kein Lächeln. Ich wusste nicht ganz, was es war, nur dass es magnetisch war. »Da gibt es mehr zu holen. Ein Wortspiel. Ein Code. Eine versteckte Botschaft. *Irgendwas.*«

Er reichte mir meinen Brief zurück. Ich nahm ihn und blickte darauf. »Dein Großvater hat meinen Brief mit Initialen unterzeichnet«, gab ich eine letzte Beobachtung zum Besten. »Und deinen mit seinem vollen Namen.«

»Und was bitte«, sagte Jameson leichthin, »machen wir daraus?«

Wir. Wie waren ein Hawthorne und ich zu einem *wir* geworden? Ich hätte auf der Hut sein sollen. Trotz Orens und Alisas Versicherungen hätte ich auf Distanz bleiben sollen. Aber irgendwas war mit dieser Familie. Irgendwas hatten diese Jungs an sich.

»Sind so gut wie da«, meldete sich Oren hinterm Steuer. Falls er unserem Gespräch gefolgt war, so ließ er sich nichts anmerken. »Die Schulverwaltung wurde bezüglich der Situation bereits gebrieft. Ich habe die Security der Country Day bereits vor Jahren abgecheckt, als die Jungs eintraten. Du solltest hier in Sicherheit sein, Avery, aber verlass unter keinen Umständen das Schulgelände.« Unser Wagen fuhr durch eine bewachte Toreinfahrt. »Ich werde nicht weit weg sein.«

Ich wendete meine Gedanken von den Briefen – Jamesons und meinem – dem zu, was mich außerhalb dieses Wagens erwartete. *Das ist eine Highschool?*, dachte ich staunend, während ich den Anblick jenseits der Panzerglasscheiben auf mich wirken ließ. Es sah mehr wie ein Museum oder ein Universitätsgebäude aus, wie aus so einer Broschüre, wo sämtliche Studenten schön waren und ständig lächelten. Plötzlich fühlte sich die Uniform, die ich bekommen hatte, an, als würde sie nicht auf meinen Körper gehören. Ich war ein Kind, das Verkleiden spielte und so tat, als könnte ein Kochtopf über dem Kopf es in einen Astronauten verwandeln, als könnte verschmierter Lippenstift im Gesicht es zu einem Star machen.

Für den Rest der Welt war ich eine unerwartete Berühmtheit. Ich war ein Faszinosum – und eine Zielscheibe. *Aber hier?* Wie bitte sollten Leute, die mit dieser Art von Geld aufgewachsen waren, etwas anderes in mir sehen als eine Hochstaplerin?

»Ich lass dich ja nur ungern hier sitzen und rätseln, Mystery-Girl …« Jamesons Hand lag bereits auf dem Türgriff, als der SUV zum Halt kam. »Aber das Letzte, was du an deinem ersten Schultag brauchst, ist, dass irgendwer sieht, wie du mit mir im Auto kuschelst.«

KAPITEL 22

Ein Wimpernschlag und Jameson war fort. Er tauchte in dem Gedränge aus weinroten Blazern und glänzendem Haar ab, während ich immer noch angeschnallt dasaß, unfähig, mich zu rühren.

»Es ist nur eine Schule«, sagte Oren zu mir. »Das sind auch nur ein paar Kids.«

Ja, reiche Kids. Jugendliche, deren Messlatte für *normal* wahrscheinlich darin bestand, »nur« das Kind von einer Gehirnchirurgin oder einem Spitzenanwalt zu sein. Wenn die über Unis sprachen, dachten sie wahrscheinlich automatisch *Harvard* und *Yale*. Und dann kam ich da anspaziert, in einem karierten Faltenrock mit burgunderrotem Blazer samt dunkelblauem Wappen, auf das lateinische Worte gestickt waren, die ich nicht mal verstand.

Ich griff nach meinem Handy und schickte eine SMS an Max. *Ich bin's, Avery. Neue Nummer. Ruf mich an.*

Mit einem letzten Blick zum Fahrersitz zwang ich mich, meine Hand auf den Türgriff zu legen. Es war nicht Orens Job, mich zu betüdeln. Sein Job war es, mich zu beschützen – und zwar nicht vor den Blicken, gegen die ich mich wappnete, sobald ich aus diesem Wagen gestiegen war.

»Treffen wir uns nach der Schule wieder hier?«, fragte ich.

»Ich werde da sein.«

Ich wartete noch ganz kurz, nur für den Fall, dass Oren irgendwelche weiteren Anweisungen hatte, dann öffnete ich die Tür. »Danke fürs Fahren.«

Niemand glotzte. Niemand tuschelte. Als ich den doppelten Torbogen passierte, der den Eingang des Hauptgebäudes zierte, hatte ich tatsächlich das starke Gefühl, dass der dezidierte Mangel an Aufmerksamkeit beabsichtigt war. Das Nicht-Anstarren, das Nicht-Flüstern. Lediglich der Anschein eines Seitenblicks alle paar Schritte. Wann immer ich irgendwen anschaute, wandte derjenige die Augen ab.

Ich sagte mir, dass sie vermutlich versuchten, kein allzu großes Theater um meine Ankunft zu machen, dass dies ihre Form von Diskretion war – doch für mich fühlte es sich an, als wäre ich in einen Ballsaal spaziert, wo alle anderen einen komplizierten Walzer tanzten, sich drehten und um mich herumwirbelten, als wäre ich nicht mal da.

Während ich mich den steinernen Bögen näherte, durchbrach ein Mädchen mit langem schwarz glänzenden Haar diese stille Übereinkunft, mich zu ignorieren, wie ein eigensinniges Vollblutpferd, das seinen lästigen Reiter abschüttelt. Sie betrachtete mich eingehend und eines nach dem anderen taten die übrigen Mädchen es ihr gleich.

Als ich auf ihrer Höhe war, trat das schwarzhaarige Mädchen aus der Gruppe und direkt auf mich zu.

»Ich bin Thea«, stellte sie sich lächelnd vor. »Du musst Avery sein.« Ihre Stimme war unglaublich angenehm, fast schon musikalisch, wie eine Sirene, die wusste, dass sie ohne jede Mühe Scharen von Seeleuten in die Untiefen des Meeres locken konnte. »Soll ich dir zeigen, wo das Rektorat ist?«

»Die Direktorin heißt Dr. McGowan. Sie hat an der Princeton promoviert. Sie wird dich mindestens eine halbe Stunde in ihrem Büro festnageln, um dir von *Gelegenheiten* und *Traditionen* zu erzählen. Falls sie dir einen Kaffee anbietet, nimm ihn an – ist ihre eigene Röstung, unfassbar köstlich.« Thea schien sich durchaus bewusst, dass wir nun beide haufenweise neugierige Blicke abbekamen. Sie schien es zudem zu genießen. »Wenn Dr. Mac dir deinen Stundenplan gibt, musst du darauf achten, dass dir jeden Tag Zeit fürs Mittagsessen bleibt. Die Country Day nutzt ein Modell, das sie *Modulares Planen* nennen, was bedeutet, dass der Unterricht in einem Sechs-Tages-Zyklus abläuft, obwohl wir nur fünf Tage die Woche Schule haben. Die Fächer überschneiden sich gerne drei- bis fünfmal pro Zyklus, sodass du, wenn du nicht aufpasst, an Tag A und B Unterricht über die komplette Mittagspause hast, aber praktisch keine Stunden an C oder F.«

»Okay.« Mein Kopf schwirrte, aber ich nötigte mir noch ein Wort ab. »Danke.«

»Mit den Leuten an dieser Schule ist es wie mit den Elfen der keltischen Mythologie«, erwiderte Thea leichthin. »Du solltest uns nicht danken, außer du möchtest uns einen Gefallen schuldig bleiben.«

Ich war nicht sicher, was ich darauf antworten sollte, also sagte ich gar nichts. Thea schien es nicht übel zu nehmen. Als sie mich durch einen langen Korridor mit alten Klassenfotos führte, welche die Wände über die gesamte Länge zierten, füllte sie die Stille. »Wir sind eigentlich nicht so schlimm. Zumindest die meisten nicht. Solange du dich an mich hältst, wirst du gut klarkommen.«

Das stieß mir nun doch etwas auf. »Ich komme auch so gut klar«, erwiderte ich.

»Zweifelsohne«, sagte Thea mit Nachdruck. Das bezog sich definitiv auf das geerbte Geld. Das musste es. Oder nicht? Theas dunkle Augen musterten meine. »Es muss hart sein«, sagte sie, wobei sie meine Miene mit einer Intensität erforschte, die ihr Lächeln kein bisschen zu verbergen suchte, »in diesem Haus zu leben mit den ganzen Jungs.«

»Ist schon okay«, sagte ich.

»Oh, Süße.« Thea schüttelte den Kopf. »Wenn es eine Sache gibt, die die Hawthornes nicht sind, dann okay. Sie waren ein kranker, kaputter

Haufen, bevor du kamst, und sie werden ein kranker, kaputter Haufen sein, wenn du wieder fort bist.«

Fort. Wohin genau dachte Thea, dass ich gehen würde?

Wir hatten nun das Ende des Korridors und damit die Tür des Rektorats erreicht. Sie öffnete sich und vier Jungs kamen nacheinander herausgeplatzt. Alle vier bluteten sie. Alle vier lächelten. Xander war der vierte. Er sah mich … und dann sah er, in wessen Begleitung ich war.

»Thea«, sagte er.

Sie bedachte ihn mit einem allzu süßen Lächeln, dann hob sie eine Hand an sein Gesicht oder, genauer, an seine blutige Lippe. »Xander. Sieht aus, als hättest du verloren.«

»Es gibt keine Verlierer beim Roboter-Todeskampf-Fight-Club«, entgegnete Xander stoisch. »Es gibt nur Gewinner und Leute, deren Roboter quasi explodieren.«

Ich musste an Tobias Hawthornes Büro denken, an die Patente, die ich dort an der Wand gesehen hatte. Was für eine Art von Genie war Xander Hawthorne eigentlich? Und fehlte ihm etwa eine *Augenbraue*?

Thea fuhr fort, als bedürfe das keines weiteren Kommentars. »Ich habe Avery nur den Weg zum Rektorat gezeigt und ihr ein paar Insider-Tipps für das Überleben an der Country Day gegeben.«

»Wie reizend!«, verkündete Xander. »Avery, hat die ach-so-entzückende Thea Calligaris dabei zufällig auch erwähnt, dass ihr Onkel mit meiner Tante verheiratet ist?«

Zaras Nachname lautete Hawthorne-Calligaris.

»Wie ich höre, suchen Zara und dein Onkel nach einem Weg, um das Testament anzufechten.« Xander machte den Anschein, als würde er mit Thea reden, aber mich überkam das eindeutige Gefühl, dass er in Wirklichkeit eine Warnung an mich aussprach:

Vertraue Thea bloß nicht.

Thea ließ sich ungerührt zu einem leichten, eleganten Achselzucken herab. »Davon weiß ich nichts.«

KAPITEL 23

Ich habe dich in *Amerikanistik* und *Philosophie der Achtsamkeit* untergebracht. In den Naturwissenschaften und Mathe solltest du in der Lage sein, mit deinem laufenden Lehrplan fortfahren zu können, immer vorausgesetzt, dass unser Unterrichtspensum sich nicht als zu viel erweist.« Dr. McGowan nahm einen Schluck von ihrem Kaffee. Ich tat dasselbe. Er war tatsächlich so köstlich, wie Thea versprochen hatte, was mich zu der Frage brachte, wie viel Wahrheit im Rest von dem steckte, was sie gesagt hatte.

Es muss hart sein, in diesem Haus zu leben mit den ganzen Jungs.

Sie waren ein kranker, kaputter Haufen, bevor du kamst, und sie werden ein kranker, kaputter Haufen sein, wenn du wieder fort bist.

»Nun«, fuhr Dr. Mac – wie sie ausdrücklich genannt werden wollte – fort, »was die Wahlfächer angeht, so würde ich dir *Sinn generieren* vorschlagen. Das Fach behandelt schwerpunktmäßig, wie Sinn und Bedeutung durch Kunst vermittelt werden, und hat zudem einen starken Fokus auf gemeinnütziges Engagement in Zusammenarbeit mit regionalen Museen, Künstlern, Theaterbühnen, der hiesigen Ballettkompanie, Oper und so weiter. In Anbetracht der Unterstützung, welche die Hawthorne-Stiftung diesen Institutionen traditionellerweise zugutekommen ließ, glaube ich, dass dieser Kurs sich für dich als äußerst … nützlich erweisen wird.«

Die Hawthorne-Stiftung? Ich hielt mich gerade noch davon ab, die Worte laut zu wiederholen.

»Nun, für die Gestaltung des restlichen Stundenplans wirst du mir etwas über deine Zukunftspläne erzählen müssen. Was sind deine Leidenschaften, Avery?«

Es lag mir auf der Zunge, ihr zu sagen, was ich auch Direktor Altman gesagt hatte. Ich war ein Mädchen mit einem Plan, doch dieser Plan war immer von praktischen Überlegungen geleitet gewesen. Ich hatte mir ein Studienfach ausgesucht, das mir einen soliden Job verschaffen würde. Das Praktischste wäre, jetzt auf diesem Kurs zu bleiben. Diese Schule *musste* mehr Ressourcen haben als meine alte. Sie könnten mir helfen, die Aufnahmetests zu meistern, die Leistungspunkte zu maximieren, die ich an der Highschool bereits gesammelt hatte, um mich in die Lage zu versetzen, das Studium in drei statt in vier Jahren zu beenden. Wenn ich meine Karten richtig ausspielte, könnte ich mir – selbst wenn es Zara und ihrem Mann gelang, das rückgängig zu machen, was Tobias Hawthorne getan hatte – einen gewaltigen Vorsprung verschaffen.

Aber Dr. Mac hatte mich nicht bloß nach meinen Plänen gefragt. Sie hatte mich gefragt, was meine Leidenschaften waren. Und auch in dem Fall, dass die Hawthornes Erfolg damit hätten, das Testament anzufechten, würde ich wahrscheinlich trotzdem eine Abfindung bekommen. Wie viele Millionen Dollar wären sie wohl gewillt, mir zu zahlen, nur damit ich das Feld räumte? Schlimmstenfalls könnte ich meine Story an die Presse verkaufen und bekäme immer noch genug, um mein Studium zu finanzieren.

»Reisen«, platzte ich heraus. »Ich wollte immer reisen.«

»Warum?« Dr. Mac musterte mich. »Was ist es, was dich an anderen Orten reizt? Die Kunst? Die Geschichte? Die Menschen und ihre Kultur? Oder sind es die Wunder der Natur, die dich anziehen? Willst du die Berge und die Klippen sehen, die Ozeane und riesigen Mammutbäume, den Regenwald …«

»Ja«, stieß ich heftig hervor. Ich konnte Tränen in meinen Augen brennen spüren, auch wenn ich nicht genau wusste, warum. »Zu allem. *Ja.*«

Dr. Mac streckte den Arm aus und nahm meine Hand. »Ich werde dir eine Liste von Wahlfächern geben, die du dir in Ruhe anschauen kannst«, sagte sie leise. »Mir ist klar, dass ein Auslandsaufenthalt aufgrund deiner recht einzigartigen Umstände im Laufe des nächsten Jahres noch keine Option sein wird, aber wir haben einige wunderbare Programme, die du für die Zeit danach in Betracht ziehen könntest. Du könntest dir sogar überlegen, den Abschluss etwas später zu machen.«

Wenn jemand mir vor einer Woche gesagt hätte, dass es irgendwas gäbe, was mich dazu verleiten könnte, auch nur eine Minute länger als nötig an der Highschool zu bleiben, hätte ich gedacht, derjenige spinnt. Aber das hier war keine normale Schule.

Nichts an meinem Leben war mehr normal.

KAPITEL 24

Max rief mich gegen Mittag an. Auf der Heights Country Day bedeutete ein modularer Lehrplan, dass ich Lücken in meinem Stundenplan hatte, in denen ich eigentlich nirgends sein musste. Ich konnte durch die Flure wandeln. Ich konnte meine Zeit in einem Tanzstudio, einer Dunkelkammer oder einer der *mehreren* Sporthallen verbringen. Wann genau ich zu Mittag aß, lag bei mir. Als Max mich also anrief, schlüpfte ich in ein leeres Klassenzimmer – niemand hielt mich auf, niemanden juckte es.

»Dieser Ort ist das Paradies«, erzählte ich Max. »Ernsthaft. Das *Paradies.*«

»Die Villa?«, fragte Max.

»Die Schule«, hauchte ich. »Du solltest meinen Stundenplan sehen. Und die Fächer!«

»Avery«, erwiderte Max streng. »Soweit ich verstanden habe, hast du ungefähr Abermilliarden Dollar geerbt, und du willst über deine neue *Schule* reden?«

Es gab so viel, worüber ich mit ihr reden wollte. Ich musste kurz überlegen, um mich daran zu erinnern, was sie wusste und was nicht.

»Jameson Hawthorne hat mir den Brief gezeigt, den sein Opa ihm hinterlassen hat, und dieser Schrieb ist ein einziges irres Rätsel. Und Jameson wiederum ist überzeugt, dass ich genau das bin – ein Rätsel, das es zu lösen gilt.«

»Ich schaue mir gerade ein Bild von Jameson Hawthorne an«, verkündete Max. Ich hörte ein Rauschen im Hintergrund und begriff, dass sie wohl auf dem Klo war – an einer Schule, die es mit der Freizeit ihrer Schüler nicht so locker nahm wie diese. »Muss schon sagen. Er ist absolut schickbar.«

Ich brauchte eine Sekunde, um es zu kapieren. *»Max!«*

»Ich sag doch nur, dass er aussieht, als ob man ihn getrost überallhin schicken kann. Wahrscheinlich lässt er sich auch richtig gut ein- und auspacken. Ich wette, man könnte ihn auch express schicken.«

»Ich habe ehrlich keinen Plan mehr, wovon du überhaupt redest«, erwiderte ich.

Ich konnte sie grinsen hören. »Ich auch nicht! Und ich werde jetzt auflegen, weil ich nicht viel Zeit habe. Meine Eltern rasten wegen der ganzen Sache völlig aus. Gerade ist kein guter Moment für mich, Unterricht zu schwänzen.«

»Deine Eltern rasten aus?« Ich runzelte die Stirn. »Warum?«

»Avery, hast du eine Ahnung, wie viele Anrufe ich hatte? Ein Reporter ist vor unserem Haus aufgeschlagen. Meine Mom droht, mein Social Media zu sperren, meinen Mail-Account … alles.«

Ich war nie davon ausgegangen, dass meine Freundschaft mit Max besonders publik wäre, aber ein Geheimnis war sie natürlich auch nicht.

»Da sind Reporter, die dich interviewen wollen?«, fragte ich verblüfft. »Über mich?«

»Hast du eigentlich Nachrichten geschaut?«, wollte Max wissen.

Ich schluckte. »Nein.«

Kurzes Schweigen. »Vielleicht … tu's lieber nicht.« Dieser Ratschlag sprach Bände. »Das ist zu viel, Ave. Geht's dir denn gut?«

Ich pustete ein Haar aus meinem Gesicht. »Mir geht's gut. Meine Anwältin und mein Bodyguard haben mir versichert, dass ein Mordversuch höchst unwahrscheinlich sei.«

»Du hast einen Leibwächter«, sagte Max baff. »Heilige Kohlmeise, dein Leben ist ja jetzt echt der Hammer.«

»Ich habe Angestellte, Bedienstete – die mich übrigens allesamt hassen. Das Haus selbst ist ganz anders als alles, was ich je gesehen habe. Und die Familie erst! Diese Jungs, Max … sie haben eigene Patente und Medaillen und …«

»Ich schaue mir gerade Fotos von den vieren an«, sagte Max. »Kommt zu Mama, ihr leckeren Lotties.«

»Lotties?«, echote ich.

»Motties?«, probierte sie.

Ich stieß ein prustendes Lachen aus. Mir war nicht klar gewesen, wie sehr ich das gebraucht hatte, bis ich Max am Hörer hatte.

»Tut mir leid, Ave. Ich muss los. Schreib mir, aber …«

»… pass auf, was du sagst«, vollendete ich.

»Und in der Zwischenzeit kauf dir was Nettes.«

»Was denn?«

»Ich mach dir eine Liste«, versprach sie. »Hab dich lieb, du Nudel.«

»Hab dich auch lieb, Max.« Ich hielt das Handy noch ein, zwei Sekunden an meinem Ohr, nachdem sie aufgelegt hatte. *Ich wünschte, du wärst hier.*

Irgendwann gelang es mir, die Cafeteria zu finden. Im Raum saßen etwa zwei Dutzend Leute beim Essen. Eine von ihnen war Thea. Sie schubste mit dem Fuß einen Stuhl unter ihrem Tisch hervor.

Sie ist Zaras Nichte, rief ich mir in Erinnerung. *Und Zara will, dass ich verschwinde.* Dennoch setzte ich mich.

»Tut mir leid, falls ich heute früh etwas krass rüberkam.« Thea blickte zu den anderen Mädchen an ihrem Tisch, allesamt genauso unfassbar hochglanzpoliert und schön wie sie selbst. »Es ist nur so, ich in deiner Position würde gerne Bescheid wissen.«

Ich erkannte den Köder durchaus als solchen, aber ich konnte es mir dennoch nicht verkneifen nachzuhaken: »Was wissen?«

»Das mit den Hawthorne-Brüdern. Eine sehr lange Zeit wollte jeder Junge sein wie sie, und jeder, der auf Jungs steht, wollte mit ihnen gehen. Es ist ihr Aussehen. Ihr ganzes Auftreten.« Thea legte eine Pause ein. »Selbst wenn man sich nur in ihrem Dunstkreis aufhielt, änderte es die Art, wie die Leute einen anschauten.«

»Ich habe früher manchmal mit Xander gelernt«, sagte eines der anderen Mädchen. »Bevor …« Sie verstummte.

Bevor was? Mir entging hier offenbar was – etwas Gewaltiges.

»Sie waren einfach nur magisch.« Thea hatte einen merkwürdigen Ausdruck in ihrem Gesicht. »Und wenn du dich in ihrem Orbit befandest, kamst du dir ebenfalls magisch vor.«

»Unbesiegbar«, meldete sich eine andere.

Ich dachte an Jameson, der sich am ersten Tag unseres Kennenlernens von einem Balkon im ersten Stock fallen ließ, an Grayson, wie er hinter Direktor Altmans Schreibtisch saß und ihn mit einem Wink seiner Augenbraue des Zimmers verwies. Und dann war da Xander: ein Meter neunzig groß, grinsend, blutend und über explodierende Roboter quasselnd.

»Sie sind nicht das, für was du sie hältst«, verriet Thea mir. »Ich wollte nicht mit den Hawthornes in einem Haus leben.«

War das ein Versuch, mich zu verunsichern? Wenn ich Hawthorne House verließ – wenn ich auszog –, würde ich mein Erbe verlieren. Wusste sie das? Hatte ihr Onkel sie zu dem hier angestiftet?

Als ich heute früh hier reinspaziert war, hatte ich erwartet, man würde mich wie Dreck behandeln. Ich wäre nicht überrascht gewesen, wenn sämtliche Mädchen an dieser Schule ihre Krallen nach den Hawthorne-Jungs ausgestreckt hätten, oder wenn alle hier, männlich und weiblich, mich zugunsten der Jungs geschnitten hätten. Aber das hier …

Das hier war was anderes.

»Ich sollte gehen.« Ich stand auf, doch Thea erhob sich mit mir.

»Denk von mir aus über mich, was du willst«, sagte sie. »Aber das letzte Mädchen dieser Schule, das sich mit den Hawthorne-Brüdern abgegeben hat? Das letzte Mädchen, das Stunden und Stunden in diesem Haus verbracht hat? Sie ist *tot*.«

KAPITEL 25

Ich verließ die Cafeteria, sobald ich mein Essen runtergewürgt hatte, unsicher, wo ich mich bis zu meiner nächsten Unterrichtsstunde verstecken sollte, und gleichermaßen unsicher, ob Thea mich angelogen hatte. *Das letzte Mädchen, das Stunden und Stunden in diesem Haus verbracht hat?* Mein Hirn spulte in einem fort die Worte wieder ab. *Sie ist tot.*

Ich eilte einen ewig langen Korridor entlang und bog gerade in den nächsten, als Xander Hawthorne aus einem Labor gesprungen kam, wobei er etwas hochhielt, was ein mechanischer Drache zu sein schien.

Alles, woran ich denken konnte, war, was Thea gerade gesagt hatte.

»Du siehst aus, als könntest du einen Roboterdrachen gebrauchen«, verkündete Xander. »Da.« Er drückte ihn mir in die Hände.

»Was soll ich denn damit anfangen?«, fragte ich.

»Das kommt ganz darauf an, wie sehr du an deinen Augenbrauen hängst.« Xander hob übertrieben die kümmerlichen Überreste seiner Braue.

Ich versuchte mit einer Antwort aufzuwarten, aber mir fiel nichts ein. *Das letzte Mädchen, das Stunden und Stunden in diesem Haus verbracht hat? Sie ist tot.*

»Hast du Hunger?«, fragte Xander. »Das Refektorium befindet sich in der anderen Richtung, da hinten.«

So sehr es mir missfiel, Thea gewinnen zu lassen, so sehr war ich auf der Hut – vor ihm, vor allem, was mit den Hawthornes zu tun hatte. »Refektorium?«, wiederholte ich und gab mir Mühe, normal zu klingen.

Xander grinste. »Das ist Privatschulisch für Cafeteria.«

»Privatschulisch ist keine Sprache«, merkte ich an.

»Ja, und als Nächstes willst du mir erzählen, Französisch wäre auch keine.« Xander tätschelte dem Roboterdrachen den Kopf, woraufhin dieser rülpste. Ein kleiner Rauchschwaden stieg aus seinem Maul.

Sie sind nicht das, für was du sie hältst, konnte ich Theas Warnung hören.

»Alles in Ordnung mit dir?«, erkundigte sich Xander, und dann schnipste er mit den Fingern. »Thea hat dir zugesetzt, stimmt's?«

Ich gab ihm den Drachen zurück, bevor der explodieren konnte. »Ich will nicht über Thea reden.«

»Wie der Zufall es so will«, sagte Xander, »*hasse* ich es, über Thea zu reden. Wollen wir uns stattdessen über dein kleines Tête-à-Tête mit Jameson gestern Nacht unterhalten?«

Er wusste, dass sein Bruder in meinem Zimmer gewesen war. »Das war kein Tête-à-Tête.«

»Du und dein Groll gegen das Französische.« Xander musterte mich. »Jameson hat dir seinen Brief gezeigt, stimmt's?«

Ich hatte keine Ahnung, ob das ein Geheimnis sein sollte oder nicht. »Jameson glaubt, es sei ein Hinweis«, sagte ich.

Xander schwieg einen Moment, dann nickte er Richtung Refektorium. »Komm mit.«

Ich folgte ihm, denn es hieß, entweder das oder die Flucht in ein anderes zufällig leer stehendes Klassenzimmer.

»Ich habe immer verloren«, sagte Xander plötzlich, als wir ums Eck bogen. »Samstagvormittags, wenn mein Großvater uns ein Rätsel vorsetzte, habe ich jedes Mal verloren.« Ich hatte keine Ahnung, warum er mir das erzählte. »Ich war der Jüngste. Der mit dem geringsten Wetteifer. Der mit dem größten Hang, sich von Scones oder komplexen Apparaturen ablenken zu lassen.«

»Aber …?«, bot ich an. Ich konnte in seiner Stimme hören, dass es da eines gab.

»Aber«, erwiderte Xander, »während meine Brüder versuchten, einander im Rennen zur Zielgeraden auszustechen, teilte ich großzügig meine Scones mit dem alten Herrn. Er war furchtbar gesprächig, voller Anekdoten und Fakten und Widersprüchlichkeiten. Möchtest du gern einen hören?«

»Einen Widerspruch?«, fragte ich.

»Einen Fakt.« Xander wackelte mit seinen Augenbrauen … Augen*braue*. »Er hatte keinen Zweitnamen.«

»Was?«

»Mein Großvater kam als Tobias Hawthorne zur Welt«, klärte Xander mich auf. »Ohne Zweitnamen.«

Ich fragte mich, ob der alte Mann Xanders Brief genauso unterzeichnet hatte wie den von Jameson. *Tobias Tattersall Hawthorne*. Er hatte meinen mit Initialen signiert – drei an der Zahl.

»Wenn ich dich bitten würde, mir deinen Brief zu zeigen, würdest du es tun?«, fragte ich Xander. Er hatte lediglich gesagt, dass er als Letzter aus den Spielen seines Großvaters hervorgegangen war. Das bedeutete nicht, dass er bei diesem hier nicht mitspielte.

»Na, wo wäre da bitte schön der Spaß?« Xander lieferte mich vor einer dicken Holztür ab. »Da drin wirst du vor Thea sicher sein. Es gibt ein paar Orte, die nicht einmal sie zu betreten wagt.«

Ich warf einen Blick durch die Scheibe in der Tür. »Die Bibliothek?«

»Das Archiv«, berichtigte mich Xander neckisch. »Das ist Privatschulisch für *Bibliothek* – kein übler Ort, um während der Hohlstunden abzuhängen, wenn man etwas Zeit für sich haben will.«

Zögernd schob ich die Tür auf. »Kommst du auch?«

Er schloss die Augen. »Ich kann nicht.« Er bot mir keine weitere Erklärung. Als er davonging, wurde ich das Gefühl nicht los, dass mir etwas entging.

Vielleicht gleich mehrere *etwas*.

Das letzte Mädchen, das Stunden und Stunden in diesem Haus verbracht hat? Sie ist tot.

KAPITEL 26

Das sogenannte Archiv wirkte mehr wie eine altehrwürdige Universitätsbibliothek und weniger, als gehöre sie in eine Highschool. Der Raum war voller bogenförmiger Durchgänge und Buntglasfenster. Zahllose Regale quollen über von Büchern aller Art und in der Mitte des Saals stand ein Dutzend rechteckiger Tische – hochmodern, mit in die Platten eingelassenen Lichtern und riesigen seitlich angebrachten Lupen.

Sämtliche Tische waren leer, bis auf einen. Ein Mädchen saß mit dem Rücken zu mir da. Sie hatte rostrotes Haar, ein tieferes Rot, als ich es je bei einem Menschen gesehen hatte. Im Saal herrschte Stille bis auf das Rascheln, wenn das Mädchen eine Seite in dem Buch wendete, das sie las.

Ich zog Jamesons sowie meinen eigenen Brief aus der Tasche. *Tattersall.* Ich fuhr mit dem Finger über den Zweitnamen, mit dem Tobias Hawthorne Jamesons Schreiben unterzeichnet hatte, dann betrachtete ich die Initialen, die auf meinem vermerkt waren. Die Handschrift passte. Irgendetwas nagte an mir, und ich brauchte einen Moment, bis ich begriff, was es war. *Er hat den Zweitnamen auch in dem Testament verwendet.* Was, wenn das der Haken war? Was, wenn das alles war, was es brauchte, um die Erbschaft für ungültig zu erklären?

Ich simste Alisa. Die Antwort erfolgte sofort. *Amtliche Namensänderung vor Jahren. Alles gut.*

Xander hatte gesagt, dass sein Großvater als Tobias Hawthorne zur Welt gekommen war, ohne Zweitnamen. Aber warum mir das überhaupt erzählen? Zutiefst bezweifelnd, dass ich je jemanden mit dem Nachnamen Hawthorne verstehen würde, griff ich nach der am Tisch angebrachten Lupe. Sie hatte die Größe meiner Hand. Ich legte die zwei Briefe Seite an Seite darunter und schaltete die in die Tischplatte eingebauten Lichter ein.

Ein Hoch auf die Freuden des Privatschullebens.

Das Papier war so dick, dass das Licht nicht durchschien, doch die Lupe sorgte umgehend dafür, dass die Schrift auf das Zehnfache ihrer normalen Größe aufgeblasen wurde. Ich rückte das Vergrößerungsglas zurecht und brachte die Unterschrift auf Jamesons Brief in den Fokus. Nun konnte ich Details in der Handschrift Tobias Hawthornes sehen, die mir davor verborgen geblieben waren. Ein leichter Haken in seinen *R*s. Eine Asymmetrie in seinen großen *T*s. Und da, bei seinem Zweitnamen, war ein merklicher Abstand zu erkennen, doppelt so groß wie zwischen allen anderen Buchstaben. So vergrößert ließ die Lücke den Namen wie zwei separate Worte erscheinen.

Tatters all … Tatters, all …

Tatters, überlegte ich, war eines der vielen Worte, die die englische Sprache für »Lumpen« oder »Fetzen« hatte. »Soll das heißen, dass er sie alle in Lumpen zurückgelassen hat?«, fragte ich mich laut. Es war weit hergeholt, aber dann auch wieder nicht – nicht, wenn Jameson sich so sicher war, dass mehr in diesem Brief steckte, als er augenscheinlich preisgab. Nicht, wenn Xander offensichtlich Wert darauf gelegt hatte, mir das mit dem Zweitnamen seines Großvaters zu erzählen. Wenn Tobias Hawthorne seinen Namen amtlich hatte ändern lassen, um *Tattersall* einzufügen, ließ das doch stark vermuten, dass er seinen Namen selbst gewählt hatte. *Doch zu welchem Zweck?*

Ich blickte auf, da mir plötzlich einfiel, dass ich nicht allein in dem Raum war, aber das Mädchen mit dem dunkelroten Haar war fort. Ich schickte noch eine SMS an Alisa. *Wann ließ TH seinen Namen ändern?*

Fiel die Namensänderung mit dem Zeitpunkt zusammen, als er beschlossen hatte, seine Familie in der Milliardärsversion von Lumpen zurückzulassen, um mir alles zu vermachen?

Ein paar Sekunden später traf eine SMS ein, aber sie kam nicht von Alisa. Sie stammte von Jameson. Ich hatte keine Ahnung, wie er überhaupt an die Nummer gekommen war.

Jetzt kann ich es sehen, Mystery-Girl. Du auch?

Ich schaute mich um, da ich plötzlich das Gefühl hatte, er könne mich heimlich aus den Gängen der Bibliothek beobachten, aber allem Anschein nach war ich allein.

Der Zweitname?, tippte ich zurück.

Nein.

Ich wartete, die zweite Nachricht traf eine volle Minute später ein.

Der Schlusssatz.

Mein Blick wanderte zum Schluss von Jamesons Brief. Direkt vor der Unterschrift standen zwei Worte. *Beurteile niemals.*

Beurteile niemals das Oberhaupt der Hawthornes, weil er starb, ohne seiner Familie auch nur zu sagen, dass er krank war? Beurteile nicht die Spiele, die er von jenseits des Grabes noch spielte? Beurteile nicht die Entscheidung, mit der er seinen Töchtern und Enkelsöhnen den Boden unter den Füßen weggezogen hatte? Aber hätte er dann nicht eher schreiben sollen *Urteile nicht?* Irgendwas stimmte nicht.

Ich schaute wieder zu Jamesons SMS, dann zu dem Brief, und ich las ihn erneut von Anfang an durch. *Besser den Teufel, den man kennt, als den Teufel, den man nicht kennt – oder etwa nicht? Macht verdirbt. Absolute Macht verdirbt absolut. Es ist nicht alles Gold, was glänzt. Nichts ist sicher, außer dem Tod und den Steuern. Selig, wer unter einem glücklichen Stern geboren.*

Ich stellte mir vor, ich wäre Jameson und bekäme diesen Brief – hätte den Wunsch nach Antworten, doch stattdessen regnete es Floskeln … *Sprichwörter.* Meine Augen zuckten unwillkürlich zu dem Schlusssatz zurück. Jameson hatte geglaubt, dass wir nach einem Wortspiel oder einem Code suchten. Jede Zeile in diesem Brief, die Namen ausgeschlossen, bestand aus einem Sprichwort oder einer leichten Abwandlung eines solchen.

Jede Zeile bis auf eine.

Beurteile niemals. Die meisten Vorträge meiner Englischlehrerin über Sprichwörter waren an mir vorbeigerauscht, doch es gab nur eines, das mir spontan einfiel und mit diesen zwei Worten begann.

Sagt dir der Spruch »Beurteile niemals ein Buch nach seinem Einband« was?, fragte ich Jameson.

Seine Antwort kam unverzüglich. *Sehr gut, Erbin.* Dann, einen Moment später. *Scheiße, und ob es das tut.*

KAPITEL 27

Es könnte auch sein, dass wir uns hier bloß etwas zusammenfabulieren«, sagte ich Stunden später. Jameson und ich standen in der Bibliothek von Hawthorne House und blickten an den Regalen empor, die alle Wände bedeckten und auf ihren gesamten fünfeinhalb Metern vom Boden bis zur Decke mit Büchern gefüllt waren.

»Ob als Hawthorne geboren oder zum Hawthorne gemacht, es gibt immer etwas, wo ein Spiel uns lacht«, rezitierte Jameson in einem Singsang wie ein Kind beim Seilhüpfen. Aber als er seinen Blick von den Regalen löste und zu mir senkte, war da nichts Kindliches in seiner Miene. »Alles ist *etwas* auf Hawthorne House.«

Alles, dachte ich. *Und jeder.*

»Hast du eine Ahnung, wie oft mich eines der Rätsel meines Großvaters in diesen Raum geführt hat?« Jameson drehte sich langsam im Kreis herum. »Er rotiert gerade wahrscheinlich in seinem Grab, weil ich so lange gebraucht habe, um dahinterzukommen.«

»Wonach, glaubst du, suchen wir?«, fragte ich.

»Wonach, glaubst *du* denn, dass wir suchen, Erbin?« Jameson hatte die Angewohnheit, alles wie eine Herausforderung oder aber eine Einladung klingen zu lassen.

Oder beides.

Konzentriere dich, ermahnte ich mich. Ich war hier, weil ich mindestens genauso sehr Antworten wollte wie der Junge neben mir. »Wenn der Hinweis *ein Buch nach seinem Einband* lautet«, sagte ich, »dann schätze ich mal, dass wir entweder nach einem Buch oder einem Einband suchen – oder vielleicht etwas, das zwischen den beiden nicht passt?«

»Ein Buch, das nicht zu seinem Einband passt?« Jamesons Miene gab keinen Hinweis darauf, was er von dem Vorschlag hielt.

»Ich könnte falschliegen.«

Jamesons Lippen zuckten – nicht ganz ein Lächeln, nicht ganz ein Feixen. »Jeder liegt mal ein bisschen falsch, Erbin.«

Eine Einladung … und eine Herausforderung. Ich hatte jedoch nicht die Absicht, *ein bisschen falschzuliegen* – nicht bei ihm. Je eher mein Körper das kapierte, desto besser. Ich wendete mich bewusst von Jameson ab und vollführte eine langsame Dreihundertsechziggraddrehung, wobei ich in Ruhe das Ausmaß des Raumes in mich aufnahm. Allein an den Regalen emporzuschauen fühlte sich an, als würde man am Rand des Grand Canyon stehen. Wir waren vollkommen von Büchern umzingelt, die sich über zwei Stockwerke erhoben. »Es muss hier drin Tausende von Büchern geben.« So groß, wie die Bibliothek war, so hoch, wie die Regale hinaufreichten, würde es, *falls* wir denn ein Buch suchten, das nicht zu seinem Einband passte … »Das könnte Stunden dauern«, bemerkte ich.

Jameson lächelte, diesmal so breit, dass seine Zähne aufblitzten. »Sei nicht albern, Erbin. Das könnte Tage dauern.«

Wir arbeiteten schweigend. Keiner von uns beiden ging zum Abendessen. Ein Schauder der Erregung durchrieselte mich jedes Mal, wenn mir klar wurde, dass ich eine Erstausgabe in der Hand hielt. Hin und wieder klappte ich ein Buch auf, nur um festzustellen, dass es signiert war: Stephen King, J. K. Rowling, Toni Morrison … Irgendwann gelang es mir, nicht mehr ständig eine Pause einzulegen vor Staunen darüber, was ich da in meinen Händen hielt. Ich hatte jegliches Zeitgefühl verloren, alles war in den Hintergrund gerückt, bis auf den Rhythmus, in dem ich die

Bücher aus den Fächern und die Einbände von den Büchern zog, den Umschlag wieder drüberstreifte und die Bücher zurückstellte. Ich konnte Jameson arbeiten hören. Ich konnte ihn in dem Raum spüren, während wir unsere jeweiligen Regale durchgingen, wobei wir einander immer näher kamen. Er hatte den oberen Bereich übernommen. Ich durchforstete den unteren. Schließlich blickte ich auf und sah ihn direkt über mir stehen.

»Was, wenn wir unsere Zeit vergeuden?«, fragte ich. Meine Frage hallte durch den Raum.

»Zeit ist Geld, Erbin. Du hast genug davon, um es zu verprassen.«

»Hör auf, mich so zu nennen.«

»Irgendwie muss ich dich ja nennen und du schienst Mystery-Girl sowie die Abkürzung davon nicht zu schätzen.«

Es lag mir auf der Zunge anzumerken, dass ich ihn auch nicht *irgendwie* nannte. Seit wir den Raum betreten hatten, hatte ich seinen Namen nicht ein einziges Mal gesagt. Aber statt damit zu kontern, entschlüpfte mir, als ich aufschaute, eine ganz andere Frage.

»Was hast du eigentlich heute Morgen im Auto damit gemeint, als du sagtest, das Letzte, was ich bräuchte, wäre, dass uns jemand zusammen sieht?«

Ich konnte ihn hören, wie er Bücher aus den Regalen nahm, ihre Umschläge abstreifte, beides zurück an seinen Platz stellte – wieder und wieder –, bevor ich eine Antwort bekam. »Du hast heute einen ganzen Tag an der vornehmen Heights Country Day zugebracht«, sagte er. »Was denkst du denn, was ich damit meinte?«

Er musste immer derjenige sein, der statt einer Antwort eine Gegenfrage lieferte, der ständig auswich.

»Und sag mir nicht«, murmelte Jameson von oben, »du hättest kein Getuschel gehört.«

Ich erstarrte, als ich daran dachte, *was* ich gehört hatte. »Ich habe ein Mädchen kennengelernt.« Ich machte mich wieder daran, mich durch das Regal weiterzuarbeiten – Buch raus, Umschlag runter, Umschlag rauf, Buch wieder rein. »Thea.«

Jameson schnaubte. »Thea ist kein Mädchen. Sie ist ein Wirbelwind, in einen Hurrikan gehüllt und in Stahl gepackt – jedes Mädchen an der Schule folgt ihr in allem, was sie sagt und tut, was bedeutet, dass ich seit einem Jahr eine unerwünschte Person bin.« Er hielt inne. »Was hat Thea dir gesagt?« Jamesons Versuch, gleichgültig zu klingen, hätte mich womöglich in die Irre geführt, wenn er mir dabei ins Gesicht gesehen hätte, aber ohne durch die dazu passende Maske abgelenkt zu sein, konnte ich einen verräterischen Unterton raushören. *Es ist ihm nicht egal.*

Plötzlich wünschte ich, ich hätte Thea nicht erwähnt. Zwietracht säen war höchstwahrscheinlich ihr erklärtes Ziel.

»Avery?«

Dass Jameson meinen Namen benutzte, bestätigte mir, dass er eine Antwort nicht nur wollte, sondern brauchte.

»Thea hat die ganze Zeit über dieses Haus geredet«, sagte ich vorsichtig. »Darüber, wie es für mich sein muss, hier zu leben.« Das stimmte … oder zumindest weitestgehend. »Über euch alle.«

»Ist es denn noch eine Lüge«, fragte Jameson hochtrabend, »wenn man verhüllt, was von Belang ist, doch was man sagt, ist theoretisch wahr?«

Er will die Wahrheit.

»Thea sagte, dass da ein Mädchen war und dass sie gestorben ist.« Ich sprach, wie wenn ich ein Pflaster abreißen würde – zu schnell, um abzuschätzen, was ich sagte.

Über mir verlangsamte sich der Rhythmus von Jamesons Bewegungen. Ich zählte fünf Sekunden des absoluten Schweigens, bevor er sprach. »Ihr Name war Emily.«

Ich wusste – auch wenn ich nicht genau sagen konnte, wie –, dass er es mir nicht gesagt hätte, wenn ich sein Gesicht hätte sehen können.

»Ihr Name war Emily«, wiederholte er. »Und sie war nicht nur ein Mädchen.«

Mir stockte unwillkürlich der Atem. Ich stieß ihn aus und fuhr rasch damit fort, Bücher zu prüfen, denn ich wollte nicht, dass er mitbekam, wie viel ich in seiner Stimme herausgehört hatte. *Emily hat ihm was bedeutet. Sie tut es immer noch.*

»Es tut mir leid«, sagte ich – leid, dass ich es erwähnt hatte, und leid, dass sie nicht mehr da war. »Wir sollten für heute Abend Schluss machen.« Es war spät, und ich traute mir durchaus zu, weitere Dinge zu sagen, die ich bereuen könnte.

Jamesons Arbeitsrhythmus über mir verebbte und wurde von dem Geräusch seiner Schritte abgelöst, als er zu der schmiedeeisernen Wendeltreppe ging und die Stufen hinabstieg. Er blieb zwischen mir und dem Ausgang stehen. »Morgen um die gleiche Zeit?«

Plötzlich schien es mir unglaublich wichtig, ja nicht in seine tiefen grünen Augen zu schauen. »Wir machen gute Fortschritte«, sagte ich und zwang mich, die Tür anzusteuern. »Selbst wenn wir keine Abkürzung finden, um den Prozess zu beschleunigen, sollten wir diese Woche alle Regale schaffen.«

Jameson lehnte sich zu mir vor, als ich vorbeiging. »Bitte, hass mich jetzt nicht«, sagte er leise.

Warum sollte ich dich hassen? Ich spürte, wie mein Puls mir bis in den Hals hochjagte. Wegen dem, was er gerade gesagt hatte, oder wegen dem, wie nah er mir kam?

»Es besteht der Hauch einer Möglichkeit, dass wir nicht in einer Woche fertig werden.«

»Warum nicht?«, fragte ich und vergaß prompt, seinem Blick auszuweichen.

Er senkte die Lippen ganz nah an mein Ohr. »Das ist nicht die einzige Bibliothek in Hawthorne House.«

KAPITEL 28

Über wie viele Bibliotheken verfügte dieser Ort? Das war die Frage, auf die ich mich krampfhaft konzentrierte, als ich Jameson stehen ließ und davonging – nicht auf das Gefühl von seinem Körper, der meinem viel zu nahe war, nicht auf die Tatsache, dass Thea nicht gelogen hatte, als sie behauptete, dass da ein Mädchen gewesen und dass es nun tot sei.

Emily. Kläglich versagte ich bei dem Versuch, das Flüstern aus meinem Kopf zu verbannen. *Ihr Name war Emily.* Ich erreichte das große Treppenhaus und zögerte. Wenn ich jetzt zu meinem Flügel zurückkehrte und versuchte zu schlafen, würde ich doch nur unablässig dieses Gespräch mit Jameson in meinem Kopf durchgehen. Ich schaute über meine Schulter zurück, um zu sehen, ob er mir gefolgt war – und erblickte stattdessen Oren.

Mein persönlicher Leibwächter hatte mir versichert, dass ich hier sicher sei. Er schien daran zu glauben. Und doch folgte er mir auf Schritt und Tritt – unsichtbar, außer er *wollte* gesehen werden.

»Schlafenszeit für heute?«, erkundigte sich Oren.

»Nein.« Es war völlig ausgeschlossen, dass ich schlafen könnte, ausgeschlossen, dass ich überhaupt ein Auge zukriegen würde … also ging ich auf Erkundungstour. Am Ende eines langen Flurs entdeckte ich eine Art Vorführraum. Kein Kino oder so, mehr eine Art Opernsaal. Die

Wände waren golden tapeziert. Ein roter Samtvorhang verbarg die Bühne. Die Sitze waren ansteigend angeordnet, die Decke gewölbt, und als ich den Schalter an der Wand umlegte, gingen Hunderte winziger Lichter an.

Mir fiel ein, dass Dr. Mac mir von der Hawthorne-Stiftung zur Unterstützung der verschiedenen Künste erzählt hatte.

Der nächste Raum war mit Musikinstrumenten gefüllt – Dutzende davon. Ich beugte mich vor, um mir eine Geige anzusehen, die neben den Saiten ein S in den Körper geschnitzt hatte, das sich spiegelverkehrt auf der anderen Seite wiederfand.

»Das ist eine Stradivarius.« Die Worte erklangen wie eine Drohung.

Ich drehte mich um und erblickte Grayson, der in der Tür stand. Ich fragte mich, ob er uns gefolgt war – und wie lange. Er starrte mich an, seine Pupillen schwarz und unergründlich, die Iriden drum herum eisig grau. »Du solltest vorsichtig sein, Miss Grambs.«

»Ich werde schon nichts kaputtmachen«, erwiderte ich und trat von der Geige zurück.

»Du solltest vorsichtig sein«, wiederholte Grayson mit leiser, aber tödlicher Stimme, »mit Jameson. Das Letzte, was mein Bruder braucht, bist du, was auch immer das hier ist.«

Ich schaute zu Oren, aber seine Miene war ausdruckslos, als könnte er nichts von dem hören, was zwischen uns gesagt wurde. *Es ist nicht sein Job zu lauschen. Sein Job ist es, mich zu beschützen, und er betrachtet Grayson nicht als Gefahr.*

»Meinst du mit *das hier* mich?«, gab ich zurück. »Oder die Testamentsverfügungen deines Großvaters?« Ich war nicht derjenige, der ihrer aller Leben auf den Kopf gestellt hatte. Aber ich war hier und Tobias Hawthorne nicht. Logisch betrachtet war mir klar, dass meine beste Option darin bestand, Konfrontationen aus dem Weg zu gehen, *ihm* aus dem Weg zu gehen. Das hier war schließlich ein großes Haus.

Doch als ich so nahe bei Grayson stand, fühlte es sich nicht annähernd groß genug an.

»Meine Mutter hat seit Tagen ihr Zimmer nicht mehr verlassen.«

Graysons Blick ruhte auf mir und bohrte sich in mich hinein. »Xander hat sich heute fast selbst in die Luft gejagt. Jameson ist nur eine schlechte Idee davon weg, sein Leben zu ruinieren, und keiner von uns kann das Anwesen verlassen, ohne von der Presse verfolgt zu werden. Allein die Schäden an dem Grundstück, die sie verursacht haben …«

Sag nichts. Dreh dich um. Lass dich nicht drauf ein. »Glaubst du etwa, das hier ist für mich einfach?«, fragte ich stattdessen. »Glaubst du etwa, ich will von den Paparazzi belagert werden?«

»Du willst das Geld.« Grayson Hawthorne sah von oben auf mich herab. »Wie solltest du auch nicht, so wie du aufgewachsen bist.«

Das troff förmlich vor Herablassung. »Als ob du das Geld *nicht* willst«, gab ich zurück. »So wie *du* aufgewachsen bist. Ich habe vielleicht nicht mein ganzes Leben lang alles in den Hintern geschoben bekommen, aber …«

»Du hast ja keine Ahnung«, unterbrach mich Grayson, »wie schlecht vorbereitet du bist. Ein Mädchen wie du –«

»Du kennst mich nicht.« Ein Schwall von Wut rauschte durch mich hindurch, als ich ihm das Wort abschnitt.

»Das werde ich noch«, versprach Grayson. »Bald schon werde ich alles über dich wissen.« Jeder Knochen in meinem Körper sagte mir, dass er ein Mensch war, der seine Versprechen hielt. »Mein Zugang zu finanziellen Mitteln mag zurzeit etwas begrenzt sein, aber der Name Hawthorne hat immer noch was zu bedeuten. Es wird immer Leute geben, die sich ein Bein ausreißen werden, um einem von uns einen Gefallen zu tun.« Er rührte sich nicht, blinzelte nicht, war in keinster Weise körperlich aggressiv, aber er verströmte Macht, und er wusste es. »Was auch immer du verbirgst, ich werde es herausfinden. Jedes letzte Geheimnis. Innerhalb weniger Tage werde ich ein detailliertes Dossier sämtlicher Personen in deinem Leben haben. Von deiner Schwester. Deinem Vater. Deiner Mutter …«

»Du redest *nicht* über meine Mutter!« Meine Brust wurde mir eng. Das Atmen war eine Herausforderung.

»Halt dich von meiner Familie fern, Miss Grambs.« Grayson schob sich an mir vorbei. Ich war entlassen.

»Oder was?«, rief ich ihm nach, und dann, wie besessen von etwas, das ich nicht ganz benennen konnte, fuhr ich fort: »Oder wird das, was Emily zugestoßen ist, auch mir widerfahren?«

Grayson blieb abrupt stehen, sämtliche Muskeln in seinem Körper zum Zerreißen gespannt. »Wage es nicht, ihren Namen in den Mund zu nehmen.« Seine Haltung war voller Wut, aber seine Stimme klang, als würde sie jederzeit brechen. Als hätte ich ihm die Eingeweide herausgerissen.

Nicht nur Jameson. Mein Mund war plötzlich ganz trocken. *Emily hat nicht nur Jameson was bedeutet.*

Ich spürte eine Hand auf meiner Schulter. *Oren.* Sein Ausdruck war sanft, aber ganz offenbar wollte er, dass ich es gut sein ließ.

»Du wirst es keinen Monat in diesem Haus aushalten.« Grayson schaffte es, sich gerade so lange zusammenzureißen, um diese Vorhersage zu äußern, wie ein König, der ein Gebot erlässt. »Tatsächlich würde ich mein Geld darauf verwetten, dass du noch diese Woche fort sein wirst.«

KAPITEL 29

Kurz nachdem ich in mein Zimmer zurückgekehrt war, suchte Libby mich auf. Sie hatte eine reiche Auswahl an technischen Geräten dabei. »Alisa meinte, dass ich ein paar Sachen für dich besorgen soll. Sie sagte, dass du dir noch gar nichts gekauft hast.«

»Ich hatte keine Zeit.« Ich war erschöpft, überreizt und weit davon entfernt, *irgendwas* von dem zu begreifen, was seit meinem Umzug nach Hawthorne House passiert war.

Einschließlich das mit Emily.

»Du Glückliche«, erwiderte Libby. »Ich habe nichts außer Zeit.« Sie klang nicht sonderlich froh darüber, doch bevor ich nachhaken konnte, fing sie schon an Sachen auf meinem Schreibtisch abzuladen. »Neuer Laptop. Ein Tablet. Ein E-Reader voller Liebesromane für den Fall, dass du ein bisschen Realitätsflucht brauchst.«

»Schau dich doch mal um«, sagte ich. »Mein Leben ist momentan eine einzige Realitätsflucht.«

Das entlockte Libby dann doch ein Grinsen. »Hast du den Fitnessraum gesehen?«, fragte sie. »Oder die Profiküche?«

»Noch nicht.« Mein Blick blieb plötzlich am Kamin hängen, und ich lauschte, während ich mich fragte: *Ist da jemand dahinter?*

Du wirst es keinen Monat in diesem Haus aushalten. Ich glaubte nicht, dass Grayson das als körperliche Drohung gemeint hatte – und Oren hatte definitiv nicht so reagiert, als ob mein Leben in Gefahr sei. Dennoch schauderte ich.

»Ave? Da gibt es etwas, das ich dir zeigen muss.« Libby klappte die Abdeckung meines neuen Tablets zurück. »Nur damit es klar ist: Es ist völlig okay, wenn du einen Schreikrampf kriegst.«

»Warum sollte ich …« Ich verstummte, als ich sah, was sie da aufgerufen hatte. Es war ein Video von Drake mit einem Reporter.

Er stand neben einem Reporter. Allein die Tatsache, dass sein Haar gekämmt war, verriet mir, dass dieses Interview nicht die totale Überraschung für ihn gewesen war. Die Bildunterschrift auf dem Display lautete: *Freund der Familie Grambs.*

»Avery war schon immer eine Einzelgängerin«, sagte Drake auf dem Bildschirm. »Sie hatte keine Freunde.«

Ich hatte Max, und das war alles, was ich brauchte.

»Ich sage ja nicht, dass sie ein schlimmer Mensch ist. Ich denke, sie war einfach nur verzweifelt auf der Suche nach Aufmerksamkeit. Sie wollte was bedeuten. Ein Mädchen wie sie, ein reicher alter Mann …« Er ließ die Worte in der Luft hängen. »Sagen wir einfach, dass da Vaterkomplexe mit im Spiel waren.«

An der Stelle hielt Libby das Video an.

»Kann ich das ganz sehen?«, fragte ich und deutete auf das Tablet, während sich Mordlust in meinem Herzen breitmachte … und wahrscheinlich auch in meinen Augen.

»Das ist der schlimmste Teil«, versicherte mir Libby. »Willst du jetzt vielleicht schreien?«

Ja, aber nicht auf deine Kosten. Ich nahm das Tablet und scrollte die dazu vorgeschlagenen Videos durch – allesamt Interviews oder Hintergrundberichte über mich. Ehemalige Klassenkameraden, Kollegen, Libbys Mom.

Ich ignorierte die Interviews, bis ich zu demjenigen kam, das ich nicht ignorieren konnte. Es hatte eine ganz simple Überschrift: *Skye Hawthorne und Zara Hawthorne-Calligaris.*

Die beiden standen hinter einem Podium auf einer Art Pressekonferenz – so viel zu Graysons Behauptung, seine Mutter hätte ihr Zimmer seit Tagen nicht verlassen.

»Unser Vater war ein großartiger Mensch.« Zaras Haar wogte in einer leichten Brise. Ihre Miene war stoisch. »Er war ein revolutionärer Unternehmer, ein einmaliger Wohltäter und Menschenfreund und ein Mann, der die Familie über alles wertschätzte.« Sie nahm Skyes Hand. »Sie dürfen versichert sein, dass wir, während wir seinen Tod betrauern, nicht zusehen werden, wie sein Lebenswerk mit ihm stirbt. Die Hawthorne-Stiftung wird ihre Arbeit weiter fortführen. Die zahlreichen Investitionen meines Vaters werden keine unmittelbaren Änderungen erfahren. Obgleich wir keine Kommentare zu der gegenwärtig komplexen rechtlichen Lage abgeben können, darf ich Ihnen doch versichern, dass wir sowohl mit den Behörden als auch mit Spezialisten für den Missbrauch älterer Personen und einem Team medizinischer und juristischer Fachleute zusammenarbeiten, um dieser Situation auf den Grund zu gehen.«

Sie wendete sich Skye zu, in deren Augen ungeweinte Tränen schimmerten – perfekt, rührend, dramatisch.

»Unser Vater war unser Held«, erklärte Zara weiter. »Wir werden nicht zulassen, dass er im Tod zum Opfer wird. Zu diesem Zweck liefern wir der Presse das Resultat eines Gentests, der – entgegen den verleumderischen Berichten und Spekulationen, die in den einschlägigen Boulevardblättern kursieren – eindeutig beweist, dass Avery Grambs *nicht* die Frucht der Untreue seitens unseres Vaters ist, der seiner geliebten Frau, unserer Mutter, die gesamte Zeit ihrer Ehe treu war. Wir als Familie sind ob der kürzlichen Ereignisse genauso bestürzt wie Sie alle, aber Gene lügen nicht. Was auch immer dieses Mädchen sein mag – eine Hawthorne ist sie nicht.«

Das Video stoppte. Sprachlos dachte ich an Graysons letzte Worte zurück. *Ich würde mein Geld darauf verwetten, dass du noch diese Woche fort sein wirst.*

»Spezialisten für den Missbrauch älterer Personen?« Libby neben mir war völlig fassungslos.

»Und die Behörden«, fügte ich hinzu. »Außerdem ein Team medizinischer Fachleute. Sie mag nicht gleich ausgepackt und behauptet haben, dass gegen mich ermittelt wird wegen Betrugs an einem demenzgebeutelten alten Mann, aber sie hat es definitiv durchblicken lassen.«

»Das darf sie doch nicht tun!« Libby war wütend – eine neonblau gefärbte, geballte Ladung Gothic-Zorn. »Sie kann nicht einfach erzählen, was sie will. Ruf Alisa an. Du hast Anwälte!«

Was ich hatte, waren höllische Kopfschmerzen. Das alles kam nicht unerwartet. In Anbetracht des Vermögens, das hier auf dem Spiel stand, war es unvermeidlich. Oren hatte mich gewarnt, dass die beiden Frauen mich vor Gericht zerren würden.

»Ich werde Alisa morgen anrufen«, beruhigte ich Libby. »Gerade will ich nur noch ins Bett.«

KAPITEL 30

Sie haben keinerlei rechtliche Basis, auf die sie sich stützen könnten.«

Ich musste Alisa am Morgen gar nicht anrufen. Sie suchte mich von selbst auf.

»Du kannst versichert sein, dass wir dem umgehend einen Riegel vorschieben werden. Mein Vater wird sich noch im Lauf des Tages mit Zara und Constantine treffen.«

»Constantine?«, fragte ich.

»Zaras Ehemann.«

Theas Onkel, ergänzte ich in Gedanken.

»Sie wissen natürlich selbst, dass sie Gefahr laufen, richtig viel zu verlieren, indem sie das Testament anfechten. Zaras Schulden sind beträchtlich, und wenn sie Klage erhebt, werden sie nicht beglichen. Was Zara und Constantine nicht wissen und was mein Vater ihnen heute überdeutlich klarmachen wird, ist, dass, selbst wenn ein Richter Mr Hawthornes letztes Testament für null und nichtig erklären würde, die Verteilung seines Nachlasses dann durch sein vorhergehendes Testament geregelt würde, und mit *jenem* wird der Familie Hawthorne noch weniger bleiben als mit dem jetzigen.«

Falltür um Falltür. Ich dachte daran, was Jameson nach der Testamentseröffnung gesagt hatte, und dann an mein Gespräch mit Xander, als er die Scones aß. *Selbst wenn du* glauben *solltest, du hättest unseren Großvater manipuliert, so garantiere ich dir, dass in Wahrheit er es war, der* dich *manipuliert hat.*

»Wie lange ist es her, dass Tobias Hawthorne sein vorheriges Testament aufgesetzt hat?«, wollte ich von Alisa wissen, wobei ich mich fragte, ob sein einziger Zweck gewesen war, das jetzige zu untermauern.

»Vor zwanzig Jahren im August«, schloss Alisa diese Möglichkeit aus. »Das gesamte Vermögen sollte an wohltätige Zwecke gehen.«

»Vor zwanzig Jahren?«, wiederholte ich. Das war länger her, als seine Enkel auf der Welt waren – Nash ausgenommen. »Er hat seine Töchter schon vor zwanzig Jahren enterbt und es ihnen nie gesagt?«

»So wie es aussieht, ja. Und als Antwort auf deine gestrige Frage« – Alisa war die Effizienz in Person – »die Unterlagen der Kanzlei zeigen, dass Mr Hawthorne seinen Namen offiziell im August vor zwanzig Jahren ändern ließ. Davor hatte er keinen Zweitnamen.«

Tobias Hawthorne hatte sich einen Zweitnamen zugelegt zum selben Zeitpunkt, als er seine Familie enterbt hatte. *Tattersall … Tatters, all … Alles in Lumpen, in Fetzen … alles ruiniert.* In Anbetracht dessen, was Jameson und Xander mir über ihren Großvater erzählt hatten, schien das wie eine Botschaft. Es ging gar nicht darum, mich – oder, vor mir, irgendwelche wohltätigen Organisationen – erben zu lassen.

Es ging darum, seine Familie zu *ent*erben.

»Was zur Hölle ist im August vor zwanzig Jahren passiert?«, fragte ich.

Alisa schien ihre Antwort abzuwägen. Ich kniff die Augen zusammen und fragte mich, ob doch irgendein Teil ihrer Loyalität immer noch Nash galt. Seiner Familie.

»Mr Hawthorne und seine Frau verloren in jenem Sommer ihren Sohn. Toby. Er war neunzehn, das jüngste ihrer Kinder.« Alisa hielt inne, bevor sie fortfuhr. »Toby war mit mehreren seiner Freunde in das Ferienhaus seiner Eltern gefahren. Es gab ein Feuer. Toby und drei andere junge Menschen kamen darin um.«

Ich hatte Mühe zu begreifen, was sie da sagte. Tobias Hawthorne hatte nach dem Tod seines Sohnes seine Töchter aus dem Testament gestrichen. *Daddy war nicht mehr derselbe, nachdem Toby starb.* Das hatte Zara gesagt, als sie glaubte, dass sie zugunsten der Söhne ihrer Schwester übergangen worden war. Ich kramte in meiner Erinnerung nach Skyes Antwort.

Verschwand, hatte Skye mit Nachdruck erwidert, und Zara war ausgerastet.

»Warum sollte Skye dann behaupten, dass Toby verschwunden sei?«

Alisa war von meiner Frage sichtlich überrumpelt – offenbar erinnerte sie sich nicht an den Wortwechsel bei der Testamentsverkündung.

»Aufgrund des Feuers und eines heftigen Sturms, der in jener Nacht wütete«, sagte Alisa, als sie sich wieder gefasst hatte, »wurden Tobys Überreste nie gefunden.«

Mein Gehirn mühte sich wie verrückt ab, diese Information einzuordnen. »Könnten Zara und Skye, beziehungsweise ihre Anwälte, denn nicht damit argumentieren, dass dieses alte Testament auch ungültig ist?«, fragte ich. »Verfasst in einer Extremsituation oder dass er vor Kummer verrückt geworden war oder so was in der Art?«

»Mr Hawthorne unterzeichnete alljährlich ein Dokument, das sein Testament bekräftigte«, erklärte Alisa. »Er hat es nie geändert … bis du darin auftauchtest.«

Bis ich darin auftauchte. Mein gesamter Körper kribbelte, wenn ich nur daran dachte. »Wann? Wie lange ist das her?«, wollte ich wissen.

»Letztes Jahr.«

Was könnte vorgefallen sein, das Tobias Hawthorne zu dem Entschluss brachte, sein gesamtes Vermögen statt irgendwelchen wohltätigen Organisationen mir zu vermachen?

Vielleicht kannte er meine Mutter. Vielleicht wusste er, dass sie gestorben war. Vielleicht tat es ihm leid.

»Nun, wenn deine Neugier jetzt befriedigt ist«, sagte Alisa, »würde ich gerne zu drängenderen Fragen übergehen. Ich denke, mein Vater wird Zara und Constantine in den Griff bekommen. Unser größtes bleibendes PR-Problem ist …«, Alisa richtete sich auf, als müsse sie sich wappnen, »… deine Schwester.«

»Libby?« Damit hatte ich nun nicht gerechnet.

»Es wäre zum Wohle aller, wenn sie sich bedeckt hält.«

»Wie bitte schön soll sie sich denn bedeckt halten?«, fragte ich. Das hier war momentan die heißeste Story des Planeten.

»Ich habe ihr geraten, für die absehbare Zukunft auf dem Anwesen zu bleiben«, sagte Alisa, und mir fiel Libbys Kommentar ein, dass sie nichts habe *außer* Zeit. »Auf längere Sicht könnte sie wohltätige Arbeit in Betracht ziehen, wenn sie denn will, aber zwischenzeitlich müssen wir die Kontrolle über das Narrativ behalten, und deine Schwester hat den Hang dazu … Aufmerksamkeit auf sich zu ziehen.«

Ich war nicht sicher, ob sich das auf Libbys Klamottenwahl oder ihr blaues Auge bezog. Empörung und Wut sprudelten in mir hoch. »Meine Schwester kann anziehen, was sie will«, sagte ich bestimmt. »Sie kann tun, was immer sie will. Wenn das der High Society von Texas und der Klatschpresse nicht gefällt, dann ist das *zu* schade.«

»Das hier ist eine äußerst delikate Situation«, erwiderte Alisa ruhig. »Insbesondere mit der Presse. Und Libby …«

»Sie hat nicht mit der Presse geredet.« Das wusste ich ganz sicher, so wie ich wusste, wie ich hieß.

»Aber ihr Ex-Freund. Und ihre Mutter. Beide sind auf das große Geld aus.« Alisa bedachte mich mit einem vielsagenden Blick. »Ich muss dir ja nicht erst erzählen, dass die meisten Lotto-Gewinner die Hölle auf Erden erleben, weil sie in Bitten und Forderungen von Familie und Freunden untergehen. Dir mangelt es zum Glück an beidem. Bei Libby jedoch sieht die Sache anders aus.«

Wenn Libby an meiner Stelle geerbt hätte, wäre sie unfähig gewesen, Nein zu sagen. Sie hätte gegeben und gegeben, und zwar jedem, der es schaffte, die Griffel nach ihr auszustrecken.

»Wir können eine einmalige Zahlung an ihre Mutter in Betracht ziehen«, fuhr Alisa geschäftsmäßig fort. »Zusammen mit einer Vertraulichkeitsvereinbarung, um sie davon abzuhalten, weiter mit der Presse über dich oder Libby zu reden.«

Mein Magen rebellierte bei dem Gedanken, Libbys Mutter Geld zu geben. Die Frau verdiente keinen Penny. Aber Libby wiederum verdiente es nicht, sehen zu müssen, wie ihre Mutter regelmäßig versuchte, sie an die Abendnachrichten zu verschachern.

»Na schön«, sagte ich mit zusammengebissenen Zähnen, »aber Drake kriegt von mir *nichts*.«

Alisa zeigte ein breites Lächeln. »Ihm werde ich *mit Vergnügen* einen Maulkorb verpassen.« Sie reichte mir eine dicke Mappe. »In der Zwischenzeit habe ich ein paar Schlüsselinformationen für dich zusammengetragen, und ich lasse heute Nachmittag jemanden kommen, um an deiner Garderobe und äußeren Erscheinung zu arbeiten.«

»Meiner *was*?«

»Libby kann, wie du selbst sagtest, tragen, was sie will, aber den Luxus hast du nicht.« Alisa zuckte die Achseln. »*Du* bist hier die eigentliche Story. Der Rolle gemäß aussehen ist immer der erste Schritt.«

Ich hatte keinen Schimmer, wie diese Unterhaltung mit juristischen Zwickmühlen und PR-Problemen beginnen, einen Ausflug zu Hawthorne'schen Familientragödien nehmen und dann damit enden konnte, dass mir meine eigene Anwältin ein Umstyling nahelegte.

Ich nahm Alisa die Mappe aus der mir entgegengehaltenen Hand, warf sie auf den Schreibtisch und wandte mich Richtung Tür.

»Wohin gehst du?«, rief mir Alisa hinterher.

Beinahe hätte ich *in die Bibliothek* gesagt, aber Graysons Warnung vom Vortag war mir noch zu frisch in Erinnerung. »Hat der Schuppen nicht auch eine Bowlinghalle?«

KAPITEL 31

Da war *wirklich* eine Bowlinghalle. In meinem Haus. Ich hatte eine Bowlinghalle *in meinem Haus*. Wie versprochen verfügte sie »nur« über vier Bahnen, aber ansonsten hatte sie alles, was man von einer Bowlinganlage erwarten würde. Es gab einen Kugelrücklauf sowie Stellautomaten auf jeder Bahn. Einen Touchscreen, um die Spielergebnisse zu notieren, und einen 55-Zoll-Monitor, um den Punktestand zu verfolgen. Überall – auf den Kugeln, den Bahnen, dem Touchscreen, den Monitoren – prangte ein kunstvoller Buchstabe: *H*.

Ich versuchte, es nicht als Erinnerung daran aufzufassen, dass nichts von dem hier eigentlich meins sein sollte.

Stattdessen konzentrierte ich mich darauf, die richtige Kugel auszuwählen. Die richtigen Schuhe – denn es gab mindestens vierzig verschiedene Paar auf einem Ständer an der Seite. *Wer bitte braucht vierzig Paar Bowlingschuhe?*

Ich tippte mit dem Finger auf den Touchscreen und gab meine Initialen ein. *AKG*. Eine Sekunde später flackerte eine Begrüßung über den Bildschirm.

WILLKOMMEN IN HAWTHORNE HOUSE,
AVERY KYLIE GRAMBS!

Unwillkürlich stellten sich mir die Härchen auf den Armen auf. Ich bezweifelte stark, dass das Einspeisen meines Namens in der Bowlinganlage in den letzten zwei Tage Spitzenpriorität für irgendwen im Haus gehabt hatte. Was bedeutete …

»Warst du das?«, fragte ich laut, meine Worte an Tobias Hawthorne richtend. War es eine seiner letzten Handlungen auf dieser Welt gewesen, diese Begrüßung zu programmieren?

Ich unterdrückte ein Schaudern. Am anderen Ende der zweiten Bahn warteten die Kegel auf mich. Ich nahm meine Kugel hoch – zehn Pfund, mit einem silbernen *H* auf dunkelgrünem Grund. Daheim hatte die Bowlinghalle einmal pro Monat 99-Cent-Bowling angeboten. Meine Mom und ich waren jedes Mal hingegangen.

Ich wünschte mir, sie wäre hier, und dann fragte ich mich: Wenn sie am Leben wäre, wäre ich dann überhaupt hier? Ich war keine Hawthorne. Wenn der alte Herr mich nicht zufällig ausgewählt hatte, wenn ich nicht irgendwie irgendwas getan hatte, um seine Aufmerksamkeit zu erregen, musste seine Entscheidung, alles mir zu vermachen, etwas mit ihr zu tun haben.

Wenn sie noch am Leben wäre, hättest du dann ihr das ganze Geld vermacht? Immerhin sprach ich Tobias Hawthorne dieses Mal nicht laut an. *Was hat dir leidgetan? Hast du ihr etwas angetan? Ihr nichts angetan … beziehungsweise nichts für sie getan?*

Ich habe ein Geheimnis …, hörte ich meine Mom sagen. Ich warf die Kugel fester, als ich es hätte sollen, und traf nur zwei Kegel. Wenn meine Mom jetzt hier gewesen wäre, hätte sie sich ordentlich über mich lustig gemacht. Danach konzentrierte ich mich und zielte. Fünf Partien später war ich schweißbedeckt und meine Arme schmerzten. Ich fühlte mich gut … gut genug, um mich zurück ins Haus zu wagen und mich auf die Suche nach dem Fitnessraum zu machen.

Sportanlage wäre wohl eine treffendere Bezeichnung gewesen. Ich trat auf das Basketballfeld hinaus. Der Raum teilte sich L-förmig auf, mit zwei Hantelbänken und einem halben Dutzend Fitnessgeräten in dem kleineren Teil des L. In der Wand an der Rückseite befand sich eine Tür.

Solange ich noch Dorothy im Zauberer von Oz *spiele …*

Ich öffnete sie und unwillkürlich ging mein Blick nach oben. Eine Kletterwand ragte über zwei Stockwerke empor. Eine Gestalt mühte sich an einem beinahe senkrechten Abschnitt der Wand ab – in mindestens sechs Meter Höhe, ohne Gurt. *Jameson.*

Er musste mich irgendwie gespürt haben. »Na, je an so einem Ding hochgeklettert?«, rief er hinab.

Erneut musste ich an Graysons Warnung denken, doch dieses Mal sagte ich mir, dass ich einen Scheiß auf das gab, was Grayson Hawthorne mir zu sagen hatte. Ich ging zur Kletterwand hinüber, stellte mich unten auf und verschaffte mir einen schnellen Überblick über die verfügbaren Griffe und Tritte.

»Erstes Mal!«, rief ich zurück und packte einen Griff. »Aber ich lerne schnell.«

Ich schaffte es, bis meine Füße knapp zwei Meter über dem Boden waren, bevor die Wand in einem Winkel ausscherte, der es einem schwerer machen sollte. Ich stemmte einen Fuß gegen einen Tritt und den anderen gegen die Wand, streckte meinen rechten Arm nach einem Griff aus, der einen Tacken zu weit weg war …

… und griff daneben.

Von dem Vorsprung über mir schoss eine Hand nach unten und packte meine. Jameson schmunzelte, während ich halb in der Luft hing. »Du kannst dich fallen lassen«, sagte er mir, »oder du versuchst, dich hochzuschwingen.«

Tu es. Ich verbiss mir die Worte. Oren war nirgends zu sehen, und das Letzte, was ich allein mit einem Hawthorne tun sollte, war, ungesichert noch höher zu klettern. Stattdessen ließ ich seinen Arm los und wappnete mich für den Aufprall.

Nachdem ich gelandet war, blieb ich stehen und sah Jameson dabei zu, wie er sich wieder an der Wand hocharbeitete, wobei seine Muskeln sich unter dem dünnen weißen T-Shirt anspannten. *Das hier ist eine schlechte Idee*, ermahnte ich mich mit klopfendem Herzen. *Jameson Winchester Hawthorne ist sogar eine ganz schlechte Idee.*

Mir war gar nicht klar gewesen, dass ich mich an seinen Zweitnamen erinnerte, bis er in meinem Kopf aufploppte. *Hör auf, ihn anzuglotzen. Hör auf, über ihn nachzudenken. Das nächste Jahr wird schon kompliziert genug ohne … Komplikationen.*

Da ich plötzlich das Gefühl hatte, beobachtet zu werden, drehte ich mich zur Tür um … und sah Grayson dort stehen, der mich unverwandt anstarrte. Seine hellen Augen waren zu Schlitzen verengt.

Du machst mir keine Angst, Grayson Hawthorne. Ich zwang mich, mich von ihm abzuwenden, und rief zu Jameson hoch: »Wir sehen uns in der Bibliothek!«

KAPITEL 32

Als ich um Viertel nach neun die Bibliothek betrat, war diese leer, aber das blieb sie nicht lange. Jameson traf um halb zehn ein, gefolgt von Grayson, der um neun Uhr einunddreißig hereinspaziert kam.

»Was machen wir heute?«, fragte Grayson seinen Bruder.

»Wir?«, entgegnete Jameson.

Grayson krempelte sorgfältig seine Manschetten hoch. Er hatte sich ein steifes, gestärktes Hemd wie eine Rüstung angelegt. »Kann ein älterer Bruder nicht Zeit mit seinem jüngeren Bruder und einem Eindringling mit zweifelhaften Absichten verbringen, ohne gleich einem Kreuzverhör unterzogen zu werden?«

»Er traut mir nicht bezüglich dir«, übersetzte ich.

»Ich bin so ein zartes Blümchen.« Jamesons Ton war lässig, aber seine Augen erzählten etwas anderes. »Ich brauche Schutz und ständige Beaufsichtigung.«

Grayson blieb ungerührt von seinem Sarkasmus. »Scheint wohl so.« Er lächelte mit rasiermesserscharfer Miene. »Was machen wir heute?«, wiederholte er.

Ich hatte keine Ahnung, was das mit seiner Stimme war, die es einem unmöglich machte, ihn zu ignorieren.

»Die Erbin und ich«, erwiderte Jameson mit Nachdruck, »gehen einer Vermutung nach, wobei wir zweifelsohne sündhaft viel Zeit auf etwas verwenden, was du sicherlich als grenzdebilen Nonsens bezeichnen würdest.«

Grayson runzelte die Stirn. »So rede ich nicht.«

Jameson ließ eine gewölbte Augenbraue für sich sprechen.

Grayson kniff die Augen zusammen. »Und was für einer Vermutung geht ihr beide da nach?«

Als klar wurde, dass Jameson nicht antworten würde, tat ich es – nicht, weil ich Grayson Hawthorne auch nur einen Dreck schuldig gewesen wäre. Vielmehr, weil es, langfristig betrachtet, Teil jeder Gewinnerstrategie war zu wissen, wann man den Erwartungen seines Gegners zuspielte und wann man sie unterwanderte. Grayson Hawthorne erwartete nichts von mir. Nichts Gutes.

»Wir glauben, der Brief eures Großvaters an Jameson enthält einen Hinweis darauf, was er sich dabei gedacht hat.«

»*Was er sich dabei gedacht hat*«, wiederholte Grayson, während seine scharf blickenden Augen wie beiläufig mein Gesicht musterten, »und warum er alles *dir* vermacht hat.«

Jameson lehnte sich mit dem Rücken an den Türrahmen. »Es klingt doch ganz nach ihm, oder nicht?«, fragte er Grayson. »Ein letztes großes Spiel?«

Ich konnte Jameson anhören, dass er wollte, dass Grayson Ja sagte. Er wollte die Zustimmung seines Bruders – oder vielleicht auch seine Bestätigung. Vielleicht wünschte sich ein Teil von ihm, das hier zusammen mit ihm zu tun. Einen Sekundenbruchteil lang sah ich den Funken von *irgendwas* in Graysons Augen, aber er verlosch so rasch, dass ich mich fragen musste, ob das Licht oder mein Gehirn mir nur was vorgegaukelt hatten.

»Offen gesagt, Jamie«, bemerkte Grayson, »überrascht es mich, dass du immer noch das Gefühl hast, den alten Herrn überhaupt gekannt zu haben.«

»Ich stecke eben voller Überraschungen.« Jameson musste sich dabei ertappt haben, dass er sich etwas von Grayson wünschte, denn das Licht in seinen Augen erlosch ebenfalls. »Außerdem kannst du jederzeit gehen, Gray.«

»Ich denke nicht«, erwiderte Grayson. »Besser, den Teufel, den man kennt, als den Teufel, den man nicht kennt.« Er ließ die Worte in der Luft hängen. »Oder etwa nicht? Macht verdirbt. Absolute Macht verdirbt absolut.«

Meine Augen zuckten zu Jameson, der geradezu unheimlich reglos dastand.

»Er hat dir dieselbe Nachricht hinterlassen«, sagte Jameson schließlich, wobei er sich von der Tür wegstieß und durch den Raum schritt. »Denselben Hinweis.«

»Kein Hinweis«, entgegnete Grayson. »Lediglich ein Indiz, dass er nicht klar im Kopf war.«

Jameson machte einen Satz auf ihn zu. »Das glaubst du doch selbst nicht.« Er musterte abschätzig Graysons Miene, seine Haltung. »Aber ein Richter könnte es tun.« Jameson wandte sich wieder zu mir. »Er wird seinen Brief gegen dich verwenden, wenn er kann.«

Er hat seinen Brief womöglich schon Zara und Constantine gegeben, dachte ich. Aber laut dem, was Alisa mit erzählt hatte, würde das keine Rolle spielen.

»Es gab ein anderes Testament vor diesem hier«, sagte ich, wobei ich von einem Bruder zum anderen sah. »In jenem hinterließ euer Großvater eurer Familie noch weniger. Er hat euch nicht zu *meinen* Gunsten enterbt.« Ich schaute dezidiert Grayson an, als ich diese Worte sprach. »Er hat die gesamte Familie Hawthorne enterbt, bevor ihr überhaupt geboren wart – direkt nachdem euer Onkel starb.«

Jameson hielt abrupt im Gehen inne. »Du lügst.« Sein gesamter Körper war angespannt.

Grayson hielt meinem Blick stand. »Nein, tut sie nicht.«

Hätte ich raten müssen, wie das laufen würde, hätte ich getippt, dass Jameson mir glauben würde und Grayson der Skeptische wäre. Doch wie dem auch war, nun starrten sie mich beide an.

Grayson brach zuerst den Blickkontakt ab. »Du kannst mir genauso gut auch sagen, was du glaubst, dass dieser vermaledeite Brief zu bedeuten hat, Jamie.«

»Und warum«, presste Jamie zwischen zusammengebissenen Zähnen hervor, »sollte ich das verraten?«

Sie waren es gewohnt, gegeneinander anzutreten, zur Zielgeraden vorzupreschen. Ich wurde das Gefühl nicht los, dass ich kein bisschen hierhergehörte – zwischen die beiden.

»Dir ist schon klar, Jamie, dass ich durchaus in der Lage bin, auf unbestimmte Zeit mit euch beiden hier in diesem Raum zu bleiben?«, fragte Grayson. »Sobald ich sehe, was ihr vorhabt, werde ich dahinterkommen, das weißt du. Ich wurde zum Rätselraten erzogen, so wie du.«

Jameson starrte seinen Bruder unverwandt an, dann lächelte er. »Die Entscheidung liegt bei dem Eindringling mit den zweifelhaften Absichten.« Sein Lächeln verwandelte sich in ein hämisches Grinsen.

Er erwartet von mir, dass ich Grayson in die Wüste schicke. Was ich wahrscheinlich hätte tun sollen, aber es war durchaus möglich, dass wir hier unsere Zeit verschwendeten, und ich hatte eigentlich nichts dagegen, auch die von Grayson Hawthorne zu verschwenden.

»Er kann bleiben.«

Man hätte die Spannung im Raum mit einem Messer schneiden können.

»Also gut, Erbin.« Jameson warf mir ein weiteres irres Lächeln zu. »Ganz wie du wünschst.«

KAPITEL 33

Ich hatte mir zwar gedacht, dass die Sache mit einem extra Paar Hände schneller gehen würde, aber ich hätte nie geahnt, wie es sich anfühlen würde, in einem Raum mit *zwei* Hawthornes festzusitzen – insbesondere mit diesen beiden. Während wir vor uns hinarbeiteten – Grayson hinter mir, Jameson über mir –, fragte ich mich, ob die Brüder schon immer wie Feuer und Wasser gewesen waren, ob Grayson sich immer zu ernst genommen hatte, ob Jameson immer eine Show daraus gemacht hatte, *gar nichts* ernst zu nehmen. Ich fragte mich, ob die beiden in ihrer Kindheit in die Rollen des Erben in spe und des Nachzüglers hineingedrängt worden waren, sobald Nash deutlich gemacht hatte, dass er dem Hawthorne'schen Thron entsagen würde.

Ich fragte mich, ob sie sich vor der Sache mit Emily verstanden hatten.

»Hier ist nichts.« Grayson unterstrich seine Feststellung, indem er ein Buch etwas zu laut in sein Regal zurückstellte.

»Wie der Zufall es will«, bemerkte Jameson von oben, »musst du ja gar nicht hier sein.«

»Wenn *sie* hier ist, bin ich es auch.«

»Avery beißt nicht.« Zur Abwechslung nannte Jameson mich bei meinem echten Namen. »Ehrlich, jetzt, wo die Frage nach der Verwandtschaft ausgeräumt wurde, wäre ich ja Feuer und Flamme, wenn sie es täte.«

Ich verschluckte mich beinahe an meinem eigenen Speichel und überlegte mir ernsthaft, ihn an Ort und Stelle zu erwürgen. Er wollte ganz klar Grayson piesacken – und benutzte mich dafür.

»Jamie?« Grayson klang beinahe zu ruhig. »Halt die Klappe und such weiter.«

Genau das tat ich derweil. Buch raus, Umschlag runter, Umschlag rauf, Buch ins Regal. Die Stunden verstrichen. Grayson und ich arbeiteten im Kreis aufeinander zu. Als wir uns nahe genug waren, dass ich ihn aus dem Augenwinkel sehen konnte, sprach er mich an, seine Stimme war selbst für mich kaum vernehmbar – für Jameson somit gar nicht.

»Mein Bruder trauert um unseren Großvater. Das kannst du bestimmt nachvollziehen.«

Ja, kann ich und tue ich. Ich sagte nichts darauf.

»Er ist adrenalinsüchtig, auf Extreme aus. Schmerz. Angst. Freude. Egal was.« Grayson hatte nun meine volle Aufmerksamkeit und das wusste er. »Er leidet und er braucht den Rausch des Spiels. Er braucht das Gefühl, dass dies hier was zu bedeuten hat.«

Dies hier – war damit der Brief seines Großvaters gemeint? Das Testament? Ich?

»Und du glaubst nicht, dass es das tut«, erwiderte ich leise. Grayson glaubte nicht, dass ich etwas Besonderes war, glaubte nicht, dass dies ein Rätsel war, das es wert war, gelöst zu werden.

»Ich glaube nicht, dass du der Bösewicht in dieser Geschichte sein musst, um eine Bedrohung für diese Familie darzustellen.«

Wenn ich nicht schon Nash kennengelernt hätte, hätte ich auf Grayson als den ältesten Bruder getippt.

»Du redest ständig vom Rest der Familie«, raunte ich. »Aber hier geht es nicht nur um sie. Ich bin eine Bedrohung für *dich*.«

Ich hatte *sein* Vermögen geerbt. Ich lebte in *seinem* Haus. Sein Großvater hatte mich ausgewählt.

Grayson stand nun direkt neben mir. »Ich bin nicht bedroht.« Sein Körperbau war nicht imposant. Ich hatte ihn nie die Kontrolle verlieren sehen. Aber je näher er mir kam, desto mehr schaltete mein Körper in höchste Alarmbereitschaft.

»Erbin?«

Ich schreckte zusammen, als Jameson sich meldete. Reflexartig trat ich von seinem Bruder zurück. »Ja?«

»Ich glaube, ich habe was gefunden.«

Ich schob mich an Grayson vorbei Richtung Treppe. Jameson hatte was gefunden. Ein Buch, das nicht zu seinem Einband passte. Das zumindest war meine Vermutung, und in der Sekunde, in der ich in der oberen Etage ankam und das Lächeln auf Jameson Hawthornes Lippen sah, wusste ich, dass ich richtiggelegen hatte.

Er hielt ein gebundenes Buch in der Hand.

Ich las den Titel. »*Sail Away*.«

»Und innen drin …« Jameson war wirklich Schauspieler durch und durch. Er zog mit einer schwungvollen Geste den Schutzumschlag ab und warf mir das Buch zu. *Die tragische Historie vom Doktor Faustus* von Christopher Marlowe.

»*Faust*«, entfuhr es mir verblüfft.

»Der Teufel, den du kennst«, erwiderte Jameson. »Oder der Teufel, den du nicht kennst.«

Es hätte ein Zufall sein können. Womöglich interpretierten wir eine Bedeutung hinein, wo keine war, so wie Menschen, die versuchen, die Zukunft in den Formen der Wolken zu erahnen. Aber das hielt die Härchen auf meinen Armen nicht davon ab, sich aufzustellen. Es hielt mein Herz nicht davon ab, wie verrückt zu hämmern.

Alles ist etwas in Hawthorne House.

Dieser Gedanke pulsierte durch meine Adern, als ich die Ausgabe von *Doktor Faustus* öffnete. Dort, auf die Innenseite des Buchdeckels geklebt, befand sich ein durchsichtiges rotes Quadrat.

»Jameson!« Ich riss die Augen von dem Buch los. »Hier ist etwas.«

Grayson unter uns musste uns zugehört haben, doch er sagte nichts. Jameson war sofort an meiner Seite. Er legte die Finger auf das rote Quadrat. Es war eine Art dünner Plastikfilm, jede Kante vielleicht zehn Zentimeter lang.

»Was ist das?«, fragte ich.

Jameson nahm mir das Buch vorsichtig aus den Händen und entfernte behutsam das Viereck aus dem Buch. Er hielt es gegen das Licht.

»Folienfilter für die Kamera.« Das kam von unten. Grayson stand in der Mitte des Raumes und sah zu uns hoch. »Rotes Acetat. Ein Favorit unseres Großvaters und ganz besonders nützlich, um verborgene Botschaften zu enthüllen. Ich nehme an, der Text dieses Buches ist nicht in Rot verfasst?«

Ich blätterte zur ersten Seite. »Schwarz.« Ich blätterte weiter. Die Farbe änderte sich nicht, doch nach ein paar Seiten fand ich ein Wort, das mit Bleistift eingekreist war. Ein Adrenalinschub schoss durch mich hindurch. »Hatte euer Großvater die Angewohnheit, in Büchern herumzukritzeln?«, fragte ich.

»In einer Erstausgabe vom *Faust*?« Jameson schnaubte. Ich hatte keine Ahnung, wie viel Geld dieses Buch wert war oder wie viel von seinem Wert durch diesen kleinen Kringel auf der Seite vergeudet worden war, doch tief in mir drin wusste ich, dass wir da an etwas dran waren.

»Wo?«, las ich das Wort laut. Keiner der Brüder gab einen Kommentar dazu ab, daher blätterte ich noch eine Seite um und dann die nächste. Es kamen fünfzig oder mehr, bevor ich auf ein weiteres eingekreistes Wort traf.

»Ein …« Ich blätterte weiter. Die eingekreisten Wörter folgten nun schneller aufeinander und kamen teils gleich in Paaren. *»Da ist …«*

Jameson schnappte sich einen Kugelschreiber von einem Regalbrett. Er hatte kein Papier, daher fing er an, die Worte auf seinen linken Handrücken zu notieren. »Mach weiter.«

Was ich tat. »*Auch ein …*«, sagte ich. »*Ist …*« Ich war fast am Ende des Buches angelangt. *»Weg«*, sagte ich irgendwann. Nun blätterte ich langsamer. *Nichts. Nichts. Nichts.* Schließlich schaute ich auf. »Das war's.«

Ich schloss das Buch. Jameson hielt seine Hand vor sich hoch, und ich trat näher, um besser sehen zu können. Ich legte meine Hand an seine, während ich die Worte las, die er dorthin geschrieben hatte.

Wo. Ein. Da ist. Auch ein. Ist. Weg.

Was bitte sollten wir damit anfangen?

»Und wenn wir die Reihenfolge der Wörter ändern?«, schlug ich vor. Das wäre immerhin eine recht gewöhnliche Art von Wörterrätsel.

Jamesons Augen leuchteten auf. *»Wo ein ist, da ist …«*

Ich fuhr fort, wo er aufgehört hatte. *»Da ist auch ein Weg.«*

Jamesons Mundwinkel verzogen sich nach oben. »Uns fehlt ein Wort«, murmelte er. »*Wille.* Noch ein Sprichwort. Wo ein *Wille* ist, da ist auch ein Weg.« Er drehte die rote Acetat-Folie in seiner Hand hin und her, während er laut dachte. »Wenn man durch einen Farbfilter blickt, verschwinden die Spuren der jeweils gleichen Farbe. Es ist eine Methode, um geheime Botschaften zu verfassen. Du legst den Text in verschiedenen Farben an. Dieses Buch hier ist mit schwarzer Farbe gedruckt, also ist die Folie nicht dafür gedacht.« Jameson redete nun schneller, die Energie in seiner Stimme war ansteckend.

Grayson meldete sich aus dem Zentrum des Raumes. »Folglich zeigt die Botschaft in dem Buch uns, wo wir die Folie einsetzen können.«

Sie waren es gewohnt, die Spiele ihres Großvaters zu spielen. Sie waren von klein auf darin trainiert worden. Ich nicht, aber ihr Austausch hatte mir genug gegeben, um die Punkte zu verknüpfen. Die Folie war dazu gedacht, eine Geheimschrift zu enthüllen, doch nicht in dem Buch. Stattdessen enthielt das Buch, genauso wie der Brief davor, einen Hinweis – in diesem Fall einen Spruch, in dem ein bestimmtes Wort fehlte.

Wo ein Wille *ist, da ist auch ein Weg.*

»Was meint ihr, wie wahrscheinlich ist es«, sagte ich langsam, während ich das Rätsel in meinem Kopf hin und her wendete, »dass es irgendwo eine Kopie vom *letzten Willen* eures Großvaters gibt, die mit roter Tinte geschrieben wurde?«

KAPITEL 34

Ich fragte Alisa nach einer Kopie des letzten Willens. Halb erwartete ich schon, sie würde mich ansehen, als hätte ich jetzt komplett den Verstand verloren, aber in dem Moment, als ich *rot* sagte, veränderte sich ihr Ausdruck. Sie informierte mich, dass eine Sichtung des *Roten Testaments* arrangiert werden könne, doch zuerst müsse ich etwas für sie tun. Dieses Etwas erwies sich als der Besuch eines Stylistenteams, bestehend aus Bruder und Schwester, die das komplette Inventar eines Nobelkaufhauses in meinen Flügel zu schleifen schienen. Die Frau war eine winzige Person und sagte so gut wie nichts.

Der Mann war fast zwei Meter groß und hielt einen unablässigen Kommentarfluss am Laufen. »Sie können kein Gelb tragen, und ich würde Ihnen dringend raten, die Worte *Orange* und *Beige* aus Ihrem Vokabular zu streichen, aber ansonsten stellt so gut wie jeder Farbton eine Option dar.« Wir befanden uns in meinem Schlafzimmer – gemeinsam mit Libby, dreizehn Ständern voller Klamotten, einem Dutzend mit Samt ausgeschlagener Schmuckauslagen sowie einer Art mobilem Schönheitssalon, der in meinem Bad aufgebaut worden war. »Helle Nuancen, Pastellfarben, Erdtöne in Maßen. Sie tendieren eher zu pragmatischen Stücken?«

Ich sah an meinem aktuellen Outfit hinab: graues T-Shirt und meine zweitbequemste Jeans. »Ich mag's schlicht.«

»Schlicht ist eine Lüge«, murmelte die Frau. »Aber zuweilen eine schöne.«

Libby neben mir schnaubte und verbiss sich ein Grinsen.

Ich funkelte sie an. »Du genießt das hier, was?«, fragte ich düster. Dann musterte ich das Outfit, das sie anhatte. Das Kleid war schwarz, was ganz nach Libby aussah, aber stiltechnisch hätte sie damit genauso gut im Golfklub aufschlagen können. Ich hatte doch Alisa gesagt, sie nicht unter Druck zu setzen. »Du musst dein Äußeres nicht …«, begann ich, doch Libby winkte ab.

»Sie haben mich bestochen. Mit Stiefeln.« Sie deutete zur hinteren Wand, an der sich Stiefelpaare reihten, allesamt aus Leder, in Lila-, Schwarz- und Blautönen. Knöchelhoch, wadenhoch, sogar ein Paar, das bis zu den Oberschenkeln reichte. »Außerdem«, fügte Libby heiter hinzu, »mit mysteriösen Medaillons.« Wenn ein Schmuckstück aussah, als könnte es verwunschen sein, war Libby dabei.

»Du hast dich von ihnen ummodeln lassen für fünfzehn Paar Stiefel und ein paar mysteriöse Medaillons?«, erwiderte ich. Ich kam mir irgendwie leicht verraten vor.

»Und eine unfassbar weiche schwarze Lederhose«, berichtigte mich Libby. »Die war es absolut wert. Das bin immer noch ich … nur in schick.« Ihr Haar war immer noch blau. Ihr Nagellack war immer noch schwarz. Und *sie* war nicht diejenige, auf die sich das Stylistenteam nun eingeschossen hatte.

»Wir sollten mit dem Haar anfangen«, erklärte der Stylist, wobei er meine Zöpfe beäugte, als wären sie was Unanständiges. »Findest du nicht auch?«, fragte er seine Schwester.

Es kam keine Antwort, da die Frau schon hinter einem der Klamottenständer verschwunden war. Ich konnte hören, wie sie einen anderen durchging und die Anordnung der Klamotten veränderte.

»Dicht. Nicht wirklich lockig, nicht wirklich glatt. Sie können jede Richtung einschlagen.« Dieser Riese von einem Mann sah aus und klang auch so, als sollte er Football in der Verteidigung spielen und nicht Ratschläge zu meiner Frisur erteilen. »Nicht kürzer als fünf Zentimeter unter dem

Kinn, nicht länger als die Schulterblätter. Sanfte Stufen würden nicht schaden.« Er blickte zu Libby rüber. »Ich schlage vor, Sie verstoßen sie, sollte sie für Strähnchen plädieren.«

»Ich werde es in Betracht ziehen«, sagte Libby ernst. Dann an mich gewandt: »Du wirst bloß todunglücklich sein, wenn die Länge nicht für einen Pferdeschwanz reicht.«

»Pferdeschwanz …« Das brachte mir einen tadelnden Blick vom Footballer ein. »Hassen Sie Ihr Haar denn so sehr und wollen es leiden lassen?«

»Ich hasse es nicht«, meinte ich achselzuckend. »Es ist mir nur egal.«

»Auch das ist eine Lüge.« Die Frau tauchte hinter dem Garderobenständer auf. Sie hatte ein gutes Dutzend Bügel mit Klamotten in ihren Händen, und ich sah ihr zu, als sie diese mit der Vorderseite zu mir an den nächsten Ständer hängte. Das Ergebnis waren drei verschiedene Outfits.

»Klassisch.« Sie nickte zu einem eisblauen Rock, den sie mit einem langärmligen Shirt kombiniert hatte. »Natürlich.« Die Stylistin schritt weiter zu der zweiten Alternative – ein locker fließendes florales Kleid, das mindestens ein Dutzend Rot- und Pinktöne auf sich vereinte. »Adrett, mit rebellischem Touch.« Die letzte Alternative bestand aus einem braunen Lederrock, der kürzer war als die anderen – und wahrscheinlich auch enger. Sie hatte ihn mit einem weißen Hemd und einem grau melierten Cardigan kombiniert.

»Welches spricht Sie an?«, wollte ihr Bruder von mir wissen. Was Libby erneut ein gedämpftes Prusten entlockte. Das hier machte ihr definitiv *viel zu viel* Spaß.

»Die sind alle okay.« Ich beäugte das geblümte Kleid. »Das da schaut ein bisschen kratzig aus.«

Der Stylist schien kurz vor einer Migräneattacke zu stehen. »Irgendwelche legeren Alternativen?«, fragte er seine Schwester gequält. Sie verschwand und tauchte mit drei weiteren Outfits auf, die sie zu den drei ersten hängte. Eine schwarze Leggins mit roter Bluse und weißer knielanger Strickjacke kamen zu der *klassischen* Kombi. Ein meergrünes Shirt mit einer dunkelgrünen Hose gesellte sich zu dem geblümten Monstrum;

und ein Oversize-Kaschmirpulli wurde mit einer zerrissenen Jeans neben den braunen Lederrock gehängt.

»Klassisch. Natürlich. Adrett, mit rebellischem Touch«, zählte die Frau erneut auf.

»Ich habe philosophische Vorbehalte gegenüber farbigen Hosen«, sagte ich. »Das ist also raus.«

»Schauen Sie sich nicht nur die Kleidungsstücke an«, wies mich der Mann an. »Lassen Sie den *Look* auf sich wirken.«

Meine Augen gegenüber einem Mann zu verdrehen, der doppelt so groß war wie ich, schien mir nicht die klügste Reaktion.

Die Stylistin kam zu mir rüber. Sie trippelte so federleicht daher, als könne sie über ein Blumenbeet spazieren, ohne ein Pflänzchen zu knicken. »Die Art, wie Sie sich kleiden, die Art, wie Sie Ihr Haar tragen … das ist nicht albern. Auch nicht oberflächlich. Das da …« Sie deutete auf die Ständer hinter sich. »Das ist nicht nur Kleidung. Das ist eine Botschaft. Sie entscheiden hier nicht, was Sie anziehen. Sie entscheiden vielmehr, welche Geschichte Sie damit erzählen wollen. Sind Sie das naive Mädchen, jung und lieb? Kleiden Sie sich in dieser Welt des Reichtums und der Wunder, als wären Sie hineingeboren worden – oder wollen Sie die Gratwanderung wagen: dieselbe bleiben, doch anders, jung, aber klar und unbeugsam wie Stahl?«

»Warum muss ich überhaupt eine Geschichte erzählen?«

»Weil, wenn du die Story nicht erzählst, jemand anderes das für dich übernehmen wird.«

Ich drehte mich um und sah Xander Hawthorne mit einem Teller Scones in der Tür stehen. »Umstyling-Aktionen«, erklärte er mir, »sind, genauso wie das hobbymäßige Konstruieren von Rube-Goldberg-Maschinen, ein kalorienzehrendes Geschäft.«

Ich wollte ihn schon anfunkeln, aber Xander und seine Scones waren immun gegen böse Blicke.

»Was weißt du schon über Umstyling-Aktionen?«, brummte ich. »Wenn ich ein Kerl wäre, stünden in diesem Zimmer zwei Ständer mit Klamotten. Maximal.«

»Und wenn ich Weiß wäre«, erwiderte Xander gemessen, »würden die Leute mich nicht anschauen, als sei ich nur ein halber Hawthorne. Scone gefällig?«

Das nahm mir den Wind aus den Segeln. Es war lächerlich von mir, zu glauben, Xander wüsste nicht, was es hieß, ständig beurteilt zu werden oder das Leben nach den Regeln anderer leben zu müssen. Plötzlich fragte ich mich, wie es wohl für ihn war, in diesem Haus aufzuwachsen. Als Hawthorne aufzuwachsen.

»Kann ich einen von den Blaubeer-Scones haben?«, fragte ich – meine Version eines Friedensangebots.

Xander reichte mir einen mit Zitronen. »Jetzt lass uns mal nicht übermütig werden.«

Mit nur moderatem Zähneknirschen wählte ich schließlich Option Nummer drei. Ich hasste das Wort *adrett* beinahe genauso wie jegliche Behauptung, ich würde über einen *rebellischen Touch* verfügen, aber letzten Endes konnte ich mich auch nicht mit großen Augen hinstellen und auf naiv machen; und ich vermutete stark, dass jeglicher Versuch, so zu tun, als würde diese Welt mir ganz natürlich passen, doch nur kratzen würde – nicht oberflächlich, sondern unter meiner Haut.

Das Team beließ mein Haar lang, arbeitete jedoch ein paar weiche Stufen ein und verpasste mir Frisch-aus-dem-Bett-Wellen. Ich hätte ja erwartet, dass sie mir Highlights aufschwatzten, aber sie hatten ganz die andere Richtung eingeschlagen: subtile Akzente, eine Nuance dunkler und satter als mein normales Aschbraun. Sie begradigten meine Augenbrauen, änderten aber nichts an der Breite. Ich bekam eine Unterweisung in den Finessen eines ausgeklügelten Gesichtspflegeprogramms und fand mich vor der Düse eines Selbstbräunersprays wieder; dafür hielten sie jedoch mein Make-up minimalistisch: bisschen Augen, bisschen Lippen, nichts weiter. Als ich mich im Spiegel betrachtete, konnte ich beinahe glauben, dass das Mädchen, welches mir entgegenblickte, in dieses Haus gehörte.

»Was denkst du?«, fragte ich und drehte mich zu Libby.

Sie stand am Fenster im Gegenlicht. Ihre Finger umklammerten ihr Smartphone, ihre Augen klebten am Display.

»Lib?«

Sie schaute auf und bedachte mich mit einem Reh-im-Scheinwerferlicht-Blick, den ich nur allzu gut kannte.

Drake. Er schrieb ihr also. Schrieb sie zurück?

»Du siehst toll aus!« Libby klang aufrichtig, weil sie aufrichtig war. Immer. Aufrichtig und ernst und viel, viel zu optimistisch.

Er hat sie geschlagen, sagte ich mir. *Er hat uns verraten und verkauft. Sie wird ihn schon nicht zurücknehmen.*

»Du siehst fantastisch aus«, erklärte Xander großmütig. »Und du siehst auch nicht aus wie eine, die einen alten Mann verführt und um seine Milliarden gebracht hat, das ist also gut.«

»Ist das dein Ernst, Alexander?«, verkündete Zara im Fanfarenton. »*Niemand* glaubt, dass Avery deinen Großvater verführt hat.«

Ihre Story – ihr Look – bewegte sich irgendwo zwischen *vor Niveau triefend* und *sachlich bis streng*. Aber ich hatte ihre Pressekonferenz gesehen. Ich wusste, dass sie womöglich um den Ruf ihres Vaters besorgt war, ihr jedoch nicht sonderlich viel an meinem lag. Je schlimmer ich aussah, desto besser für sie. *Nur dass das Blatt sich gewendet hat.*

»Avery.« Zara schenkte mir ein Lächeln, das so kühl war wie die Winterfarben, die sie trug. »Könnte ich ein Wort mit dir sprechen?«

KAPITEL 35

Zara ergriff nicht sofort das Wort, als wir zwei allein waren. Ich beschloss, wenn sie das Schweigen nicht brechen wollte, so würde ich es tun.

»Sie haben mit den Anwälten gesprochen.« Das war die offensichtliche Erklärung, warum sie hier war.

»Das habe ich.« Zara bot mir keine Entschuldigungen an. »Und nun spreche ich mit dir. Ich bin sicher, du kannst mir verzeihen, dass ich es nicht eher getan habe. Wie du dir gewiss vorstellen kannst, war das alles ein kleiner Schock.«

Klein? Ich schnaubte und beschloss, mir die Höflichkeiten zu sparen. »Sie haben eine Presseerklärung abgegeben, in der Sie ganz klar unterstellt haben, dass Ihr Vater senil war und dass gegen mich wegen Missbrauchs einer älteren Person ermittelt wird.«

Zara hockte sich auf den Rand eines antiken Schreibtischs – eine der wenigen Flächen, die nicht vollständig mit Accessoires und Klamotten bedeckt war. »Ja nun, dafür kannst du dich bei deinem werten Anwaltsteam bedanken, das gewisse Sachverhalte nicht früher öffentlich gemacht hat.«

»Wenn ich nichts bekomme, bekommen Sie auch nichts.« Ich würde nicht zulassen, dass sie hier reinspaziert kam und um die nackte Wahrheit herumtanzte.

»Du siehst … hübsch aus«, wechselte Zara das Thema und musterte mein neues Outfit. »Nicht, was ich für dich ausgewählt hätte, aber durchaus präsentabel.«

Präsentabel, mit rebellischem Touch. »Danke«, knurrte ich.

»Du kannst mir danken, wenn ich getan habe, was mir möglich ist, um dich durch diesen Übergangsprozess zu leiten.«

Ich war nicht so naiv zu glauben, dass sie einen plötzlichen Sinneswandel durchlaufen hätte. Wenn sie mich davor verachtet hatte, verachtete sie mich auch jetzt. Der Unterschied war, dass sie jetzt etwas brauchte. Wenn ich nur lang genug wartete, würde sie mir ganz genau sagen, was dieses Etwas war.

»Ich bin nicht sicher, wie viel Alisa dir erzählt hat, aber zusätzlich zu den persönlichen Vermögenswerten meines Vaters hast du auch die Obhut über die Stiftung der Familie geerbt.« Zara musterte meinen Gesichtsausdruck, bevor sie fortfuhr. »Es ist eine der größten privaten gemeinnützigen Stiftungen des Landes. Wir vergeben pro Jahr mehr als einhundert Millionen Dollar.«

Einhundert Millionen Dollar. Ich würde mich nie daran gewöhnen. Zahlen wie diese würden mir nie real vorkommen. »Jedes Jahr?«, fragte ich daher verblüfft.

Zara lächelte milde. »Zinseszinsen sind eine wundervolle Sache.«

Einhundert Millionen pro Jahr an *Zinsen* – und sie redete hier nur von der Stiftung, nicht von Tobias Hawthornes persönlichem Vermögen. Zum ersten Mal überschlug ich ernsthaft die Zahlen. Selbst wenn die Steuern die Hälfte des Nachlasses verschlingen sollten und ich im Schnitt nur vier Prozent Rendite machte … würde ich immer noch eine Milliarde Doller pro Jahr verdienen. *Ohne auch nur irgendwas zu tun.* Das war einfach nicht richtig.

»An wen vergibt die Stiftung ihr Geld?«, fragte ich ruhig.

Zara stieß sich vom Schreibtisch ab und begann im Raum auf und ab zu schreiten. »Die Hawthorne-Stiftung investiert in Kinder und Familien, Gesundheitsinitiativen, wissenschaftlichen Fortschritt, sozialen Wohnungsbau und die Künste.«

Unter diesen Vorgaben könnte man so gut wie alles unterstützen. *Ich* könnte so gut wie alles unterstützen.

Ich könnte die Welt verändern.

»Ich war mein gesamtes Erwachsenenleben mit der Leitung der Stiftung betraut.« Zara zog ihre Lippen angespannt über die Zähne. »Es gibt Organisationen, die auf unsere Zuwendungen angewiesen sind. Falls du vorhast, dich aktiv einzubringen, so gibt es eine richtige und eine falsche Art, das zu tun.« Sie blieb direkt vor mir stehen. »Du brauchst mich, Avery. So gern ich mich von dieser Verantwortung freimachen würde, so habe ich zu lange und zu hart gearbeitet, um mitanzusehen, wie diese Arbeit zunichtegemacht wird.«

Ich lauschte dem, was sie sagte – und dem, was sie nicht sagte. »Werden Sie von der Stiftung bezahlt?«, fragte ich und zählte die Sekunden bis zu ihrer Antwort.

»Ich beziehe eine Aufwandsentschädigung entsprechend der Fähigkeiten, die ich mitbringe.«

So befriedigend es auch gewesen wäre, ihr zu sagen, dass ihre Dienste nicht länger vonnöten wären, war ich nicht so impulsiv und auch nicht grausam. »Ich möchte meinen Beitrag leisten«, erklärte ich. »Und das nicht nur zu Showzwecken. Ich möchte Entscheidungen treffen.«

Obdachlosigkeit. Armut. Häusliche Gewalt. Mangelnde Gesundheitsversorgung. Was könnte ich nur alles mit einhundert Millionen Dollar pro Jahr anfangen.

»Du bist jung genug«, sagte Zara beinahe wehmütig, »um zu glauben, dass Geld alle Missstände lösen kann.«

Gesprochen wie eine Frau, reich genug, um sich nicht die Schwere von Problemen vorstellen zu können, die Geld lösen kann.

»Wenn es dir ernst damit ist, eine Rolle in der Stiftung zu übernehmen« – Zara klang, als wäre sie davon ungefähr so entzückt wie von der Aussicht, containern zu gehen oder sich einer Wurzelbehandlung zu unterziehen – »kann ich dir beibringen, was du wissen musst. Montag. Nach der Schule. In der Stiftung.« Sie äußerte jeden Teil dieser Anweisung wie einen Satz für sich.

Die Tür öffnete sich, bevor ich fragen konnte, wo genau sich die Stiftung befand. Oren ging neben mir in Stellung. *Die Frauen werden dich vor Gericht zerren*, hatte er mich gewarnt. Aber nun wusste Zara, dass sie mir juristisch nichts anhaben konnte.

Und mein Bodyguard wollte nicht, dass ich allein mit ihr in einem Raum war.

KAPITEL 36

Am nächsten Tag – Sonntag – fuhr Oren mich zu *McNamara, Ortega & Jones*, um das Rote Testament zu sehen.

»Avery.« Alisa empfing Oren und mich in der Lobby der Kanzlei. Die Räumlichkeiten waren modern, minimalistisch und voller Chrom. Das Gebäude sah groß genug aus, um hundert Anwälte zu beherbergen, doch als Alisa uns an einer Empfangsdame und einem Sicherheitsbediensteten vorbei zu den Aufzügen führte, sah ich keine Menschenseele.

»Du sagtest, ich sei die einzige Klientin der Kanzlei«, bemerkte ich, als der Aufzug sich in Bewegung setzte. »Wie groß ist das Unternehmen genau?«

»Es gibt mehrere Abteilungen«, erwiderte Alisa knapp. »Mr Hawthornes Vermögensgüter waren ziemlich breit gestreut. Das erfordert ein gewisses Spektrum an Anwälten.«

»Und das Testament, nach dem ich gefragt habe, das befindet sich hier?« In meiner Hosentasche befand sich ein Geschenk von Jameson: das rote Folienviereck, das wir im Inneren der *Faust*-Ausgabe entdeckt hatten. Ich hatte ihm erzählt, dass ich herfahren würde, und er hatte es mir übergeben, ohne Fragen zu stellen, so als vertraue er mir mehr als jedem seiner Brüder.

»Das Rote Testament befindet sich hier«, bestätigte Alisa. Sie wandte sich an Oren. »Wie viel Begleitung hatten wir denn heute?«, erkundigte sie sich. Mit *Begleitung* meinte sie Paparazzi. Und mit *wir* meinte sie mich.

»Es hat etwas abgenommen«, berichtete Oren. »Aber die Chancen stehen nicht schlecht, dass sie sich wieder vor der Tür drängen, bis wir aufbrechen.«

Wenn wir diesen Tag beendeten ohne wenigstens eine Schlagzeile à la *Reichste Teenagerin der Welt fährt juristische Geschütze auf*, würde ich ein Paar von Libbys neuen Stiefeln fressen.

Im dritten Stockwerk passierten wir einen zweiten Security-Check und dann, endlich, führte Alisa mich in ein Eckbüro. Der Raum war zwar möbliert, aber ansonsten leer, mit einer Ausnahme: In der Mitte eines schweren Mahagonischreibtischs lag der letzte Wille von Tobias Hawthorne. Als ich das Testament erblickte, hatte Oren bereits Stellung vor der Tür bezogen. Alisa machte keine Anstalten, mir zu folgen. Als ich mich dem Tisch näherte, sprang mir die Schrift förmlich entgegen.

Rot.

»Mein Vater wurde angewiesen, diese Ausfertigung hier aufzubewahren und sie dir – oder den Jungs – zu zeigen, falls einer von euch danach verlangen sollte, sie zu sehen«, erklärte Alisa.

Ich schaute sie verblüfft an. »Angewiesen«, wiederholte ich. »Von Tobias Hawthorne.«

»Natürlich.«

»Hast du das Nash erzählt?«, fragte ich.

Eine kühle Maske legte sich über ihr Gesicht. »Ich erzähle Nash nichts mehr.« Sie bedachte mich mit ihrem nüchternsten Blick. »Wenn das alles ist, lasse ich dich damit allein.«

Alisa fragte nicht einmal, worum es ging. Ich wartete, bis ich hörte, dass die Tür sich hinter ihr geschlossen hatte, bevor ich mich an den Schreibtisch setzte. Ich zog die Folie aus meiner Hosentasche. »Wo ein Wille ist …«, murmelte ich und legte das Viereck auf die erste Seite des Testaments, »… da ist auch ein Weg.«

Ich bewegte die rote Kunststofffolie über das Papier und die Worte darunter verschwanden. *Roter Text. Roter Filter.*

Es funktionierte genau so, wie Jameson und Grayson beschrieben hatten. Wenn der gesamte letzte Wille in Rot verfasst war, würde nichts weiter geschehen, als dass alles verschwand. Aber falls sich unter dem roten Text eine andere Farbe befand, dann würde alles, was in dieser Farbe geschrieben war, sichtbar bleiben.

Ich zog das Quadrat von Tobias Hawthornes anfänglichen Verfügungen bis zu den Laughlins, Oren, seiner Schwiegermutter … *Nichts.* Ich kam zu dem kurzen Abschnitt über Zara und Skye, und als ich die rote Folie über die Worte schob, verblassten auch sie. Ich blickte hinab auf den nächsten Satz.

Meinen Enkelsöhnen, Nash Westbrook Hawthorne, Grayson Davenport Hawthorne, Jameson Winchester Hawthorne und Alexander Blackwood Hawthorne …

Als ich mit der Folie über die Seite fuhr, verschwanden die Wörter … aber nicht alle. Vier blieben stehen.

Westbrook.

Davenport.

Winchester.

Blackwood.

Zum ersten Mal dachte ich über die Tatsache nach, dass alle vier Söhne von Skye den Nachnamen ihres Großvaters trugen. *Und die Nachnamen ihrer Väter?*, fragte ich mich. Während mein Hirn noch damit beschäftigt war, arbeitete ich mich durch den Rest des Dokuments. Ein Teil von mir erwartete etwas zu sehen, wenn ich auf meinen eigenen Namen traf, doch er verschwand wie der Rest des Texts … wie alles, bis auf die Zweitnamen der Enkelsöhne.

»Westbrook. Winchester. Davenport. Blackwood«, sagte ich sie laut auf, prägte sie mir gut ein.

Und dann schrieb ich Jameson eine SMS … und fragte mich, ob er Grayson informieren würde.

KAPITEL 37

»Oha, Kleines! Wo brennt's denn?«

Ich war zurück in Hawthorne House, auf dem Weg, mich mit Jameson zu treffen, als ein anderer Hawthorne-Bruder mich aufhielt. *Nash.*

»Avery war gerade in der Kanzlei, um eine Spezialausfertigung des Testaments zu lesen«, erklärte Alisa hinter mir. *So viel dazu, dass sie ihrem Ex nichts mehr erzählt.*

»Eine Spezialausfertigung des Testaments.« Nashs Blick schweifte wieder zu mir. »Gehe ich recht in der Annahme, dass dies etwas mit dem Kauderwelsch des alten Herrn in meinem Brief zu tun hat?«

»Dein Brief«, wiederholte ich mit schwirrendem Kopf. Es hätte mich nicht überraschen dürfen. Tobias Hawthorne hatte Grayson und Jameson identische Hinweise hinterlassen. *Nash ebenfalls … und wahrscheinlich auch Xander.*

»Keine Sorge«, meinte Nash gedehnt. »Diese Runde setze ich aus. Ich hab dir doch gesagt, ich will das Geld nicht.«

»Das Geld steht hier gar nicht zur Debatte«, warf Alisa bestimmt ein. »Das Testament …«

»… ist hieb- und stichfest«, beendete Nash an ihrer Stelle. »Ich glaub, das habe ich schon ein-, zweimal gehört.«

Alisa kniff die Augen zusammen. »Tja, du warst nie sehr gut im Zuhören.«

»Zuhören heißt nicht immer *zustimmen*, Lee-Lee.« Nashs Verwendung des Spitznamens – mit liebenswürdigem Lächeln und genauso liebenswürdigem Tonfall vorgetragen – saugte förmlich jedes Quäntchen Sauerstoff aus dem Raum.

»Ich sollte gehen.« Alisa wirbelte blitzschnell zu mir herum. »Falls du was brauchst …«

»… ruf an«, beendete ich, wobei ich mich fragte, wie hoch meine Augenbrauen angesichts ihres Wortwechsels gewandert waren.

Als Alisa die Eingangstür hinter sich schloss, ließ sie sie zuknallen.

»Verrätst du mir auch, wohin du so eilig unterwegs bist?«, fragte Nash mich erneut, sobald sie fort war.

»Jameson hat mich gebeten, ihn in der Orangerie zu treffen.«

Nash hob eine Augenbraue. »Und, hast du 'ne Ahnung, wo die Orangerie ist?«

Etwas verspätet wurde mir klar, dass ich keinen Schimmer hatte. »Ich weiß nicht mal, was eine Orangerie ist«, gab ich zu.

»Orangerien sind überbewertet.« Nash zuckte die Achseln und bedachte mich mit einem prüfenden Blick. »Sag mal, Kleines, was tust du so für gewöhnlich an deinem Geburtstag?«

Das kam jetzt aus dem Nichts. Ich hatte das Gefühl, dass es eine Scherzfrage sein müsse, doch ich antwortete trotzdem. »Torte essen?«

»Jedes Jahr zu unserem Geburtstag …«, Nash blickte in die Ferne, »… rief der alte Herr uns in sein Arbeitszimmer und sagte dieselben drei Worte: *Investiere. Kultiviere. Kreiere.* Er gab uns zehntausend Dollar, um sie zu investieren. Kannst du dir vorstellen, einen Achtjährigen Aktien auswählen zu lassen?« Nash schnaubte. »Dann durften wir uns eine Fähigkeit oder ein Interesse aussuchen, das wir über das Jahr kultivieren sollten – eine Sprache, ein Hobby, eine Kunst- oder Sportart. An Kosten wurde nicht gespart. Hattest du Klavier ausgesucht, tauchte am nächsten Tag ein Klavier auf und der Privatunterricht begann umgehend, und irgendwann mitten im Jahr standest du dann Backstage in der Carnegie Hall und bekamst Tipps von den Größten ihres Fachs.«

»Das ist unglaublich«, sagte ich, und mir fielen all die Auszeichnungen ein, die ich in Tobias Hawthornes Büro gesehen hatte.

Nash schien nicht so beeindruckt. »Der alte Mann stellte jedes Jahr auch eine Herausforderung auf«, fuhr er fort, wobei seine Stimme sich verhärtete. »Eine Aufgabe, etwas, das wir bis zum nächsten Geburtstag kreieren sollten. Eine Erfindung, eine Lösung, ein Kunstwerk von musealer Qualität. *Irgendwas.*«

Ich dachte an die Comicbücher, die ich gerahmt an der Wand gesehen hatte. »Das klingt jetzt nicht so schlimm.«

»Ja, nicht wahr?«, sagte Nash, über diese Worte nachsinnend. »Komm.« Er nickte mit dem Kinn zu einem Flur. »Ich zeig dir den Weg zur Orangerie.«

Er ging los, und ich musste joggen, um mitzuhalten.

»Hat Jameson dir von den allwöchentlichen Rätseln des alten Herrn erzählt?«, fragte Nash im Gehen.

»Ja«, antwortete ich. »Hat er.«

»Manchmal«, erzählte Nash mir, »zu Beginn eines Spiels, legte der alte Herr eine Ansammlung von Objekten aus. Einen Angelhaken, ein Preisschild, eine gläserne Ballerina, ein Messer …« Er schüttelte bei der Erinnerung den Kopf. »Und wenn das Rätsel gelöst war, dann nur, wenn wir alle vier benutzt hatten.« Er lächelte, aber es reichte nicht ganz bis zu seinen Augen. »Ich war so viel älter. Ich hatte einen Vorteil. Jamie und Gray verbündeten sich gegen mich und stachen einander dann direkt vor dem Ende aus.«

»Warum erzählst du mir das?«, fragte ich, als er sein Tempo so weit drosselte, dass er beinahe stillstand. »Warum erzählst du mir überhaupt irgendwas davon?« Von ihren Geburtstagen, den Geschenken, den Erwartungen.

Nash antwortete nicht sofort. Stattdessen nickte er zu einem nahe gelegenen Flur. »Die Orangerie ist hinter der letzten Tür rechts.«

»Danke«, sagte ich. Ich ging auf die Tür zu, die Nash mir gezeigt hatte, doch kurz bevor ich mein Ziel erreichte, meldete er sich hinter mir noch einmal zu Wort.

»Du glaubst womöglich, dass *du* das Spiel spielst, Darling, aber das ist nicht, wie Jamie die Sache sieht.« Nashs Stimme war sanft, anders als seine Worte. »Wir sind nicht normal. Dieser Ort ist nicht normal und du bist keine Spielerin, Kleines. Du bist die gläserne Ballerina … oder das Messer.«

KAPITEL 38

Die Orangerie war ein riesiger Raum mit gläserner gewölbter Decke und gläsernen Wänden. Jameson stand in der Mitte, in Licht gebadet, und starrte zu der Kuppel über sich empor. Wie das erste Mal trug er kein Shirt. Und wie das erste Mal, als ich ihn getroffen hatte, war er betrunken.

Von Grayson keine Spur.

»Was ist der Anlass?«, fragte ich mit einem Nicken zu einer Flasche Bourbon neben ihm.

»Westbrook. Davenport. Winchester. Blackwood.« Jameson ratterte die Namen einen nach dem anderen runter. »Sag mir, Erbin, was hältst du davon?«

»Es sind alles Nachnamen«, sagte ich vorsichtig. Ich hielt inne und beschloss dann weiterzugehen: *Warum zur Hölle nicht?* »Die eurer Väter?«

»Skye redet nicht über unsere Väter«, erwiderte Jameson etwas heiser. »Was sie betrifft, haben wir es hier mit einer Art Athene-Zeus-Situation zu tun. Wir gehören ihr, ihr ganz allein.«

Ich biss mir auf die Lippe. »Sie hat mir erzählt, sie hätte vier reizende Unterhaltungen …«

»… mit vier reizenden Männern gehabt«, beendete Jameson für mich. »Aber reizend genug, um sie je wiederzusehen? Um uns auch nur das Geringste über sie zu erzählen?« Sein Tonfall war nun härter. »Sie hat nie auch nur eine Frage über unsere Zweitnamen beantwortet, und das« – er angelte sich den Bourbon vom Boden und nahm einen großen Schluck – »ist der Grund, warum ich trinke.« Er stellte die Flasche wieder ab, dann schloss er die Augen, stand noch einen Moment länger in der Sonne, die Arme weit ausgebreitet. Zum zweiten Mal bemerkte ich die Narbe, die sich über seinen Oberkörper zog.

Registrierte jeden Atemzug, den er nahm.

»Sollen wir gehen?« Seine Augen öffneten sich. Seine Arme sanken herab.

»Gehen? Wohin?« Ich war mir seiner Präsenz körperlich so bewusst, dass es beinahe schmerzte.

»Komm schon, Erbin«, sagte Jameson und trat auf mich zu. »Du hast das besser drauf.«

Ich schluckte und beantwortete meine eigene Frage. »Wir gehen zu deiner Mutter.«

Er nahm mich mit durch den Garderobenschrank im Foyer. Dieses Mal gab ich gut acht auf die Abfolge der Paneele, welche den Türmechanismus auslösten. Während ich Jameson zur Rückseite des Wandschranks folgte und mich an den Jacken und Mänteln vorbeischob, die dort hingen, strengte ich meine Augen an, sie an die Dunkelheit zu gewöhnen, sodass ich sehen konnte, was er als Nächstes tat.

Er berührte etwas. *Zog daran?* Ich konnte es nicht ganz erkennen. Bevor ich mich's versah, hörte ich das Geräusch von Zahnrädern, die sich drehten, und die Schrankwand glitt zur Seite. Die Garderobe war dunkel gewesen, doch das, was sich dahinter befand, war stockfinster.

»Tritt dorthin, wo ich hintrete, Mystery-Girl. Und pass auf deinen Kopf auf.«

Jameson benutzte sein Handy, um uns den Weg zu leuchten. Mich beschlich das Gefühl, dass er es mir zuliebe tat. Er kannte die Windungen dieser geheimen Gänge wie seine Westentasche. Schweigend gingen wir so fünf Minuten, bevor er stehen blieb und durch eine Art Türspion spähte.

»Die Luft ist rein.« Jameson führte nicht aus, von was sie rein sein sollte. »Vertraust du mir?«

Ich stand in einem handyerleuchteten Geheimgang, so nahe bei ihm, dass ich die Hitze seines Körpers auf meinem spüren konnte. »Absolut nicht.«

»Gut.« Er streckte den Arm aus, packte meine Hand und zog mich an sich. »Halt dich gut fest.«

Meine Arme legten sich um ihn und der Boden unter unseren Füßen setzte sich in Bewegung. Die Wand neben uns kreiste, und wir drehten uns mit ihr, mein Körper flach an seinen gepresst. *Jameson Winchester Hawthornes Körper.* Die Rotation stoppte abrupt und ich trat zurück.

Wir waren hier aus einem Grund – und dieser Grund hatte exakt gar nichts damit zu tun, wie gut mein Körper sich an seinen fügte.

Sie waren ein kranker, kaputter Haufen, bevor du kamst, und sie werden ein kranker, kaputter Haufen sein, wenn du wieder fort bist. Theas Warnung hallte in meinem Kopf nach, als wir in einen langen Flur mit rotem samtigen Teppich und goldenen Zierleisten an den Wänden traten. Jameson schritt auf eine Tür am Ende des Ganges zu. Er hob die Hand, um zu klopfen.

Ich bedeutete ihm innezuhalten. »Du brauchst mich hierfür nicht«, sagte ich. »Du hast mich auch nicht für das Testament gebraucht. Alisa hatte die Anweisung, es dir auf Verlangen zu zeigen.«

»Ich brauche dich.« Jameson wusste ganz genau, was er tat – die Art, wie er mich ansah, die Krümmung seiner Lippen. »Ich weiß noch nicht, warum, aber ich brauche dich.«

Nashs Warnung schrillte in meinen Ohren. »Ich bin das Messer.« Ich schluckte. »Der Angelhaken, die gläserne Ballerina, was auch immer.«

Das überrumpelte Jameson nun doch *fast.* »Du hast dich mit einem meiner Brüder unterhalten.« Er hielt inne. »Nicht Grayson.« Seine Augen huschten suchend über meine. »Xander?« Sein Blick zuckte hinab zu meinen Lippen, dann wieder hoch. »Nash«, sagte er, sich seiner sicher.

»Hat er denn unrecht?«, fragte ich im Gegenzug. Ich stellte mir vor, wie Tobias Hawthornes Enkelsöhne ihn an ihren Geburtstagen aufsuchten. Man hatte von ihnen erwartet, außergewöhnlich zu sein. Man hatte von ihnen erwartet zu gewinnen. »Bin ich nur ein Mittel zum Zweck, gut genug, um mitgeschleift zu werden, bis du weißt, wie ich mich in dieses Rätsel füge?«

»Du *bist* das Rätsel, Mystery-Girl.« Jameson glaubte daran. »Du kannst jederzeit aussteigen«, sagte er, »beschließen, dass du ohne Antworten leben kannst … Oder du kannst sie dir holen gehen – mit mir.«

Eine Einladung. Eine Herausforderung. Ich sagte mir, dass ich das hier tat, weil ich Bescheid wissen musste – nicht seinetwegen. »Lass uns ein paar Antworten holen.«

Als Jameson an die Tür klopfte, schwang diese nach innen auf. »Mom?«, rief er. Dann revidierte er seine Begrüßung. »Skye?«

Die Antwort ertönte wie das Klimpern von Glöckchen. »Bin hier drin, Darling.«

Hier drin, so wurde bald klar, war das Badezimmer in Skyes Gemächern.

»Hast du eine Sekunde?« Jameson blieb vor der Flügeltür stehen, die ins Bad führte.

»Tausende.« Skye schien von ihrer eigenen Antwort angetan. »Millionen. Komm herein.«

Jameson blieb vor der Flügeltür stehen. »Bist du anständig angezogen?«

»Das will ich doch meinen!«, trällerte seine Mutter zurück. »Zumindest gut fünfzig Prozent der Zeit.«

Jameson schob die Badtür auf, und ich wurde belohnt mit dem Anblick der größten Badewanne, die ich je in meinem Leben gesehen hatte, die zudem auf einer Art Podest thronte. Ich konzentrierte mich auf die Klauenfüße der Wanne – golden, passend zu den Zierleisten im Flur – und nicht auf die Frau, die sich momentan darin befand.

»Du hast gesagt, du wärst anständig angezogen.« Jameson klang nicht weiter überrascht.

»Ich bin mit Schaum bedeckt«, erwiderte Skye leichthin. »Anständiger als das geht es nicht. Nun, sag deiner Mutter, was du brauchst.«

Jameson warf mir einen Blick über die Schulter zu, wie um zu sagen: *Und du fragst mich, warum ich Bourbon hierfür gebraucht habe?*

»Ich bleibe dann mal draußen«, sagte ich und drehte mich um, bevor ich mehr als Schaum erblicken konnte.

»Oh, sei doch nicht so prüde, Abigail«, rügte mich Skye aus dem Inneren des Badezimmers. »Wir sind doch hier unter Freunden, oder etwa nicht? Ich mache es mir zum Prinzip, mich mit jedem anzufreunden, der mein Geburtsrecht stiehlt.«

Eine solche passive Aggressivität war mir noch nicht untergekommen.

»Wenn du dann fertig damit bist, *Avery* zu nerven«, warf Jameson ein, »würde ich mich gern ein wenig unterhalten.«

»So ernst, Jamie?« Skye seufzte vernehmbar. »Nun, dann leg mal los.«

»Mein Zweitname. Ich habe dich schon zuvor gefragt, ob ich nach meinem Vater benannt wurde.«

Skye schwieg einen Moment. »Wärst du so lieb und reichst mir meinen Champagner?«

Ich hörte, wie Jameson sich hinter mir im Bad in Bewegung setzte – vermutlich, um ihr das Gewünschte zu bringen. »Also?«, fragte er.

»Wenn du ein Mädchen gewesen wärst«, sagte Skye mit der Aura eines Barden, »hätte ich dich nach mir benannt. Skylar vielleicht. Oder Skyla.« Sie legte eine Pause ein, wohl, um an ihrem Champagner zu nippen. »Toby war nach meinem Vater benannt, weißt du.«

Die Erwähnung ihres lang verstorbenen Bruders weckte meine Aufmerksamkeit. Ich wusste nicht wie oder warum, aber Tobys Tod hatte das alles irgendwie ins Rollen gebracht.

»Mein Zweitname«, erinnerte Jameson sie. »Woher hast du ihn?«

»Ich würde mich freuen, dir deine Frage zu beantworten, Schatz.« Skye hielt inne. »Sobald du mich einen Moment mit deiner reizenden kleinen Freundin allein lässt.«

KAPITEL 39

Hätte ich gewusst, dass mir ein Einzelgespräch mit einer nackten, schaumbedeckten Skye Hawthorne bevorstand, hätte ich mir wahrscheinlich auch einen Bourbon eingeflößt.

»Negative Emotionen lassen einen altern.« Skye verlagerte ihre Position in der Wanne, wodurch das Wasser gefährlich gegen den Rand schwappte. »Mit einem rückläufigen Merkur lässt sich zwar nur begrenzt viel ausrichten, aber …« Sie stieß einen langen, theatralischen Seufzer aus. »Ich vergebe dir, Avery Grambs.«

»Ich habe Sie nicht darum gebeten«, entgegnete ich.

Sie fuhr fort, als habe sie mich nicht gehört. »Natürlich wirst du mir auch weiterhin eine bescheidene finanzielle Unterstützung zukommen lassen.«

Langsam wunderte ich mich doch, ob diese Frau nicht ernsthaft auf einem anderen Planeten lebte.

»Warum sollte ich Ihnen überhaupt irgendwas geben?«

Ich erwartete eine scharfe Erwiderung, aber alles, was ich bekam, war ein nachsichtiges leises Summen, als wäre *ich* hier diejenige, die sich absurd aufführte.

»Wenn Sie nicht vorhaben, Jamesons Frage zu beantworten«, sagte ich, »dann gehe ich jetzt.«

Sie ließ mich halb bis zur Tür gehen. »Du wirst mich unterstützen«, sagte sie leichthin, »weil ich ihre Mutter bin. Und ich werde deine Frage beantworten, sobald du meine beantwortet hast. Was sind deine Absichten meinem Sohn gegenüber?«

»Wie bitte?« Ich drehte mich zu ihr um, bevor mir, eine Sekunde zu spät, einfiel, warum ich die ganze Zeit versucht hatte, sie *nicht* anzuschauen.

Die Schaumwölkchen verdeckten zwar das, was ich nicht sehen wollte – aber eben nur gerade so.

»Du kommst hier in mein Zimmer geplatzt mit meinem trauernden, oberkörperfreien Sohn an deiner Seite. Eine Mutter hat da gewisse Bedenken und Jameson ist besonders. Brillant. Genauso wie mein Vater es war. Wie Toby es war.«

»Ihr Bruder«, sagte ich und hatte plötzlich kein Interesse mehr, den Raum zu verlassen. »Was ist mit ihm geschehen?« Alisa hatte mir das Wesentliche mitgeteilt, aber nur wenige Details.

»Mein Vater hat Toby ruiniert.« Skye richtete ihre Antwort an den Rand ihres Champagnerglases. »Ihn verzogen. Er war immer dazu bestimmt gewesen, der Erbe zu sein. Und als er dann fort war … nun, waren da nur Zara und ich.« Ihr Ausdruck verdüsterte sich, aber dann lächelte sie. »Und dann …«

»Bekamen Sie die Jungs?«, ergänzte ich. Und fragte mich, ob sie ihre Söhne bekommen hatte, *weil* Toby nicht mehr da gewesen war.

»Weißt du eigentlich, warum Jameson Daddys Liebling war, wo es doch rechtmäßig eigentlich der perfekte, pflichtbewusste Grayson hätte sein sollen?«, fragte Skye. »Es lag nicht daran, dass Jameson brillant oder schön oder charismatisch ist. Es lag daran, dass Jameson Winchester Hawthorne hungrig ist. Er ist auf der Suche nach etwas. Er sucht es seit dem Tag, an dem er zur Welt kam.« Sie kippte den Rest ihres Champagners mit einem Schluck. »Grayson ist alles, was Toby nicht war, und Jameson ist ganz genauso wie er.«

»Es gibt niemanden wie Jameson!« Ich hatte absolut nicht vorgehabt, diese Worte laut auszusprechen.

»Siehst du?« Skye bedachte mich mit einem wissenden Blick – der gleiche, mit dem mich Alisa an meinem ersten Tag auf Hawthorne House bedacht hatte. »Du gehörst bereits ihm.« Skye schloss die Augen und lehnte sich wieder in der Wanne zurück. »Früher, als er klein war, haben wir ihn ständig verloren, weißt du. Stundenlang, manchmal auch den ganzen Tag. Wir schauten nur eine Sekunde weg und schon war er in den Wänden verschwunden. Und jedes Mal, wenn wir ihn fanden, hob ich ihn hoch und kuschelte ihn fest an mich und wusste doch im tiefsten Inneren meiner Seele, dass er sich nichts mehr wünschte, als wieder verloren zu gehen.« Sie öffnete die Augen. »Das ist alles, was du bist.« Skye erhob sich und griff nach einem Bademantel. Ich wendete den Blick ab, während sie ihn überzog. »Nur eine andere Möglichkeit, sich zu verlieren. Das war es, was auch sie war.«

Sie.

»Emily«, sagte ich laut.

»Sie war ein wunderschönes Mädchen«, sinnierte Skye, »aber sie hätte auch hässlich sein können, und sie hätten sie genauso geliebt. Sie hatte einfach etwas an sich.«

»Warum erzählen Sie mir das?«, wollte ich wissen.

»Du«, verkündete Skye Hawthorne mit Nachdruck, »bist keine Emily.« Sie bückte sich, um die Champagnerflasche hochzuheben und ihr Glas nachzufüllen. Sie kam barfuß und triefend nass auf mich zugetapst und hielt es mir hin. »Ich habe herausgefunden, dass Blubberwasser ein bisschen so was wie ein Allheilmittel ist.« Ihr Blick war eindringlich. »Los. Trink schon.«

Meinte sie das ernst? Ich wich einen Schritt zurück. »Ich mag keinen Champagner.«

»Und *ich*« – Skye nahm einen langen Zug – »habe nicht die Zweitnamen meiner Söhne ausgesucht.« Sie hielt das Glas hoch, als würde sie mir zuprosten … oder auf meinen Niedergang trinken.

»Wenn Sie die Namen nicht ausgesucht haben«, sagte ich, »wer dann?«

Skye leerte den Champagner. »Mein Vater.«

KAPITEL 40

Ich berichtete Jameson, was seine Mutter mir gesagt hatte.

Er starrte mich an. »Der alte Herr hat unsere Namen ausgesucht.« Ich konnte förmlich sehen, wie die Rädchen in Jamesons Kopf sich in Bewegung setzten, und dann … *nichts*. »Er hat unsere Namen ausgewählt«, wiederholte Jameson, wobei er im langen Flur auf- und abschritt wie ein Tier im Käfig. »Er hat sie ausgewählt und sie dann in dem Roten Testament markiert.« Jameson blieb erneut stehen. »Er hat die Familie vor zwanzig Jahren enterbt und kurz darauf unsere Zweitnamen ausgesucht – alle, bis auf Nashs. Grayson ist neunzehn. Ich bin achtzehn. Xan wird nächsten Monat siebzehn.«

Ich konnte förmlich spüren, wie er versuchte, einen Sinn darin zu entdecken. Wie er versuchte, das zu sehen, was uns entging.

»Der alte Herr hat ein von langer Hand geplantes Spiel gespielt«, sagte Jameson, wobei jeder Muskel in seinem Körper sich anspannte. »Unser ganzes Leben lang.«

»Die Namen müssen etwas zu bedeuten haben«, stellte ich fest.

»Er wusste womöglich, wer unsere Väter waren.« Jameson wägte diese Möglichkeit ab. »Selbst wenn Skye dachte, dass sie es geheim gehalten hätte … vor ihm gab es keine Geheimnisse.« Ich hörte einen Unterton in Jamesons Stimme, als er diese Worte sagte – etwas Tiefes, Schneidendes, Schreckliches.

Welches deiner Geheimnisse kannte er?

»Wir können uns auf die Suche begeben«, sagte ich in dem Versuch, mich auf das Rätsel und nicht den Jungen zu konzentrieren. »Oder Alisa einen Privatdetektiv anheuern lassen, um nach Männern mit diesen Nachnamen zu suchen.«

»Oder«, entgegnete Jameson, »du gibst mir ungefähr sechs Stunden, um auszunüchtern, und ich zeige dir, was ich mache, wenn ich an einem Rätsel dran bin und in einer Sackgasse lande.«

Sieben Stunden später schmuggelte Jameson mich durch den Gang hinter dem Kamin und führte mich zum entlegensten Flügel des Hauses – an der Küche und dem Großen Salon vorbei in einen Raum, der sich als größte Garage herausstellte, die ich je gesehen hatte. Eigentlich sah sie mehr aus wie ein Autohaus. Ein Dutzend Motorräder standen aufgereiht an der Wand und doppelt so viele Autos waren in einem Halbkreis geparkt. Jameson schritt an ihnen vorbei, eins nach dem anderen. Er blieb vor einem Wagen stehen, der aussah wie einem Science-Fiction-Film entsprungen.

»Der Aston Martin Valkyrie«, verkündete Jameson. »Ein Hybrid-Hypercar mit einer Spitzengeschwindigkeit von über dreihundert km/h.« Er deutete in der Reihe weiter. »Diese drei sind Bugattis. Der Chiron ist mein Favorit. Fast fünfzehnhundert PS und nicht übel auf der Piste.«

»Piste«, wiederholte ich. »So wie in *Rennpiste?*«

»Das waren die Babys meines Großvaters«, sagte Jameson ungerührt. »Und nun …« Ein langsames Lächeln breitete sich über sein Gesicht. »… sind es *deine*.«

Das Lächeln war geradezu teuflisch. Gefährlich.

»Auf keinen Fall«, entgegnete ich. »Ich darf ohne Oren nicht mal das Anwesen verlassen. Und ich kann Autos wie die hier nicht fahren!«

»Was ein Glück«, erwiderte Jameson, der zu einem Kästchen an der Wand schlenderte, »dass *ich* es kann.«

In das Kästchen war eine Art Drehpuzzle eingebaut, wie ein Zauberwürfel, aber silbern, mit seltsamen Formen, die in die Vierecke geprägt waren. Jameson begann, ohne zu zögern, die Klötzchen zu drehen, sie zu verschieben und mühelos anzuordnen. Das Kästchen sprang auf. Er fuhr mit den Fingern über eine Unmenge von Schlüsseln, pickte dann einen heraus. »Es geht doch nichts über Schnelligkeit, um aus seinem Kopf rauszutreten, wenn man sich selbst im Weg steht.« Dann ging er auf den Aston Martin zu. »Manche Rätsel ergeben bei dreihundert Kilometer die Stunde mehr Sinn.«

»Ist da überhaupt Platz für zwei in dem Ding?«, fragte ich.

»Warum, Erbin«, murmelte Jameson, »dachte ich, du würdest nie fragen.«

Jameson fuhr den Wagen auf eine Plattform, die uns ins Untergeschoss des Hauses hinabließ. Wir schossen durch einen Tunnel hindurch, und bevor ich mich's versah, verließen wir einen Ausgang, von dem ich nicht einmal gewusst hatte, dass es ihn gab.

Jameson raste nicht. Er nahm die Augen nicht von der Straße. Er fuhr einfach schweigend. Auf dem Platz neben ihm kribbelte jedes Nervenende in meinem Körper von Anspannung.

Das hier ist eine richtig schlechte Idee.

Er musste vorab angerufen haben, denn als wir eintrafen, war die Rennstrecke schon für uns vorbereitet.

»Der Aston Martin ist theoretisch kein Rennwagen«, erklärte Jameson. »Theoretisch stand er nicht einmal zum Verkauf, als mein Großvater ihn erwarb.«

Und theoretisch hätte ich das Anwesen nicht verlassen sollen. Wir hätten den Wagen nicht nehmen sollen. Wir sollten nicht hier sein.

Aber irgendwo bei um die zweihundertfünfzig km/h hörte ich auf, über *sollte* und *sollte nicht* nachzudenken.

Adrenalin. Rausch. Angst. In meinem Kopf war kein Platz für etwas anderes. Geschwindigkeit war das Einzige, was zählte.

Das und der Junge neben mir.

Ich wollte nicht, dass er vom Gas ging. Ich wollte nicht, dass der Wagen anhielt. Zum ersten Mal seit der Testamentsverkündung fühlte ich mich *frei*. Keine Fragen. Keine Verdächtigungen. Niemand, der mich anstarrte oder übersah. Nichts als dieser Moment, hier und jetzt.

Nichts außer Jameson Winchester Hawthorne und mir.

KAPITEL 41

Schließlich verlangsamte der Wagen und kam zum Halt. Schließlich brach die Realität über uns herein. Oren stand da, mit einem ganzen Team im Schlepptau. *Oh, oh.*

»Du und ich«, sagte mein Security-Chef zu Jameson, kaum dass wir aus dem Wagen gestiegen waren, »wir haben ein Wörtchen miteinander zu reden.«

»Ich bin ein großes Mädchen«, sagte ich, während ich die Verstärkung musterte, die Oren mitgebracht hatte. »Wenn Sie jemanden anbrüllen wollen, dann mich.«

Oren brüllte nicht. Er setzte mich jedoch höchstpersönlich in meinem Zimmer ab und gab zu verstehen, dass wir am nächsten Morgen »sprechen« würden. Ausgehend von seinem Tonfall war ich mir nicht ganz sicher, ob ich ein Gespräch mit Oren unbeschadet überstehen würde.

In der Nacht schlief ich kaum; mein Hirn war ein Chaos aus elektrischen Impulsen, die einfach nicht aufhören wollten – konnten – zu feuern. Ich hatte immer noch keine Idee, was ich mit den im Roten Testament markierten Namen anfangen sollte, ob sie wirklich ein Verweis auf die Väter der Jungs waren oder ob Tobias Hawthorne die Zweitnamen seiner Enkelsöhne nach ganz anderen Kriterien ausgesucht hatte.

Alles, was ich wusste, war, dass Skye recht hatte. Jameson war hungrig. *Genau wie ich.* Aber ich konnte auch Skye hören, die mir sagte, dass ich keine Rolle spielte, dass ich keine Emily war.

Als ich in der Nacht dann doch einschlief, träumte ich von einem Mädchen. Sie war ein Schatten, eine Silhouette, ein Geist, eine Königin. Und egal, wie schnell ich rannte, einen Flur nach dem anderen entlang, ich konnte sie nie einholen.

Mein Handy klingelte noch vor dem Morgengrauen. Zerschlagen und übellaunig schnappte ich danach, mit der festen Absicht, es durchs nächstbeste Fenster zu schleudern, als ich sah, wer da anrief.

»Max, es ist halb sechs Uhr morgens.«

»Halb vier bei mir. Wo hast du dieses Auto her?« Max klang nicht ansatzweise verschlafen.

»Einen ganzen Saal voller Autos«, murmelte ich entschuldigend, dann klärte sich mein schläfriges Hirn so weit, dass die Implikationen ihrer Frage bis zu mir durchsickerten. »Woher weißt du über das Auto Bescheid?«

»Luftaufnahmen«, antwortete Max. »Aus einem Hubschrauber fotografiert. Und was meinst du mit *Saal voller Autos*? Wie groß ist dieser Saal bitte genau?«

»Ich weiß es nicht«, stöhnte ich und rollte mich in meinem Bett herum. Natürlich hatten mich draußen die Paparazzi mit Jameson erwischt. Ich wollte gar nicht wissen, was die Klatschblätter schrieben.

»Und viel wichtiger«, fuhr Max fort. »Hast du eine heiße Affäre mit Jameson Hawthorne und sollte ich schon für eine Frühjahrshochzeit planen?«

»Nein.« Ich setzte mich im Bett auf. »So ist es nicht.«

»Vernaschen kann ich mich selbst.«

»Ich muss mit diesen Leuten zusammenleben«, erklärte ich Max. »Ein ganzes Jahr. Sie haben so schon genug Gründe, mich zu hassen.« Ich dachte nicht an Skye, Zara, Xander oder Nash, als ich das sagte. Ich dachte an Grayson. Der silberäugige, geschniegelte, mit Drohungen um sich werfende Grayson. »Was mit Jameson anzufangen, würde nur noch mehr Öl ins Feuer gießen.«

»Und was für ein schönes Feuer das wäre«, raunte Max.

Sie war zweifelsohne ein schlechter Einfluss. »Ich kann nicht«, wiederholte ich. »Und außerdem … gab es da ein Mädchen.« Ich dachte an meinen Traum zurück und fragte mich, ob Jameson Emily auch zu Spritztouren mitgenommen hatte, ob sie je eines von Tobias Hawthornes Spielen gespielt hatte. »Sie ist gestorben.«

»Ach du nasse Meise. Wie meinst du das, sie ist gestorben? Wie denn?«

»Ich weiß es nicht.«

»Warum weißt du das nicht?«

Ich zog meine Daunendecke fester um mich. »Ihr Name war Emily. Weißt du, wie viele Menschen auf der Welt es gibt, die Emily heißen?«

»Hängt er immer noch an ihr?«, fragte Max. Sie sprach über Jameson, doch meine Gedanken wanderten zu jenem Moment zurück, als ich Emilys Namen gegenüber Grayson fallen ließ. Es hatte ihn innerlich ausgehöhlt. Ihn zerstört.

Ein Klopfen ertönte an der Tür. »Max, ich muss auflegen.«

Oren verwandte eine ganze Stunde darauf, mein Sicherheitsprotokoll mit mir durchzukauen. Er teilte mir zudem mit, dass er sich freuen würde, das Gleiche jeden Morgen bei Sonnenaufgang zu wiederholen, bis es hängen blieb.

»Schon kapiert«, versicherte ich ihm. »Ich werde brav sein.«

»Nein, wirst du nicht.« Er bedachte mich mit einem Blick. »Aber ich werde achtsam sein.«

Mein zweiter Tag an der Privatschule – und der Beginn meiner ersten vollen Woche – verlief ziemlich genau wie der erste. Die Leute taten ihr Bestes, mich zu übersehen. Jameson ging mir aus dem Weg. Ich ging Thea aus dem Weg. Ich fragte mich nach wie vor, welchen Tratsch Jameson befürchtete, wenn man uns zusammen sähe, fragte mich, ob es Gerüchte gegeben hatte, als Emily starb.

Ich fragte mich, *wie* sie gestorben war.

Du bist keine Spielerin. Nashs Worte der Warnung kamen mir immer wieder in den Sinn, wenn ich Jameson in den Fluren erblickte. *Du bist die gläserne Ballerina … oder das Messer.*

»Ich habe gehört, du magst es rasant«, überfiel mich Xander vor dem Physiklabor. Er war definitiv in Hochstimmung. »Gott segne die Paparazzi, stimmt's? Ich habe außerdem gehört, dass du ein ganz besonderes Gespräch mit meiner Mutter hattest.«

Ich war mir nicht sicher, ob er mich nur nach Informationen ausquetschte oder bedauerte. »Deine Mutter ist anders«, sagte ich.

»Skye ist eine komplizierte Frau.« Xander nickte weise. »Aber sie hat mir beigebracht, wie man Tarot legt und die Nagelhaut pflegt – wer bin ich also, mich zu beschweren?«

Skye war nicht diejenige, die sie geformt, die sie angetrieben und vor Herausforderungen gestellt hatte, die das Unmögliche von ihnen erwartet hatte. Sie war nicht diejenige, die sie *magisch* gemacht hatte.

»Deine Brüder haben alle den gleichen Brief von deinem Großvater bekommen«, sagte ich zu Xander, seine Reaktion beobachtend.

»Ach ja, haben sie das?«

Ich kniff die Augen leicht zusammen. »Ich weiß, dass du ihn ebenfalls bekommen hast.«

»Vielleicht habe ich das«, räumte Xander vergnügt ein. »Aber rein hypothetisch, wenn dem so wäre und ich, rein hypothetisch, dieses Spiel spielen und nur dieses eine Mal – ganz hypothetisch – gewinnen wollte …« Er zuckte die Achseln. »… würde ich das auf meine Art tun wollen.«

»Beinhaltet deine Art Roboter und Scones?«

»Was denn bitte nicht?« Grinsend bugsierte Xander mich ins Labor. Wie alles an der Country Day sah es nach einem Millionen-Dollar-Projekt aus. Geschwungene Labortische säumten den Raum. Deckenhohe Fensterscheiben bildeten drei der vier Wände. Bunte Notizen prangten auf den Glasscheiben – Berechnungen in verschiedenen Handschriften, ganz so als wären Schmierzettel so was von passé. Jeder Labortisch kam voll ausgestattet mit einem großen Monitor sowie einem digitalen Whiteboard daher. Und das war noch nichts angesichts der Größe der Mikroskope.

Ich kam mir vor, als wäre ich gerade in die NASA-Zentrale reinspaziert.

Es gab nur zwei freie Plätze. Einer befand sich neben Thea. Der andere war denkbar weit weg von Thea, neben dem Mädchen, das ich im Archiv gesehen hatte. Ihr dunkelrotes Haar war im Nacken zu einem lockeren Pferdeschwanz zusammengebunden. Ihr Farbtyp war so auffällig, dass man nur stehen bleiben und sie angaffen konnte – so unglaublich rotes Haar, so unfassbar blasse Haut –, doch ihre Augen waren nach unten gerichtet.

Thea begegnete meinem Blick und deutete gebieterisch auf den Platz neben sich. Ich schaute zu dem rothaarigen Mädchen zurück.

»Was ist ihre Geschichte?«, fragte ich Xander. Keiner redete mit ihr. Keiner sah sie an. Sie war einer der schönsten Menschen, die ich je gesehen hatte, doch sie hätte genauso gut unsichtbar sein können.

Ein Bildschirmschoner.

»Ihre Geschichte« – Xander seufzte – »beinhaltet eine schicksalhafte Liebe, einen falschen Verehrer, Herzeleid, Tragik, verworrene Familienbeziehungen, Sühne und einen Helden für die Ewigkeit.«

Ich bedachte ihn mit einem skeptischen Blick. »Ernsthaft?«

»Du solltest mittlerweile wissen«, erwiderte Xander leichthin, »dass ich nicht der Ernsthafte von den Hawthornes bin.«

Er ließ sich auf den Platz neben Thea plumpsen und überließ es mir, zu dem rothaarigen Mädchen rüberzugehen. Sie erwies sich als vernünftige Laborpartnerin: ruhig, konzentriert und mit der Fähigkeit, so ungefähr alles im Kopf auszurechnen. Die gesamte Zeit, die wir zusammenarbeiteten, richtete sie kein einziges Wort an mich.

»Ich bin Avery«, sagte ich, als wir fertig waren und es klar wurde, dass sie sich trotzdem nicht vorstellen würde.

»Rebecca.« Ihre Stimme war leise. »Laughlin.« Sie bemerkte die Veränderung in meiner Miene, als sie ihren Nachnamen nannte, und bestätigte, was ich mir derweil dachte. »Meine Großeltern arbeiten in Hawthorne House.«

Ihre Großeltern hielten Hawthorne House am Laufen, und sie schienen beide nicht übermäßig begeistert über die Aussicht, für mich zu arbeiten.

Ich fragte mich, ob das der Grund war, warum Rebecca mich die Stunde über mit Schweigen gestraft hatte.

Sie redet auch mit niemandem sonst.

»Hat dir schon jemand gezeigt, wie man die Ergebnisse übers Tablet abgibt?« Rebeccas Frage war so zaghaft, als ginge sie davon aus, abgekanzelt zu werden. Es wollte mir nicht in den Kopf, dass jemand, der so schön war, überhaupt wegen irgendwas verzagt sein könnte.

Egal was.

»Nein«, antwortete ich. »Würdest du?«

Rebecca demonstrierte es mir, indem sie ihre Ergebnisse mit ein paar Klicks auf den Touchscreen hochlud. Einen Moment später kehrte ihr Tablet zum ursprünglichen Desktop zurück. Sie hatte ein Foto als Bildschirmhintergrund eingerichtet. Darauf schaute Rebecca im Profil zur Seite, während ein anderes Mädchen mit bernsteinfarbenem Haar direkt in die Kamera lachte. Sie hatten beide Blumenkränze auf dem Kopf und sie hatten beide die gleichen Augen.

Das andere Mädchen war keineswegs schöner als Rebecca – wahrscheinlich sogar etwas weniger hübsch –, doch irgendwie war es unmöglich, den Blick von ihr zu lösen.

»Ist das deine Schwester?«, fragte ich.

»War.« Rebecca klappte den Deckel ihres Tablets zu. »Sie ist gestorben.«

In meinen Ohren rauschte es, und da wusste ich plötzlich ganz genau, wen ich da gerade angeschaut hatte. Auf gewisse Weise kam es mir vor, als hätte ich es von der Sekunde an gewusst, als ich sie sah. »Emily?«

Rebeccas smaragdgrüne Augen begegneten meinen. Ich bekam Panik, dass ich noch etwas anderes hätte sagen sollen. *Das tut mir leid* … oder so etwas.

Doch Rebecca schien meine Frage nicht abwegig oder anstößig zu finden. Alles, was sie sagte, als sie ihr Tablet auf ihren Schoß zog, war: »Sie wäre sehr interessiert daran gewesen, dich kennenzulernen.«

KAPITEL 42

Ich bekam Emilys Gesicht einfach nicht aus meinem Kopf, doch ich hatte mir das Foto nicht gut genug anschauen können, um mir jedes Detail ihrer Züge einzuprägen. Ihre Augen waren grün gewesen. Ihr Haar ein warmes Blond, wie Sonnenschein, der durch Bernstein fällt. Ich erinnerte mich an den Blumenkranz auf ihrem Kopf, aber nicht an die Länge ihrer Haare. Egal, wie sehr ich mich bemühte, das Einzige, woran ich mich erinnerte, war, dass sie gelacht und unverwandt in die Kamera geblickt hatte.

»Avery«, meldete sich Oren vom Fahrersitz. »Wir sind da.«

Hier also befand sich die Hawthorne Foundation. Es kam mir vor wie eine kleine Ewigkeit, seit Zara angeboten hatte, mir eine Einführung in die Arbeit der Stiftung zu geben. Als Oren ausstieg und mir die Tür öffnete, bemerkte ich, dass ausnahmsweise kein einziger Reporter oder Fotograf zu sehen war.

Vielleicht verebbt das Interesse, dachte ich, als ich den Empfangsbereich der Hawthorne Foundation betrat. Die Wände waren in einem hellen Silbergrau gehalten, und Dutzende großformatiger Schwarz-Weiß-Fotografien hingen an ihnen, als würden sie in der Luft schweben. Hunderte kleinerer Abzüge gruppierten sich um die größeren. *Menschen.* Aus aller Herren Länder, eingefangen in verschiedenen Bewegungen und Augenblicken, aus allen möglichen Winkeln und Perspektiven, divers nach allen nur vorstellbaren Maßstäben – Alter, Geschlechtszugehörigkeit, Herkunft und Kultur. *Menschen.* Lachend, weinend, betend, spielend, essend, tanzend, schlafend, dahineilend, sich umarmend … alles.

Ich dachte an Dr. Macs Frage, warum ich reisen wollte. *Darum. Das hier ist der Grund.*

»Miss Grambs.«

Ich sah auf und erblickte Grayson. Ich fragte mich, wie lange er mich dabei beobachtet hatte, wie ich diesen Raum auf mich wirken ließ. Ich fragte mich, was er in meinem Gesicht gesehen hatte.

»Ich soll mich hier mit Zara treffen«, sagte ich, um seiner unvermeidlichen Attacke zuvorzukommen.

»Zara kommt nicht.« Grayson trat langsam auf mich zu. »Sie ist der Überzeugung, dass du … *Führung* benötigst.« Da war etwas in der Art, wie er das Wort sagte, das sämtliche meiner Abwehrmechanismen unterlief und mir direkt unter die Haut ging. »Und aus irgendeinem Grund glaubt meine Tante, dass diese Führung am besten angenommen würde, wenn sie von mir kommt.«

Er sah ganz genauso aus wie an dem Tag, als ich ihn das erste Mal getroffen hatte … bis hin zu der Farbe seines Armani-Anzugs. Es war das gleiche helle, flüssige Grau wie in seinen Augen – die gleiche Farbe wie dieser Raum. Und da fiel mir der Bildband ein, den ich in Tobias Hawthornes Arbeitszimmer gesehen hatte – ein Band mit Fotografien und Graysons Namen auf dem Rücken.

»Du hast die gemacht?«, hauchte ich, während ich die Fotos um mich herum betrachtete. Es war nur geraten, aber ich war schon immer gut im Raten gewesen.

»Mein Großvater war der Meinung, dass man die Welt gesehen haben muss, um sie zu verändern.« Grayson betrachtete mich eingehend, bis er sich selbst dabei erwischte, wie er starrte. »Er sagte immer, dass ich derjenige mit dem Auge sei.«

Investiere. Kultiviere. Kreiere. Nashs Schilderung ihrer Kindheit kam mir erneut in den Sinn, und ich fragte mich, wie alt Grayson wohl gewesen war, als er das erste Mal eine Kamera in Händen hielt, wie alt er gewesen war, als er anfing die Welt zu bereisten, sie zu sehen, sie auf Film zu bannen.

Nie hätte ich auf ihn als den Künstler getippt.

Verärgert, dass ich mich überhaupt dazu hatte hinreißen lassen, über ihn nachzudenken, kniff ich die Augen zusammen. »Deiner Tante muss dein Hang, mit Drohungen um dich zu werfen, entgangen sein. Ich wette, sie wusste auch nichts über die Nachforschungen zu meiner toten Mutter. Andernfalls wäre sie wohl kaum zu dem Schluss gekommen, dass ich es vorziehen würde, mit *dir* zu arbeiten.«

Graysons Kiefermuskeln zuckten. »Zara entgeht nicht viel. Und was die Nachforschungen angeht …« Er verschwand hinter dem Empfangstresen und tauchte mit zwei Aktenmappen in den Händen wieder auf. Ich funkelte ihn wütend an, woraufhin er eine Augenbraue hob. »Würdest du es vorziehen, dass ich dir die Ergebnisse meiner Recherchen vorenthalte?«

Er hielt mir eine Mappe hin und ich nahm sie an mich. Er hatte kein Recht, das hier zu tun … im Privatleben von mir oder meiner Mom herumzuschnüffeln. Aber als ich auf die Mappen in meinen Händen hinabblickte, hörte ich die Stimme meiner Mutter glockenklar in meinem Kopf. *Ich habe ein Geheimnis …*

Ich klappte die Mappe auf. Arbeitsunterlagen, Sterbeurkunde, Kreditauskunft, keine Vorstrafen, ein Foto …

Ich presste die Lippen zusammen, während ich verzweifelt versuchte, die Augen davon abzuwenden. Sie war so jung auf dem Bild und sie hielt mich in ihren Armen.

Ich zwang mich, den Blick auf Grayson zu richten, bereit, meine Wut auf ihn zu entfesseln, aber er reichte mir schweigend die zweite Aktenmappe. Ich fragte mich, was er über mich herausgefunden hatte – ob es da irgendwas in diesen Unterlagen gab, das vielleicht erklären könnte, was sein Großvater in mir gesehen hatte. Ich öffnete sie.

In der Mappe befand sich ein einzelnes Blatt Papier und es war leer.

»Das ist eine Liste sämtlicher Einkäufe, die du getätigt hast, seit du geerbt hast. Es wurden zwar Dinge für dich gekauft, aber sonst …« Grayson senkte die Augen zu dem Blatt. »… nichts.«

»Läuft das etwa unter Entschuldigung, da wo du herkommst?«, fragte ich spitz. Ich hatte ihn also überrascht. Ich benahm mich nicht wie die geldgierige Hochstaplerin, für die er mich hielt.

»Ich werde mich nicht dafür entschuldigen, dass ich meine Angehörigen beschützen wollte. Diese Familie hat genug gelitten, Miss Grambs. Wenn ich zwischen dir und einem von ihnen wählen müsste, würde ich immer und ausschließlich sie wählen. Dennoch …« Seine Augen fanden wieder zu meinen. »… habe ich dich womöglich falsch eingeschätzt.«

Da war etwas Eindringliches in diesen Worten, in dem Ausdruck auf seinem Gesicht – als würde dieser Junge, der gelernt hatte, die Welt zu sehen, tatsächlich nun auch mich *sehen*.

»Du irrst dich.« Ich klappte die Mappe zu und wandte mich von ihm ab. »Ich habe versucht, Geld auszugeben. Einen ganzen Haufen sogar. Ich habe Alisa gebeten, es einem Freund von mir zukommen zu lassen.«

»Was für einem Freund?«, fragte Grayson. Seine Miene veränderte sich. »*Dein* Freund?«

»Nein«, erwiderte ich. Was kümmerte es ihn, ob ich einen Freund hatte? »Ein Typ, mit dem ich immer im Park Schach gespielt habe. Er lebt dort. Im Park.«

»Obdachlos also?« Grayson schaute mich nun anders an, so als habe er auf all seinen Reisen nichts gesehen wie das hier. Wie mich. Nach ein, zwei Sekunden riss er sich los. »Meine Tante hat recht. Du benötigst unbedingt eine profunde Erziehung.«

Er setzte sich in Bewegung, und mir blieb nichts anderes übrig, als ihm zu folgen, auch wenn es mir missfiel, hinter ihm her zu watscheln wie ein Entenküken, das seiner Mutter folgt. Er blieb vor einem Konferenzraum stehen und hielt mir die Tür auf. Als ich an ihm vorbeitrat, streifte ich ihn, und selbst bei diesem Sekundenbruchteil einer Berührung überkam mich das Gefühl, als würde ich mit dreihundert km/h durch die Gegend rasen.

Auf gar keinen Fall! Genau das hätte ich Max gesagt, wenn ich sie am Telefon gehabt hätte. Was stimmte eigentlich nicht mit mir? Grayson hatte den Großteil unserer kurzen Bekanntschaft damit zugebracht, mir zu drohen. Mich zu *hassen*.

Er ließ die Konferenzraumtür lautlos hinter sich zufallen, dann schritt er zur Wand gegenüber. Sie hing voller Karten: Erst kam eine Weltkarte, dann eine von jedem Kontinent, dann wurden sie auf die einzelnen Länder runtergebrochen, bis hinunter zu den Bundesstaaten, Regionen und Städten.

»Schau sie dir an«, wies er mich mit einem Nicken an, »denn das ist es, was hier auf dem Spiel steht. *Alles*. Nicht eine Einzelperson. Einzelnen Individuen Geld zu geben, bewirkt recht wenig.«

»Es bewirkt viel«, entgegnete ich ruhig, »für diese Menschen.«

»Mit den Ressourcen, über die du nun verfügst, kannst du es dir nicht länger leisten, dich mit einzelnen Individuen zu beschäftigen.« Grayson sprach, als sei dies eine Lektion, die ihm eingetrichtert worden war. *Durch wen? Seinen Großvater?* »Du, Miss Grambs«, fuhr er fort, »trägst Verantwortung für die Welt.«

Ich spürte diese Worte in mir wie ein entzündetes Streichholz, einen Funken, eine Flamme.

Grayson drehte sich zu der Wand mit den Karten. »Ich habe das Studium um ein Jahr aufgeschoben, um mich mit den Grundlagen der Stiftung vertraut zu machen. Mein Großvater hatte mich damit beauftragt, eine Studie zu den verschiedenen Formen von Wohltätigkeitsarbeit zu machen, im Hinblick darauf, unsere zu verbessern. Ich hätte sie ihm in den kommenden Monaten vorstellen sollen.« Grayson starrte eindringlich die Karte an, die auf Höhe seiner Augen hing. »Doch nun werde ich meine Ergebnisse wohl dir vorstellen.« Er schien das Tempo seiner Worte abzumessen. »Die Obhut über die Stiftung unterliegt ihren eigenen Regelungen. Wenn du einundzwanzig wirst, gehört sie dir, so wie alles andere.«

Das schmerzte ihn offenbar mehr als jede andere Verfügung des Testaments. Ich musste wieder daran denken, wie Skye ihn den *Erben in spe* genannt hatte, obwohl sie darauf bestanden hatte, dass Jameson der Liebling von Tobias Hawthorne gewesen war. Grayson hatte sein

Studium verschoben und ein ganzes Jahr der Stiftung gewidmet. Seine Fotografien zierten die Eingangshalle.

Aber sein Großvater hat mich gewählt. »Es …«

»Sag nicht, dass es dir leidtut.« Grayson blickte noch einen Moment die Wand an, dann drehte er sich zu mir um. »Du musst dich nicht entschuldigen, Miss Grambs. Du musst dich als würdig erweisen.«

Er hätte mir genauso gut befehlen können, mich in Feuer, Erde oder Luft zu verwandeln. Wie konnte ein Mensch sich einem Milliardenerbe als würdig erweisen? Es war unvorstellbar – egal für wen und ganz bestimmt für mich.

»Wie?«, fragte ich ihn. *Wie kann ich mich überhaupt einer Sache als würdig erweisen?*

Er nahm sich Zeit, um zu antworten, und unwillkürlich wünschte ich mir, ich wäre eins dieser Mädchen, die problemlos die Stille füllen können. So ein Mädchen, das unbekümmert lacht, mit Blumen im Haar.

»Ich kann dir nicht beibringen, *irgend*was zu sein, Miss Grambs. Aber ich kann dir eine Art zu denken beibringen.«

Ich verdrängte die Erinnerung an Emilys Gesicht. »Ich bin hier, oder nicht?«

Grayson begann damit, die Länge des Raums abzuschreiten, wobei er an einer Karte nach der anderen vorbeikam. »Es mag sich womöglich besser *anfühlen*, jemandem was zu geben, den man kennt, als einem Fremden; oder an eine Organisation zu spenden, deren Geschichte dir die Tränen in die Augen treibt, aber das ist nur eine Täuschung deines Gehirns. Die Moral einer Handlung hängt einzig und allein von ihren Ergebnissen ab.«

Da war eine unglaubliche Leidenschaft in der Art, wie er sprach, wie er sich bewegte. Ich hätte nicht wegschauen oder weghören können, selbst wenn ich es versucht hätte.

»Wir sollten nicht geben, weil wir so oder so fühlen«, erklärte mir Grayson. »Wir sollten unsere Ressourcen – nach einer objektiven Analyse – dorthin lenken, wo sie die größtmögliche Wirkung entfalten können.«

Wahrscheinlich dachte er, dass sein Vortrag zu hoch für mich sei, aber in dem Moment, in dem er *objektive Analyse* sagte, lächelte ich zufrieden. »Du sprichst hier mit einer angehenden Versicherungsmathematikerin, Hawthorne. Zeig mir deine Diagramme.«

Als Grayson endete, schwirrte mir der Kopf vor Zahlen und Prognosen. Ich konnte ganz genau erkennen, wie sein Hirn arbeitete – und es war meinem geradezu verstörend ähnlich.

»Ich kapiere ja, warum ein Gießkannenprinzip nicht funktioniert«, sagte ich. »Große Probleme erfordern, groß zu denken, und große Eingriffe …«

»Umfassende Eingriffe«, korrigierte mich Grayson. »Strategische.«

»Aber wir müssen auch unsere Risiken streuen.«

»Mit empirisch belegten Kosten-Nutzen-Analysen.«

Jeder Mensch hat wohl irgendwas, das er unerklärlicherweise attraktiv findet. Anscheinend waren das für mich anzugtragende, silberäugige Typen, die das Wort *empirisch* in den Mund nahmen und ganz selbstverständlich davon ausgingen, dass ich wusste, was damit gemeint war.

Lass die schmutzigen Gedanken, Avery. Grayson Hawthorne ist nichts für dich.

Sein Handy klingelte und er warf einen Blick aufs Display. »Nash«, informierte er mich.

»Na los«, sagte ich. »Geh schon ran.« Ich brauchte ohnehin eine Verschnaufpause – von ihm, aber auch von dem hier. Mathe, ja, das kapierte ich. Prognosen und Hochrechnungen bekam ich in meinen Kopf. Aber das hier?

Das hier war echt. Das hier war Macht. *Einhundert Millionen Dollar, pro Jahr.*

Grayson ging an sein Handy und verließ den Raum. Ich drehte eine Runde, wobei ich mir die Karten an den Wänden anschaute, mir die Namen jedes Landes, jedes Ortes, jeder Stadt einprägte. Ich könnte ihnen allen helfen – oder keinem. Es gab Menschen da draußen, die wegen mir leben oder sterben könnten, deren Zukunft sich aufgrund meiner Entscheidungen gut oder schlecht entwickeln könnte.

Welches Recht hatte ich überhaupt, diejenige zu sein, die sie traf?

Überwältigt blieb ich vor der allerletzten Karte an der Wand stehen. Im Gegensatz zu den anderen war diese handgezeichnet. Ich brauchte einen Moment, um zu begreifen, dass es eine Karte von Hawthorne House und dem Anwesen drum herum war. Meine Augen wanderten zuerst zum Wayback Cottage, einem kleinen Häuschen im hintersten Eck des Grundstücks. Ich erinnerte mich von der Testamentseröffnung, dass Tobias Hawthorne dem Ehepaar Laughlin lebenslanges Wohnrecht in dem Cottage gewährt hatte.

Rebeccas Großeltern, dachte ich. Und Emilys. Ich fragte mich, ob die Mädchen sie oft besuchen kamen, als sie klein waren, wie viel Zeit sie auf dem Anwesen, in Hawthorne House, verbracht hatten. *Wie alt war Emily, als Jameson und Grayson sie das erste Mal sahen?*

Wie lange ist es her, dass sie starb?

Die Tür zum Konferenzraum hinter mir öffnete sich. Ich war froh, dass Grayson mein Gesicht nicht sehen konnte. Ich wollte nicht, dass er wusste, dass ich an *sie* gedacht hatte. Ich tat so, als würde ich eindringlich die Karte vor mir studieren: die Aufteilung des Anwesens vom Wald im Norden, der Black Wood hieß, bis zu einem kleinen Bach, der an der westlichen Grenze des Grundstücks entlangfloß.

Black Wood. Ich las die Bezeichnung erneut … Das Rauschen des Blutes in meinen Adern war plötzlich ohrenbetäubend. *Blackwood.* Und dort, in winzigen Buchstaben, trug auch das gewundene Bachbett eine Bezeichnung. *The Brook.*

Ein Bach auf der Westseite des Anwesens. *West-Brook.*

Blackwood. Westbrook.

»Avery«, meldete sich Grayson hinter mir.

»Was?«, entfuhr es mir, unfähig, meine Aufmerksamkeit ganz von der Karte vor mir zu lösen – von dem, was sie enthielt.

»Das war Nash.«

»Ich weiß.« Das hatte er mir schon gesagt, bevor er rangegangen war.

Grayson legte sanft eine Hand auf meine Schulter. Alarmglocken schrillten in meinem Kopf los. Warum war er auf einmal so nett? »Was wollte Nash denn?«

»Es geht um deine Schwester.«

KAPITEL 43

»Ich dachte, du hättest gesagt, du würdest dich um Drake kümmern.« Meine Finger klammerten sich um mein Handy und die freie Hand an meiner Seite ballte sich zur Faust. »Mit Vergnügen sogar.«

Ich hatte Alisa angerufen, kaum dass ich es ins Auto geschafft hatte. Grayson war mir wortlos gefolgt und hatte sich neben mich auf den Rücksitz gesetzt. Ich hatte weder die Zeit noch Platz in meinem Kopf, um über seine Gegenwart an meiner Seite nachzudenken. Oren fuhr. Ich war stinksauer.

»Ich *habe* mich um ihn gekümmert«, versicherte Alisa mir. »Du und deine Schwester seid beide im Besitz einer einstweiligen Verfügung. Falls Drake auch nur den Versuch unternimmt, eine von euch zu kontaktieren oder sich euch aus irgendeinem Grund auf weniger als dreihundert Meter nähert, droht ihm eine Festnahme.«

Ich zwang meine Finger, sich aus der Faust zu lösen. »Warum steht er dann jetzt vor den Toren von Hawthorne House?«

Drake war hier. In Texas. Als Nash angerufen hatte, befand sich Libby sicher im Inneren des Hauses, aber Drake müllte ihr Handy mit Nachrichten und Anrufen zu und verlangte ein persönliches Treffen.

»Ich werde das regeln, Avery.« Alisa erholte sich beinahe augenblicklich. »Die Kanzlei hat einige Kontakte bei der örtlichen Polizei, die sich auf Diskretion verstehen.«

Diskretion stand im Moment nicht auf meiner Prioritätenliste. Meine oberste Priorität war Libby. »Weiß meine Schwester über die einstweilige Verfügung Bescheid?«

»Sie hat die Papiere unterschrieben.« Das war definitiv eine Absicherung. »Ich werde das regeln, Avery. Halt dich einfach bedeckt.« Sie legte auf, und ich ließ die Hand, die mein Smartphone hielt, in meinen Schoß sinken.

»Kannst du nicht schneller fahren?«, fragte ich Oren.

Libby hatte ihr eigenes Team an Sicherheitsleuten. Drake hatte nicht die geringste Chance, sie zu verletzen – nicht physisch.

»Nash ist bei deiner Schwester.« Grayson sprach zum ersten Mal, seit wir in den Wagen gestiegen waren. »Falls dieser Gentleman versuchen sollte, auch nur einen Finger an sie zu legen, wird mein Bruder, das versichere ich dir, seine Freude daran haben, diesen Finger zu entfernen.«

Ich war mir nicht sicher, ob Grayson davon sprach, besagten Finger von Libbys Körper zu entfernen … oder von Drakes Hand.

»Drake ist kein Gentleman«, klärte ich Grayson auf. »Und ich mache mir nicht nur Sorgen, dass er gewalttätig wird.« Ich machte mir Sorgen, dass er nett sein würde, dass er, statt seine Beherrschung zu verlieren, so lieb und zärtlich sein würde, dass sie anfangen würde, an dem verblassenden Veilchen unter ihrem Auge zu zweifeln.

»Wenn du dich besser damit fühlst, kann ich ihn vom Anwesen entfernen lassen«, bot Oren an. »Aber das könnte ein gefundenes Fressen für die Presse sein.«

Die Presse? In meinem Hirn machte es *Klick*. »Da waren keine Paparazzi vor dem Stiftungsgebäude.« Das war mir schon bei meiner Ankunft aufgefallen. »Sie sind alle vor Hawthorne House?«

Die Mauer, die das Anwesen umgab, würde die Presse vom Gelände fernhalten, aber es gab nichts, was sie davon abhalten konnte, sich legal auf einer öffentlichen Straße zu versammeln.

»Müsste ich wetten«, bemerkte Oren, »würde ich tippen, dass Drake gezielt ein paar Reporter angerufen hat, um sich diskret ein Publikum zu sichern.«

Da war nichts Diskretes an der Szene, die uns erwartete, als Oren an einer Horde von Reportern vorbei in die Zufahrt bog. Weiter vorne konnte ich Drakes Gestalt vor dem schmiedeeisernen Tor ausmachen. Zwei andere Männer standen in seiner Nähe. Selbst aus einiger Entfernung konnte ich ihre Polizeiuniformen erkennen.

Und nicht nur ich, sondern auch die Paparazzi.

So viel zur Diskretion von Alisas Freunden bei der Polizei. Ich knirschte mit den Zähnen und dachte schon daran, was für Schuldgefühle Drake Libby einreden würde, falls es zu Aufnahmen von ihm kam, wie er von den Cops die Zufahrt entlanggeschleift wurde.

»Halten Sie an!«, stieß ich hervor.

Oren hielt, dann drehte er sich auf seinem Platz zu mir um. »Ich möchte dir raten, in diesem Fahrzeug zu bleiben.« Das war kein Ratschlag. Das war ein Befehl.

Ich umfasste den Türgriff.

»Avery.« Orens Tonfall ließ mich abrupt innehalten. »Wenn du aussteigst, steige ich als Erster aus.«

Bei der Erinnerung an unsere kleine Unterredung heute früh beschloss ich, ihn nicht auf die Probe zu stellen.

Grayson neben mir löste ebenfalls seinen Gurt. Er griff mit sanfter Berührung nach meinem Handgelenk. »Oren hat recht. Du solltest da nicht rausgehen.«

Ich schaute hinab auf seine Hand, die auf meiner lag, und nach einem Herzschlag schaute ich wieder hoch. »Und was würdest du tun?«, entgegnete ich. »Wie weit würdest du gehen, um deine Familie zu beschützen?«

Damit hatte ich ihn und das wusste er nur zu gut. Er zog seine Hand zurück, so langsam, dass ich spürte, wie seine Fingerkuppen meine Knöchel streiften. Mein Atem ging nun schnell; ich öffnete die Tür und wappnete mich innerlich. Drake war die größte Story, welche die Presse über die Hawthorne-Erbin hatte, weil wir ihnen nichts Größeres gegeben hatten.

Noch nicht.

Mit gerecktem Kinn stieg ich aus dem Wagen. Schaut mich an. *Ich bin hier die Story.* Ich ging die Einfahrt entlang, zurück Richtung Straße. Ich trug Stiefel mit Absätzen und meinen karierten Faltenrock von der Country Day. Der Blazer schmiegte sich im Gehen um meinen Körper. Die neue Frisur. Das Make-up. Die Rolle.

Ich bin hier die Story. Die Gerüchte würden sich heute Abend nicht um Drake drehen. Die Augen der Welt würden nicht auf ihn gerichtet sein. Ich würde dafür sorgen, dass sie auf mir verweilten.

»Spontane Pressekonferenz?«, fragte Oren gepresst. »Als dein Bodyguard fühle ich mich verpflichtet, dich zu warnen, dass Alisa dich umbringen wird.«

Dieses Problem lag bei der zukünftigen Avery. Ich schwang mein perfekt gewelltes Haar nach hinten und straffte die Schultern. Das Gebrüll der Reporter, die meinen Namen riefen, wurde lauter, je näher wir kamen.

»Avery!«

»Avery, schau hier rüber!«

»Avery, was sagst du zu den Gerüchten über …?«

»Lächeln, Avery!«

Nun stand ich direkt vor ihnen. Ich hatte ihre Aufmerksamkeit. Oren neben mir hob eine Hand und einfach so verstummte die Menge.

Sag etwas. Ich muss irgendwas sagen.

»Ich … ähmmm …« Ich räusperte mich. »Das hier war eine große Veränderung.«

Ein paar leise Lacher ertönten. *Ich kann das schaffen.* In der Sekunde, als ich die Worte dachte, ließ mich das Universum schon für sie bezahlen. Hinter mir brach eine Prügelei zwischen Drake und den Cops aus. Ich sah, wie die Kameras sich von mir abwandten, sah die Teleobjektive, die das Geschehen vor dem Eingangstor heranzoomten.

Du sollst nicht nur quasseln. Erzähl ihnen eine Story. Bring sie dazu zuzuhören.

»Ich weiß, warum Tobias Hawthorne sein Testament geändert hat«, sagte ich laut.

Die Reaktion auf diese Aussage war geradezu elektrisierend. Mit gutem Grund. Das hier war die Story des Jahrzehnts – *die eine Sache,* die alle wissen wollten. »Ich weiß, warum er mich ausgewählt hat.« Ich zwang sie dazu, mich und nur mich anzuschauen. »Ich bin die Einzige, die es weiß. Ich kenne die Wahrheit.« Ich verkaufte diese Lüge auf Teufel komm raus. »Und wenn Sie auch nur ein Wort über dieses jämmerliche Exemplar der menschlichen Spezies hinter mir bringen – egal, wer von Ihnen –, werde ich es zu meinem erklärten Lebensziel machen, dafür zu sorgen, dass Sie es nie, *niemals* herausfinden.«

KAPITEL 44

Das Ausmaß dessen, was ich getan hatte, drang erst zu mir durch, als ich mich sicher im Inneren von Hawthorne House befand. *Ich habe der Presse gesagt, ich hätte Antworten, die sie haben wollen.* Es war das erste Mal, dass ich mit den Reportern gesprochen hatte, das erste richtige Bildmaterial, das irgendwer von mir hatte, und ich hatte nach Strich und Faden gelogen.

Oren hatte recht. Alisa würde mich umbringen.

Ich fand Libby in der Küche vor, umringt von Cupcakes. Buchstäblich Hunderten davon. Obwohl sie schon zu Hause eine Entschuldigungsbäckerin erster Güte gewesen war, hatte die Bereitstellung einer Küche von Industrieausmaßen mit Etagenbacköfen sie praktisch in nukleare Sphären katapultiert.

»Libby?« Ich näherte mich ihr zögernd.

»Glaubst du, ich sollte bei der nächsten Ladung eher Red Velvet oder gesalzenes Karamell machen?« Libby hielt mit beiden Händen einen Spritzbeutel fest. Blaue Haarsträhnen hatten sich aus ihrem Pferdeschwanz gelöst und klebten in ihrem Gesicht. Sie wich meinem Blick aus.

»Sie ist hier schon seit Stunden zugange«, klärte Nash mich auf. Er stand an einen Edelstahlkühlschrank gelehnt da, die Daumen in die Gürtelschlaufen seiner zerschlissenen Jeans gehakt. »Ungefähr genauso lange hat ihr Handy verrückt gespielt.«

»Sprich nicht über mich, als ob ich nicht da wäre.« Libby schaute von den Cupcakes auf, die sie gerade verzierte, und funkelte Nash aus zusammengekniffenen Augen an.

»Jawohl, Ma'am.« Nash lächelte ein breites, träges Lächeln. Ich fragte mich, wie lange er wohl schon bei ihr war – *warum* er bei ihr war.

»Drake ist fort«, sagte ich zu Libby, in der Hoffnung, dass Nash den Hinweis kapierte, dass er hier nicht mehr gebraucht wurde. »Ich habe mich darum gekümmert.«

»Eigentlich sollte ich mich um *dich* kümmern.« Libby strich unwirsch das Haar aus ihrem Gesicht. »Hör auf, mich so anzuschauen, Avery. Ich werde schon nicht zusammenklappen.«

»Natürlich nicht, Darling«, meldete sich Nash von seinem Platz am Kühlschrank.

»Du …« Libby schaute mit einem Aufflackern von Ärger in ihren Augen zu ihm. »Du hältst die Klappe.«

Ich hatte noch nie gehört, dass Libby jemals zu irgendwem gesagt hatte, er solle die Klappe halten, aber immerhin klang sie nicht zerbrechlich, verletzt oder so, als liefe sie Gefahr, Drake zu antworten. Ich dachte daran, was Alisa gesagt hatte, dass Nash Hawthorne einen ausgewachsenen Retterkomplex hegte.

»Klappe halten wird erledigt.« Nash griff sich einen Cupcake und nahm einen kräftigen Bissen, als wäre es ein Apfel. »Aber wenn wir schon dabei sind, ich plädiere für Red Velvet.«

Libby wandte sich zu mir. »Dann gibt es also gesalzenes Karamell.«

KAPITEL 45

Als Alisa mich an diesem Abend anrief, um mir die »Ich kann meinen Job nicht machen, wenn du mich nicht lässt«-Leviten zu lesen, ließ sie mich nicht zu Wort kommen. Nach einem knappen »Tschüss«, das eine Fortsetzung der Schelte versprach, setzte ich mich vor meinen Computer.

»Wie schlimm ist es wohl?«, fragte ich laut. Die Antwort, so stellte sich heraus, war Top-Schlagzeile-auf-allen-Newsseiten-schlimm.

Hawthorne-Erbin verbirgt Geheimnisse.

Was genau weiß Avery Grambs?

Ich erkannte mich auf den Bildern, die die Paparazzi geschossen hatten, kaum wieder. Das Mädchen auf den Fotos sah hübsch aus in ihrem gerechten Zorn. Sie sah so arrogant und gefährlich aus wie eine geborene Hawthorne.

Dabei fühlte ich mich nicht wie das Mädchen.

Ich erwartete eigentlich eine Nachricht von Max, die wissen wollte, was los sei, aber auch als ich ihr schrieb, antwortete sie nicht. Ich wollte schon meinen Laptop zuklappen, als mir einfiel, dass ich Max erzählt hatte, dass *Emily* so ein Allerweltsname sei und ich nicht wusste, was mit ihr geschehen war, da ich nicht nach ihr suchen konnte.

Doch nun kannte ich ihren Nachnamen. »Emily Laughlin«, sagte ich laut. Dann tippte ich ihren Namen in das Suchfeld und fügte noch *Heights*

Country Day School ein, um die Ergebnisse einzugrenzen. Mein Finger zögerte über der Eingabetaste. Nach einem langen Augenblick drückte ich den Abzug.

Ich tippte auf Enter.

Eine Traueranzeige erschien, aber das war es auch schon. Keine Nachrichtenbeiträge. Keine Artikel, die darauf schließen ließen, dass ein hübsches junges Mädchen aus der Gegend unter dubiosen Umständen zu Tode gekommen war. Keine Erwähnung von Grayson oder Jameson Hawthorne.

Die Traueranzeige enthielt ein Porträtfoto. Emily lächelte diesmal, statt zu lachen, und mein Gehirn sog all die Details auf, die mir zuvor entgangen waren. Ihr Haar war stufig geschnitten und sie trug es lang. Die Spitzen wellten sich hier und da, doch der Rest war seidenglatt. Ihre Augen waren zu groß für ihr Gesicht. Die Form ihrer Oberlippe ließ mich an ein Herz denken. Sie hatte zarte Sommersprossen.

Bumm. Bumm. Bumm.

Mein Kopf ruckte hoch, als ich den Lärm hörte, und ich knallte schnell meinen Laptop zu. Das Letzte, was ich wollte, war, dass jemand erfuhr, nach was ich gerade gesucht hatte.

Bumm. Dieses Mal tat ich mehr, als nur das Geräusch zu registrieren. Ich machte meine Nachttischlampe an, schwang die Beine aus dem Bett und ging darauf zu. Als ich den Kamin erreichte, war ich mir ziemlich sicher, wer sich auf der anderen Seite befand.

»Benutzt du eigentlich je die Tür?«, fragte ich Jameson, als ich den Kerzenhalter betätigt hatte, um den Durchgang zu öffnen.

Jameson hob eine Augenbraue und legte den Kopf schief. »Willst du denn, dass ich die Tür benutze?«

Ich hatte den Eindruck, als würde er mich damit fragen, ob ich denn wollte, dass er normal sei. Sofort musste ich daran denken, wie ich bei irrer Geschwindigkeit neben ihm gesessen hatte, und an die Kletterwand … an seine Hand, die nach meiner griff, um mich festzuhalten.

»Ich habe deine Pressekonferenz gesehen.« Jameson hatte wieder diesen Ausdruck im Gesicht – den, bei dem ich das Gefühl hatte, wir würden Schach spielen und er habe gerade einen Zug gemacht, der als Herausforderung betrachtet werden sollte.

»Das war nicht unbedingt eine Pressekonferenz, mehr eine schlechte Idee«, gab ich betreten zu.

»Habe ich dir je gesagt«, raunte Jameson und sah mich mit einem Blick an, der nur absichtsvoll sein konnte, »dass ich ganz verrückt nach schlechten Ideen bin?«

Als er hier auftauchte, war es mir erschienen, als hätte ich ihn mit meiner Suche nach Emilys Namen heraufbeschworen, aber nun sah ich diesen mitternächtlichen Besuch exakt als das, was er war: Jameson Hawthorne war hier, in meinem Schlafzimmer, bei Nacht. Ich trug nur einen Pyjama und sein Körper neigte sich meinem zu.

Nichts von alldem hier war Zufall.

Du bist keine Spielerin, Kleines. Du bist die gläserne Ballerina … oder das Messer.

»Was willst du, Jameson?« Mein Körper wollte auf ihn zustreben. Der vernünftige Teil von mir wollte zurückweichen.

»Du hast die Presse belogen.« Jameson blickte mich unverwandt an. Er blinzelte nicht, ich ebenfalls nicht. »Was du ihnen erzählt hast … das war doch eine Lüge, oder nicht?«

»Natürlich war es das.« Wenn ich gewusst hätte, warum Tobias Hawthorne mir sein Vermögen vermacht hatte, hätte ich ja nicht Seite an Seite mit Jameson zusammengearbeitet, um es herauszufinden.

Es hätte mir nicht den Atem verschlagen, als ich die Karte in der Stiftung sah.

»Bei dir ist das manchmal schwer zu sagen«, bemerkte Jameson. »Du bist nicht unbedingt ein offenes Buch.« Er richtete seinen Blick irgendwo auf die Höhe meiner Lippen. Sein Gesicht näherte sich Stück für Stück meinem.

Verliere nie dein Herz an einen Hawthorne.

»Bleib mir bloß vom Leibe«, sagte ich, doch selbst als ich zurücktrat, konnte ich etwas spüren … das gleiche Etwas, das ich gespürt hatte, als ich Grayson am Eingang zum Konferenzraum gestreift hatte.

Ein Etwas, das ich nicht spüren sollte … gegenüber keinem von beiden.

»Unsere Spritztour gestern hat sich ausgezahlt«, sagte Jameson. »Meinen Kopf durchzupusten ließ mich das Rätsel mit neuen Augen sehen. Frag mich, was ich über unsere Zweitnamen herausgefunden habe.«

»Das muss ich nicht«, entgegnete ich. »Ich habe es ebenfalls gelöst. *Blackwood, Westbrook, Davenport, Winchester.* Das sind nicht einfach nur Namen. Das sind Orte … oder zumindest die ersten beiden. Black Wood, der Wald im Norden. West Brook, der Bach im Westen.« Ich konzentrierte mich fest auf das Rätsel und nicht die Tatsache, dass mein Schlafzimmer nur von einer schummrigen Lampe erleuchtet war und wir zu nahe beieinanderstanden. »Ich weiß noch nicht, was es mit den anderen zwei auf sich hat, aber …«

»Aber …«, Jamesons Mundwinkel verzogen sich nach oben, seine Zähne blitzten auf, »… du wirst es herausfinden.« Er senkte seine Lippen auf Höhe meines Ohrs. »*Wir* werden es herausfinden, Erbin.«

Es gibt kein wir. *Nicht wirklich. Ich bin für dich ein Mittel zum Zweck.* Das war es, was ich glaubte. Tat ich wirklich, doch was ich sagte, war: »Lust auf einen Spaziergang?«

KAPITEL 46

Das war nicht bloß ein Spaziergang und wir beide wussten es. »Der Wald ist riesig. Irgendwas darin zu finden, wird unmöglich sein, wenn wir nicht wissen, wonach wir suchen.« Jameson passte seine Schritte langsam und gleichmäßig an mein Tempo an. »Der Bach ist da schon einfacher. Er zieht sich fast an der gesamten Länge des Grundstücks entlang, aber so wie ich meinen Großvater kannte, suchen wir nicht nach etwas im Wasser. Wir suchen nach etwas auf – oder unter – der Brücke.«

»Welche Brücke?«, fragte ich. Ich erhaschte eine Bewegung aus meinem Augenwinkel. *Oren*. Er hielt sich abseits in der Dunkelheit, aber er war da.

»Die Brücke«, antwortete Jameson, »wo mein Großvater meiner Großmutter den Antrag gemacht hat. Sie befindet sich in der Nähe vom Wayback Cottage. Damals, ganz am Anfang, war das alles, was mein Großvater besaß. Als sein Imperium wuchs, kaufte er nach und nach das Land drum herum auf. Er baute Hawthorne House, hielt aber immer das Cottage in Schuss.«

»Und heute leben dort die Laughlins«, sagte ich, wobei ich mir die Karte in Erinnerung rief. »Emilys Großeltern.« Ich fühlte mich schlecht, überhaupt ihren Namen zu erwähnen, aber das hielt mich nicht davon ab, seine Reaktion zu beobachten. *Hast du sie geliebt? Wie ist sie gestorben? Warum gibt Thea eurer Familie die Schuld?*

Jamesons Mund zuckte leicht. »Xander meinte schon, du hättest mit Rebecca gesprochen«, sagte er schließlich.

»Niemand an der Schule redet mit ihr«, murmelte ich.

»Kleine Korrektur«, erwiderte Jameson. »Rebecca redet mit niemandem an der Schule. Schon seit Monaten nicht.« Er verfiel einen Moment in Schweigen, das Geräusch unserer Schritte übertönte alles andere. »Rebecca war immer die Schüchterne. Die Verantwortungsbewusste. Sie war diejenige, von der ihre Eltern erwarteten, dass sie die vernünftigen Entscheidungen trifft.«

»Nicht Emily«, ergänzte ich das, was er nicht sagte.

»Emily …« Jameson klang anders, als er ihren Namen sagte. »Emily wollte einfach nur Spaß haben. Sie hatte eine angeborene Herzerkrankung. Ihre Eltern waren krass überbehütend. Sie ließen sie als Kind nie etwas tun. Mit dreizehn bekam sie eine Herztransplantation und danach wollte sie einfach nur *leben*.«

Nicht *über*leben. Es nicht einfach nur irgendwie schaffen, sondern richtig leben. Ich dachte an das Bild und wie sie in die Kamera gelacht hatte, wild und frei und ein bisschen zu verschmitzt, so als hätte sie, als das Foto gemacht wurde, gewusst, dass wir es uns später alle anschauen würden. *Sie* anschauen.

Ich dachte auch daran, wie Skye ihren Sohn Jameson beschrieben hatte: *hungrig*.

»Hast du sie auch zum Autofahren mitgenommen?«, fragte ich. Hätte ich die Frage zurücknehmen können, hätte ich es getan, doch so hing sie zwischen uns in der Luft.

»Es gibt *nichts*, was Emily und ich nicht getan haben.« Jameson sprach, als hätte man ihm jedes Wort einzeln abgerungen. »Wir waren gleich.« Dann korrigierte er sich. »Ich glaubte, wir wären gleich.«

Mir fiel ein, was Grayson gesagt hatte: Dass Jameson auf Extreme aus war. *Angst. Schmerz. Freude.* Was von dem war Emily für ihn gewesen?

»Was ist ihr denn zugestoßen?«, fragte ich. Meine Internetsuche hatte keine Antworten geliefert. Bei Thea hatte es so geklungen, als läge die Schuld irgendwie bei den Hawthornes, so als wäre Emily gestorben, *weil* sie so viel Zeit in Hawthorne House verbracht hatte. »Hat sie in dem Cottage gewohnt?«

Jameson ignorierte meine zweite Frage und beantwortete die erste. »Grayson ist ihr zugestoßen.«

In dem Moment, als ich Emilys Namen in Graysons Gegenwart ausgesprochen hatte, war mir klar gewesen, dass sie ihm was bedeutet hatte. Aber Jameson hatte ziemlich eindeutig klargestellt, dass er derjenige war, der was mit ihr hatte. *Es gibt* nichts, *was Emily und ich nicht getan haben.*

»Was meinst du damit, Grayson ist ihr zugestoßen?«, wollte ich von Jameson wissen. Ich warf einen Blick zurück, konnte Oren jedoch nicht mehr sehen.

»Lass uns ein Spiel spielen«, sagte Jameson düster, wobei sein Tempo eine Spur zunahm, als wir einen Hügel erreichten. »Ich werde dir jetzt eine Wahrheit über mein Leben verraten und zwei Lügen, und es ist an dir zu entscheiden, was davon was ist.«

»Sollten es nicht eigentlich zwei Wahrheiten und eine Lüge sein?«, fragte ich. Ich war zu Hause womöglich nicht auf vielen Partys gewesen, aber auch ich war nicht in einer Höhle aufgewachsen.

»Welchen Spaß soll es bitte machen«, gab Jameson zurück, »nach den Regeln anderer Leute zu spielen?« Er sah mich an, als erwartete er von mir, das zu verstehen.

Ihn zu verstehen.

»Fakt Nummer eins«, begann er. »Ich wusste, was im Testament meines Großvaters stand, lange bevor du hier aufgetaucht bist. Fakt Nummer zwei: Ich war derjenige, der Grayson losgeschickt hat, um dich zu holen.«

Wir erreichten die Hügelkuppe und ich konnte ein Gebäude in einiger Entfernung ausmachen. Ein Cottage. Und zwischen dem Cottage und uns eine Brücke.

»Fakt Nummer drei«, sagte Jameson, der einen Herzschlag lang reglos dastand wie eine Statue. »Ich habe Emily Laughlin sterben sehen.«

KAPITEL 47

Ich ließ mich nicht auf Jamesons Spiel ein. Ich rätselte nicht, was von den Dingen, die er gerade gesagt hatte, wahr war. Aber es gab nichts misszuverstehen an der Art, wie sein Hals sich zugeschnürt hatte, als er diese letzten Worte gesagt hatte.

Ich habe Emily Laughlin sterben sehen.

Das verriet mir nicht, *was* ihr zugestoßen war. Es erklärte nicht, *warum* er mir gesagt hatte, dass *Grayson* ihr zugestoßen war.

»Sollen wir unsere Aufmerksamkeit nun der Brücke zuwenden, Erbin?« Jameson drängte mich nicht zu raten. Ich war mir nicht sicher, ob er es überhaupt gewollt hätte.

Ich zwang meinen Blick auf die Szenerie vor uns. Es war malerisch, und es gab hier weniger Bäume, die das Mondlicht abschirmten. Ich konnte den Bogen ausmachen, in dem sich die Brücke über den Bach wölbte, jedoch nicht das Wasser darunter. Die Brücke war aus Holz, mit kunstvoll geschnitzten Geländern und Balustraden, die aussahen, als wären sie sorgfältig von Hand gearbeitet worden. »Hat dein Großvater die selbst gebaut?«

Ich hatte Tobias Hawthorne nie getroffen, aber allmählich bekam ich das Gefühl, ihn zu kennen. Er war überall – in diesem Rätsel, in dem Haus, in den Jungs.

»Ich weiß nicht, ob er sie gebaut hat.« Jameson ließ ein breites Grinsen sehen, wobei seine Zähne im Mondschein glänzten. »Aber wenn wir mit unserer Vermutung richtigliegen, dann hat er so gut wie sicher was *hineing*ebaut.«

Jameson erwies sich als Meister der Verstellung – tat so, als hätte ich ihn nie nach Emily gefragt, tat so, als hätte er mir nicht gerade erzählt, dass er sie hatte sterben sehen.

Tat so, als bliebe das, was nach Mitternacht geschah, im Dunkeln.

Er spazierte über die Brücke und ich folgte ihm. Sie war alt und etwas knarzig, aber grundsolide. Als Jameson das andere Ende erreichte, ging er den Weg wieder zurück, die Hände seitlich ausgestreckt, wobei seine Finger leicht über das Geländer strichen.

»Irgendeine Idee, wonach wir suchen?«, fragte ich.

»Das werde ich wissen, wenn ich es sehe.« Er hätte genauso gut sagen können: *Wenn ich es sehe, werde ich es dich wissen lassen.* Er hatte gesagt, dass er und Emily gleich gewesen wären, und ich wurde das Gefühl nicht los, dass er von ihr nicht erwartet hätte, passive Teilnehmerin zu bleiben. Er hätte sie nicht bloß behandelt wie ein weiteres Puzzlestück des Spiels, das am Anfang ausgeteilt wurde, um sich gegen Ende als nützlich zu erweisen.

Ich bin ein Mensch. Ich bin kompetent. Ich bin hier. Ich spiele mit. Ich zog mein Handy aus der Jackentasche und schaltete die Taschenlampe ein. Langsam ging ich über die Brücke zurück, wobei ich den Lichtstrahl auf das Geländer richtete, um nach Kerben oder einer Schnitzerei zu suchen … irgendetwas. Meine Augen registrierten die Nägel im Holz, zählten sie, maßen im Geist die Abstände zwischen jedem einzelnen.

Als ich mit dem Geländer fertig war, ging ich in die Hocke und inspizierte jede Säule der Brücke. Jameson tat auf der anderen Seite das Gleiche. Es fühlte sich beinahe an, als würden wir tanzen – ein merkwürdiger Mitternachtstanz für zwei.

Ich bin hier.

»Ich werde es wissen, wenn ich es sehe«, sagte Jameson erneut, irgendwo zwischen einem Mantra und einem Versprechen.

»Oder vielleicht ich.« Ich richtete mich auf.

Jameson sah zu mir hoch. »Manchmal, Erbin«, sagte er nun, »braucht man einfach nur einen anderen Blickwinkel.«

Er machte einen Satz, und bevor ich mich's versah, stand er auf dem Geländer. Ich konnte das Wasser darunter nicht ausmachen, aber ich konnte es hören. Die nächtliche Luft war vollkommen still, bis Jameson anfing zu gehen.

Es war, als würde ich ihn erneut auf dem Balkon herumbalancieren sehen.

Die Brücke ist nicht so hoch. Das Wasser ist wahrscheinlich nicht allzu tief. Ich richtete meine Taschenlampe auf ihn, wobei ich mich aus der Hocke aufrichtete. Die Brücke unter mir ächzte.

»Wir müssen drunter nachschauen«, sagte Jameson. Er kletterte auf die andere Seite des Geländers und balancierte auf der Kante. »Pack mal meine Beine«, wies er mich an, doch bevor ich darüber nachdenken konnte, wo ich sie packen sollte oder was er vorhatte, überlegte er es sich anders. »Nein, ich bin zu groß. Du wirst mich fallen lassen.« Im Nu war er über das Geländer zurückgeklettert. »Ich werde dich festhalten müssen.«

Es hatte nach dem Tod meiner Mutter viele Dinge gegeben, die ich zum ersten Mal getan hatte und um die ich schlicht nicht herumgekommen war. Erstes Date. Erster Kuss. Erstes Mal. Aber diese besondere Premiere hier – mich von einem Jungen von einer Brücke baumeln zu lassen, der gerade erst gestanden hatte, seine letzte Freundin sterben gesehen zu haben – stand nicht unbedingt auf meiner To-do-Liste.

Wenn sie bei dir war, warum sagst du dann, dass Grayson ihr zugestoßen ist?

»Lass dein Handy nicht fallen«, ermahnte mich Jameson. »Und ich lasse dich nicht fallen.«

Seine Hände waren gegen meine Hüften gestemmt. Ich befand mich kopfüber, meine Beine zwischen den Säulen des Geländers, während mein Oberkörper über den Brückenrand hing. Falls er losließ, hätte ich ein Problem.

Das Baumel-Spiel, konnte ich beinahe meine Mom verkünden hören.

Jameson verlagerte seinen Körper, um als Gegengewicht für meinen zu dienen. *Sein Knie berührt meines. Seine Hände sind auf mir.* Ich war mir meines eigenen Körpers, meiner eigenen Haut bewusster, als ich mich je entsinnen konnte.

Nicht spüren. Nur schauen. Ich richtete mein Licht auf die Unterseite der Brücke. Jameson ließ nicht los.

»Und, siehst du was?«

»Dunkle Flecken«, erwiderte ich. »Ein paar Algen.« Ich drehte mich etwas und wölbte leicht meinen Rücken. Das Blut schoss mir in den Kopf. »Die Bretter auf der Unterseite sind nicht dieselben, die man oben sehen kann«, bemerkte ich. »Es gibt mindestens zwei Schichten Holz.« Ich zählte die Bretter. *Einundzwanzig.* Ich nahm mir noch ein paar Sekunden, um mich zu vergewissern, wie genau die Bretter auf den Stützbalken trafen, dann rief ich nach oben: »Hier ist nichts, Jameson. Zieh mich hoch.«

Es gab einundzwanzig Bretter unter der Brücke und, basierend auf der Zählung, die ich gerade beendet hatte, einundzwanzig auf der Oberfläche. Alles stimmte. Nichts fehlte. Jameson ging auf und ab. Ich selbst konnte besser denken, wenn ich stillstand.

Oder zumindest hätte ich besser im Stehen denken können, wenn ich ihm nicht beim Auf- und Abgehen zugeschaut hätte. Er hatte eine Art, sich zu bewegen … diese unbeschreibliche Energie, diese unheimliche Eleganz. »Es wird spät«, sagte ich und wandte meinen Blick ab.

»Es war immer spät«, entgegnete Jameson. »Wenn du dich in einen Kürbis hättest zurückverwandeln sollen, wäre das schon geschehen, Cinderella.«

Ein neuer Tag, ein neuer Spitzname. Ich wollte nichts hineininterpretieren … ich war mir nicht mal sicher, *was* ich da reininterpretieren sollte. »Wir haben morgen Schule«, erinnerte ich ihn.

»Ja, vielleicht.« Jameson erreichte das Ende der Brücke, drehte sich um und spazierte zurück. »Vielleicht auch nicht. Du kannst nach den Regeln spielen – oder du kannst sie aufstellen. Ich weiß, was davon ich bevorzuge, Erbin.«

Was davon Emily bevorzugte. Ich konnte mich nicht davon abhalten, in Gedanken zu ihr zurückzukehren. Ich versuchte, mich auf den Moment zu konzentrieren, auf das Rätsel vor unserer Nase. Die Brücke knarzte. Jameson schritt weiter. Ich klärte meine Gedanken. Und die Brücke knarzte erneut.

»Warte.« Ich neigte den Kopf zur Seite. »Halt.« Erstaunlicherweise folgte Jameson meinem Befehl. »Geh zurück. Langsam.« Ich wartete, und ich lauschte … und dann hörte ich das Knarzen erneut.

»Es ist immer das gleiche Brett.« Jameson gelangte gleichzeitig zu dem Schluss wie ich. »Jedes Mal.« Er ging in die Hocke, um einen besseren Blick darauf zu haben. Ich kniete mich ebenfalls hin. Das Brett sah nicht anders aus als die anderen. Ich fuhr mit den Fingern darüber, tastete nach irgendwas … ich war nicht mal sicher, nach was.

Jameson neben mir tat das Gleiche. Er streifte mich. Ich gab mir Mühe, nichts zu spüren, und erwartete, dass er zurückweichen würde, doch stattdessen glitten seine Finger zwischen meine, sodass sich unsere Hände flach auf dem Brett verschränkten.

Er drückte.

Ich tat das Gleiche.

Das Brett knarrte. Ich lehnte mich darauf, und Jameson begann damit, unsere Hände ganz langsam von einer Seite des Bretts zur anderen zu drehen.

»Es bewegt sich.« Meine Augen huschten zu ihm hoch. »Nur ein bisschen.«

»Ein bisschen reicht nicht.« Er zog seine Finger sachte von meinen zurück, federleicht und warm. »Wir suchen nach einem Riegel … irgendwas, was das Brett davon abhält, sich ganz zu drehen.«

Endlich fanden wir es: kleine Knoten im Holz, wo das Brett an das Geländer grenzte. Jameson nahm den links. Ich nahm den auf der rechten Seite. Mit einer synchronen Bewegung drückten wir. Ein Ploppen ertönte. Als wir uns in der Mitte trafen und ein weiteres Mal an dem Brett herumdrückten, war es schon lockerer. Gemeinsam drehten wir es herum, bis die Unterseite des Bretts nach oben schaute.

Ich schien mit meiner Taschenlampe auf das Holz. Jameson tat das Gleiche mit seiner. In die Oberfläche des Holzes geschnitzt befand sich ein Symbol.

»Unendlichkeit«, sagte Jameson, wobei er mit dem Daumen über die Rille fuhr.

Ich drehte den Kopf seitlich und entschied mich für die pragmatischere Sichtweise. »Oder eine Acht.«

KAPITEL 48

Der Morgen kam viel zu früh. Irgendwie schaffte ich es, mich aus dem Bett zu schleppen und anzuziehen. Ich rang innerlich mit mir, ob ich Haar und Make-up auslassen sollte, doch dann fiel mir ein, was Xander darüber gesagt hatte, die Geschichte selbst zu erzählen, sodass es niemand anderes für einen tat.

Nach dem, was ich am Tag davor mit der Presse abgezogen hatte, konnte ich es mir nicht leisten, Schwäche zu zeigen.

Kaum dass ich meine persönliche Kriegsbemalung beendet hatte, klopfte es an der Tür. Ich öffnete und sah die Hausangestellte, von der Alisa mir erzählt hatte, dass sie »zu Nash gehöre«. Sie trug ein Frühstückstablett. Mrs Laughlin hatte seit meinem ersten Morgen auf Hawthorne House keines mehr hochgeschickt.

Ich fragte mich, was ich getan hatte, um dieses hier zu verdienen.

»Unser Team reinigt dienstags das Haus von oben bis unten«, informierte mich die Angestellte, als sie das Tablett abgestellt hatte. »Wenn es für Sie in Ordnung ist, fange ich im Bad an.«

»Lassen Sie mich nur schnell mein Handtuch aufhängen«, sagte ich, doch die Frau sah mich an, als hätte ich die Absicht verkündet, direkt vor ihr eine Runde Nackt-Yoga einzulegen.

»Sie können Ihre Badetücher auf dem Boden liegen lassen. Wir werden sie ohnehin waschen.«

Das fühlte sich einfach nur falsch an. »Ich bin Avery«, stellte ich mich vor, obwohl sie ganz bestimmt auch meinen Vornamen kannte. »Wie heißen Sie?«

»Mellie.« Mehr gab sie nicht preis.

»Danke schön, Mellie.«

Sie blickte mich ratlos an.

»Für Ihre Hilfe.« Ich dachte an die Tatsache, dass Tobias Hawthorne Fremde prinzipiell so gut es ging aus Hawthorne House rausgehalten hatte. Und doch kam jeden Dienstag ein ganzes Team rein, um zu putzen. Es hätte mich nicht weiter wundern dürfen. Vielmehr hätte es mich wundern müssen, dass die Crew in diesem Riesenhaus nicht jeden Tag putzte. *Und doch ...*

Ich durchquerte den Flur zu Libbys Zimmer, da ich wusste, dass sie als Einzige verstehen würde, wie surreal und unangenehm sich das hier anfühlte. Ich klopfte leise, für den Fall, dass sie noch schlief, und die Tür schwang lautlos nach innen auf, gerade so weit, dass ich einen Sessel und einen Polsterhocker sehen konnte ... sowie den Mann, der beides besetzte.

Nash Hawthornes lange Beine waren auf dem Hocker ausgestreckt, immer noch in Stiefeln. Ein Cowboyhut bedeckte sein Gesicht.

Er schlief.

Im Zimmer meiner Schwester.

Nash Hawthorne schlief im Zimmer meiner Schwester.

Mir entfuhr ein unfreiwilliger Laut und ich trat zurück. Nash rührte sich, richtete sich auf und sah mich. Mit dem Hut in der Hand schwang er sich vom Sessel und gesellte sich zu mir in den Flur.

»Was tust du denn in Libbys Zimmer?«, wollte ich von ihm wissen. Er war zwar nicht in ihrem Bett gewesen, aber immerhin. Warum zur Hölle hielt der älteste Hawthorne-Bruder nachts bei meiner Schwester Wache?

»Sie macht gerade einiges durch«, erklärte er, als wäre das eine Neuigkeit für mich. Als wäre nicht ich diejenige, die Drake am Vortag abgefertigt hatte.

»Libby ist nicht eins deiner Projekte«, entgegnete ich. Ich hatte keine Ahnung, wie viel Zeit die beiden die letzten paar Tage zusammen verbracht hatten. In der Küche hatte sie sich scheinbar über ihn geärgert. *Libby wird nie ärgerlich. Sie ist ein strahlender Gothic-Sonnenschein.*

»Projekte?« Nash verengte die Augen zu Schlitzen. »Was genau hat Lee-Lee dir erzählt?«

Seine anhaltende Verwendung eines Spitznamens für meine Anwältin diente nur dazu, mir in Erinnerung zu rufen, dass die beiden verlobt gewesen waren. *Er ist Alisas Ex. Er hat wer weiß wie viele Mitglieder des Personals hier gerettet. Und er hat die Nacht im Schlafzimmer meiner Schwester verbracht.*

Das konnte gar kein gutes Ende nehmen. Doch bevor ich das sagen konnte, kam Mellie aus meinem Zimmer. Sie konnte unmöglich schon mit dem Bad fertig sein, also musste sie uns gehört haben. Beziehungsweise Nash.

»Morgen«, begrüßte er sie.

»Guten Morgen«, erwiderte sie mit einem Lächeln. Dann fiel ihr Blick auf mich, auf Libbys Zimmer, auf die offene Tür … und das Lächeln erstarb.

KAPITEL 49

Oren erwartete mich mit einem Becher Kaffee am Auto. Er verlor kein Wort über mein kleines Abenteuer mit Jameson in der Nacht zuvor, und ich fragte auch nicht, wie viel davon er beobachtet hatte. Als er die Wagentür öffnete, beugte er sich zu mir runter. »Sag nicht, ich hätte dich nicht gewarnt.«

Ich hatte keine Ahnung, wovon er sprach, bis ich registrierte, dass Alisa vorne auf dem Beifahrersitz saß. »Du siehst etwas sediert aus heute Morgen«, bemerkte sie.

Sediert hieß in diesem Fall wohl: *deutlich weniger aufgedreht und somit wahrscheinlich weniger Gefahr laufend einen Presseskandal auszulösen.* Unwillkürlich fragte ich mich, mit welchem Wort sie wohl die Szene beschrieben hätte, über die ich in Libbys Zimmer gestolpert war.

Das ist nicht gut, gar nicht gut.

»Ich hoffe, du hast für dieses Wochenende keine Pläne, Avery«, sagte Alisa, als Oren den Motor startete. »Und auch nicht das nächste.« Weder Jameson noch Xander hatten sich uns angeschlossen, was bedeutete, dass ich keinerlei Puffer hatte, dabei war Alisa sichtlich angepisst.

Meine Anwältin kann mir aber keinen Hausarrest verpassen, oder?, überlegte ich.

»Ich hatte gehofft, dich etwas länger aus dem Licht der Öffentlichkeit raushalten zu können«, fuhr Alisa betont spitz fort, »aber da dieser

Plan gründlich schiefgegangen ist, wirst du diesen Samstag einer Brustkrebs-Benefizveranstaltung beiwohnen und nächsten Samstag ein Spiel besuchen.«

»Ein Spiel?«, wiederholte ich.

»National Football League«, erwiderte sie knapp. »Die Mannschaft gehört dir. Meine Hoffnung ist, dass ein paar soziale Hochglanz-Auftritte fürs Erste genug Futter für die Klatschpresse bieten, damit wir dein erstes richtiges Interview so weit hinausschieben können, bis wir dir ein ordentliches Medientraining verpasst haben.«

Ich war gerade noch dabei, die NFL-Bombe zu verdauen, als das Wort Medientraining mir schon den nächsten Angstkloß im Hals bescherte.

»Muss ich denn …?«

»Ja«, antwortete Alisa. »Ja zur Spendengala dieses Wochenende, Ja zum Spiel nächstes Wochenende, Ja zum Training.«

Ich gab keinen weiteren Mucks von mir, um mich zu beschweren. Ich hatte dieses Feuer entfacht – und Libby beschützt –, wohl wissend, dass ich früher oder später die Zeche würde zahlen müssen.

Ich kassierte so viele Blicke, als wir an der Schule eintrafen, dass ich mich schon fragte, ob ich die letzten zwei Tage an der Heights Country Day geträumt hatte. Das hier war eigentlich, was ich an meinem ersten Tag erwartet hatte. Und genau wie an jenem Tag war es abermals Thea, die als Erste auf mich zukam.

»Da hast du dir aber was geleistet«, sagte sie in einem Tonfall, der durchschimmern ließ, dass meine gestrige Aktion genauso ungezogen wie herrlich war. Unerklärlicherweise kehrten meine Gedanken dabei zu Jameson und dem Moment auf der Brücke zurück, als seine Finger sich mit meinen verschränkt hatten. »Weißt du wirklich, warum Tobias Hawthorne dir alles hinterlassen hat?«, fragte sie mit leuchtenden Augen. »Die ganze Schule redet über nichts anderes.«

»Die ganze Schule kann reden, was sie will.«

»Du magst mich nicht besonders«, bemerkte Thea. »Das ist okay. Ich bin eine überehrgeizige, bisexuelle Perfektionistin, die gerne gewinnt und auch so aussieht. Es ist mir nicht fremd, dass man mich hasst.«

Ich verdrehte die Augen. »Ich hasse dich nicht.« Ich kannte sie nicht gut genug, um sie zu hassen.

»Das ist gut«, erwiderte Thea mit einem selbstzufriedenen Lächeln, »denn wir werden nun viel mehr Zeit miteinander verbringen. Meine Eltern verreisen für eine Weile. Sie scheinen zu glauben, dass ich, mir selbst überlassen, etwas Ungutes veranstalten könnte, also wohne ich ab sofort bei meinem Onkel. Soweit mir bekannt ist, haben er und Zara sich in Hawthorne House eingerichtet. Ich schätze mal, sie sind noch nicht ganz bereit, die familiäre Heimstätte einer Fremden zu überlassen.«

Zara hatte auf nett gemacht – oder zumindest *netter*. Aber ich hatte keine Ahnung gehabt, dass sie eingezogen war. Andrerseits war Hawthorne House so riesig, dass ein komplettes Baseballteam dort leben könnte und ich womöglich nichts davon mitbekäme.

Soviel ich mittlerweile wusste, sogar mein *eigenes* Baseballteam.

»Warum solltest du in Hawthorne House bleiben wollen?«, fragte ich Thea. Sie war diejenige, die mich davor gewarnt hatte.

»Entgegen dem weltläufigen Glauben tue ich nicht immer das, was ich will.« Thea schwang ihr dunkles Haar über die Schulter. »Und außerdem war Emily meine beste Freundin. Nach allem, was letztes Jahr passiert ist, bin ich immun gegen den Charme der Hawthorne-Brüder.«

KAPITEL 50

Als ich Max endlich erreichte, war sie nicht in Plauderstimmung. Ich konnte ihr anhören, dass etwas nicht stimmte, aber nicht was. Sie hatte kein einziges verdecktes Schimpfwort zum Thema »Theas Einzug« zu teilen, und sie hielt unseren Austausch kurz und bündig, ohne auch nur einen Kommentar zum Körperbau der Hawthorne-Brüder abzugeben. Ich fragte, ob alles okay sei. Sie sagte, sie müsse auflegen.

Xander hingegen war mehr als gewillt, die Thea-Entwicklung durchzukauen. »Wenn Thea hier ist«, sagte er mir an diesem Nachmittag, wobei er die Stimme senkte, als hätten die Wände von Hawthorne House Ohren, »dann führt sie etwas im Schilde.«

»Mit *sie* meinst du Thea?«, fragte ich betont. »Oder deine Tante?«

Zara hatte mich in der Stiftung mit Grayson zusammengeworfen und nun ließ sie Thea im Haus einziehen. Ich merkte durchaus, wenn ein Gegner das Spielfeld absteckte, auch wenn ich die Strategie dahinter noch nicht erkennen konnte.

»Du hast recht«, sagte Xander. »Ich habe ernsthafte Zweifel, dass Thea sich freiwillig gemeldet hat, um Zeit mit unserer Familie zu verbringen. Es ist durchaus möglich, dass sie sich inbrünstig wünscht, Geier mögen sich an meinen Eingeweiden gütlich tun.«

»Deinen?«, entgegnete ich. Theas Probleme mit den Hawthorne-Brüdern schienen sich um Emily gedreht zu haben – und das bedeutete, so hatte ich zumindest angenommen, um Jameson und Grayson. »Was hast du denn getan?«

»Es ist eine Geschichte«, erwiderte Xander mit einem tiefen Seufzen, »die eine schicksalhafte Liebe, einen falschen Verehrer, Tragik, Sühne … und womöglich Geier beinhaltet.«

Ich dachte erneut daran, Xander nach Rebecca Laughlin zu fragen. Er hatte mich an der Schule nicht darüber aufgeklärt, dass sie Emilys Schwester war. Er hatte nur fast genau die gleichen Worte gemurmelt, die er gerade auch auf Thea bezogen gesagt hatte.

Xander ließ mich nicht lange grübeln. Stattdessen schleppte er mich fort zu seinem, wie er erklärte, viertliebsten Raum im Haus. »Wenn du bald von Frau zu Frau gegen Thea antreten willst«, erklärte er mir, »musst du vorbereitet sein.«

»Ich werde ganz bestimmt gegen niemanden antreten«, sagte ich entschieden.

»Es ist wirklich süß, dass du das glaubst.« Xander blieb an einer Ecke stehen, wo ein Flur auf einen anderen traf. Er streckte sich mit seinen ganzen ein Meter neunzig nach oben, um eine Zierleiste zu berühren, welche an der Kante entlang hochlief. Er musste irgendeine Art Hebel gedrückt haben, denn schon zog er die Leiste zu uns herab, wodurch er einen Spalt dahinter enthüllte. Er schob die Hand hinter die Leiste und einen Moment später schwang ein Wandabschnitt in unsere Richtung auf wie eine Tür.

Ich würde mich *niemals* an das gewöhnen.

»Willkommen in … meinem Bau!« Xander klang hocherfreut, diese Worte sagen zu können.

Ich trat in seinen »Bau« und sah … *eine Maschine? Apparatur* wäre wohl die korrektere Bezeichnung gewesen. Es gab Dutzende von Zahnrädern, Riemenscheiben und Ketten, eine komplizierte Abfolge von miteinander verbundenen Schrägen, mehrere Eimer, zwei Förderbänder, eine Schleuder, einen Vogelkäfig, vier Windräder und mindestens vier Ballons.

»Ist das da ein Amboss?« Ich runzelte die Stirn und beugte mich vor, um besser zu sehen.

»Das«, verkündete Xander stolz, »ist eine Rube-Goldberg-Maschine. Wie der Zufall so will, bin ich dreifacher Weltmeister im Konstruieren von Maschinen, die ganz simple Dinge auf übermäßig komplizierte Weise tun.« Er reichte mir eine Murmel. »Leg die in das Windrad.«

Das tat ich. Das Windrad begann sich zu drehen, blies einen Ballon auf, der einen Eimer umwarf …

Während ich zusah, wie ein Mechanismus den nächsten auslöste, betrachtete ich den jüngsten der Hawthorne-Brüder aus dem Augenwinkel. »Was hat das denn mit Theas Einzug zu tun?«

Er hatte mir gesagt, ich müsse vorbereitet sein, und mich dann hergebracht. Sollte das eine Art Metapher sein? Eine Warnung, dass Theas Handlungen kompliziert wirken mochten, auch wenn das Ziel ganz einfach war? Ein Einblick in Theas Auftrag?

Xander warf mir einen Blick von der Seite zu und grinste. »Wer sagte denn, dass das hier irgendwas mit Thea zu tun hat?«

KAPITEL 51

Zu Ehren von Theas Besuch bereitete Mrs Laughlin an diesem Abend ein Roastbeef zu, das förmlich auf der Zunge zerging. Dazu orgiastisches Kartoffelpüree mit feiner Knoblauchnote, gegrilltem Spargel, Brokkoliröschen sowie drei verschiedene Sorten Crème brulée.

Ich konnte mir nicht helfen, aber ich hatte den Eindruck, dass es doch sehr aufschlussreich war, dass Mrs Laughlin sämtliche Register für Thea gezogen hatte, aber nie für mich.

Während ich mir Mühe gab, nicht kleinlich zu erscheinen, nahm ich zu dem offiziellen Abendessen im Speisezimmer Platz, das stattdessen wohl eher den Namen *Bankettsaal* verdient hätte. Die massive Tafel war für elf Personen gedeckt. Ich listete die Teilnehmer dieses kleinen Familiendinners auf: vier Hawthorne-Brüder, Skye, Zara und Constantine, Thea, Libby, Nan. Und ich.

»Thea«, sagte Zara mit fast zu lieblicher Stimme, »wie läuft es mit dem Feldhockey?«

»Wir sind diese Saison ungeschlagen.« Thea wandte sich zu mir. »Hast du schon entschieden, welche Sportart du belegen möchtest, Avery?«

Ich schaffte es, mir ein Prusten zu verkneifen, wenn auch nur knapp. »Ich treibe keinen Sport.«

»Jeder an der Country Day treibt einen Sport«, informierte mich Xander, bevor er sich den Mund mit Roastbeef vollstopfte. Seine Augen verdrehten sich vor Verzücken gen oben, während er kaute. »Tatsächlich ist es eine echte schulische Anforderung und kein Produkt von Theas herrlich rachsüchtiger Fantasie.«

»Xander«, ermahnte Nash ihn.

»Ich habe gesagt, dass sie *herrlich* rachsüchtig sei«, erwiderte Xander unschuldig.

»Wenn ich ein Junge wäre«, sagte Thea mit dem Lächeln einer Südstaatenschönheit, »würden die Leute mich nur *engagiert* nennen.«

»Thea.« Constantine bedachte sie mit einem Stirnrunzeln.

»Ach, stimmt.« Thea betupfte sich die Lippen mit ihrer Stoffserviette. »Kein Feminismus am Esstisch.«

Dieses Mal konnte ich mir ein leises Prusten nicht verkneifen. *Punkt an Thea.*

»Einen Toast!«, erklärte Skye aus dem Blauen heraus. Sie hielt ihr Weinglas hoch und sprach die Worte so gedehnt, dass klar war, dass sie bereits gebechert hatte.

»Skye, Liebes«, sagte Nan bestimmt, »hast du dir überlegt, es einfach auszuschlafen?«

»Einen Toast«, wiederholte Skye, das Glas nach wie vor erhoben. »Auf Avery.«

Zur Abwechslung hatte sie meinen Namen richtig hingekriegt. Ich wartete noch darauf, dass das Fallbeil hinterherrauschte, doch Skye fügte nichts weiter hinzu. Zara erhob ihr Glas. Eines nach dem anderen gingen auch die restlichen Gläser hoch.

Jede Person in diesem Raum hatte wahrscheinlich die Botschaft begriffen: Es hatte keinen Zweck, das Testament anzufechten. Ich mochte zwar die Feindin sein – aber ich war auch die mit dem Geld.

Ist das der Grund, warum Zara Thea hergebracht hat? Um mir näherzukommen? Ist das der Grund, warum sie mich in der Stiftung mit Grayson allein gelassen hat?

»Auf dich, Erbin«, murmelte Jameson zu meiner Linken. Ich drehte mich zu ihm. Ich hatte ihn seit der Nacht zuvor nicht mehr gesehen. Es war ziemlich sicher, dass er die Schule geschwänzt hatte. Ich fragte mich, ob er den Tag im Black Wood verbracht hatte, auf der Suche nach dem nächsten Hinweis. Ohne mich.

»Auf Emily«, fügte Thea plötzlich hinzu, ihr Glas immer noch erhoben, die Augen auf Jameson gerichtet. »Möge sie in Frieden ruhen.«

Jamesons Glas sank hinab. Sein Stuhl wurde grob vom Tisch zurückgeschoben. Ein Stück weiter schlossen sich Graysons Finger enger um den Stiel seines Glases, wobei seine Knöchel weiß anliefen.

»Theodora«, zischte Constantine.

Thea nahm einen Schluck und setzte die unschuldigste Miene der Welt auf. »Was denn?«

Alles in mir wollte Jameson folgen, doch ich wartete ein paar Minuten, bevor ich mich entschuldigte. Als würde das irgendwen davon abhalten, ganz genau zu wissen, wohin ich ging.

In der Eingangshalle drückte ich mit der flachen Hand die hölzernen Wandpaneele in der Abfolge, die den Garderobenschrank öffnete. Ich brauchte meine Jacke, wenn ich mich in den Black Wood hinauswagen wollte. Ich war mir sicher, dass Jameson dorthin gegangen war.

Als meine Hand sich um den Kleiderbügel schloss, erklang eine Stimme hinter mir. »Ich werde nicht fragen, was Jameson im Schilde führt. Was du im Schilde führst.«

Ich drehte mich zu Grayson um. »Du wirst mich nicht fragen«, wiederholte ich, während ich den angespannten Kiefer und diese verblüffenden silbernen Augen musterte, »weil du es bereits weißt.«

»Ich war letzte Nacht dort. An der Brücke.« Etwas Hartes schwang in Graysons Tonfall mit – nicht rau, sondern scharf. »Heute früh bin ich los, um mir das Rote Testament anzusehen.«

»Ich habe immer noch die Folie zum Entschlüsseln«, merkte ich an, wobei ich versuchte, nichts in die Tatsache hineinzuinterpretieren, dass er seinen Bruder und mich an der Brücke gesehen hatte – und nicht sonderlich glücklich darüber klang.

Grayson zuckte die Achseln, wobei seine Schultern sich unter den Nähten seines Anzugs spannten. »Rote Filterfolie ist recht einfach aufzutreiben.«

Wenn er das Rote Testament gesehen hatte, wusste er auch, dass ihre Zweitnamen Hinweise waren. Ich fragte mich, ob er in Gedanken ebenfalls gleich bei ihren unbekannten Vätern gelandet war. Ich fragte mich, ob es ihn schmerzte, so wie es Jameson schmerzte.

»Du warst letzte Nacht da«, gab ich wieder, was er mir gesagt hatte. »An der Brücke.« Wie viel hatte er gesehen? Wie viel wusste er?

Was war ihm durch den Kopf gegangen, als Jameson und ich uns berührt hatten?

»Westbrook. Davenport. Winchester. Blackwood.« Grayson machte einen Schritt auf mich zu. »Es sind Nachnamen … aber auch Orte. Ich habe den Hinweis auf der Brücke gefunden, nachdem du und mein Bruder fort wart.«

Er war uns dorthin gefolgt. Er hatte herausgefunden, was wir herausgefunden hatten.

»Was willst du, Grayson?«

»Wenn du klug wärst«, warnte er leise, »würdest du dich von Jameson fernhalten. Und vom Spiel.« Er senkte den Blick. »Von mir.« Tiefe Gefühle zuckten über sein Gesicht, aber er kaschierte sie, bevor ich erkennen konnte, was genau er da fühlte. »Thea hat recht«, sagte er schneidend, wobei er sich von mir abwandte, sich von mir *entfernte*. »Diese Familie … wir zerstören alles, was wir berühren.«

KAPITEL 52

Ich wusste noch von der Karte, wo sich der Black Wood grob befand. Ich entdeckte Jameson am Waldrand, wo er geradezu unheimlich still stand, so als *könne* er sich nicht bewegen. Ohne eine Warnung zerbrach er diese Stille, indem er wie wild mit den Fäusten auf einen Baum neben ihm einschlug, hart und fest, sodass die Rinde seine Hände zerschrammen musste.

Thea hat Emily erwähnt. Und das ist es also, was allein die Nennung ihres Namens mit ihm macht.

»Jameson!« Ich war nun fast bei ihm. Er riss den Kopf zu mir herum, und ich blieb wie angewurzelt stehen, als mich das Gefühl übermannte, dass ich nicht hätte hier sein dürfen, dass ich kein Recht hatte, das Leid und den Schmerz irgendeines der Hawthorne-Brüder mitanzusehen.

Mir fiel nichts Besseres ein, als das, was ich gerade mitangesehen hatte, in seiner Bedeutung herunterzuspielen. »Na, in letzter Zeit ein paar Finger gebrochen?«, fragte ich locker. Das *So-tun-als-ob-nichts-ist-*Spiel.

Jameson war mehr als gewillt, darauf einzusteigen. Er hielt seine Hände hoch und ächzte, als er die Knöchel beugte und streckte. »Immer noch tipptopp.«

Ich zwang meine Augen von ihm weg und sah mich um. Die Gegend vor mir war so dicht bewaldet, dass, wenn die Bäume nicht bereits ihr

Laub verloren hätten, keinerlei Licht zum Waldboden durchgedrungen wäre.

»Nach was suchen wir?«, wollte ich wissen. Womöglich betrachtete er mich nicht als richtige Partnerin auf dieser Jagd. Womöglich gab es kein richtiges *wir* – aber er antwortete.

»Du kannst genauso gut raten wie ich, Erbin.«

Überall um uns herum streckten sich kahle Äste in die Höhe, skelettartig und krumm.

»Du hast heute die Schule geschwänzt, um *etwas* zu tun«, merkte ich an. »Du hast eine Vermutung.«

Jameson lächelte, als könne er das Blut nicht spüren, das an seinen Händen hervorquoll. »Vier Zweitnamen. Vier Orte. Vier Hinweise – höchstwahrscheinlich Schnitzereien. Symbole, falls der Hinweis auf der Brücke Unendlichkeit bedeutete – Ziffern, wenn es eine Acht war.«

Ich fragte mich, was er wohl diesmal getan hatten, um zwischen gestern Nacht und dem Betreten des Black Wood seinen Kopf klarzukriegen. *Klettern. Rennfahren. Springen.*

In Wänden verschwinden.

»Weißt du, wie viele Bäume vier Morgen Land enthalten können?«, fragte Jameson munter. »Zweihundert, in einem gesunden Forst.«

»Und im Black Wood?«, hakte ich nach, wobei ich erst einen Schritt auf ihn zu machte, dann noch einen.

»Mindestens doppelt so viele.«

Wir standen wieder vor der gleichen Situation wie in der Bibliothek. Wie bei den Schlüsseln. Es musste eine Abkürzung geben, einen Trick, den wir nur noch nicht sahen.

»Da.« Jameson bückte sich, dann drückte er mir eine Rolle selbstleuchtendes Klebeband in die Hand, wobei er mit seinen Fingern über meine strich. »Ich markiere die Bäume, während ich sie überprüfe.«

Ich konzentrierte mich auf seine Worte – nicht seine Berührung. Größtenteils. »Es muss einen besseren Weg geben«, sagte ich, während ich das Klebeband zwischen meinen Händen wendete und meine Augen erneut den Weg zu seinen fanden.

Jamesons Lippen zuckten und verzogen sich zu einem trägen, unbekümmerten Lächeln. »Irgendwelche Vorschläge, Mystery-Girl?«

Zwei Tage später mühten Jameson und ich uns immer noch auf die harte Tour ab und wir hatten immer noch nichts gefunden. Ich konnte ihm förmlich ansehen, wie er immer zielstrebiger wurde. Jameson Winchester Hawthorne würde unbeirrt weitermachen, bis er an seine Grenzen stieß. Ich wusste nicht, was er dieses Mal machen würde, um sie zu durchbrechen, aber immer wieder erwischte ich ihn dabei, wie er mich anschaute, auf eine Art und Weise, die bei mir den Verdacht weckte, dass er da bereits ein paar Ideen hatte.

Und so sah er mich auch in diesem Moment an. »Wir sind nicht die Einzigen, die nach dem nächsten Hinweis suchen«, sagte er, während die Abenddämmerung der Dunkelheit wich. »Ich habe Grayson mit einer Karte vom Wald gesehen.«

»Thea sitzt mir im Nacken.« Ich riss ein Stück vom Klebeband ab und war mir der Stille um uns herum nur allzu bewusst. »Ich schaffe es nur, sie abzuschütteln, wenn sie eine Chance sieht, sich mit Xander anzulegen.«

Jameson schob sich sanft an mir vorbei und markierte den nächsten Baum. »Thea ist nachtragend, und als sie und Xander damals Schluss machten, war das ziemlich hässlich.«

»Sie waren zusammen?« Ich schlüpfte an Jameson vorbei und suchte den nächsten Baum ab, wobei ich mit den Fingern über die Rinde strich. »Thea ist doch eure Cousine.«

»Constantine ist Zaras zweiter Mann. Die Ehe ist recht frisch, und Xander war schon immer ein Fan von Schlupflöchern.«

Mit den Hawthorne-Brüdern war offenbar nie etwas unkompliziert – einschließlich dem, was Jameson und ich hier gerade taten. Seit wir uns weiter in die Mitte des Waldes vorgearbeitet hatten, standen die Bäume etwas weiter auseinander. Vor uns konnte ich eine große Lichtung sehen – der einzige Ort im Black Wood, wo Gras aus dem Waldboden sprießen konnte.

Mit dem Rücken zu Jameson wandte ich mich dem nächsten Baum zu und begann damit, mit den Händen über die Rinde zu streichen. Beinahe augenblicklich trafen meine Finger auf eine Kerbe.

»Jameson.« Es war zwar noch nicht ganz dunkel, doch es gab nicht genug Licht, um genau zu erkennen, was ich da gefunden hatte, bis Jameson neben mir auftauchte und den Lichtstrahl seiner Taschenlampe darauf richtete. Ich fuhr mit den Fingern langsam über die Buchstaben, die tief in den Baum geritzt waren.

TOBIAS HAWTHORNE II

Im Gegensatz zu dem ersten Symbol, das wir gefunden hatten, waren diese Buchstaben nicht glatt und eben. Die Schnitzerei war nicht mit ruhiger Hand gemacht worden. Der Name sah aus, als sei er von einem Kind in das Holz gekratzt worden.

»Die *I*s am Ende sind römische Ziffern«, sagte Jameson überflüssigerweise, wobei seine Stimme wie elektrisiert war. »Tobias Hawthorne der Zweite.«

Toby, dachte ich noch, und dann hörte ich einen Knall. Ein ohrenbetäubendes Echo folgte und die Welt um mich herum explodierte. Rindenstücke flogen durch die Luft. Mein Körper wurde nach hinten geschleudert.

»Runter!«, brüllte Jameson.

Ich konnte ihn kaum hören. Mein Gehirn konnte nicht begreifen, was ich da hörte … was gerade passiert war. *Ich blute.*

Schmerz.

Jameson packte mich und riss mich zu Boden. Bevor ich wusste, wie mir geschah, lag sein Körper über meinem, und ein zweiter Knall verhallte.

Ein Schuss. Jemand schießt auf uns. Da war ein stechender Schmerz in meiner Brust. *Ich wurde angeschossen.*

Ich hörte Schritte über den Waldboden donnern, dann Oren, der brüllte: »Bleibt unten!« Mit gezogener Waffe stellte sich mein Bodyguard zwischen uns und den Schützen. Eine kleine Ewigkeit verging. Oren preschte los, in die Richtung, aus der die Schüsse gekommen waren, aber ich wusste aus einer Ahnung heraus, die ich nicht ganz erklären konnte, dass der Schütze fort war.

»Bist du okay, Avery?« Oren kam zurück. »Jameson, ist sie okay?«

»Sie blutet.« Das war Jameson. Er hatte sich von meinem Körper gelöst und schaute auf mich hinab.

Ich spürte einen pochenden Schmerz in meiner Brust, knapp unter meinem Schlüsselbein, wo ich getroffen worden war.

»Dein Gesicht.« Jamesons Berührung war ganz sanft auf meiner Haut. In dem Moment jedoch, als seine Fingerspitzen zart über meinen Wangenknochen strichen, war es, als rissen sie meine Nervenenden auf. *Dieser Schmerz …*

»Haben sie mich zweimal erwischt?«, fragte ich benommen.

»Der Angreifer hat dich gar nicht erwischt.« Oren beeilte sich, Jameson beiseitezuschieben, und fuhr mit den Händen routiniert meinen Körper ab, um ihn nach Verletzungen abzusuchen. »Du wurdest von ein paar Borkenstücken getroffen.« Er betastete die Wunde unter meinem Schlüsselbein. »Der andere Schnitt ist nur ein Kratzer, aber hier ist die Rinde tief eingedrungen. Wir belassen sie da, bis wir dich zusammenflicken können.«

In meinen Ohren schrillte es. »Mich zusammenflicken.« Ich wollte nicht bloß wiederholen, was er sagte, aber zu mehr war mein Mund nicht in der Lage.

»Du hattest Glück.« Oren stand auf und inspizierte rasch den Baum, wo die Kugel eingeschlagen war. »Ein paar Zentimeter weiter rechts und wir müssten jetzt eine Kugel entfernen, keine Baumrinde.« Mein Bodyguard schritt von der Einschussstelle zu einem anderen Baum hinter uns. Mit einer flinken Bewegung zog er ein Messer aus seinem Gürtel und rammte es in den Baumstamm.

Ich brauchte einen Moment, bis ich begriff, dass er eine Kugel rauspulte.

»Wer auch immer die abgefeuert hat, ist über alle Berge«, sagte er, während er die Kugel in ein Taschentuch wickelte. »Aber vielleicht ist es möglich, die hier nachzuverfolgen.«

Die hier – eine Gewehrkugel. Jemand hatte gerade versucht, uns zu erschießen. *Mich.* Langsam holte mein Gehirn auf. *Sie haben nicht auf Jameson gezielt.*

»Was ist hier gerade passiert?« Ausnahmsweise klang Jameson nicht so, als wäre das alles ein Spiel. Er klang, als würde sein Herz genauso schnell und heftig schlagen wie meines.

»Was hier passiert ist«, erwiderte Oren mit einem Blick in die Ferne, »ist, dass jemand euch zwei hier draußen gesehen hat, beschlossen hat, dass ihr leichte Beute seid, und den Abzug gedrückt hat. Zweimal.«

KAPITEL 53

Jemand hat auf mich geschossen. Ich fühlte mich ... *Betäubt* war nicht das richtige Wort. Mein Mund war zu trocken. Mein Herz schlug zu schnell. Ich hatte Schmerzen, aber es fühlte sich an, als kämen die Schmerzen aus einer gewissen Entfernung.

Der Schock.

»Ich brauche ein Team im nordöstlichen Quadranten.« Oren hing am Handy. Ich versuchte mich darauf zu konzentrieren, was er sagte, aber es schien, als könne ich mich auf gar nichts fokussieren, nicht mal auf meinen Arm. »Wir haben hier einen Schützen auf dem Gelände. Ist mit ziemlicher Sicherheit schon fort, aber wir werden die Wälder für alle Fälle absuchen. Bringt einen Verbandkasten mit.«

Oren legte auf, dann wandte er seine Aufmerksamkeit wieder Jameson und mir zu. »Folgt mir. Wir warten, wo wir Deckung haben, bis Unterstützung eintrifft.« Er führte uns zum südlichen Ausläufer des Waldes zurück, wo die Bäume dichter standen.

Das Team brauchte nicht lange. Sie kamen in offenen Geländewagen angefahren. *Zwei Männer, zwei Wagen.* Sobald sie angehalten hatten, rasselte Oren die Eckdaten runter: unser Aufenthaltsort, als die Schüsse fielen, die Richtung, aus der die Projektile kamen, ihre Flugbahn.

Die Männer erwiderten nichts darauf. Sie zogen ihre Waffen. Oren kletterte in den Viersitzer und wartete darauf, dass Jameson und ich ihm folgten.

»Ihr fahrt zurück zum Haus?«, erkundigte sich einer von ihnen.

Oren begegnete dem Blick seines Untergebenen. »Zum Cottage.«

Auf halbem Weg zum Wayback Cottage fing mein Hirn wieder an zu funktionieren. Meine Brust schmerzte. Ich hatte eine Kompresse bekommen, die ich auf die Wunde drücken sollte, aber Oren hatte sie noch nicht verarztet. Seine vorrangige Priorität bestand darin, uns auf sicheres Terrain zu bringen. *Er fährt uns zum Wayback Cottage. Nicht nach Hawthorne House.* Das Cottage lag zwar näher, aber ich wurde das Gefühl nicht los, dass Oren seinen Männern damit eigentlich mitgeteilt hatte, dass er den Leuten im Haupthaus nicht traute.

So viel zu seinen Beteuerungen, dass ich dort in Sicherheit sei. Dass die Familie Hawthorne keine Bedrohung darstelle. Das gesamte Anwesen, Black Wood eingeschlossen, befand sich hinter einer Mauer. Niemand kam ohne einen gründlichen Hintergrundcheck durchs Tor.

Oren glaubt nicht, dass wir es mit einer Gefahr von außen zu tun haben. Diese Einsicht ließ ich sacken, wobei sich ein schweres Gefühl in meiner Bauchgegend breitmachte, während ich die begrenzte Anzahl von Verdächtigen durchging. *Die Hawthornes … und das Personal.*

Nach Wayback Cottage zu fahren erschien mir riskant. Ich hatte bisher nicht viel mit den Laughlins zu tun gehabt, aber sie hatten mir nie den Eindruck vermittelt, sie wären glücklich darüber, dass ich hier war. *Wie treu ergeben sind sie der Familie Hawthorne gegenüber genau?* Ich dachte zudem an Alisas Worte – dass Nashs Leute für ihn sterben würden.

Würden sie auch für ihn töten?

Mrs Laughlin war zu Hause, als wir am Cottage eintrafen. *Sie ist nicht die Schützin,* überlegte ich. *Sie hätte es nicht rechtzeitig zurückschaffen können. Oder doch?*

Die ältere Frau warf einen stummen Blick auf Oren, Jameson und mich und führte uns ins Haus. Falls eine blutende Person, die auf ihrem Küchentisch zusammengeflickt werden sollte, ein ungewöhnliches Vorkommnis für sie war, so ließ sie es sich kein bisschen anmerken. Ich war mir nicht sicher, ob ich die Art, wie sie die ganze Sache anging, nun beruhigend finden sollte – oder verdächtig.

»Ich werde uns einen Tee aufsetzen«, sagte sie.

Mit klopfendem Herzen fragte ich mich, ob es sicher war, irgendwas von dem zu trinken, was sie mir gab.

»Bist du einverstanden, wenn ich hier den Doktor spiele?«, fragte Oren, während er mich auf einem Stuhl hinsetzen ließ. »Ich bin sicher, Alisa könnte im Handumdrehen einen schicken plastischen Chirurgen organisieren.«

Ich war mit gar nichts von dem hier einverstanden. Alle waren sie sich ach so sicher gewesen, dass ich keinen Axtmörder zu fürchten hätte, dass ich unachtsam geworden war. Ich hatte den Gedanken verdrängt, dass Menschen schon für viel weniger getötet hatten als das, was mein Erbe enthielt. Ich hatte jeden einzelnen der Hawthorne-Brüder an meiner Abwehr vorbeigelassen.

Es war nicht Xander. Ich bekam meinen Körper einfach nicht ruhig, egal, wie sehr ich es versuchte. *Jameson war direkt neben mir. Nash will das Geld nicht und Grayson würde niemals …*

Das würde er nicht.

»Avery?«, drängte Oren, wobei ein besorgter Unterton sich in seine tiefe Stimme schlich.

Ich versuchte, meine rasenden Gedanken zum Stillstand zu bringen. Mir war übel … körperlich übel. *Hör auf, Panik zu schieben.* Ich hatte ein Stück Holz in meinem Fleisch. Ich hätte es vorgezogen, *kein* Stück Holz in meinem Fleisch zu haben. *Reiß dich zusammen.*

»Tun Sie, was Sie tun müssen, um die Blutung zu stoppen«, wies ich Oren an. Meine Stimme zitterte nur ganz leicht.

Das Entfernen der Rinde schmerzte. Das Desinfektionsmittel war noch schlimmer und brannte höllisch. Der Verbandskasten enthielt eine

Spritze mit einem lokalen Betäubungsmittel, aber es gab kein Mittel, das mein Gehirn hätte betäuben können, als Oren damit begann, meine Haut wieder zusammenzunähen.

Konzentriere dich drauf. Lass es schmerzen. Nach einem Moment wandte ich den Blick von Oren ab und folgte Mrs Laughlins Bewegungen. Bevor sie mir den Tee reichte, gab sie einen ordentlichen Schuss Whiskey rein.

»Fertig.« Oren nickte zu der Tasse. »Trink das.«

Er hatte mich hergebracht, weil er den Laughlins mehr traute als den Hawthornes. Er sagte mir, dass es sicher war, das zu trinken. Aber er hatte mir schon viele Sache gesagt.

Jemand hat auf mich geschossen. Hat versucht, mich umzubringen. Ich könnte jetzt tot sein.

Meine Hände zitterten. Oren hielt sie fest, bis sie sich beruhigt hatten. Mit wissendem Blick hob er meine Teetasse an seinen Mund und trank davon.

Es ist okay. Er zeigt mir gerade, dass es okay ist. Unsicher, ob ich je fähig sein würde, mich wieder aus dem Kampf-oder-Flucht-Modus zu reißen, zwang ich mich zu trinken. Der Tee war heiß. Der Whiskey war kräftig.

Er brannte bis in den Magen runter.

Mrs Laughlin schenkte mir einen beinahe mütterlichen Blick, dann schaute sie ernst zu Oren. »Mr Laughlin wird wissen wollen, was passiert ist«, sagte sie, ganz so, als wäre sie selbst kein bisschen neugierig, warum ich da blutend an ihrem Küchentisch saß. »Und irgendwer wird dem armen Mädchen das Gesicht sauber machen müssen.« Sie bedachte mich erneut mit einem mitfühlenden Blick und schnalzte mit der Zunge.

Davor war ich noch eine Außenseiterin gewesen. Nun gluckte sie um mich herum wie eine Henne. Alles, was es brauchte, waren ein paar Kugeln.

»Wo ist denn Mr Laughlin?«, fragte Oren im Plauderton, doch ich hörte die Frage dahinter – und die Implikation, die darin mitschwang. *Er ist nicht hier. Ist er ein guter Schütze? Würde er …*

Als hätte jemand ihn gerufen, kam Mr Laughlin durch die Haustür spaziert und ließ sie hinter sich ins Schloss fallen. An seinen Stiefeln klebte feuchte Erde.

Aus dem Wald?

»Es gab einen Vorfall«, erklärte Mrs Laughlin ihrem Mann ruhig.

Mr Laughlin schaute zu Oren, Jameson und mir – in dieser Reihenfolge, in der gleichen Reihenfolge, in der seine Frau unsere Anwesenheit aufgenommen hatte – und goss sich dann ein Glas Whiskey ein. »Sicherheitsprotokolle?«, fragte er schroff an Oren gewandt.

Oren nickte knapp. »Laufen auf Hochtouren.«

Er drehte sich wieder zu seiner Frau. »Wo steckt Rebecca?«, fragte er.

Jameson schaute von seiner Teetasse auf. »Rebecca ist hier?«

»Sie ist ein gutes Mädchen«, brummte Mr Laughlin. »Kommt zu Besuch, so wie es sich gehört.«

Wo steckt sie dann?, fragte ich stumm.

Mrs Laughlin legte eine Hand auf meine Schulter. »Dort durch befindet sich ein Bad, Liebes«, erklärte sie mir leise, »falls du dich etwas frisch machen willst.«

KAPITEL 54

Die Tür, durch welche mich Mrs Laughlin geschickt hatte, führte nicht direkt in ein Bad. Sie führte in ein Schlafzimmer, das zwei Einzelbetten und sonst nicht viel mehr enthielt. Die Wände waren in einem hellen Lila gestrichen, die Patchworkdecken auf den Betten waren aus lavendel- und veilchenfarbenen Stoffquadraten gefertigt.

Die Tür zum Bad stand einen Spaltbreit offen.

Ich ging darauf zu, dabei war ich mir meiner Umgebung so überdeutlich bewusst, dass es mir schien, als müsste ich eine Stecknadel in einer Meile Entfernung fallen hören können. *Hier ist niemand. Ich bin in Sicherheit. Es ist alles gut. Mir geht's gut.*

Im Bad schaute ich als Erstes hinter dem Duschvorhang nach. *Hier ist niemand*, sagte ich mir erneut. *Mir geht's gut.* Ich schaffte es, mein Handy aus der Tasche zu ziehen und Max' Nummer zu wählen. Sie musste einfach rangehen. Ich konnte mit dem hier nicht allein bleiben. Was ich bekam, war die Mailbox.

Ich rief siebenmal an, doch sie ging nicht ran.

Vielleicht konnte sie nicht. *Oder vielleicht will sie auch nicht.* Das traf mich fast so heftig wie der Blick in den Spiegel, aus dem mich mein mit Blutschlieren und Erde verschmiertes Gesicht anstarrte.

Ich konnte das Echo von Gewehrschüssen hören.

Stopp. Ich musste das abwaschen … von meinen Händen, dem Gesicht, die blutigen Streifen auf meiner Brust. *Dreh das Wasser auf*, befahl ich mir streng. *Greif nach dem Waschlappen da.* Ich wollte meinen Körper dazu zwingen, sich zu rühren.

Ich konnte nicht.

Zwei Hände griffen an mir vorbei, um den Wasserhahn aufzudrehen. Ich hätte erschrecken müssen. Ich hätte in Panik verfallen müssen. Aber irgendwie ließ mein Körper sich gegen die Gestalt hinter mir sinken.

»Ist schon gut, Erbin«, murmelte Jameson. »Ich hab dich.«

Ich hatte Jameson nicht hereinkommen hören. Ich war mir nicht ganz sicher, wie lange ich schon wie erstarrt dagestanden war.

Jameson nahm einen blasslila Waschlappen und hielt ihn unter den Wasserstrahl.

»Ich komme schon klar«, behauptete ich, sowohl an mich selbst als auch an ihn gerichtet.

Jameson hob den Waschlappen an mein Gesicht. »Du bist eine lausige Lügnerin.« Er fuhr mit dem weichen, nassen Stoff über meine Wange und arbeitete sich bis zu dem Kratzer vor. Der Atem stockte mir in der Kehle. Er spülte den Waschlappen aus; Blut und Schmutz verfärbten das Becken, als er den Lappen erneut an meine Haut hob.

Wieder.

Und wieder.

Er wusch mein Gesicht, nahm meine Hände in seine und hielt sie unter das Wasser, wobei seine Finger den Schmutz von meinen rieben. Meine Haut reagierte auf seine Berührungen. Zum ersten Mal ermahnte mich kein Teil von mir, mich zu entziehen. Er war so sanft. Er benahm sich nicht, als sei dies nur ein Spiel für ihn – als sei *ich* nur ein Spiel.

Er griff erneut den Waschlappen, fuhr damit über meinen Hals zu meiner Schulter, über mein Schlüsselbein und darüber hinaus. Das Wasser war warm. Ich ließ mich in seine Berührung hineinsinken. *Das ist eine schlechte Idee.* Ich wusste das. Ich hatte das immer schon gewusst, und doch erlaubte ich mir, dem Gefühl von Jameson Hawthornes Berührung nachzuspüren, dem weichen Druck des Lappens.

»Ich bin okay«, sagte ich, und beinahe konnte ich es sogar glauben.

»Du bist mehr als okay.«

Ich schloss die Augen. Er war mit mir dort im Wald gewesen. Ich konnte seinen Körper über meinem spüren. Mich beschützend. Ich brauchte das hier. Ich brauchte *etwas*.

Ich öffnete die Augen, sah ihn an. Fokussierte mich auf ihn. Ich dachte an die dreihundert km/h, an die Kletterwand, an den Moment, als ich ihn das erste Mal dort auf dem Balkon gesehen hatte. War es denn so schlimm, adrenalinsüchtig zu sein, die Extreme zu suchen? War es denn wirklich so falsch, sich anders als *grauenhaft* fühlen zu wollen?

Jeder liegt mal ein bisschen falsch, Erbin.

Irgendwas in mir gab nach und ich stieß ihn sanft rückwärts gegen die Badezimmerwand. *Ich brauche das hier.* Seine tiefen grünen Augen begegneten den meinen. *Er braucht es ebenfalls.* »Ja?«, fragte ich heiser.

»Ja, Erbin.«

Meine Lippen schlossen sich über seinen. Er erwiderte meinen Kuss, erst sanft, dann alles andere als sanft. Vielleicht waren es die Nachwirkungen des Schocks, aber als ich mit meinen Händen in sein Haar fuhr, als er meinen Pferdeschwanz packte und mein Gesicht nach oben hob, konnte ich tausend Versionen von ihm in meinem Kopf sehen: *auf dem Balkongeländer balancierend. Mit freiem Oberkörper und in Sonnenlicht gebadet in der Orangerie. Lächelnd. Grinsend. Unsere Finger, die sich auf der Brücke verschränken. Sein Körper, der meinen im Wald beschützt. Seine Hand, die mit dem Waschlappen über meinen Hals fährt …*

Ihn zu küssen fühlte sich an wie Feuer. Er war nicht sanft und zärtlich, so wie er es gewesen war, als er das Blut und den Schmutz von mir wegwischte. Ich brauchte weder sanft noch zärtlich. *Das hier* war genau das, was ich brauchte.

Vielleicht konnte auch ich das sein, was er brauchte. Vielleicht musste das hier keine schlechte Idee sein. Vielleicht waren die Komplikationen es wert.

Er löste sich von dem Kuss, seine Lippen nur einen Fingerbreit von meinen entfernt. »Ich wusste schon immer, dass du besonders bist.«

Ich spürte seinen Atem auf meinem Gesicht. Ich spürte jedes dieser

Worte. Ich hatte mich selbst nie für besonders gehalten. Ich war so lange unsichtbar gewesen. Selbst nachdem ich die größte Schlagzeile der Welt geworden war, hatte es sich nie wirklich angefühlt, als würde irgendwer auf *mich* achten. Mein echtes Ich.

»Wir sind jetzt so nahe dran«, murmelte Jameson. »Ich kann es spüren.« Da war eine Energie in seiner Stimme, wie das Surren einer Neonröhre. »Jemand wollte ganz offenbar nicht, dass wir uns den Baum anschauen.«

Was?

Er wollte sich wieder dem Kuss zuwenden, doch ich drehte den Kopf zur Seite. Mir war plötzlich schwer ums Herz. Ich hatte gedacht … Ich wusste auch nicht, was ich gedacht hatte. *Dass er, als er sagte, ich sei besonders, nicht über das Erbe sprach … auch nicht über das Rätsel.*

»Du denkst … jemand hat wegen des Baums auf uns geschossen?«, fragte ich stockend. »Nicht vielleicht wegen des Vermögens, das ich geerbt habe und das deine Familie nur allzu gerne in die Finger bekommen würde? Nicht wegen der Milliarden von Gründen, die jeder mit dem Nachnamen Hawthorne hat, mich zu hassen?«

»Denk nicht darüber nach«, sagte Jameson flüsternd und umfasste meine Wangen mit seinen Händen. »Denk an Tobys Namen, der in diesen Baum geritzt war. Das Unendlichkeitssymbol auf der Brücke.« Sein Gesicht war mir immer noch so nahe, dass ich seinen Atem spüren konnte. »Was, wenn das Rätsel uns sagen will, dass mein Onkel gar nicht tot ist?«

War es *das*, woran er gedacht hatte, als jemand auf uns schoss? In der Küche, als Oren meine Wunde mit der Nadel bearbeitete? Als er seine Lippen auf meine legte? Denn falls das Rätsel das Einzige war, woran er hatte denken können …

Du bist keine Spielerin, Kleines. Du bist die gläserne Ballerina … oder das Messer.

»Hörst du dir eigentlich selbst zu?«, fragte ich. Meine Brust zog sich zusammen … noch enger als im Wald, mittendrin, als es passiert war. Nichts an Jamesons Reaktion hätte mich überraschen dürfen – warum also tat es so weh?

Warum ließ ich zu, dass es wehtat?

»Oren hat gerade ein Stück Holz aus meiner Brust geholt«, sagte ich mit leiser Stimme, »und wenn es auch nur ein bisschen anders gelaufen wäre, hätte es auch eine Kugel sein können.« Ich gab Jameson eine Sekunde, um zu antworten – nur eine. Nichts. »Was geschieht mit dem Geld, wenn ich sterbe und das Testament noch nicht vollstreckt ist?«, fragte ich rundheraus. Alisa hatte mir gesagt, dass die Hawthornes nicht begünstigt würden, aber wussten sie das auch? »Was passiert, wenn, wer auch immer die Waffe abgefeuert hat, mir Angst einjagt und ich gehe, bevor das Jahr um ist?« Wussten sie, dass, wenn ich Hawthorne House verließ, alles an wohltätige Organisationen ging? »Nicht alles ist ein Spiel, Jameson.«

Ich sah etwas in seinen Augen aufflackern. Er schloss sie nur für einen Sekundenbruchteil, dann öffnete er sie wieder und beugte sich vor, wobei er seine Lippen schmerzhaft nah an meine brachte. »Das ist ja die Sache, Erbin. Wenn Emily mich irgendwas gelehrt hat, dann, dass *alles* ein Spiel ist. Selbst das hier. Ganz *besonders* das hier.«

KAPITEL 55

Jameson ging. Ich folgte ihm nicht.

Thea hat recht, flüsterte Grayson in den Untiefen meiner Gedanken. *Diese Familie … wir zerstören alles, was wir berühren.* Ich schluckte die Tränen runter. Man hatte auf mich geschossen, ich war verletzt worden, und ich war geküsst worden – aber ganz sicher hatte man mich nicht zerstört.

»Ich bin stärker als das.« Ich wandte mein Gesicht dem Spiegel zu und blickte mir fest in die Augen. Wenn es ans Wählen ging zwischen verängstigt, verletzt und stinksauer zu sein, wusste ich, was davon ich bevorzugte.

Ich versuchte noch einmal, Max anzurufen, dann simste ich ihr. *Jemand hat versucht mich umzubringen und ich habe mit Jameson Hawthorne geknutscht.*

Wenn ihr das keine Antwort entlockte, dann gar nichts.

Ich kehrte in das Schlafzimmer zurück. Obwohl ich mich etwas beruhigt hatte, suchte ich es nach Gefahren ab, und ich sah eine: Rebecca Laughlin, die in der Tür stand. Ihr Gesicht war noch blasser als sonst, ihr Haar rot wie Blut. Sie sah völlig geschockt aus.

Weil sie mich und Jameson belauscht hat? Weil ihre Großeltern ihr von dem Angriff erzählt haben? Ich war nicht sicher. Sie trug klobige Wanderstiefel und eine Cargohose, beides schlammverspritzt. Wie ich sie so betrachtete, kam mir der Gedanke, dass – wenn Emily nur halb so schön gewesen war wie ihre Schwester – ich mich nicht wundern brauchte, dass Jameson mich anschauen und nur an das Spiel seines Großvaters denken konnte.

Alles ist ein Spiel. Selbst das hier. Ganz besonders *das hier.*

»Meine Großmutter hat mich geschickt, um nach dir zu sehen.« Rebeccas sanfte Stimme war zaghaft.

»Ich bin okay«, sagte ich und meinte es auch fast ernst. Ich *musste* okay sein.

»Gran sagt, dass du angeschossen wurdest.« Rebecca blieb in der Tür stehen, so als hätte sie Angst, näher zu kommen.

»Nur indirekt«, stellte ich richtig.

»Da bin ich aber froh«, sagte Rebecca und schaute sogleich beschämt drein. »Ich meine, dass du nicht angeschossen wurdest. Es ist doch gut, oder nicht, nur indirekt angeschossen zu werden, statt angeschossen zu werden?« Ihr Blick huschte nervös zu den Betten, den Patchworkdecken. »Emily hätte dir gesagt, es nicht so kompliziert zu machen und zu sagen, dass du fast erschossen wurdest.« Rebecca klang nun sicherer, als sie sich auf Emily berief, statt selbst mit einer angemessenen Antwort aufwarten zu müssen. »Da war eine Kugel. Du wurdest verwundet. Emily hätte gesagt, dass du ein Recht auf ein bisschen Drama hast.«

Ich habe das Recht, jeden als Verdächtigen zu betrachten. Ich habe das Recht auf einen adrenalinbedingten Fehltritt. Und vielleicht habe ich ja, nur dieses eine Mal, das Recht, auf Antworten zu drängen.

»Du und Emily, ihr habt euch dieses Zimmer geteilt?«, fragte ich. Das war, wenn ich mir die Einzelbetten anschaute, offensichtlich. *Wenn Rebecca und Emily ihre Großeltern besuchen waren, haben sie hier übernachtet.* »War Lila deine Lieblingsfarbe, als ihr klein wart, oder ihre?«

»Ihre«, antwortete Rebecca. Sie zuckte kaum merklich mit den Schultern. »Sie sagte mir damals immer, dass Lila auch meine Lieblingsfarbe wäre.«

Auf dem Foto, das ich von den beiden gesehen hatte, schaute Emily aus dem Zentrum direkt in die Kamera; Rebecca befand sich am Bildrand, den Blick abgewandt.

»Ich glaube, ich sollte dich warnen.« Rebecca hatte sich von mir weggedreht. Sie ging zu einem der Betten rüber.

»Mich warnen wovor?« Irgendwo ganz hinten in meinem Kopf registrierte ich den Schlamm an ihren Stiefeln – und die Tatsache, dass sie auf dem Grundstück gewesen war, als man auf mich geschossen hatte, und zwar nicht bei ihren Großeltern.

Nur weil sie mir nicht wie eine Bedrohung vorkommt, heißt es nicht, dass sie keine ist.

Doch als Rebecca wieder zu sprechen anfing, ging es nicht um die Schüsse. »Eigentlich sollte ich dir erzählen, dass meine Schwester wunderbar war.« Sie wirkte so, als wäre dies kein abrupter Themenwechsel, als wäre es *Emily*, vor der sie mich warnte. »Und das war sie auch, wenn sie es sein wollte. Ihr Lächeln war ansteckend. Mit ihrem Lachen war es noch schlimmer, und wenn sie behauptete, dass irgendwas eine gute Idee wäre, dann glaubten ihr die Leute. Zu mir war sie fast immer nett.« Rebecca begegnete nun unverwandt meinem Blick. »Aber sie war nicht annähernd so nett zu den Jungs.«

Jungs – in der Mehrzahl. »Was hat sie getan?« Ich hätte mich mehr auf die Frage konzentrieren sollen, wer auf mich geschossen hatte, doch ein Teil von mir kam einfach nicht darüber hinweg, wie Jameson gerade eben Emily ins Spiel gebracht hatte, bevor er mich stehen ließ.

»Em mochte es nicht, vor die Wahl gestellt zu werden.« Rebecca schien ihre Worte mit Bedacht zu wählen. »Sie wollte *alles*, und zwar mehr, als ich *irgend*was je wollte. Und das eine Mal, als ich doch etwas wollte …« Sie schüttelte den Kopf und brach den Satz ab. »Mein Job war es, dafür zu sorgen, dass meine Schwester glücklich war. Das sagten mir meine Eltern ständig, als wir klein waren – dass Emily krank sei und ich nicht, also sollte ich mir alle Mühe geben, sie zum Lächeln zu bringen.«

»Und die Jungs?«, fragte ich.

»Sie brachten sie zum Lächeln.«

Ich las zwischen den Worten, die Rebecca sagte. *Em mochte es nicht, vor die Wahl gestellt zu werden.* »Sie ging also mit beiden?« Ich versuchte, das irgendwie zu fassen zu bekommen. »Wussten sie Bescheid?«

»Zuerst nicht«, flüsterte Rebecca, als fürchtete ein Teil von ihr, dass Emily uns dabei hören könnte.

»Was geschah, als Grayson und Jameson herausfanden, dass sie mit ihnen beiden was hatte?«

»So was kannst du nur fragen, weil du Emily nicht kanntest«, erwiderte Rebecca. »Sie wollte nicht wählen und keiner von beiden wollte auf sie verzichten. Sie machte einen Wettkampf daraus. Ein kleines Spiel.«

Und dann starb sie.

»Wie ist Emily gestorben?«, fragte ich, denn womöglich würde sich mir nie wieder eine Gelegenheit wie diese eröffnen – weder bei Rebecca noch bei den Jungs.

Rebecca schaute in meine Richtung, aber mich beschlich das vage Gefühl, dass sie mich gar nicht sah. Dass sie woanders war. »Grayson sagte mir, dass es ihr Herz war«, flüsterte sie.

Grayson. Weiter konnte ich nicht denken. Erst als Rebecca das Zimmer verlassen hatte, begriff ich, dass sie nicht mehr dazu gekommen war, mir zu sagen, vor was genau sie mich *hätte* warnen sollen.

KAPITEL 56

Es dauerte noch ganze drei Stunden, bis Oren und sein Team mir die Genehmigung erteilten, nach Hawthorne House zurückzukehren. Ich fuhr mit *drei* Bodyguards in einem der Geländewagen zurück.

Oren war der Einzige, der sprach. »Dank des umfangreichen Netzwerks von Überwachungskameras in Hawthorne House war mein Team in der Lage, Aufenthaltsorte und Alibis für sämtliche Mitglieder der Familie Hawthorne sowie Miss Thea Calligaris nachzuverfolgen und zu überprüfen.«

Sie haben Alibis. Grayson hat ein Alibi. Ich verspürte einen Schwall von Erleichterung, doch gleich darauf schnürte sich mir wieder die Brust zu. »Was ist mit Constantine?«, fragte ich. Im eigentlichen Sinne war er kein Hawthorne.

»Ist sauber«, klärte Oren mich auf. »Er persönlich hat dieses Gewehr zumindest nicht abgefeuert.«

Er persönlich. Die Botschaft zwischen den Zeilen erschütterte mich. »Aber er hätte jemanden anheuern können?« Jeder von ihnen hätte das tun können, wurde mir klar. Ich konnte Grayson sagen hören, dass es immer Leute geben würde, die sich ein Bein ausreißen würden, um seiner Familie einen Gefallen zu tun.

»Ich kenne einen forensischen Ermittler«, erwiderte Oren nüchtern. »Er arbeitet mit einem ebenso fähigen Hacker zusammen. Sie werden sich intensiv mit den finanziellen Transaktionen und Telefonverbindungen aller auseinandersetzen. In der Zwischenzeit wird sich mein Team auf das Personal konzentrieren.«

Ich schluckte. Ich hatte den Großteil des Personals noch nicht mal getroffen. Ich wusste nicht genau, wie viele Angestellte es gab oder wer die Gelegenheit – beziehungsweise ein Motiv – gehabt hätte. »Das gesamte Personal?«, hakte ich nach. »Die Laughlins eingeschlossen?« Sie waren zwar nett zu mir gewesen, nachdem ich aus dem Bad zurückgekommen war, aber im Moment konnte ich es mir nicht leisten, auf mein Bauchgefühl zu hören – oder das von Oren.

»Sie sind sauber«, beruhigte mich Oren. »Mr Laughlin befand sich zu besagtem Zeitpunkt im Haupthaus, und die Kameraaufnahmen bestätigen, dass Mrs Laughlin im Cottage war.«

»Was ist mit Rebecca?«, fragte ich. Sie hatte das Anwesen direkt nach unserem Gespräch verlassen.

Ich konnte Oren ansehen, dass er sagen wollte, dass Rebecca keine Gefahr darstellte, aber das tat er nicht. »Wir werden sämtlichen Eventualitäten nachgehen«, versprach er. »Aber ich weiß, dass die Laughlin-Mädchen nie schießen gelernt haben. Mr Laughlin durfte nicht einmal sein Gewehr im Cottage aufbewahren, wenn die beiden zu Besuch waren.«

»Wer sonst befand sich heute auf dem Grundstück?«, erkundigte ich mich.

»Jemand von der Pool-Wartung, ein Soundtechniker, der die Anlage im Lichtspielsaal aufrüstete, ein Masseur und jemand vom Reinigungspersonal.«

Ich prägte mir die Liste gut ein, als mein Mund trocken wurde. »Wer vom Reinigungspersonal?«

»Melissa Vincent.«

Der Name sagte mir nichts … bis es mir doch einfiel. »Mellie?«

Oren kniff die Augen zusammen. »Du kennst sie?«

Ich musste an den Moment denken, als sie Nash vor Libbys Zimmer gesehen hatte.

»Irgendwas, was ich wissen sollte?«, fragte Oren – und es war nicht wirklich eine Frage. Ich berichtete ihm, was Alisa über Mellie und Nash erzählt hatte, was ich in Libbys Zimmer gesehen hatte und was *Mellie* gesehen hatte. Dann hielten wir schon vor Hawthorne House und ich erblickte Alisa.

»Sie ist die einzige Person, die ich durchs Tor gelassen habe«, versicherte mir Oren. »Offen gesagt ist sie die Einzige, die ich auf absehbare Zeit vorhabe durchs Tor zu lassen.«

Wahrscheinlich hätte ich das tröstlicher finden sollen, als ich es tat.

»Wie fühlt sie sich?«, fragte Alisa Oren, kaum dass wir aus dem Geländewagen stiegen.

»Stinksauer«, erwiderte ich, bevor Oren für mich antworten konnte. »Angeschlagen. Ein bisschen durch den Wind.« Alisa zu sehen – und Oren, der neben ihr stand – ließ den Damm brechen und die Anklage platzte aus mir heraus. »Ihr beide habt mir gesagt, dass alles gut sein würde! Ihr habt geschworen, dass ich nicht in Gefahr bin. Ihr habt getan, als wäre es total albern von mir, als ich von Mord gesprochen habe.«

»Korrekterweise«, erwiderte meine Anwältin, »hast du von einem Axtmörder gesprochen. Und korrekterweise«, fuhr sie gepresst fort, »ist es möglich, dass uns, erbrechtlich betrachtet, etwas entgangen ist.«

»Was heißt denn entgangen? Du hast klipp und klar gesagt, dass die Hawthornes keinen Penny kriegen, falls ich sterbe.«

»Und dazu stehe ich auch«, sagte Alisa nachdrücklich. »Allerdings ...« Ganz offenbar war ihr jegliches Eingeständnis eines Fehlers unangenehm. »Ich habe dir auch gesagt, dass, falls du im Vollstreckungszeitraum des Testaments verstirbst, das Erbe in deinen Nachlass übergeht. Und normalerweise wäre dem auch so.«

»Normalerweise«, wiederholte ich. Wenn ich in der letzten Woche etwas gelernt hatte, dann, dass an Tobias Hawthorne – oder seinen Erben – rein gar nichts normal war.

»Allerdings«, fuhr Alisa angespannt fort, »ist es dem Erblasser im Staat Texas möglich, eine Klausel zum Testament hinzuzufügen, die es erforderlich macht, dass die Erben ihn für eine gewisse Zeitspanne überleben, damit sie erben.«

Ich hatte das Testament mehrfach gelesen. »Ich bin mir ziemlich sicher, dass ich mich erinnern würde, wenn da irgendwas davon gestanden hätte, wie lange ich es vermeiden sollte zu *sterben*, um zu erben. Die einzige Klausel war …«

»… dass du ein Jahr lang in Hawthorne House leben musst«, beendete Alisa. »Was zugegebenermaßen eine recht schwer zu erfüllende Klausel wäre, wenn du tot wärst.«

Das war es, was ihr entgangen war? Die Tatsache, dass ich nicht in Hawthorne House *leben* konnte, wenn ich nicht am Leben war?

»Wenn ich also sterbe …« Ich schluckte, befeuchtete meine Zunge. »… geht das Geld an wohltätige Organisationen?«

»Möglich. Aber genauso gut ist es möglich, dass *deine* Erben diese Interpretation mit Berufung auf Mr Hawthornes Willen anfechten.«

»Ich habe keine Erben«, sagte ich. »Ich habe nicht mal ein Testament.«

»Du brauchst kein Testament, um Erben zu haben.« Alisa warf Oren einen Blick zu. »Wurde ihre Schwester überprüft?«

»Libby?«, fragte ich ungläubig. Hatten die beiden meine Schwester eigentlich *je* gesehen?

»Die Schwester ist sauber«, sagte Oren zu Alisa. »Sie war während des Vorfalls mit Nash zusammen.«

Er hätte genauso gut eine Bombe zünden können, so wie diese Neuigkeit bei meiner Anwältin einschlug.

Alisa fasste sich rasch wieder und wandte sich an mich. »Du bist vor deinem achtzehnten Geburtstag rechtlich nicht befugt, ein Testament zu unterzeichnen. Das Gleiche gilt für den Papierkram bezüglich des Stiftungsvorstandes. Und das ist hier der zweite Punkt, der uns entgangen ist. Ursprünglich war ich auf das Testament fokussiert, aber falls du nicht in der Lage oder nicht willens sein solltest, deine Rolle in der Stiftung wahrzunehmen, geht der Vorstand …« Sie hielt gewichtig inne. »… an die Jungs über.«

Wenn ich starb, ging die Stiftung – all das Geld, die Macht, das gesamte Potenzial – an Tobias Hawthornes Enkel. Einhundert Millionen

Dollar jedes Jahr, nur zum Verschenken. Für solches Geld konnte man sich jede Menge Gefälligkeiten erkaufen.

»Wer weiß über die Bedingungen des Stiftungsvorstands Bescheid?«, fragte Oren todernst.

»Zara und Constantine in jedem Fall«, sagte Alisa unumwunden.

»Grayson«, fügte ich heiser hinzu, wobei ich meine Wunde pochen spürte. Ich kannte ihn gut genug, um zu wissen, dass er Einsicht in die Stiftungsunterlagen verlangt haben würde. *Er würde mir nicht wehtun.* Das wollte ich glauben. *Alles, was er tut, ist, mich zu warnen, damit ich gehe.*

»Wie schnell kannst du Dokumente aufsetzen lassen, welche im Todesfall die Stiftungsleitung an Averys Schwester überantworten?«, wollte Oren wissen. Wenn das mit der Stiftung geklärt wäre, würde mich das schützen – oder aber Libby ebenfalls in Gefahr bringen.

»Fragt mich hier eigentlich auch jemand, was ich tun möchte?«, warf ich ein.

»Ich kann die Dokumente problemlos bis morgen früh aufsetzen lassen«, informierte Alisa Oren, wobei sie mich ignorierte, »aber Avery kann sie bis zu ihrem achtzehnten Geburtstag nicht rechtskräftig unterzeichnen, und selbst dann ist unklar, ob sie dazu ermächtigt ist, diese Art von Entscheidung zu treffen, bevor sie mit einundzwanzig die volle Obhut über die Stiftung erhält. Bis dahin …«

War ich eine wandelnde Zielscheibe.

»Was bräuchte es, um die Schutzklausel in dem Testament in Kraft treten zu lassen?«, wechselte Oren die Taktik. »Es gibt doch gewisse Umstände, unter denen Avery den Hawthornes das Wohnrecht entziehen kann, korrekt?«

»Dafür bräuchten wir Beweise«, erwiderte Alisa. »Irgendwas, das eine bestimmte Person, beziehungsweise Personen, mit einem Akt von Belästigung, Einschüchterung oder Gewalt in Verbindung bringt, und selbst dann kann Avery lediglich den Täter rausschmeißen, nicht die ganze Familie.«

»Und sie kann in der Zwischenzeit nicht woanders wohnen?«

»Nein.«

Oren gefiel das nicht, aber er verschwendete keine Zeit mit unnötigen Kommentaren, sondern wandte sich an mich. »Du wirst ohne mich nirgends mehr hingehen«, bestimmte er mit stählerner Stimme. »Nicht auf dem Anwesen, nicht im Haus. Nirgends. Hast du verstanden? Bisher war ich immer nur in der Nähe. Ab sofort spiele ich die sichtbare Abschreckung.«

Alisa musterte Oren aus zusammengekniffenen Augen. »Was weißt du, was ich nicht weiß?«

Es entstand eine winzige Pause, erst dann beantwortete mein Bodyguard die Frage. »Ich habe meine Leute die Waffenkammer checken lassen. Nichts fehlt. Aller Wahrscheinlichkeit nach gehörte die Waffe, die auf Avery abgefeuert wurde, nicht den Hawthornes, aber ich habe meine Männer dennoch das Kameramaterial der letzten Tage sichten lassen.«

Ich war noch viel zu perplex von der Enthüllung, dass Hawthorne House eine eigene *Waffenkammer* hatte, um den Rest des Gesagten zu verarbeiten.

»Die Waffenkammer hatte einen Besucher?«, fragte Alisa. Ihre Stimme war beinahe zu ruhig.

»Gleich zwei.« Oren schien mir zuliebe an der Stelle abbrechen zu wollen, doch dann sprach er weiter. »Jameson und Grayson. Beide haben Alibis, aber beide haben sich Gewehre angeschaut.«

»Hawthorne House hat eine Waffenkammer?« Das war alles, was ich rausbekam.

»Das hier ist Texas«, erwiderte Oren. »Die ganze Familie hat von klein auf schießen gelernt und Mr Hawthorne selbst war passionierter Sammler.«

»*Waffen*sammler«, stellte ich klar. Ich war, schon *bevor* ich beinahe erschossen worden wäre, kein Fan von Schusswaffen.

»Wenn du den Ordner gelesen hättest, in dem dein Vermögen gelistet ist«, warf Alisa ein, »wüsstest du, dass Mr Hawthorne die weltgrößte Sammlung von Winchester-Gewehren des späten neunzehnten und frühen zwanzigsten Jahrhunderts besaß, von denen einige auf einen Wert von vierhunderttausend Dollar aufwärts geschätzt werden.«

Die Vorstellung, dass irgendwer so viel für ein Gewehr hinlegen würde, war schon verstörend genug, doch ich verschwendete kaum einen Gedanken daran, denn ich war viel zu sehr mit der Frage beschäftigt, warum sowohl Jameson als auch Grayson der Waffenkammer einen Besuch abgestattet hatten, um sich Gewehre anzuschauen.

Jamesons Zweitname war *Winchester*.

KAPITEL 57

Obwohl es mitten in der Nacht war, ließ ich mich von Oren zu der Waffenkammer führen. Während ich ihm durch einen Flur nach dem anderen folgte, konnte ich nur daran denken, dass man sich in diesem verworrenen Haus für immer versteckt halten könnte.

Und das, ohne die Geheimgänge zu nutzen.

Schließlich blieb Oren in einem langen Korridor stehen. »Das hier ist es.« Er blieb vor einem reich verzierten goldenen Spiegel stehen. Ich sah zu, wie er mit der Hand seitlich am Rahmen entlangfuhr. Ich hörte ein Klicken und schon schwang der bodentiefe Spiegel nach außen auf wie eine Tür. Dahinter befand sich Stahl.

Oren trat vor und ich sah eine Linie aus rotem Licht über sein Gesicht wandern. »Gesichtserkennung«, informierte er mich. »Im Grunde ist es nur als zusätzliche Sicherheitsvorkehrung gedacht. Die beste Art, Eindringlinge davon abzuhalten, einen Safe aufzubrechen, ist immer noch, dafür zu sorgen, dass sie gar nicht erst wissen, dass er da ist.«

Deshalb also der Spiegel.

Er schob die Tür nach innen auf. »Die gesamte Waffenkammer ist mit verstärktem Stahl ausgekleidet.« Er trat hinein und ich folgte ihm.

Als ich das Wort *Waffenkammer* hörte, hatte ich mir einen Raum wie aus einem Actionfilm vorgestellt: schwarze Rambo-mäßige Patronengurte in Hülle und Fülle an den Wänden. Was ich bekam, sah mehr nach Altherren-Country-Club aus. Die Wände waren mit Vitrinen aus dunklem Kirschholz gesäumt. In der Mitte des Raums befand sich ein aufwendig geschnitzter Tisch mit Marmorplatte.

»*Das* ist die Waffenkammer?«, wunderte ich mich. Auf dem Boden lag ein Teppich. Ein weicher, teurer Teppich, der aussah, als gehöre er in ein vornehmes Speisezimmer.

»Nicht das, was du erwartet hast?« Oren schloss mit einem leisen Klicken die Tür hinter uns, bevor er rasch hintereinander drei zusätzliche Bolzen vorschob. »Es gibt im ganzen Haus verstreut Schutzräume. Der hier dient ebenfalls als solcher – und als Tornadoschutzbunker. Ich werde dir später die Standorte der anderen zeigen, nur für den Fall.«

Nur für den Fall, dass wieder jemand versucht, mich umzubringen. Statt mich an diesem Gedanken festzubeißen, konzentrierte ich mich auf den Grund, warum ich hergekommen war. »Wo sind die Winchester-Gewehre?«, fragte ich.

»Es gibt mindestens dreißig Winchester-Modelle in der Sammlung.« Oren nickte zu einer Wand aus Vitrinen. »Irgendein bestimmter Grund, warum du sie sehen möchtest?«

Noch vor einem Tag hätte ich das womöglich für mich behalten, aber Jameson hatte mir nicht erzählt, dass er nach dem Hinweis zu seinem Zweitnamen gesucht und ihn womöglich gefunden hatte. Ich schuldete ihm nun keine Geheimhaltung mehr.

»Ich suche etwas«, verriet ich Oren. »Eine Botschaft von Tobias Hawthorne – einen Hinweis. Mit großer Wahrscheinlichkeit eine geschnitzte Ziffer oder ein Symbol.«

Die Inschrift auf dem Baumstamm im Black Wood war keins von beidem gewesen. Inmitten unseres Kusses hatte Jameson die Überzeugung geäußert, dass Tobys Name der nächste Hinweis sei, aber ich war mir da nicht so sicher. Die Buchstaben hatten nicht zu dem geschnitzten Symbol auf der Brücke gepasst. Sie waren ungleichmäßig gewesen, wie die eines Kindes. Was, wenn Toby das als Kind selbst in die Rinde geritzt hatte? Was, wenn der eigentliche Hinweis sich immer noch da draußen im Wald befand?

Ich kann nicht dorthin zurück. Nicht, solange wir nicht wissen, wer der Schütze ist.

Klar, Oren konnte einen Raum checken und mir sagen, dass er sicher war. Aber er konnte nicht einen ganzen Wald sichern.

Gegen das innere Echo der Gewehrschüsse ankämpfend – und gegen alles, was danach gekommen war –, öffnete ich eine der Vitrinen. »Irgendeine Idee, wo Ihr ehemaliger Boss eine Botschaft versteckt haben könnte?«, fragte ich Oren, während ich intensiv die Waffen musterte. »Welches Gewehr? Welcher Teil des Gewehrs?«

»Mr Hawthorne zog mich nur selten ins Vertrauen«, erwiderte Oren. »Ich wusste nicht immer, wie seine Gedankengänge verliefen, aber ich respektierte ihn, und dieser Respekt beruhte auf Gegenseitigkeit.« Oren zog ein Stofftuch aus einer Schublade, entfaltete es und breitete es über die marmorne Tischplatte. Dann ging er zu der Vitrine hinüber, die ich geöffnet hatte, und entnahm ihr eines der Gewehre. »Keins davon ist geladen«, sagte er mit ernstem Ton und einem nachdrücklichen Blick in meine Richtung. »Aber du behandelst sie stets so, als wären sie es. Und zwar immer.«

Er legte das Gewehr auf dem dicken, weichen Stoff ab und fuhr mit den Fingern behutsam über den Lauf. »Das war einer seiner Lieblinge. Er war ein höllisch guter Schütze.«

Ich bekam das Gefühl, dass da mehr dahintersteckte – eine Geschichte, die er mir wahrscheinlich nie erzählen würde.

Oren trat einen Schritt zurück, und ich nahm das als Wink, näher zu treten. Alles in mir wollte vor dieser Waffe zurückweichen. Die Kugeln, die auf mich abgefeuert worden waren, schwirrten noch zu frisch durch meine Erinnerungen. Meine Wunde pochte anhaltend schmerzhaft, doch ich zwang mich, jeden Teil der Waffe zu inspizieren, auf der Suche nach etwas, *irgend*etwas, das ein Hinweis sein könnte. Schließlich drehte ich mich zu Oren um. »Wo lädt man die Patronen nach?«

Ich fand, was ich suchte, auf dem vierten Gewehr. Um eine Patrone in ein Winchester-Gewehr einzulegen, zog man einen Hebel vom Schaft weg. Auf der Unterseite des Hebels dieses vierten Gewehrs, das ich mir anschaute, befanden sich drei Buchstaben. *O. N.E.* So wie die Buchstaben ins Metall geätzt worden waren, hätte man sie für Initialen halten können, aber ich las sie als Zahl – entsprechend derjenigen, die wir auf der Brücke gefunden hatten.

Kein Unendlichkeitssymbol, dachte ich. *Eine Acht. Und nun: eine Eins. Acht. Eins.*

KAPITEL 58

Oren begleitete mich zu meinem Flügel. Ich dachte kurz daran, bei Libby zu klopfen, aber es war spät – viel zu spät – und ich konnte ja nicht einfach nur vorbeischneien und sagen: *Hey, da ist ein Mordkomplott im Gange – schlaf gut!*

Oren suchte noch meine Zimmer ab, bevor er vor meiner Tür Stellung bezog, die Füße schulterbreit in den Boden gestemmt, die Hände locker an seinen Seiten. Irgendwann musste auch er schlafen, doch als die Tür zwischen uns zuging, war mir klar: nicht heute Nacht.

Ich zog mein Handy aus der Tasche. Keine Nachricht von Max. Sie war eine Nachteule und zeitzonenmäßig zwei Stunden hinterher. Es war ausgeschlossen, dass sie schlief. Ich schickte ihr die gleiche Nachricht, die ich vorhin getippt hatte, an jeden Social-Media-Account, den sie hatte.

Bitte antworte, dachte ich verzweifelt. *Bitte, Max.*

»Nichts.« Ich hatte nicht vorgehabt, das laut zu sagen. In dem Versuch, mich nicht völlig einsam zu fühlen, ging ich ins Bad, legte mein Handy nebens Waschbecken und schälte mich aus meinen Klamotten. Nackt blickte ich in den Spiegel. Bis auf mein Gesicht und den Verband über dem Schlüsselbein sah meine Haut unberührt aus. Ich zog die Gaze ein Stück zurück. Die Wunde war zornig-rot, die Stiche gleichmäßig und klein. Ich starrte sie an.

Irgendwer – und mit ziemlicher Sicherheit jemand aus der Familie

Hawthorne – wollte mich tot sehen. *Ich könnte jetzt tot sein.* Ich stellte mir ihre Gesichter vor, eines nach dem anderen. Jameson war dort bei mir gewesen, als die Schüsse verhallten. Nash hatte von Anfang an darauf bestanden, dass er das Geld nicht wolle. Xander war einfach nur nett und zuvorkommend gewesen. Aber Grayson …

Wenn du klug wärst, würdest du dich von Jameson fernhalten. Und vom Spiel. Von mir. Er hatte mich gewarnt. Er hatte mir selbst gesagt, dass ihre Familie alles zerstörte, was sie berührte. Als ich Rebecca gefragt hatte, wie Emily gestorben war, war es nicht Jamesons Name gewesen, den sie nannte.

Grayson sagte mir, dass es ihr Herz war.

Ich drehte die Dusche so heiß auf, wie es ging, und trat in die Kabine, wobei ich die Brust von dem kräftigen Strahl abwandte und das heiße Wasser auf meinen Rücken prasseln ließ. Es tat weh, aber ich wollte einfach nur diese gesamte Nacht von mir abschrubben. Was im Black Wood passiert war. Was mit Jameson passiert war. *Einfach alles.*

Ich brach zusammen. *In der Dusche heulen zählt nicht.*

Nach ein, zwei Minuten fasste ich mich wieder und drehte den Wasserhahn zu – gerade rechtzeitig, um mein Handy klingeln zu hören. Pitschnass hechtete ich hin.

»Hallo?«

»Ich hoffe bloß, das war keine Lüge mit dem Mordversuch. Und dem Rumknutschen.«

Mein Körper sackte vor Erleichterung zusammen. »Max.«

Sie musste mir angehört haben, dass ich nicht log. »Was zur Henne, Avery? Was zur mottenbemannten Schmeißfliege ist da drüben los?«

Ich erzählte es ihr – alles, bis ins letzte Detail, jeden Moment, alles, was ich bisher versucht hatte, nicht zu fühlen.

»Du musst da weg, sofort.« Zur Abwechslung war Max todernst.

»Was?«, erwiderte ich. Zitternd schaffte ich es endlich, mir ein Handtuch zu schnappen.

»Jemand hat versucht, dich umzubringen«, erklärte Max mit übertriebener Geduld, »also musst du raus aus dem Meuchelmörderhaus da. Und zwar jetzt.«

»Ich kann nicht weg«, widersprach ich. »Ich muss hier ein Jahr lang leben oder ich verliere alles.«

»Dann wird dein Leben eben wieder so, wie es vor einer Woche war. Ist das denn so schlimm?«

»Ja«, sagte ich ungläubig. »Ich habe in meinem Auto gelebt, Max, ohne Garantie auf eine Zukunft.«

»Mit Betonung auf: *gelebt.*«

Ich zog das Badetuch fester um mich. »Willst du damit sagen, du würdest auf ein paar Milliarden verzichten?«

»Na ja, mein anderer Vorschlag hätte gelautet, die komplette Hawthorne-Familie präventiv umzulegen, aber ich hatte Angst, du würdest das nur als beschönigende Metapher verstehen.«

»Max!«

»Hey, ich bin hier nicht diejenige, die mit Jameson Hawthorne rumgeknutscht hat.«

Ich wollte ihr erklären, wie genau es dazu hatte kommen können, aber alles, was aus meinem Mund kam, war: »Wo warst du überhaupt?«

»Wie bitte?«

»Ich habe dich angerufen, direkt nachdem es passiert ist – vor der Sache mit Jameson. Ich habe dich gebraucht, Max.«

Auf der anderen Seite der Leitung machte sich eine lange, bedeutungsschwangere Stille breit. »Mir geht es wunderbar«, sagte sie. »Alles hier ist ganz toll. Danke der Nachfrage.«

»Was für eine Frage?«

»Ganz genau.« Max dämpfte die Stimme. »Hast du überhaupt gemerkt, dass ich nicht von meinem Handy aus anrufe? Das hier gehört meinem Bruder. Ich stehe unter Arrest. Der komplette Lockdown. Deinetwegen.«

Ich hatte doch geahnt, dass bei unserem letzten Telefonat irgendwas nicht stimmte. »Wie meinst du das, meinetwegen?«

»Willst du es wirklich wissen?«

Was für eine Frage war das denn bitte? »Klar will ich.«

»Na ja, da bin ich nicht so sicher. Du hast kein einziges Mal nach *mir* gefragt, seit das alles passiert ist.« Sie stieß einen langen Atemzug aus. »Lass uns ehrlich sein, Ave, du hast schon davor kaum nach mir gefragt.«

Mein Magen krampfte sich zusammen. »Das ist nicht wahr.«

»Deine Mom ist gestorben und du hast mich gebraucht. Und bei allem, was mit Libby und diesem verschlissenen Nestkerl lief, da hast du mich erst recht gebraucht. Und dann hast du Aber- und Abermilliarden Dollar geerbt, also hast du mich natürlich auch gebraucht! Und ich war ja froh, für dich da zu sein, Avery, aber weißt du eigentlich überhaupt, wie der Name von meinem Freund lautet?«

Ich kramte in meinem Gehirn. »Jared?«

»Falsch«, erwiderte Max. »Die korrekte Antwort lautet, dass ich keinen Freund mehr habe, weil ich *Jaxon* mit meinem Handy erwischt habe, als er versuchte, Screenshots von deinen Nachrichten an sich weiterzuleiten. Ein Reporter hatte ihm Geld dafür geboten.« Ihr Schweigen war diesmal schmerzlich. »Willst du wissen, wie viel?«

Mir wurde schwer ums Herz. »Das tut mir so leid, Max.«

»Mir auch«, sagte Max bitter. »Aber ganz besonders tut es mir leid, dass ich ihn je habe Fotos von mir machen lassen. *Persönliche* Fotos. Denn als ich mit ihm Schluss gemacht habe, hat er diese Fotos an meine Eltern geschickt.« Max war wie ich. Sie weinte, wenn überhaupt, nur unter der Dusche. Aber gerade stockte ihre Stimme verdächtig. »Ich darf mich nicht mal mehr mit einem Jungen treffen, Avery. Was glaubst du, wie es mir geht?«

Ich konnte es mir nicht mal vorstellen. »Was brauchst du?«, fragte ich sie.

»Ich brauche mein Leben zurück.« Sie verstummte, wenn auch nur kurz. »Weißt du, was das Schlimmste daran ist? Ich kann nicht mal sauer auf dich sein, weil irgendwer versucht hat, *dich zu erschießen.*« Ihre Stimme wurde ganz leise. »Und du brauchst mich.«

Das schmerzte, denn es war die Wahrheit. Ich brauchte sie. Ich hatte sie schon immer mehr gebraucht als sie mich, weil sie meine Freundin war – in der Einzahl –, während ich für sie eine von vielen war. »Es tut mir leid, Max.«

Sie gab ein wegwerfendes Geräusch von sich. »Ja, na ja, das nächste Mal, wenn jemand versucht, dich zu erschießen, wirst du mir etwas wirklich Nettes kaufen müssen, um es bei mir wiedergutzumachen. So was wie Australien.«

»Du willst, dass ich dir einen Trip nach Australien kaufe?«, fragte ich und überlegte, dass sich das wahrscheinlich einrichten ließe.

»Nein«, erwiderte sie keck. »Ich will, dass du mir *Australien* kaufst. Du kannst dir das leisten.«

Ich schnaubte. »Ich glaube nicht, dass Australien zum Verkauf steht.«

»Dann bleibt dir wohl nichts anderes übrig, als das nächste Mal *zu vermeiden, angeschossen zu werden.*«

»Ich werde vorsichtig sein«, versprach ich. »Wer auch immer versucht hat, mich umzubringen, wird keine zweite Chance bekommen.«

»Gut.« Max schwieg ein paar Sekunden. »Ave, ich muss auflegen. Und ich weiß nicht, wann ich es schaffe, mir ein anderes Handy zu leihen. Oder online zu gehen. Oder *egal was.*«

Meine Schuld. Ich versuchte mir einzureden, dass das kein Abschied war – nicht für immer. »Hab dich lieb, Max.«

»Hab dich auch lieb.«

Nachdem wir aufgelegt hatten, saß ich in mein Badetuch gewickelt da und fühlte mich, als hätte man mich innerlich ausgehöhlt. Schließlich ging ich in mein Schlafzimmer und schlüpfte in einen Pyjama. Ich lag in meinem Bett und dachte über alles nach, was Max gesagt hatte, wobei ich mich fragte, ob ich ein von Grund auf selbstsüchtiger und bedürftiger Mensch war, als ich eine Art Scharren in der Wand vernahm.

Ich hielt den Atem an und lauschte. Da war es wieder. *Der Geheimgang.*

»Jameson?«, rief ich. Er war der Einzige, der diesen Gang zu meinem Zimmer nutzte – oder zumindest der Einzige, von dem ich es wusste. »Jameson, das ist nicht witzig.«

Es kam keine Antwort, aber als ich aufstand, mich zum Kamin schlich und ganz still dastand, da hätte ich schwören können, dass ich jemanden auf der anderen Seite der Wand atmen hörte. Ich griff nach dem Kerzenhalter, bereit, ihn runterzuziehen und denjenigen zur Rede zu stellen, der sich dahinter versteckte, aber dann holte mich mein gesunder Menschenverstand – und mein Versprechen an Max – ein, und ich öffnete stattdessen die Tür zum Flur.

»Oren?«, sagte ich leise. »Da ist etwas, was du wissen solltest.«

Oren suchte den Geheimgang ab, bevor er den Zugangsmechanismus zu meinem Zimmer sperrte. Er schlug zudem vor, dass ich die Nacht bei Libby verbrachte, da ihr Zimmer über keine Geheimtüren verfügte.

Es war nicht wirklich ein Vorschlag.

Meine Schwester schlief, als ich klopfte. Sie wachte auf, wenn auch nur ein wenig. Ich krabbelte zu ihr ins Bett, und sie fragte nicht, warum. Nach meinem Gespräch mit Max war ich mir recht sicher, dass ich es ihr nicht erzählen wollte. Libbys gesamtes Leben war bereits meinetwegen auf den Kopf gestellt worden. Zweimal. Das erste Mal, als meine Mutter starb, und nun das hier. Sie hatte mir bereits alles gegeben. Sie hatte ihre eigenen Probleme, mit denen sie zu kämpfen hatte. Sie brauchte nicht auch noch meine.

Unter der Decke umarmte ich ein Kissen, drückte es fest an meinen Körper und rollte mich zu Libby rüber. Ich musste ihr nahe sein, auch wenn ich ihr nicht sagen konnte, warum. Libbys Augenlider flatterten leicht und sie kuschelte sich an mich. Ich zwang mich, an nichts anderes zu denken – nicht an den Black Wood, nicht an die Hawthornes, an nichts. Ich ließ mich von der Dunkelheit übermannen und schlief.

Ich träumte, dass ich wieder in dem Diner zu Hause war. Ich war noch klein – fünf oder sechs – und glücklich.

Ich stelle zwei Zuckerpäckchen aufrecht auf den Tisch und lehne die oberen Enden aneinander, sodass sie ein Dreieck bilden, das von alleine stehen kann. »Da«, sage ich. Das Gleiche mache ich mit den nächsten zwei Päckchen, dann setze ich ein fünftes waagrecht darüber und verbinde so die zwei Dreiecke, die ich gebaut habe.

»Avery Kylie Grambs!« Meine Mutter taucht lächelnd auf der anderen Seite des Tisches auf. »Was habe ich dir über das Schlösserbauen aus Zuckerpäckchen gesagt?«

Ich strahle sie an. »Es lohnt sich nur, wenn du es auf fünf Stockwerke schaffst!«

Ich schreckte aus dem Schlaf.

Ich drehte mich um, in der Erwartung, Libby zu sehen, doch ihre Seite des Betts war leer. Das Morgenlicht strömte durchs Fenster. Ich ging in Libbys Bad, doch da war sie auch nicht. Ich wollte mich schon aufmachen, in mein Zimmer – und mein Bad –, als mir etwas auf der Ablage neben dem Waschbecken ins Auge fiel. Libbys Handy. Sie hatte Dutzende ungelesene Nachrichten, allesamt von Drake. Es gab nur drei – die neuesten –, die ich ohne Passwort lesen konnte.

Ich liebe dich.

Du weißt, ich liebe dich, Libby-lein.

Ich weiß, dass du mich liebst.

KAPITEL 59

Oren fing mich im Flur ab, kaum dass ich Libbys Zimmer verlassen hatte. Falls er die ganze Nacht aufgeblieben war, so sah man es ihm nicht an.

»Bei der Polizei wurde Anzeige erstattet«, berichtete er. »Diskret. Die Beamten, die auf den Fall angesetzt wurden, kooperieren in Abstimmung mit meinem Team. Wir sind uns alle einig, dass es, zumindest für den Moment, zu unserem Vorteil wäre, wenn die Familie Hawthorne nicht mitbekommt, dass Ermittlungen im Gange sind. Jameson und Rebecca wurden ebenfalls zum Thema Diskretion gebrieft. Sofern es möglich ist, hätte ich gern von dir, dass du weitermachst, als wäre nichts passiert.«

So tun also, als wäre ich gestern nicht dem Tod von der Schippe gesprungen. So tun, als wäre alles in bester Ordnung.

»Haben Sie Libby gesehen?«, fragte ich. *Libby ist nämlich nicht in Ordnung.*

»Sie ist vor einer halben Stunde runter zum Frühstück.« Orens Tonfall verriet nichts.

Ich musste an Drakes Nachrichten denken und mein Magen verkrampfte sich. »Schien sie okay?«

»Keine Verletzungen. Alle Gliedmaßen intakt.«

Das war nicht meine Frage gewesen, aber unter den gegebenen Umständen hätte sie es vielleicht sein sollen. »Wenn sie unten ist bei den Hawthornes, ist sie da sicher?«

»Ihr Personenschutzteam ist sich der Situation bewusst. Sie glauben nicht, dass sie gegenwärtig einem Risiko ausgesetzt ist.«

Libby war nicht *die Erbin.* Sie war nicht das Ziel. Das war ich.

Ich zog mich an und ging nach unten. Ich hatte mich für ein hochgeschlossenes Top entschieden, um meine Stiche zu verbergen, und den Kratzer auf meiner Wange hatte ich, so gut es ging, mit Make-up kaschiert.

Im Speisezimmer war eine Auswahl von Blätterteiggebäck auf dem Büfett angerichtet. Libby hockte eingekuschelt in einem großen Ohrensessel. Nash saß auf dem Sessel daneben, die langen Beine ausgestreckt, die Cowboystiefel an den Knöcheln überkreuzt. Wache haltend.

Zwischen ihnen und mir befanden sich vier Mitglieder der Familie Hawthorne im Raum. *Alle mit einem Grund, dir den Tod an den Hals zu wünschen,* dachte ich, als ich an ihnen vorbeiging. Zara und Constantine saßen an einem Ende des Esstisches. Sie las in einer Zeitung. Er las auf einem Tablet. Keiner von beiden schenkte mir die geringste Beachtung. Nan und Xander hatten sich am anderen Ende niedergelassen.

Ich spürte eine Bewegung hinter mir und wirbelte herum.

»Da ist aber jemand schreckhaft heute Morgen«, verkündete Thea, hakte sich bei mir unter und führte mich zu der Anrichte. Oren folgte wie ein Schatten. »Du warst ein eifriges Mädchen«, raunte Thea mir ins Ohr.

Ich wusste, dass sie mich beobachtete, dass sie wahrscheinlich beauftragt worden war, sich mir an die Fersen zu heften und Bericht zu erstatten. *Wie gewissenhaft ist sie mir gestern gefolgt? Was weiß sie?* Wenn es stimmte, was Oren gesagt hatte, dann hatte Thea nicht persönlich auf mich geschossen, aber der Zeitpunkt ihres Einzugs in Hawthorne House schien mir kaum ein Zufall zu sein.

Zara hatte ihre Nichte aus einem bestimmten Grund hier eingeschleust.

»Spiel hier nicht die Unschuldige.« Thea griff nach einem Croissant und hob es an ihre Lippen. »Rebecca hat mich angerufen.«

Ich unterdrückte den Impuls, zu Oren zu schauen. Er hatte angedeutet, dass Rebecca Stillschweigen über den gestrigen Vorfall bewahren würde. Bei was hatte er sich noch geirrt?

»Du und Jameson also«, fuhr Thea fort, als würde sie ein kleines Kind tadeln. »Und dann auch noch in Emilys altem Zimmer. Ein bisschen geschmacklos, findest du nicht?«

Sie weiß nichts von den Schüssen.

Die Erkenntnis schoss durch mich hindurch. *Rebecca muss Jameson gesehen haben, als er aus dem Badezimmer kam. Sie muss uns gehört haben. Muss kapiert haben, dass wir …*

»Man ist also schon wieder geschmacklos ohne mich?«, meldete sich Xander, der sich unvermittelt zwischen mich und Thea schob und damit ihren Griff löste. »Wie unhöflich.«

Ich wollte Xander nichts unterstellen, aber wenn das so weiterging, würde der Stress des Verdächtigens oder Nichtverdächtigens mich noch umbringen, bevor es jemand anderes erledigen konnte.

»Rebecca hat gestern im Cottage übernachtet«, erzählte Thea Xander, wobei sie jedes Wort auskostete. »Sie hat endlich ihr langes Schweigen gebrochen und mir *alles* geschrieben.« Thea benahm sich wie jemand, der einen Trumpf ausspielte, ich war mir nur nicht sicher, welche Karte genau das war.

Rebecca?

»Mir hat Bex ebenfalls geschrieben«, erzählte nun Xander Thea. Dann warf er mir einen entschuldigenden Blick zu. »Techtelmechtel mit Hawthornes bleiben nie lange geheim.«

Rebecca mag zwar ihre Klappe gehalten haben, was den Angriff anging, aber was den Kuss betraf, hätte sie auch gleich eine Anzeige schalten können.

Der Kuss hatte nichts zu bedeuten. Der Kuss ist hier nun wirklich nicht das Problem.

»Du da. Mädchen!« Nan stocherte gebieterisch mit ihrem Gehstock in meine Richtung und dann zu dem Gebäck auf der Anrichte. »Du wirst eine alte Frau wohl nicht selbst springen lassen.«

Wenn jemand anderes so mit mir gesprochen hätte, hätte ich ihn geflissentlich ignoriert, aber Nan war nicht nur steinalt, sondern auch furchteinflößend, also griff ich mir das Tablett. Zu spät fiel mir ein, dass ich verletzt war. Der Schmerz schoss wie ein Blitz durch meine Brust und ich musste scharf die Luft einziehen.

Nan starrte mich nur eine Sekunde an, dann stupste sie mit ihrem Stock Xander an. »Hilf ihr gefälligst, du Rüpel.«

Xander nahm mir das Tablett ab und ich ließ meine Arme sinken. *Wer hat mich zusammenzucken sehen?* Ich gab mir Mühe, niemanden offensichtlich anzustarren. *Wer von ihnen wusste bereits, dass ich verletzt war?*

»Dir tut da was weh.« Xander schob seinen Oberkörper zwischen mich und Thea.

»Mir geht's gut.«

»Das tut es ganz gewiss nicht.«

Ich hatte nicht gemerkt, dass Grayson den Bankettsaal betreten hatte, aber plötzlich stand er direkt neben mir.

»Hättest du einen Moment, Miss Grambs?« Sein Blick war eindringlich. »Draußen im Flur.«

KAPITEL 60

Wahrscheinlich hätte ich mit Grayson Hawthorne nirgends hingehen sollen, aber ich wusste, dass Oren mir folgen würde, und ich wollte etwas von Grayson. Ich wollte ihm in die Augen schauen. Ich wollte wissen, ob er mir das angetan hatte – oder ob er eine Ahnung hatte, wer es getan haben könnte.

»Du bist verletzt.« Grayson formulierte das nicht als Frage. »Du wirst mir sagen, was passiert ist.«

»Ach, werde ich das, ja?«

»Bitte.« Grayson schien das Wort quälend oder widerwärtig zu finden – oder beides.

Ich schuldete ihm gar nichts. Oren hatte mich gebeten, den gestrigen Vorfall nicht zu erwähnen. Das letzte Mal, als ich mit Grayson sprach, hatte er klipp und klar eine Warnung ausgesprochen. Er war es, dem die Stiftung zufiel, falls ich starb.

»Man hat auf mich geschossen«, ließ ich die Wahrheit raus, denn aus Gründen, die ich nicht mal selbst verstand, musste ich seine Reaktion sehen. »Und knapp verfehlt«, stellte ich klar.

Sämtliche Muskeln in Graysons Kiefer spannten sich an. *Er hat es nicht gewusst.* Bevor ich auch nur ein Quäntchen Erleichterung verspüren konnte, wandte Grayson sich an meinen Leibwächter. »Wann?«, stieß er hervor.

»Gestern Abend«, erwiderte Oren knapp.

»Und wo«, wollte Grayson von meinem Bodyguard wissen, »waren Sie?«

»Nicht annähernd so nahe, wie ich es von nun an sein werde«, versprach Oren ihm mit eisernem Blick.

»Hallo? Kennt ihr mich noch?« Ich hob genervt eine Hand und zahlte sofort den Preis dafür. »Thema eures kleinen Gesprächs und eigenständiges, kompetentes Individuum?«

Grayson musste den Schmerz bemerkt haben, den die Bewegung bei mir verursacht hatte, denn er drehte sich um und benutzte seine Hand, um behutsam meine zu senken. »Du wirst Oren seinen Job machen lassen«, befahl er sanft.

Ich hielt mich nicht bei seinem Tonfall auf, auch nicht bei seiner Berührung. »Und vor *wem*, glaubst du, beschützt er mich?« Ich warf betont einen Blick zum Bankettsaal. Ich wartete darauf, dass Grayson mich anschnauzte, wie ich es denn wagen könne, jemanden aus seiner Familie zu verdächtigen, und mir erneut mitteilte, dass er jedem von ihnen den Vorzug vor mir geben würde.

Stattdessen wandte Grayson sich erneut an Oren. »Sollte ihr irgendwas passieren, werde ich Sie persönlich zur Verantwortung ziehen.«

»Mr Persönliche Verantwortung«, spottete Jameson und kam lässig auf seinen Bruder zugeschlendert. »Wie charmant.«

Grayson mahlte mit den Zähnen, dann dämmerte ihm etwas. »Ihr wart gestern Abend beide im Black Wood.« Er starrte seinen Bruder an. »Wer auch immer auf sie geschossen hat, hätte auch dich treffen können.«

»Und was für ein Jammer das doch wäre«, erwiderte Jameson, wobei er im Kreis um seinen Bruder herumging, »wenn mir irgendwas zustoßen würde.«

Die Spannung zwischen den Brüdern war greifbar. *Explosiv.* Ich konnte schon sehen, wie das laufen würde: Grayson, der Jameson Rücksichtslosigkeit vorwarf, Jameson, der sich noch weiter vorwagte, um ihn darin zu bestätigen. Wie lange würde es wohl dauern, bis Jameson mich erwähnte? *Den Kuss.*

»Ich hoffe, ich störe nicht«, sagte Nash und gesellte sich zu der Truppe. Er bedachte seine Brüder mit einem trägen, gefährlichen Lächeln. »Jamie, du wirst heute nicht die Schule schwänzen. Du hast fünf Minuten, um deine Uniform anzuziehen und in meinen Wagen zu steigen, oder ich schleif dich eigenhändig hin wie ein Ferkel zur Schlachtbank.« Er wartete, bis Jameson sich in Bewegung gesetzt hatte, dann drehte er sich um. »Grayson, unsere Mutter verlangt eine Audienz.«

Nachdem er seine Geschwister abgefertigt hatte, wandte der älteste Hawthorne-Bruder seine Aufmerksamkeit mir zu. »Ich nehme an, du brauchst niemanden, der dich zur Country Day mitnimmt?«

»Nein, braucht sie nicht«, erwiderte Oren mit vor der Brust verschränkten Armen. Nash registrierte sowohl seine Haltung als auch seinen Tonfall, doch bevor er was erwidern konnte, ging ich dazwischen.

»Ich gehe nicht zur Schule.« Das kam unerwartet für Oren, aber er widersprach nicht.

Nash hingegen bedachte mich mit exakt dem gleichen Blick, den er Jameson zugeworfen hatte, als er ihm mit der Schlachtbank drohte. »Weiß deine Schwester, dass du an diesem schönen Freitagnachmittag blaumachst?«

»Meine Schwester geht dich gar nichts an«, klärte ich ihn auf, doch kaum dachte ich an Libby, waren meine Gedanken schon wieder bei Drakes Nachrichten. Es gab Schlimmeres als die Vorstellung, dass Libby was mit einem Hawthorne anfangen könnte – immer davon ausgehend, dass Nash nicht meinen Tod wollte.

»Jeder, der in diesem Haus lebt oder arbeitet, geht mich was an«, erklärte mir Nash. »Egal, wie oft ich fortgehe oder wie lange ich wegbleibe – die Menschen brauchen doch jemanden, der sich um sie kümmert. Also …« Er schenkte mir das gleiche träge Grinsen. »Weiß deine Schwester, dass du blaumachst?«

»Ich spreche gleich mit ihr«, sagte ich, wobei ich versuchte, einen Blick hinter den Cowboy in ihm zu erhaschen, auf das, was sich dahinter verbarg.

Nash erwiderte meinen prüfenden Blick. »Mach das, Kleines.«

KAPITEL 61

Ich sagte Libby, dass ich zu Hause bleiben würde. Ich versuchte, die Worte zu finden, um sie nach Drakes Nachrichten zu fragen, aber ich blieb um sie verlegen. *Was, wenn Drake nicht nur geschrieben hat?* Es war dieser Gedanke, der es schaffte, sich in mein Bewusstsein zu schlängeln. *Was, wenn sie sich mit ihm trifft? Was, wenn er sie dazu überredet hat, ihn auf das Anwesen zu schmuggeln?*

Ich unterband diese Gedankengänge. Aufs Anwesen »schmuggeln« war ausgeschlossen. Die Sicherheitsvorkehrungen waren absolut wasserdicht, und Oren hätte es mir gesagt, wenn Drake sich gestern Abend auf dem Gelände aufgehalten hätte. Er wäre der Topverdächtige gewesen – oder zumindest ganz weit oben auf der Liste.

Wenn ich sterbe, besteht immerhin die Chance, dass alles an meine nächsten Blutsverwandten geht. Das sind Libby … und mein Vater.

»Bist du krank?«, fragte Libby und legte ihren Handrücken an meine Stirn. Sie trug ihre neuen lilafarbenen Stiefel und ein schwarzes Kleid mit langen Spitzenärmeln. Sie sah aus, als wolle sie irgendwo hin.

Um sich mit Drake zu treffen? Furcht machte sich in meiner Magengrube breit. *Oder mit Nash?*

»Mentaler Gesundheitstag«, brachte ich hervor. Libby akzeptierte das und erklärte ihn zur offiziellen Schwesternzeit. Falls sie Pläne gehabt hatte, so zögerte sie nicht, diese für mich in den Wind zu schießen.

»Lust auf eine Runde Spa?«, fragte Libby ernsthaft. »Ich habe gestern eine Massage bekommen, die war so unfassbar gut, ich hätte sterben können.«

Ich wäre gestern beinahe gestorben. Ich sagte es nicht, und ich erzählte ihr auch nicht, dass die Masseurin heute nicht mehr kommen würde – und auch sonst nicht so bald. Stattdessen schlug ich die einzige Aktivität vor, die mir einfiel und die mich von all den Geheimnissen ablenken würde, die ich vor ihr verbarg.

»Wie würde es dir denn gefallen, mir dabei zu helfen, einen Davenport zu finden?«

Den Internetsuchergebnissen zufolge, die Libby und ich aufstöberten, wurde der Begriff *Davenport* in Nordamerika benutzt, um zwei verschiedene Möbelstücke zu bezeichnen: ein Sofa und einen Schreibtisch. Im Fall des Sofas war es der Gattungsname, so wie *Tempo* für Taschentuch oder *o.b.* für Tampon, doch der *Davenport-Desk* bezeichnete eine bestimmte *Form* von Schreibtischen, die bekannt waren für ihre vielen Fächer und Verstecke samt einer abgeschrägten Schreibfläche, die angehoben werden konnte, um einen Stauraum darunter zu enthüllen.

Alles, was ich über Tobias Hawthorne wusste, sagte mir, dass wir hier wahrscheinlich nicht nach einem Sofa suchten.

»Das könnte ein Weilchen dauern«, meinte Libby. »Hast du eine Ahnung, wie groß dieses Haus ist?«

Ich hatte das Musizierzimmer gesehen, den Fitnessraum, die Bowling-Anlage, den Ausstellungssaal für Tobias Hawthornes Autos, die Orangerie … und das war nicht mal ein Viertel von dem, was es hier gab. »Riesengroß.«

»Kolossal«, quietschte Libby. »Und da ich sonst nur für negative Publicity sorge, hatte ich die letzte Woche nichts zu tun, *außer* diesen Palast zu erkunden.« Die Bemerkung mit der Publicity musste von Alisa stammen, und ich fragte mich, wie viele Vorträge sie in meiner Abwesenheit der armen Libby reingedrückt hatte. »Es gibt einen richtigen Ballsaal«, fuhr Libby fort. »Zwei Vorführräume – einen Lichtspielsaal zum Filmezeigen und einen Theatersaal mit Logenplätzen und einer Bühne.«

»Den habe ich gesehen«, brüstete ich mich. »Und die Bowling-Anlage.«

Libbys kajalumrandete Augen wurden kugelrund. »Und hast du auch gebowlt?«

Ihre Ehrfurcht war ansteckend. »Ich *habe* gebowlt.«

Libby schüttelte den Kopf. »Ich glaube, es wird immer total absurd bleiben, dass dieses Haus eine *Bowling-Anlage* hat.«

»Es gibt auch einen Golfplatz«, fügte Oren hinzu. »Und einen für Racquetball.«

Falls es Libby auffiel, wie nah er an uns dranklebte, so ließ sie sich nichts anmerken. »Wie um alles in der Welt sollen wir hier einen einzelnen kleinen Schreibtisch finden?«

Ich wandte mich wieder an Oren. Wenn er schon hier war, konnte er sich auch nützlich machen. »Das Büro in unserem Flügel habe ich schon gesehen. Hatte Tobias Hawthorne irgendwelche anderen?«

Der Schreibtisch in Tobias Hawthornes anderem Büro war kein Davenport. Drei weitere Räume grenzten daran an. Der Zigarrenraum. Der Billardraum. Oren bot nach Bedarf die dazugehörigen Erklärungen. Der dritte Raum war klein und hatte keine Fenster. In der Mitte stand eine Art riesige weiße Kapsel.

»Ein Floating-Tank zur sensorischen Deprivation«, erläuterte Oren. »Hin und wieder klinkte Mr Hawthorne sich gerne mal von der Welt aus.«

Schließlich verlegten Libby und ich uns darauf, nach dem Rasterprinzip zu suchen, genauso wie Jameson und ich den Black Wood durchforstet hatten. Flügel nach Flügel, Zimmer um Zimmer arbeiteten wir uns durch die Flure von Hawthorne House. Oren war nie mehr als ein paar Meter entfernt.

»Und nun … das *Spa.*« Libby öffnete schwungvoll die Tür. Sie schien richtig fröhlich. Entweder das oder sie überspielte etwas.

Ich schob den Gedanken beiseite und sah mich in dem Wellnesspalast um. Den Schreibtisch würden wir hier ganz sicher nicht finden, aber das hielt mich nicht davon ab, den Anblick auszukosten. Der Raum war L-förmig angelegt, der Boden war aus blanken Holzdielen; in dem kürzeren Teil war er aus Naturstein. In der Mitte des steinernen Abschnitts war ein kleines quadratisches Becken in den Boden eingelassen. Dampf stieg daraus empor. Dahinter befand sich eine gläserne Duschkabine, die so groß war wie ein kleines Schlafzimmer. Statt an der Wand befanden sich die Wasserhähne an der Decke.

»Whirlpool. Dampfbad«, meldete sich jemand hinter uns. Ich drehte mich um und sah Skye Hawthorne. Sie trug einen bodenlangen Bademantel, diesmal schwarz. Sie schritt zu dem größeren Bereich, ließ den Bademantel fallen und legte sich auf eine graue Samtliege. »Massagetisch«, sagte sie gähnend, wobei sie sich gerade so mit einem Tuch bedeckte. »Ich habe einen Masseur bestellt.«

»Hawthorne House ist momentan für Besucher geschlossen«, sagte Oren nüchtern und völlig unbeeindruckt von ihrer Zurschaustellung.

»Nun denn.« Skye schloss die Augen. »Dann werden Sie wohl Magnus durchs Tor lassen müssen.«

Magnus. Ich fragte mich, ob er derjenige war, der gestern hier gewesen war. Ob er derjenige war, der gestern auf mich geschossen hatte – auf ihr Verlangen hin.

»Hawthorne House ist für Besucher geschlossen«, wiederholte Oren. »Es ist eine Frage der Sicherheit. Bis auf Weiteres haben meine Männer die Anweisung, nur das unentbehrlichste Personal durchzulassen.«

Skye gähnte wie eine Katze. »Ich versichere Ihnen, John Oren, diese Massage *ist* unentbehrlich.«

Auf einem Regal neben uns brannte eine Reihe großer Kerzen. Das Licht drang durch transparente Vorhänge; leise, angenehme Musik plätscherte im Hintergrund.

»Eine Frage der Sicherheit?«, wunderte sich Libby. »Ist etwas passiert.«

Ich warf Oren einen Blick zu, der ihn davon abhalten sollte zu antworten, doch wie sich herausstellte, richtete ich meine Bitte an die falsche Person.

»Laut meinem lieben Grayson«, sagte Skye zu Libby, »kam es gestern zu einem hässlichen Intermezzo im Black Wood.«

KAPITEL 62

Libby wartete, bis wir wieder im Flur standen, bevor sie fragte: »Was ist da im Wald geschehen?«

Ich verfluchte Grayson, dass er es seiner Mutter erzählt hatte – und mich, dass ich es Grayson erzählt hatte.

»Warum brauchst du extra Sicherheitsvorkehrungen?«, verlangte Libby zu wissen. Dann drehte sie sich zu Oren um. »Warum braucht sie extra Sicherheitsvorkehrungen?«

»Es kam zu einem Vorfall gestern Abend«, antwortete Oren, »mit einer Kugel und einem Baum.«

»Einer Kugel?«, wiederholte Libby. »Eine aus einem Gewehr?«

»Mir geht's gut«, wiegelte ich ab.

Libby ignorierte mich. »Was für einen Vorfall mit einer Kugel und einem Baum?«, fragte sie an Oren gewandt. Ihr blauer Pferdeschwanz hüpfte vor Empörung.

Mein Security-Chef konnte oder wollte es nicht mehr verschleiern. »Es ist unklar, ob die Schüsse dazu gedacht waren, Avery einen Schreck einzujagen oder ob sie das eigentliche Ziel war. Der Schütze hat danebengeschossen, aber sie wurde durch ein herumfliegendes Holzstück verletzt.«

»Libby«, versicherte ich mit Nachdruck, *»mir geht's gut.«*

»*Schüsse*, in der Mehrzahl?« Libby schien mich nicht mal gehört zu haben.

Oren räusperte sich. »Ich lasse euch zwei kurz allein.« Er zog sich über den Flur zurück – immer noch in Sichtweite, immer noch nahe genug, um was zu hören, aber weit genug, um so zu tun, als ob dem nicht so wäre.

Feigling.

»Jemand hat auf dich geschossen und du hast es mir nicht erzählt?« Libby wurde nicht oft wütend, aber wenn, dann nahm es gigantische Ausmaße an. »Vielleicht hat Nash recht. Scheiße noch mal! Ich hab ihm gesagt, du würdest ganz gut auf dich selbst aufpassen. Und er meinte nur, er hätte noch nie einen pubertierenden Milliardär getroffen, dem nicht hin und wieder der Hosenboden stramm gezogen gehörte.«

»Oren und Alisa kümmern sich um die Situation«, erklärte ich Libby. »Ich wollte nicht, dass du dir Sorgen machst.«

Libby hob eine Hand und legte sie sanft an meine Wange, wobei ihr Blick auf den Kratzer fiel, den ich überschminkt hatte. »Und wer kümmert sich um dich?«

Ich konnte nichts dagegen tun, immer wieder kamen mir Max' Worte in den Sinn: *Und du hast mich gebraucht.* Ich senkte den Blick. »Du hast gerade genug eigene Probleme.«

»Wovon redest du da?«, sagte Libby. Ich hörte, wie sie die Luft einsog und dann wieder ausstieß. »Geht es hier um Drake?«

Sie hatte seinen Namen gesagt. Die Schleusen waren geöffnet und nun gab es nichts zurückzuhalten. »Er schreibt dir immer noch.«

»Und ich schreibe ihm nicht zurück«, erwiderte Libby abwehrend.

»Du hast ihn aber auch nicht geblockt.«

Darauf hatte sie keine Erwiderung.

»Du hättest ihn blocken können«, sagte ich heiser. »Oder Alisa um ein neues Handy bitten. Du hättest ihn anzeigen können dafür, dass er gegen das Kontaktverbot verstoßen hat.«

»Ich habe nicht um ein Kontaktverbot gebeten!« Libby schien die Worte zu bereuen, kaum dass sie sie gesagt hatte. Sie schluckte. »Und ich will kein neues Handy. Alle meine Freunde haben die Nummer für dieses hier. Dad hat die Nummer für dieses hier.«

Ich starrte sie an. »Dad?« Ich hatte Ricky Grambs seit zwei Jahren nicht mehr gesehen. Meine Sozialarbeiterin hatte ihn zwar kontaktiert, aber für mehr als einen Anruf hatte es bei ihm nicht gereicht. Er war nicht mal auf die Beerdigung von Mom gekommen. »Hat Dad dich angerufen?«, fragte ich Libby.

»Er wollte nur ... fragen, ob es uns gut geht, du weißt schon.«

Ich wusste, dass er wahrscheinlich die Nachrichten gesehen hatte. Ich wusste, dass er meine neue Nummer nicht hatte. Ich wusste, dass er auf einmal Milliarden von Gründen hatte, mich jetzt zu wollen, wo wir ihn davor nie genug gejuckt hatten, um bei einer von uns zu bleiben.

»Er will Geld«, sagte ich mit matter Stimme. »Genauso wie Drake. Genauso wie deine Mom.«

Ihre Mom zu erwähnen war ein mieser Zug.

»Was meint Oren, wer auf dich geschossen hat?« Libby war um Ruhe bemüht.

Ich versuchte, es ihr gleichzutun. »Die Schüsse wurden innerhalb der Mauern des Anwesens abgefeuert«, wiederholte ich das, was man mir gesagt hatte. »Wer auch immer auf mich geschossen hat, hatte Zugang.«

»Deshalb zieht Oren also die Sicherheitsvorkehrungen an.« Die Rädchen in Libbys Kopf fingen an sich hinter ihren kajalumrandeten Augen zu drehen. »Nur unentbehrliches Personal.« Ihre dunklen Lippen pressten sich zu einer schmalen Linie zusammen. »Du hättest es mir sagen sollen.«

Ich dachte an die Dinge, die sie mir gesagt hatte. »Sag mir, dass du Drake nicht gesehen hast. Dass er nicht hergekommen ist. Dass du ihn nicht auf das Anwesen lassen würdest.«

»Natürlich nicht.« Libby verstummte. Ich war nicht sicher, ob sie nur versuchte, mich nicht anzuschreien oder nicht zu weinen. »Ich werde jetzt gehen.« Ihre Stimme war fest und entschlossen. »Aber nur, damit du es weißt, kleine Schwester. Du bist minderjährig und ich bin immer noch dein rechtlicher Vormund. Das nächste Mal, wenn jemand versucht, dich zu erschießen, dann möchte ich das verdammt noch mal erfahren.«

KAPITEL 63

Mir war klar, dass Oren jedes Wort meines Streits mit Libby mitangehört haben musste, aber ich war mir auch ziemlich sicher, dass er es nicht kommentieren würde.

»Ich suche immer noch nach dem Davenport«, sagte ich kurz angebunden. Wenn ich davor schon eine Ablenkung gebraucht hatte, so war sie jetzt zwingend notwendig. Ohne Libby, die mit mir das Haus durchforstete, konnte ich mich nicht dazu überwinden, einfach von Zimmer zu Zimmer zu wandern. *Wir haben schon die Büros des alten Herrn gecheckt. Wo sonst sollte jemand einen Davenport-Schreibtisch aufbewahren?*

Auf diese Frage konzentrierte ich mich, nicht auf meinen Streit mit Libby. Nicht auf das, was ich gesagt und sie *nicht* gesagt hatte.

»Ich weiß aus verlässlicher Quelle«, sagte ich nach einem Moment zu Oren, »dass Hawthorne House über mehrere Bibliotheken verfügt.« Ich ließ einen langen, schweren Seufzer entweichen. »Irgendeine Ahnung, wo die sind?«

Zwei Stunden und vier Bibliotheken später stand ich in Bibliothek Nummer fünf. Sie befand sich im zweiten Stock. Die Decke war schräg. Die Wände waren mit Einbauschränken bedeckt, jedes Fach exakt groß genug für eine Reihe Taschenbücher. Die Bücher auf den Regalbrettern waren zerlesen und sie bedeckten jeden Zentimeter Wand, bis auf ein großes Buntglasfenster auf der Ostseite. Sonnenlicht fiel hindurch und malte farbige Muster auf die Holzdielen.

Kein Davenport. Allmählich fühlte sich das Ganze vergebens an. Diese Spur war nicht für mich ausgelegt worden. Tobias Hawthornes Rätsel war nicht mit mir im Hinterkopf konzipiert worden.

Ich brauche Jameson.

Ich würgte den Gedanken sofort ab, verließ die Bibliothek und kehrte nach unten zurück. Ich hatte mindestens fünf verschiedene Treppenhäuser in diesem Haus gezählt. Dieses hier war als Wendeltreppe angelegt, und als ich die Stufen hinabging, erklangen aus einiger Entfernung die lockenden Töne eines Klaviers. Ich folgte der Musik und Oren folgte mir. Ich erreichte den Eingang zu einem weitläufigen offenen Raum. Über die gesamte Länge der gegenüberliegenden Wand zogen sich steinerne Bögen. Unter jedem Bogen befand sich ein riesiges Fenster.

Alle Fenster standen offen.

An den Wänden hingen Gemälde, und zwischen ihnen thronte der größte Flügel, den ich je gesehen hatte. Nan saß auf der Klavierbank davor, die Augen geschlossen. Ich dachte erst, die alte Dame würde selbst spielen, bis ich näher herantrat und erkannte, dass der Flügel von selbst spielte.

Meine Schuhe machten ein Geräusch auf dem Parkettboden und sie riss die Augenlider auf.

»Entschuldigung«, murmelte ich hastig. »Ich …«

»Psst«, befahl Nan. Ihre Lider schlossen sich wieder. Die Musik spielte weiter, steigerte sich zu einem gewaltigen Crescendo, und dann … *Stille.* »Wusstest du, dass man sich auf dem Ding ganze Konzerte anhören kann?« Nan öffnete die Augen und griff nach ihrem Gehstock. Mit sichtlicher Mühe erhob sie sich. »Irgendwo auf der Welt spielt ein Maestro und hier bewegen sich die Tasten auf Knopfdruck.«

Ihr Blick verweilte auf dem Flügel, einen beinahe wehmütigen Ausdruck im Gesicht.

»Spielen Sie auch?«, erkundigte ich mich höflich.

Nan schnaubte. »Früher, ja, als ich jung war. Bekam etwas zu viel Aufmerksamkeit dafür, also brach mein Göttergatte mir dir Finger und setzte dem Ganzen ein Ende.«

Die Art, wie sie es sagte – *knochentrocken* –, war beinahe so erschütternd wie ihre Worte. »Das ist ja schrecklich«, erwiderte ich erschüttert.

Nan schaute auf den Flügel, dann auf ihre knotigen, schwachen Finger. Sie hob das Kinn und blickte durch die großen Fenster hinaus. »Nicht lange danach erlitt er einen äußerst tragischen Unfall.«

Es klang sehr danach, als ob Nan diesen »Unfall« arrangiert hätte. *Sie hat ihren Ehemann umgebracht?*

»Nan«, schalt eine Stimme vom Eingang. »Du jagst dem Kind doch Angst ein.«

Nan rümpfte die Nase. »Wenn sie so schnell Angst bekommt, wird sie es hier nicht lange aushalten.« Und damit verließ Nan den Raum und zog von dannen.

Der älteste Hawthorne-Bruder wandte seine Aufmerksamkeit mir zu. »Und? Hast du deiner Schwester schon gesagt, dass du heute auf Rebellisch machst?«

Bei der Erwähnung von Libby kam mir unwillkürlich wieder unser Streit in den Sinn. *Sie telefoniert mit Dad. Sie wollte keine einstweilige Verfügung gegen Drake. Sie wird ihn nicht blockieren.* Ich fragte mich, wie viel von dem Nash bereits wusste.

»Libby weiß, wo ich bin«, erwiderte ich steif.

Er bedachte mich mit einem nachsichtigen Blick. »Das hier ist nicht einfach für sie, Kleines. Du befindest dich im Auge des Sturms, wo es ruhig zugeht. Sie kriegt die volle Wucht ab, von allen Seiten.«

Ich würde angeschossen werden nicht »ruhig« nennen.

»Was hast du für Absichten meiner Schwester gegenüber?«, wollte ich von Nash wissen.

Er fand meine Fragestellung offenbar amüsant. »Was sind deine Absichten Jameson gegenüber?«

Gab es hier eigentlich *niemanden*, der nicht über den Kuss Bescheid wusste?

»Du hattest recht, was das Spiel deines Großvaters angeht«, erwiderte ich ausweichend. Er hatte immerhin versucht, mich zu warnen. Er hatte mir ganz genau gesagt, warum Jameson meine Nähe suchte.

»Das habe ich meistens.« Nash hakte seine Daumen in die Gürtelschlaufen ein. »Je weiter du dich dem Ende näherst, desto schlimmer wird es.«

Der logische Schluss wäre gewesen, mit dem Spiel aufzuhören. Sich zurückzuziehen. Aber ich wollte Antworten, und ein Teil von mir – der Teil, der mit einer Mom aufgewachsen war, die alles in eine spielerische Herausforderung verwandelte, der Teil, der mit sechs Jahren die erste Partie Schach gespielt hatte – wollte *gewinnen*.

»Du weißt nicht zufällig, wo dein Großvater einen Davenport-Schreibtisch verstaut haben könnte?«, erkundigte ich mich betont beiläufig bei Nash.

Er schnaubte spöttisch. »Du lernst auch nicht auf die einfache Art, was, Kleines?«

Ich zuckte die Achseln.

Nash wägte meine Frage ab, dann legte er den Kopf schräg. »Hast du die Bibliotheken abgecheckt?«

»Die runde Bibliothek, die Onyx-Bibliothek, die mit dem Buntglasfenster, die mit den Globussen, das Labyrinth …« Ich schaute zu meinem Leibwächter rüber. »Das war's?«

Oren nickte.

Nash legte den Kopf auf die andere Seite. »Nicht ganz.«

KAPITEL 64

Nash führte mich zwei Treppen hoch, drei Flure entlang und dann an einem Durchgang vorbei, der zugemauert worden war.

»Was ist das?«, fragte ich.

Er verlangsamte kurz seine Schritte. »Das war der Flügel meines Onkels. Der alte Herr ließ die Wand einziehen, als Toby starb.«

Klar, weil das ja normal ist, dachte ich. *Ungefähr genauso normal, wie vor zwanzig Jahren die gesamte Familie zu enterben und keinem ein Wort davon zu sagen.*

Nash nahm wieder Tempo auf, und schließlich kamen wir zu einer Stahltür, die aussah, als gehöre sie zu einem Safe. Es gab ein Zahlenschloss und darunter ein fünfarmiges Metallkreuz. Nash drehte wie beiläufig den Zahlenknopf – links, rechts, links –, zu schnell für mich, um die Ziffern mitzubekommen. Erst ertönte ein lautes Klicken, dann drehte er das Kreuz. Die Stahltür öffnete sich nach außen.

Was für eine Bibliothek benötigt bitte schön solche Sicherheits…

Mein Hirn war noch dabei, den Gedanken zu beenden, als Nash hindurchtrat und mir klar wurde, dass das, was sich dahinter befand, kein einzelner Raum war. Es war ein ganzer weiterer Flügel.

»Der alte Herr begann mit dem Bau dieses Teils des Hauses, als ich zur Welt kam«, informierte mich Nash. Der Flur um uns herum war mit Drehknöpfen, Keypads, Schlössern und Schlüsseln gepflastert, die wie

Kunstwerke an den Wänden angebracht waren. »Die Hawthornes lernen von klein auf, wie man mit einem Dietrich umgeht«, erzählte Nash, als wir den Flur entlanggingen.

Ich schaute in einen Raum zu meiner Linken und da stand ein kleines Flugzeug – kein Spielzeug. Ein waschechtes Flugzeug für eine Person.

»*Das* war euer Spielzimmer?«, fragte ich, während ich den Blick über die Türen schweifen ließ, welche den Rest des Flurs säumten, und mich fragte, was für Überraschungen diese Zimmer bereithielten.

»Skye war siebzehn, als ich zur Welt kam.« Nash zuckte die Achseln. »Sie unternahm zwar einen Versuch, Mama zu spielen, aber das hielt nicht lange an. Der alte Herr versuchte das zu kompensieren.«

Indem er euch … das hier baute?

»Komm mit.« Nash führte mich zum Ende des Flurs und öffnete eine weitere Tür. »Die Spielhalle«, verkündete er, was eine völlig unnötige Erklärung war. Es gab einen Kickertisch, eine Bar, drei Flipper und eine komplette Wand mit Spielautomaten.

Ich ging zu einem der Flipper, drückte einen Knopf, und der Automat erwachte zum Leben. Ich warf einen hoffnungsfrohen Blick zu Nash.

»Ich kann warten«, sagte er.

Klar hätte ich eigentlich bei der Sache bleiben sollen. Nash führte mich gerade zur Bibliothek – und damit möglicherweise zum Ort mit dem Davenport und dem nächsten Hinweis –, aber ein Spiel würde mich schon nicht umbringen. Ich ließ einmal probehalber den Flipper hochschnellen, bevor ich die Kugel abschoss.

Ich erreichte nicht annähernd den Top-Score, aber als das Spiel vorüber war, bat der Automat mich trotzdem um meine Initialen, und sobald ich sie eingab, blinkte eine vertraute Nachricht auf.

**WILLKOMMEN IN HAWTHORNE HOUSE,
AVERY KYLIE GRAMBS!**

Es war die gleiche Botschaft wie die auf der Bowlingbahn, und genau wie dort spürte ich den Geist von Tobias Hawthorne überall um mich herum. *Selbst wenn du* glauben *solltest, du hättest unseren Großvater manipuliert, so garantiere ich dir, dass in Wahrheit er es war, der dich manipuliert hat.*

Nash spazierte hinter die Bar. »Der Kühlschrank ist knallvoll mit Zuckerbrause. Was von der Giftplörre trinkst du gern?«

Ich kam näher und sah, dass er nicht gescherzt hatte, als er *knallvoll* sagte. In sämtlichen Kühlschrankfächern reihten sich Glasflaschen mit Limonade in allen erdenklichen Geschmacksrichtungen. »Cotton Candy?« Ich rümpfte die Nase. »Prickelnder Pfirsich? *Bacon und Jalapeño?*«

»Ich war sechs, als Gray auf die Welt kam«, sagte Nash, als wäre das eine Erklärung. »Der alte Herr enthüllte diesen Raum an dem Tag, als mein neuer kleiner Bruder heimkam.« Er drehte den Deckel von einer verdächtig grünen Limo und nahm einen großen Schluck. »Bei Jamie war ich sieben, achteinhalb bei Xander.« Er hielt inne, als müsse er meinen Wert als seine Zuhörerin abwägen. »Tante Zara und ihr erster Mann hatten Empfängnisprobleme. Skye hingegen verschwand ab und an ein paar Monate und kam schwanger zurück. Waschen, spülen und das Ganze von vorne.«

Das war womöglich mit das Krasseste, was ich je gehört hatte.

»Willst du auch eine?«, fragte Nash mit einem Nicken Richtung Kühlschrank.

Ich wollte gleich zehn davon ausprobieren, entschied mich dann aber für *Cookies & Cream*. Ich warf einen Blick zu Oren hinter mir, der die ganze Zeit über meinen stummen Schatten gespielt hatte. Er gab mir keinen Wink, dass ich das Zeug nicht trinken sollte, daher schraubte ich den Deckel ab und nahm einen Schluck.

»Die Bibliothek?«, rief ich Nash in Erinnerung.

»So gut wie da.« Nash ging zum nächsten Zimmer durch. »Das Spielezimmer«, verkündete er.

In der Mitte des Raums befanden sich vier Tische. Einer war rechteckig, einer quadratisch, einer oval, einer kreisrund. Die Tische waren schwarz. Der Rest des Zimmers – Wände, Boden und Regale – war weiß. Die Regale erstreckten sich über drei der vier Wände.

Keine Bücherregale, so wurde mir klar. Sie enthielten Spiele. Hunderte, vielleicht Tausende von Brettspielen. Unfähig, zu widerstehen, ging ich zum nächsten Regal und fuhr mit den Fingern über die Schachteln. Von den meisten dieser Spiele hatte ich noch nie auch nur gehört.

»Der alte Herr«, sagte Nash geradezu liebevoll, »hatte einen kleinen Sammeltick.«

Ich war völlig baff. Wie viele Nachmittage hatten meine Mom und ich damit verbracht, Flohmarktbrettspiele zu spielen? Unsere Tradition für Regentage bestand darin, drei oder vier gleichzeitig aufzustellen und sie in ein einziges großes Spiel zu verwandeln. Aber *das hier*? Es gab Spiele aus aller Welt. Die Hälfte von ihnen hatte keine englischen Aufdrucke auf den Schachteln. Plötzlich stellte ich mir alle vier Hawthorne-Brüder vor, wie sie um einen dieser Tische herumsaßen. Grinsend. Blödsinn redend. Einander ausstechend. Um die Kontrolle ringend … wahrscheinlich sogar wortwörtlich.

Ich schob den Gedanken beiseite. Ich war hergekommen, um nach dem Davenport zu suchen, dem nächsten Hinweis. *Das* war gerade das Spiel – nicht, was in den Schachteln enthalten war. »Die Bibliothek?«, fragte ich Nash und riss meine Augen von den Spielen los.

Er nickte zum anderen Ende des Raums – die eine Wand, die nicht mit Brettspielen bedeckt war. Es gab keine Tür. Stattdessen war da eine Feuerwehrstange und etwas, das wie das untere Ende einer Rutsche aussah. Echt jetzt?

»Wo ist die Bibliothek?«, fragte ich.

Nash stellte sich neben die Metallstange und reckte den Kopf Richtung Decke. »Da oben.«

KAPITEL 65

Oren ging als Erster hinauf und kam sogleich zurück – über die Stange, nicht die Rutsche. »Der Raum ist sauber«, erklärte er. »Aber wenn du da hochkletterst, könnten deine Nähte reißen.«

Die Tatsache, dass er meine Verletzung vor Nash erwähnte, verriet mir etwas. Entweder wollte Oren sehen, wie er reagieren würde, oder er vertraute Nash Hawthorne.

»Nähte? Bist du verletzt?«, fragte Nash unumwunden.

»Jemand hat auf Avery geschossen«, antwortete Oren zögernd. »Du weißt nicht zufällig irgendwas darüber, Nash?«

»Wenn ich etwas wüsste«, erwiderte Nash mit tiefer, tödlicher Stimme, »wäre die Sache schon geklärt.«

»Nash.« Oren bedachte ihn mit einem Blick, der wahrscheinlich sagen wollte: *Halt dich da raus.* Aber soweit ich das bisher mitbekommen hatte, war »raushalten« kein typischer Hawthorne-Zug.

»Ich werde jetzt mal gehen«, sagte Nash wie beiläufig. »Ich muss meinen Leuten ein paar Fragen stellen.«

Seinen Leuten – Mellie eingeschlossen. Ich sah zu, wie Nash davonschlenderte, dann drehte ich mich wieder zu Oren. »Sie wussten, dass er mit dem Personal reden würde.«

»Ich weiß, dass sie *mit ihm* reden werden«, korrigierte Oren. »Außerdem hast du das Überraschungsmoment heute früh schon torpediert.«

Ich hatte es Grayson erzählt. Er seiner Mutter. Und nun wusste Libby es auch. »Tut mir leid.« Dann wandte ich den Kopf zu dem Raum über uns. »Ich gehe jetzt da rauf.«

»Ich habe dort oben keinen Schreibtisch gesehen«, bemerkte Oren.

Ich ging zu der Stange rüber und packte sie entschlossen. »Ich gehe trotzdem hoch.« Ich begann damit, mich hochzuziehen, aber der Schmerz machte mir einen Strich durch die Rechnung. Oren hatte recht. Ich konnte unmöglich klettern. Ich trat von der Stange zurück und schaute zu meiner Linken.

Wenn ich es nicht die Stange hochschaffte, dann würde es wohl über die Rutsche gehen müssen.

Die letzte Bibliothek in Hawthorne House war klein. Die Dachschrägen formten über mir eine Pyramide. Die Regale waren ganz schlicht und reichten mir bis zur Hüfte. Sie waren voller Kinderbücher. Zerlesen und heiß geliebt waren mir einige von ihnen auf eine Art wohlvertraut, dass ich das Verlangen verspürte, mich einfach hinzusetzen und zu lesen.

Aber ich tat es nicht, denn wie ich dort stand, spürte ich einen Luftzug. Er kam nicht vom Fenster, das geschlossen war. Er kam von den Regalen an der gegenüberliegenden Wand … *Nein.* Als ich näher trat, entdeckte ich, dass er aus einem Spalt zwischen den zwei Regalen drang.

Dahinter ist irgendwas. Mein Herz setzte einen Moment aus. Ich begann mit dem Regal auf der Rechten, schob die Finger um die obere Kante und zog. Ich musste nicht viel Kraft aufwenden. Das Regal hing an Angeln. Es schwang nach außen auf und enthüllte einen kleinen Durchgang.

Das war der erste Geheimgang, den ich selbst entdeckt hatte. Es war auf eine seltsame Weise beglückend – so als würde man am Rand des Grand Canyon stehen oder ein unbezahlbares Kunstwerk in Händen halten. Mit klopfendem Herzen bückte ich mich, schlüpfte hindurch und fand eine Treppe vor.

Falltür um Falltür, dachte ich bei mir. *Und Rätsel um Rätsel.*

Ganz vorsichtig stieg ich die Stufen hinab. Als ich mich von dem Licht oberhalb von mir entfernte, musste ich mein Handy rausziehen und die Taschenlampe anmachen, damit ich überhaupt erkennen konnte, wohin ich ging. *Ich sollte Oren holen.* Das war mir klar, doch schon ging ich schneller – die Stufen runter, die sich hinabschraubten, bis ich das Ende erreichte.

Dort, mit einer eigenen Taschenlampe in der Hand, stand Grayson Hawthorne.

Er drehte sich zu mir um. Mein Herz klopfte wie verrückt, aber ich wich nicht zurück. Ich schaute an Grayson vorbei und erblickte das einzige Möbelstück hier am Fuß der verborgenen Treppe.

Ein Davenport.

»Miss Grambs«, begrüßte Grayson mich, bevor er sich wieder zum Schreibtisch umwandte.

»Hast du ihn schon gefunden?«, fragte ich ihn. »Den Davenport-Hinweis?«

»Ich habe gewartet.«

Ich wurde nicht ganz schlau aus seinem Tonfall. »Auf was?«

Grayson schaute vom Schreibtisch auf, seine silbernen Augen begegneten meinen im Dunkeln. »Auf Jameson, schätze ich mal.«

Es war Stunden her, seit Jameson zur Schule aufgebrochen war, Stunden, seit ich Grayson das letzte Mal gesehen hatte. Wie lange hatte er hier schon gestanden und gewartet?

»Es sieht Jameson nicht ähnlich, dass ihm das Offensichtliche entgeht. Was auch immer das Spiel soll, es geht um uns. Uns vier. Unsere Namen waren die Hinweise. Es war klar, dass wir hier etwas finden würden.«

»Hier unten an der Treppe?«, fragte ich.

»In unserem Flügel«, erwiderte Grayson. »Wir sind hier aufgewachsen, Jameson, Xander und ich. Nash wohl auch, aber er war schon älter.«

Mir fiel ein, was Xander mir erzählt hatte, dass Jameson und Grayson sich früher miteinander verbündeten, um Nash zu schlagen, und sich dann auf dem Weg zur Zielgeraden gegenseitig ausstachen.

»Nash weiß Bescheid über den Angriff«, klärte ich ihn auf. »Ich habe es ihm gesagt.« Grayson bedachte mich mit einem Blick, den ich nicht ganz deuten konnte. »Was?«, fragte ich.

Grayson schüttelte den Kopf. »Jetzt wird er dich retten wollen.«

»Ist das denn so schlimm?«, fragte ich.

Ein weiterer Blick … mit mehr Gefühl diesmal, wenn auch gut kaschiert. »Zeigst du mir, wo du verletzt wurdest?«, fragte Grayson. Seine Stimme war nicht angespannt oder dergleichen, aber … *irgendwas* war da.

Er will wahrscheinlich nur sehen, wie schlimm es ist, sagte ich mir, und doch traf mich seine Bitte wie ein elektrischer Schlag. Meine Gliedmaßen fühlten sich unerklärlich schwer an. Ich war mir jedes Atemzugs nur allzu bewusst. Das hier war ein kleiner Raum. Wir standen nah beieinander, nah beim Schreibtisch.

Was Jameson betraf, hatte ich meine Lektion gelernt, aber das hier fühlte sich anders an. So als wollte Grayson derjenige sein, der mich rettete. So als *müsse* er derjenige sein.

Ich hob die Hand und umfasste den Kragen meines Tops. Ich zog ihn runter, bis unterhalb meines Schlüsselbeins, und entblößte meine Wunde.

Grayson hob ebenfalls seine Hand und legte sie auf meine Schulter. »Es tut mir leid, dass dir das passiert ist.«

»Weißt du, wer auf mich geschossen hat?« Ich musste fragen, denn er hatte sich entschuldigt – und Grayson Hawthorne war ganz bestimmt nicht der Typ, der sich entschuldigte. *Wenn er es wusste …*

»Nein«, antwortete Grayson ernst.

Ich glaubte ihm – oder zumindest wollte ich das. »Falls ich Hawthorne House vor Ablauf des Jahres verlasse, geht das Geld an gemeinnützige Organisationen. Falls ich sterbe, geht es an gemeinnützige Organisationen oder an *meine* Erben.« Ich hielt inne. »Falls ich sterbe, geht die Stiftung an euch vier.«

Ihm musste auch klar sein, wie *das* aussah.

»Mein Großvater hätte sie uns ohnehin von Anfang an überlassen sollen.« Grayson drehte den Kopf zur Seite, wobei er den Blick entschlossen von meiner Haut löste. »Oder Zara. Wir wurden von klein auf dazu erzogen, etwas in der Welt zu bewegen, und du …«

»Ich bin niemand«, beendete ich, auch wenn es mich schmerzte, die Worte auszusprechen.

Grayson schüttelte den Kopf. »Ich weiß nicht, was du bist.« Selbst in dem matten Licht unserer Taschenlampen konnte ich sehen, wie sich seine Brust mit jedem Atemzug hob und senkte.

»Glaubst du, Jameson hat recht?«, fragte ich ihn. »Endet dieses Rätsel eures Großvaters mit Fragen?«

»Es endet mit *etwas*. Das tun die Spiele des alten Herrn immer.« Grayson hielt einen Moment inne. »Wie viele von den Ziffern hast du?«

»Zwei«, antwortete ich.

»Ebenso«, erwiderte er. »Mir fehlt diese hier und Xanders.«

Ich runzelte die Stirn. »Xanders?«

»Blackwood. Das ist Xanders Zweitname. Der West Brook war Nashs Hinweis. Die Winchester Jamesons.«

Mein Blick fiel erneut auf den Schreibtisch. »Und der Davenport ist deiner.«

Er schloss die Augen. »Nach dir, Erbin.«

Dass er Jamesons Spitznamen für mich benutzte, schien mir irgendwas zu bedeuten, aber ich hatte keine Ahnung, was. Ich wandte meine Aufmerksamkeit der vor mir liegenden Aufgabe zu. Der Schreibtisch war aus bronzefarbenem Holz gefertigt. Vier Schubladen verliefen lotrecht zur Schreibfläche. Ich probierte sie nacheinander aus. Leer. Ich fuhr mit der Hand die Innenseiten der Laden entlang auf der Suche nach etwas Ungewöhnlichem. Nichts.

Mit dem Bewusstsein von Graysons Gegenwart hinter mir, dem Wissen, dass ich beobachtet und bewertet wurde, begab ich mich zur Schreibplatte und klappte sie hoch, um ein Fach darunter zu enthüllen. Wieder leer. Wie auch bei den Schubladen fuhr ich mit den Fingern über den Boden und die Seitenwände des Fachs. Entlang der rechten Seite konnte ich eine leichte Erhebung spüren.

Ich beäugte den Schreibtisch und schätzte die Breite der Kante auf viereinhalb, vielleicht fünf Zentimeter.

Gerade breit genug für ein Geheimfach.

Unsicher, wie ich den Mechanismus auslösen könnte, fuhr ich mit den Fingerspitzen erneut über die Stelle, wo ich die Erhebung gespürt hatte. Vielleicht war es nur eine Fuge, wo zwei Holzplatten aufeinandertrafen. Oder vielleicht … Ich drückte fest auf das Holz und es sprang nach außen auf. Ich schloss die Finger um den Klotz, der sich gerade herausgelöst hatte, und zog ihn vom Schreibtisch weg, wobei ich eine kleine Öffnung enthüllte. Im Inneren befand sich ein Schlüsselanhänger, ohne Schlüssel dran.

Der Schlüsselanhänger war aus Plastik und hatte die Form einer Eins.

KAPITEL 66

Acht. Eins. Eins.

In dieser Nacht schlief ich wieder in Libbys Zimmer. Sie nicht. Ich bat Oren, sich von ihrem Security-Team bestätigen zu lassen, dass es ihr gut ging und sie noch immer auf dem Grundstück war.

War sie – aber er sagte mir nicht, wo.

Keine Libby. Keine Max. Ich war allein – einsamer noch, als ich es seit meiner Ankunft hier gewesen war. Kein Jameson. Ich hatte ihn nicht mehr gesehen, seit er am Morgen das Haus verlassen hatte. Kein Grayson. Er war nicht lange bei mir geblieben, nachdem wir den Hinweis entdeckt hatten.

Eins. Eins. Acht. Das war alles, worauf ich mich konzentrieren musste. Drei Zahlen, die mir bestätigten, dass Tobys Baum im Black Wood eben nur ein Baum war. Wenn es eine vierte Ziffer gab, so war sie immer noch da draußen. In Anbetracht des Anhängers konnte der Hinweis im Black Wood in jeglicher Gestalt daherkommen, nicht nur als Schnitzerei.

Spät in der Nacht, ich war beinahe eingeschlafen, hörte ich etwas wie Schritte. *Hinter mir? Unter mir?* Der Wind säuselte vor meinem Fenster. Der Hall von Gewehrschüssen schlich sich immer wieder in meine Erinnerung. Ich hatte keine Ahnung, wer oder was da in den Wänden herumschlich.

Erst bei Sonnenaufgang schlief ich endlich ein. Und als ich es tat, träumte ich vom Schlafen.

»Ich habe ein Geheimnis«, sagt meine Mutter, wobei sie fröhlich auf meinem Bett herumhüpft und mich unsanft weckt. »Na, magst du mal raten, meine frischgebackene fünfzehnjährige Tochter?«

»Ich spiele nicht«, murre ich und ziehe mir wieder die Decke über den Kopf. »Ich liege ja doch immer daneben.«

»Ich gebe dir auch einen Tipp«, beschwatzt mich Mom. »Weil du Geburtstag hast.« Sie zieht die Decke wieder weg und lässt sich neben mir auf mein Kissen plumpsen. Ihr Lächeln ist ansteckend.

Da gebe ich endlich nach und lächle zurück. »Na schön. Her mit dem Tipp.«

»Ich habe ein Geheimnis ... über den Tag, an dem du zur Welt kamst.«

Ich wachte mit schmerzendem Kopf davon auf, dass meine Anwältin die hölzernen Fensterläden aufriss. »Raus aus den Federn!«, rief Alisa mit der Energie und Bestimmtheit einer Person, die vor Gericht Einspruch erhob.

»Geh weg.« Von meinem jüngeren Ich inspiriert, zog ich mir die Decke über den Kopf.

»Ich bitte um Entschuldigung«, sagte Alisa, wobei sie kein bisschen reumütig klang. »Aber du musst jetzt wirklich aufstehen.«

»Ich habe aber gar nichts zu tun«, maulte ich. »Ich bin Milliardärin.«

Das funktionierte ungefähr genauso gut wie erwartet. »Wenn du dich erinnerst«, entgegnete Alisa betont freundlich, »habe ich, im Versuch einer Schadensbegrenzung nach deiner spontanen kleinen Pressekonferenz neulich, für dieses Wochenende deine Einführung in die High Society von Texas arrangiert. Es gibt heute Abend eine Benefizveranstaltung, der du beiwohnen wirst.«

»Ich habe letzte Nacht kaum geschlafen«, versuchte ich es auf die Mitleidsschiene. »Jemand hat gerade erst versucht, mich zu erschießen!«

»Wir werden dir etwas Vitamin C und eine Schmerztablette besorgen.« Alisa kannte wirklich keine Gnade. »Ich hole dich in einer halben Stunde ab, um ein Kleid zu kaufen. Um eins hast du Medientraining, um vier stehen Haare und Make-up an.«

»Vielleicht sollten wir das verschieben«, merkte ich an, »in Anbetracht dessen, dass jemand mich kaltmachen will.«

»Oren hat unseren Ausflug genehmigt.« Alisa bedachte mich mit einem nachdrücklichen Blick. »Du hast neunundzwanzig Minuten.« Dann beäugte sie mein Haar. »Sorg dafür, dass du blendend aussiehst. Wir treffen uns am Wagen.«

KAPITEL 67

Oren eskortierte mich zum SUV. Alisa und zwei seiner Männer warteten im Inneren – und sie waren nicht die Einzigen.

»Ich weiß, dass du nicht vorhattest, ohne mich shoppen zu gehen«, verkündete Thea zur Begrüßung. »Wo Haute-Couture-Boutiquen im Spiel sind, da ist auch Thea.«

Ich schaute zu Oren in der Hoffnung, dass er sie aus dem Wagen werfen würden. Tat er nicht.

»Außerdem«, sagte Thea mit einem näselnden Flüstern, während sie sich anschnallte, »müssen wir uns über Rebecca unterhalten.«

Der SUV verfügte über drei Sitzreihen. Oren und ein zweiter Bodyguard saßen vorne. Alisa und der dritte Leibwächter hinten. Thea und ich in der Mitte.

»Was hast du mit Rebecca gemacht?« Thea hatte damit gewartet, bis sie sich davon überzeugt hatte, dass die anderen nicht allzu aufmerksam zuhörten, bevor sie mir leise diese Frage stellte.

»Ich habe gar nichts mit ihr gemacht.«

»Ich will mal akzeptieren, dass du nicht *absichtlich* in die Jameson-Hawthorne-Falle getappt bist, um Erinnerungen an Jameson und Emily aufzuwühlen.« Thea hielt sich offenbar für sehr edelmütig. »Aber da endet meine Großzügigkeit auch schon. Rebecca ist zwar schmerzhaft schön, aber das Mädchen weint echt hässlich. Ich weiß, wie sie aussieht, wenn sie die Nacht durchgeheult hat. Was auch immer ihr Problem ist – hier geht es nicht nur um Jameson. Was ist im Cottage passiert?«

Rebecca weiß über die Schüsse von gestern Nacht Bescheid. Man hat ihr verboten, irgendwem davon zu erzählen. Ich versuchte zu begreifen, was das zu bedeuten hatte. *Warum hat sie geweint?*

»Wo wir schon bei Jameson sind«, änderte Thea ihre Taktik. »Dem Ärmsten geht es ja richtig dreckig, und ich kann nur davon ausgehen, dass ich das dir verdanke.«

Ihm geht es schlecht? Ich spürte etwas in meiner Brust aufflackern – ein *Was-wenn?* –, aber ich erstickte es im Keim. »Warum hasst du ihn eigentlich so sehr?«, fragte ich Thea.

»Warum tust du es nicht?«

»Warum bist du überhaupt hier?« Ich kniff die Augen zusammen. »Nicht in dem Wagen«, stellte ich richtig, bevor sie mir mit ihren Haute-Couture-Boutiquen kommen konnte, »sondern in Hawthorne House. Was haben Zara und dein Onkel von dir verlangt?«

Warum so nah an mir drankleben? Was wollten sie?

»Wie kommst du darauf, dass sie irgendwas von mir verlangt hätten?« Theas Tonfall und ihr ganzes Gebaren verrieten, dass sie ein Mensch war, der am längeren Hebel zur Welt gekommen war und sie ihn nie aus der Hand gelassen hatte.

Tja, es gibt für alles ein erstes Mal, dachte ich, doch bevor ich ihr meine Meinung darlegen konnte, hielt der Wagen vor einer Boutique und die Paparazzi umzingelten uns mit einem ohrenbetäubenden, klaustrophobischen Gedränge.

Ich ließ mich gegen die Rückenlehne sinken. »Ich habe ein komplettes Einkaufszentrum in meinem Kleiderschrank hängen.« Ich warf Alisa einen zerknirschten Blick zu. »Und wenn ich einfach was anziehe, das ich schon habe, dann müssten wir uns nicht mit diesem Mist hier rumschlagen.«

»*Dieser Mist hier*«, zitierte mich Alisa, während Oren aus dem Wagen stieg und das Gebrüll der Reporter anschwoll, »ist der Sinn der Sache.«

Ich war hier, um gesehen zu werden – um das Narrativ zu kontrollieren.

»Immer hübsch lächeln«, raunte Thea in mein Ohr.

Die Boutique, die Alisa für diese mit Bedacht inszenierte Einkaufstour ausgesucht hatte, war einer dieser Läden, die jeweils nur ein Exemplar von jedem Kleid dahatten. Und sie hatten das gesamte Geschäft für mich dichtgemacht.

»Grün.« Thea zog eine Abendrobe vom Ständer. »Ein Smaragdton, passend zu deinen Augen.«

»Meine Augen sind haselnussbraun«, erwiderte ich nüchtern. Ich wandte mich von dem Kleid ab, das sie hochhielt, zu der Verkäuferin. »Haben Sie auch etwas weniger tief Ausgeschnittenes?«

»Sie bevorzugen hochgeschlossenere Schnitte?« Der Tonfall der Verkäuferin war so überaus urteilsfrei, dass ich mir fast sicher war, dass sie sich bereits ihr Urteil gebildet hatte.

»Etwas, das mein Schlüsselbein verdeckt«, sagte ich mit einem raschen Blick zu Alisa. *Und meine Nähte.*

»Sie haben Miss Grambs gehört«, sagte Alisa bestimmt. »Und Thea hat recht – bringen Sie uns etwas in Grün.«

KAPITEL 68

Wir fanden ein Kleid. Die Paparazzi schossen ihre Bilder, während Oren uns in den SUV zurückgeleitete. Als wir losfuhren, warf er einen Blick in den Rückspiegel. »Alle angeschnallt?«

Ich schon. Thea neben mir war gerade dabei. »Hast du dir schon Gedanken zu Frisur und Make-up gemacht?«, erkundigte sie sich.

»Permanent«, erwiderte ich trocken. »In den letzten Tagen denke ich praktisch an nichts anderes. Eine Frau muss eben auf ihre Prioritäten achten.«

Thea lächelte. »Und ich dachte schon, deine Prioritäten trügen alle den Nachnamen Hawthorne.«

»Das ist nicht wahr«, erwiderte ich. *Aber stimmt das?* Wie viel Zeit hatte ich damit zugebracht, über sie nachzudenken? Wie sehr hatte ich mir gewünscht, dass Jameson es ernst meinte, als er mir sagte, ich sei besonders?

Wie sehr konnte ich immer noch Graysons Finger auf meiner Haut spüren, der nach meiner Wunde sah?

»Dein Bodyguard wollte heute nicht, dass ich mitkomme«, murmelte Thea, als wir in eine lange, gewundene Straße bogen. »Deine Anwältin auch nicht. Ich blieb hartnäckig, und weißt du auch, warum?«

»Keine Idee.«

»Das hier hat nichts mit meinem Onkel oder Zara zu tun.« Thea spielte mit den Spitzen ihres dunklen Haars. »Ich tue nur, was Emily von mir erwartet hätte. Denk immer dran, ja?«

Ohne Vorwarnung scherte der Wagen aus. Mein Körper verfiel sofort in Panikmodus, *Kampf oder Flucht* – doch keines davon kam infrage, da ich an den Rücksitz geschnallt war. Ich riss den Kopf zu Oren herum, der am Steuer saß, und bemerkte, dass der Leibwächter auf dem Beifahrersitz die Hand auf seiner Waffe hatte, wachsam, bereit.

Irgendwas stimmt nicht. Wir hätten nicht herfahren dürfen. Ich hätte nie darauf vertrauen dürfen, nicht mal für einen Moment, dass ich in Sicherheit war. *Alisa hat das forciert. Sie wollte mich hier draußen haben.*

»Festhalten!«, brüllte Oren.

»Was ist los?«, fragte ich. Die Worte verkeilten sich in meiner Kehle und kamen als Flüstern heraus. Ich sah eine blitzartige Bewegung vor meinem Fenster … ein Wagen, der mit voller Geschwindigkeit zu uns herüberriss. Ich schrie.

Mein Unterbewusstsein brüllte mir zu wegzurennen.

Oren scherte noch einmal aus, weit genug, um einen Totalzusammenstoß zu verhindern, doch ich hörte das Kreischen von Metall auf Metall.

Jemand versucht uns von der Straße abzubringen. Oren trat aufs Gas. Der Klang von Sirenen – Polizeisirenen – drang kaum durch die tosende Panik in meinem Kopf.

Das kann nicht sein. Bitte, mach, dass das gerade nicht passiert.

Bitte nicht.

Oren schoss röhrend auf die linke Spur, dem Wagen voraus, der uns attackiert hatte. Er riss den SUV herum, über die Mittellinie rüber, und raste mit uns in die entgegengesetzte Richtung davon.

Ich wollte schreien, doch der Laut, der kam, war weder laut noch schrill. Ich wimmerte und ich konnte nicht damit aufhören.

Nun war da mehr als nur eine Sirene. Ich drehte mich nach hinten um in Erwartung des Schlimmsten, bereit für den Aufprall … und sah den Wagen, der uns gerammt und ins Schleudern gebracht hatte: Innerhalb von Sekunden war das Auto von Cops umzingelt.

»Alles ist gut«, wisperte ich. Aber ich glaubte es nicht. Mein Körper sagte mir, dass es mir nie wieder gut gehen würde.

Oren ging etwas vom Gas, aber er hielt nicht an, und er wendete auch nicht.

»Was zur Hölle war das?« Meine Stimme war so hoch, dass sie hätte Glas zum Bersten bringen können.

»Das«, erwiderte Oren, »war jemand, der den Köder geschluckt hat.«

Den Köder? Ich drehte mich zu Alisa herum. »Wovon redet er?«

In der Hitze des Gefechts hatte ich geglaubt, es sei Alisas Schuld, dass wir uns hier befanden. Ich hatte an ihr gezweifelt – aber Orens Antwort ließ vermuten, dass ich womöglich ihnen beiden die Schuld hätte geben sollen.

»Dieser ganze Mist«, sage Alisa mit ihrer typischen Ruhe, die zwar etwas angeknackst, aber nicht zerstört war, »war Sinn der Sache.« Das Gleiche hatte sie auch über die Paparazzi vor der Boutique gesagt.

Die Paparazzi. Dafür sorgen, dass wir gesehen werden. Die unbedingte Notwendigkeit, shoppen zu gehen, trotz allem, was vorgefallen war.

Wegen allem, was vorgefallen war.

»Ihr habt mich als *Köder* benutzt?« Ich war eigentlich niemand, der brüllte, aber jetzt brüllte ich doch.

Neben mir fand Thea ihre Stimme wieder – und wie. »Was zur Hölle ist hier los?«

Oren fuhr vom Highway ab, verlangsamte und blieb an einer roten Ampel stehen. »Ja«, antwortete er entschuldigend, »wir haben dich – und uns – als Köder benutzt.« Dann warf er Thea einen Blick zu und beantwortete deren Frage: »Vorgestern Abend gab es einen Angriff auf Avery. Unsere Freunde bei der Polizei haben sich bereit erklärt, dass wir das auf meine Art angehen.«

»Sie hätten uns umbringen können!« Ich schaffte es nicht, mein hämmerndes Herz zur Ruhe zu bringen. Ich konnte kaum atmen.

»Wir hatten Verstärkung«, versicherte mir Oren. »Von meinen eigenen Leuten als auch von der Polizei. Ich werde dir jetzt nicht erzählen, dass du gerade nicht in Gefahr warst, aber so wie die Sache lag, war

Gefahr keine Option, die sich eliminieren ließ. Es gab keine guten Optionen. Du musst weiter in dem Haus leben. Statt auf den nächsten Angriff zu warten, haben Alisa und ich diese vorgebliche Spitzengelegenheit inszeniert. Jetzt werden wir vielleicht ein paar Antworten bekommen.«

Erst hatten sie mir erzählt, dass die Hawthornes keine Gefahr wären. Dann hatten sie mich benutzt, um die Gefahrenquelle auszumachen. »Ihr hättet mir das sagen können«, erwiderte ich brüsk.

»Es war besser«, sagte Alisa, »dass du nichts davon wusstest. Dass *niemand* etwas wusste.«

Besser für wen? Bevor ich das fragen konnte, erhielt Oren einen Anruf.

»Hat Rebecca von dem Angriff gewusst?«, wollte Thea wissen. »War sie deswegen so aufgebracht?«

»Oren.« Alisa ignorierte Thea und mich. »Haben sie den Fahrer schon festgenommen?«

»Haben sie.« Oren hielt inne, und ich erwischte ihn dabei, wie er mir einen Blick im Rückspiegel zuwarf, wobei seine Augen so sanft wurden, dass sich mir automatisch der Magen zusammenzog. »Avery … es war der Freund deiner Schwester.«

Drake. »Ex-Freund«, korrigierte ich ihn, wobei mir die Stimme stockte.

Oren ging nicht auf meine Klarstellung ein. »Sie haben ein Gewehr in seinem Kofferraum gefunden, das zu den Kugeln passt. Die Polizei wird sich mit deiner Schwester unterhalten wollen.«

»*Was?*« Mein Herz hämmerte immer noch gnadenlos gegen meinen Brustkorb. »Warum?« Auf einer gewissen Ebene jedoch wusste ich es … Ich kannte die Antwort auf diese Frage, aber ich konnte sie nicht akzeptieren.

Und würde ich auch nicht.

»Wenn Drake der Schütze war, dann muss ihn jemand auf das Anwesen geschmuggelt haben«, erklärte Alisa mit für sie untypischer Sanftheit.

Nicht Libby, dachte ich. »Libby würde *niemals* …«

»Avery.« Alisa legte mir eine Hand auf die Schulter. »Wenn dir etwas zustößt, sind – selbst ohne Testament – deine Schwester und dein Vater die Erben.«

KAPITEL 69

Das waren die Fakten: Drake hatte versucht, meinen Wagen von der Straße abzudrängen. Er hatte eine Waffe, die höchstwahrscheinlich zu den Kugeln passte, die Oren geborgen hatte. Er hatte ein Vorstrafenregister.

Die Polizei nahm meine Aussage auf. Sie stellten Fragen zu dem Angriff im Wald. Zu Drake. Zu Libby. Schließlich wurde ich nach Hawthorne House zurückgefahren.

Die Eingangstür flog auf, bevor Alisa und ich es überhaupt bis dorthin geschafft hatten.

Nash kam aus dem Haus gestürmt, verlangsamte dann sein Tempo, als er uns sah. »Willst du mir vielleicht verraten, warum ich gerade hören musste, dass die Polizei Libby hier rausgeschleift hat?«, fragte er Alisa.

Ich hatte noch nie einen derart heftigen texanischen Akzent gehört.

Alisa hob ihr Kinn. »Da kein Haftbefehl vorliegt, bestand keine Verpflichtung mitzugehen.«

»Das weiß sie doch nicht!«, brauste Nash auf. Dann dämpfte er seine Stimme und schaute ihr in die Augen. »Wenn du sie hättest beschützen wollen, hättest du es getan.«

In diesem Satz schwangen so viele Bedeutungen mit, dass ich nicht mal ansatzweise damit beginnen konnte, sie zu entwirren – nicht, solange mein Hirn noch mit anderen Dingen zu kämpfen hatte. *Libby. Die Polizei hat Libby.*

»Es ist nicht mein Beruf, jeden dahergelaufenen Problemfall zu beschützen«, gab Alisa zurück.

Mir war klar, dass sie hier nicht *nur* von Libby sprach, aber das spielte keine Rolle. »Sie ist kein Problemfall«, stieß ich hervor. »Sie ist meine Schwester!«

»Und mit großer Wahrscheinlichkeit Komplizin bei einem Mordversuch.« Alisa streckte die Hand nach meiner Schulter aus, doch ich wich zurück.

Libby würde mir nie was Böses tun. Sie würde nie zulassen, dass jemand mir was tut. Ich glaubte es, aber ich brachte es nicht über die Lippen. Warum konnte ich es nicht aussprechen?

»Dieser Bastard hat ihr geschrieben«, sagte Nash, der immer noch neben mir stand. »Ich habe versucht, sie zu überreden, ihn zu blocken, aber sie hat solche Schuldgefühle wegen …«

»Weswegen?«, drängte Alisa. »Weswegen fühlt sie sich schuldig? Wenn sie vor der Polizei nichts zu verbergen hat, warum hast du dann solche Angst, dass sie mit ihnen spricht?«

Nashs Augen loderten. »Du willst dich hier jetzt ernsthaft hinstellen und so tun, als wären wir beide nicht dazu erzogen worden, *Sprich nie ohne Anwalt mit den Bullen* als erstes Gebot zu befolgen?«

Ich dachte an Libby, ganz allein in der Zelle. Sie war wahrscheinlich nicht mal in einer Zelle, aber ich wurde das Bild einfach nicht los.

»Schick jemanden hin«, wies ich Alisa mit zittriger Stimme an. »Von der Kanzlei.« Sie öffnete den Mund, um zu widersprechen, doch ich schnitt ihr das Wort ab. *»Tu es.«* Womöglich saß ich momentan noch nicht direkt am Geldhahn, doch eines Tages würde ich es tun. Sie arbeitete für mich.

»Betrachte es als erledigt«, erwiderte Alisa.

»Und lass mich allein«, befahl ich aufgebracht. Sie und Oren hatten mich im Dunkeln gelassen. Sie hatten mich wie eine Schachfigur auf einem Spielbrett rumgeschoben. »Ihr alle«, sagte ich an Oren gewandt.

Ich musste allein sein. Ich musste alles in meiner Macht Stehende tun, um sie davon abzuhalten, auch nur den Samen eines Zweifels zu säen, denn wenn ich Libby nicht trauen konnte …

Ich hatte niemanden.

Nash räusperte sich. »Willst du ihr sagen, dass die Medienberaterin im Wohnzimmer sitzt und wartet, Lee-Lee, oder soll ich das tun?«

KAPITEL 70

Ich willigte ein, mich mit Alisas kostspieliger Medienberaterin zusammenzusetzen. Nicht weil ich irgendeine Absicht hegte, die Sache mit der anstehenden Benefizgala durchzuziehen, sondern weil es die einzige Möglichkeit war, mir alle anderen vom Leibe zu halten.

»Es gibt drei Dinge, an denen wir heute arbeiten werden, Avery.« Die Beraterin, eine elegante Schwarze Frau mit vornehmem britischen Akzent, hatte sich als Landon vorgestellt. Ich hatte keine Ahnung, ob das ihr Vor- oder Nachname war. »Nach dem Übergriff von heute früh wird es mehr Interesse an Ihrer Story und der Ihrer Schwester geben als je zuvor.«

Libby würde mir nie was Böses tun, dachte ich verzweifelt. *Sie würde nicht zulassen, dass Drake mir was antut.* Und dann: *Sie hat seine Nummer nicht geblockt.*

»Die drei Punkte, die wir heute üben werden, sind: was wir sagen, wie wir es sagen und wie wir die Dinge erkennen, die wir tunlichst nicht sagen und elegant umschiffen.« Landon war entschieden, präzise und stylisher als alle meine Stylisten zusammen. »Nun, ganz offensichtlich wird es Interesse an dem unglücklichen Vorfall geben, der sich heute Vormittag ereignet hat, aber Ihre Rechtsabteilung zieht es vor, dass wir an dieser Front so wenig verlauten lassen wie möglich.«

Diese Front – will sagen: das zweite Mal in drei Tagen, dass jemand mir nach dem Leben trachtete. *Libby hat nichts damit zu tun. Sie kann nichts damit zu tun haben.*

»Sprechen Sie mir nun nach«, wies Landon mich an. *»Ich bin dankbar, am Leben zu sein, und ich bin dankbar, heute Abend hier sein zu können.«*

Ich sperrte die Gedanken, die mich heimsuchten, so gut es ging, aus. »Ich bin dankbar, am Leben zu sein«, wiederholte ich mit steinerner Miene, »und ich bin dankbar, heute Abend hier sein zu können.«

Landon bedachte mich mit einem vielsagenden Blick. »Was denken Sie, wie Sie klingen?«

»Angepisst?«, tippte ich mürrisch.

Landon unterbreitete mir einen milden Vorschlag: »Versuchen Sie doch vielleicht, etwas weniger angepisst zu klingen.« Sie wartete einen Moment und betrachtete dann meine Sitzposition. »Öffnen Sie Ihren Brustkorb. Lösen Sie die Anspannung in Ihren Schultern. Ihre Haltung ist das Erste, woran sich das Publikum unbewusst festhaken wird. Wenn Sie ausschauen, als würden Sie versuchen, sich in sich selbst zu verkriechen, wenn Sie sich kleinmachen, sendet das eine Botschaft.«

Mit einem Augenrollen versuchte ich, mich etwas aufrechter hinzusetzen, und ließ die Hände locker an den Seiten herabsinken. »Ich bin dankbar, am Leben zu sein, und ich bin dankbar, heute Abend hier sein zu können.«

»Nein.« Landon quittierte meine Bemühungen mit einem Kopfschütteln. »Sie wollen schließlich wie ein echter Mensch klingen.«

»Ich bin ein echter Mensch.«

»Nicht für den Rest der Welt. Noch nicht. Im Moment sind Sie lediglich ein Spektakel.« In Landons Stimme schwang nichts Unfreundliches mit. »Tun Sie mal so, als wären Sie daheim. Sie befinden sich in Ihrer Komfortzone.«

Was war meine Komfortzone? Mit Max quasseln, die bis auf Weiteres nicht verfügbar war? Mich zu Libby ins Bett kuscheln?

»Denken Sie an jemanden, dem Sie vertrauen.«

Das schmerzte auf eine Art, die mich innerlich hätte aushöhlen müssen, aber stattdessen verspürte ich das Bedürfnis, mich zu übergeben. Ich schluckte schwer. »Ich bin dankbar, am Leben zu sein, und ich bin dankbar, heute Abend hier sein zu können.«

»Das wirkt gezwungen, Avery.«

Ich knirschte mit den Zähnen. »Es *ist* gezwungen.«

»Muss es das sein?« Landon ließ mich einen kurzen Moment mit der Frage allein. »Gibt es keinen Teil in Ihnen, der dankbar ist, dass Ihnen eine solche Chance zuteilwurde? In diesem Haus zu leben? Zu wissen, dass, egal, was passiert, Sie und Ihre Liebsten immer versorgt sein werden?«

Geld bedeutete Sicherheit. Es *war* Sicherheit. Es war die Gewissheit, dass man etwas vermasseln konnte, ohne sich gleich das ganze Leben zu versauen. *Falls Libby Drake auf das Anwesen gelassen hat, falls er derjenige war, der auf mich geschossen hat, so konnte sie doch unmöglich gewusst haben, dass das passieren würde.*

»Sind Sie denn nicht dankbar, noch am Leben zu sein, nach allem, was passiert ist? *Wollten* Sie denn heute sterben?«

Nein. Ich wollte leben. Wirklich leben.

»Ich bin dankbar, hier zu sein«, sagte ich, wobei ich die Worte diesmal etwas mehr spürte, »und ich bin dankbar, am Leben zu sein.«

»Besser, aber … lassen Sie diesmal den Schmerz zu.«

»Entschuldigung, wie bitte?«

»Zeigen Sie ihnen, dass Sie verletzlich sind.«

Ich rümpfte die Nase.

»Zeigen Sie ihnen, dass Sie ein ganz normales Mädchen sind. So wie sie. Das ist der Trick in meinem Gewerbe: Wie echt, wie verletzlich, kann man rüberkommen, ohne sich tatsächlich verletzlich zu machen?«

Verletzlich war nicht die Story, für die ich mich entschieden hatte, als man meine Garderobe zusammenstellte. Theoretisch sollte ich einen rebellischen Touch haben. Aber rebellische Mädchen hatten auch Gefühle.

»Ich bin dankbar, am Leben zu sein«, sagte ich, »und ich bin dankbar, heute Abend hier sein zu dürfen.«

»Gut.« Landon belohnte mich mit einem kleinen Nicken. »Und nun werden wir ein kleines Spiel spielen. Ich werde Ihnen Fragen stellen, und

Sie werden genau die eine Sache tun, die Sie absolut meistern müssen, bevor ich Sie hier rauslasse, um heute Abend auf die Gala zu gehen.«

»Und das wäre?«

»Sie werden nicht auf die Fragen antworten.« Landons Miene war unerbittlich. »Nicht mit Worten. Nicht mit Ihrer Mimik. Überhaupt nicht – außer und bis Sie eine Frage gestellt bekommen, die Sie mit der Kernbotschaft beantworten können, die wir bereits geübt haben.«

»Dankbarkeit«, sagte ich. »Et cetera, et cetera.« Ich zuckte mit den Schultern. »Klingt nicht allzu schwierig.«

»Avery, ist es wahr, dass Ihre Mutter eine langjährige sexuelle Beziehung zu Tobias Hawthorne unterhielt?«

Beinahe hätte sie mich gehabt. Beinahe hätte ich ein entrüstetes *Nein* ausgespuckt. Aber irgendwie hielt ich mich zurück.

»Haben Sie den Unfall heute inszeniert?«

Wie bitte?

»Passen Sie auf Ihre Mimik auf«, ermahnte Landon mich, und dann, ohne auch nur eine Sekunde zu verlieren: »Wie ist deine Beziehung zur Familie Hawthorne?«

Ich saß völlig passiv da und erlaubte mir nicht viel mehr, als nur ihre Namen zu denken.

»Was wirst du mit dem Geld anfangen? Was sagst du zu den Leuten, die dich eine Hochstaplerin und eine Diebin nennen? Wurdest du heute Vormittag verletzt?«

Die letzte Frage bot mir einen Anknüpfungspunkt. »Mir geht es gut«, antwortete ich. »Ich bin dankbar, am Leben zu sein, und ich bin dankbar, heute Abend hier sein zu dürfen.«

Ich erwartete ein Lob, bekam jedoch keins.

»Ist es wahr, dass deine Schwester eine Beziehung mit dem Mann hatte, der versucht hat, dich umzubringen? War sie an dem Mordversuch beteiligt?«

Ich war mir nicht sicher, ob es der Zeitpunkt war, an dem sie diese Frage eingeschleust hatte – direkt nach meiner geglückten Antwort –, oder wie sehr die Frage mich traf, aber ich verlor die Fassung.

»Nein.« Das Wort explodierte förmlich aus meinem Mund. »Meine Schwester hatte *rein gar nichts* damit zu tun.«

Landon bedachte mich mit einem vielsagenden Blick. »Und von vorne«, sagte sie ungerührt. »Lassen Sie es uns noch mal versuchen.«

KAPITEL 71

Nach meiner ersten Sitzung mit Landon setzte sie mich vor meinem Schlafzimmer ab, wo mich bereits mein Stylisten-Team erwartete. Ich hätte ihnen sagen können, dass ich nicht zur Gala gehen würde, aber Landon hatte mich nachdenklich gemacht: Was für eine Message würde das nach außen senden?

Dass ich Angst hatte? Dass ich mich versteckte – oder etwas zu verstecken hatte? Dass Libby schuldig war?

Ist sie nicht. Das sagte ich mir immer wieder. Ich war mitten beim Frisiert- und Geschminktwerden, als Libby in mein Zimmer kam. Meine Bauchmuskeln verkrampften, mein Herz schlug mir bis zum Hals. Ihr Gesicht war mit Wimperntusche verschmiert. Sie hatte geweint.

Sie hat nichts Falsches getan. Hat sie nicht. Libby zögerte drei, vier Sekunden, dann warf sie sich auf mich und packte mich in die dickste, festeste Umarmung meines Lebens. »Es tut mir leid. Es tut mir ja so leid.«

Ich hatte diesen Moment – genau einen –, in dem mir das Blut in den Adern gefror.

»Ich hätte ihn blockieren sollen«, fuhr Libby fort. »Aber wenn es was hilft, ich habe gerade mein Handy in den Küchenmixer geworfen. Und dann habe ich den Mixer angeworfen.«

Sie entschuldigte sich nicht dafür, Drake Beihilfe geleistet zu haben. Sie entschuldigte sich nur dafür, nicht seine Nummer geblockt zu haben.

Ich ließ den Kopf hängen, doch ein Paar Hände hoben sofort mein Kinn wieder hoch, da die Stylisten ungebremst mit ihrer Arbeit fortfuhren.

»Sag doch was«, bat Libby.

Ich wollte ihr sagen, dass ich ihr glaubte, aber allein diese Worte auszusprechen, hätte sich illoyal angefühlt, wie ein Bekenntnis, dass ich mir bis jetzt nicht wirklich sicher gewesen war. »Du wirst ein neues Handy brauchen«, sagte ich schließlich.

Libby stieß ein ersticktes, verhaltenes Lachen aus. »Wir werden auch einen neuen Mixer brauchen.« Sie wischte sich mit der Kante ihrer rechten Hand über die Augen.

»Keine Tränen!«, blaffte der Typ, der mich herrichtete. Das war an mich gerichtet, nicht an Libby, doch sie fasste sich ebenfalls. »Du willst doch ausschauen wie die Fotovorlage, die man uns gegeben hat, korrekt?«, fragte der Mann, während er mir ruppig Stylingschaum ins Haar knetete.

»Klar«, erwiderte ich. »Von mir aus.« Wenn Alisa ihnen ein Foto gegeben hatte, bedeutete das für mich schon mal eine Entscheidung weniger, die ich treffen musste, eine Sache weniger, über die ich mir den Kopf zerbrechen musste.

So wie die aktuelle Milliarde-Dollar-Frage: *Wenn Drake auf mich geschossen, aber Libby ihn nicht aufs Anwesen gelassen hat … wer dann?*

Eine Stunde später stand ich da und starrte verblüfft in den Spiegel vor mir. Die Stylisten hatten mein Haar geflochten, aber es war nicht nur ein Zopf. Sie hatten mein Haar in zwei Hälften und dann die Hälften jeweils in Drittel geteilt. Jedes Drittel war halbiert und die beiden Stränge umeinandergezwirbelt worden, was dem Haar eine gewundene Struktur verlieh wie bei einer Kordel. Winzige durchsichtige Haargummis und eine unmenschliche Menge Haarlack hatten das Ganze an Ort und Stelle gehalten, während sie das Haar anschließend auf beiden Seiten zu französischen Zöpfen geflochten hatten. Ich hatte keine Ahnung, was genau als Nächstes passiert war, außer dass das Prozedere höllisch wehgetan und alle vier Stylisten-Hände plus eine von Libby erfordert hatte, aber am Ende wand sich die Flechtkonstruktion um meinen Kopf, um eine Seite meines Gesichts einzurahmen. Die eingearbeiteten spiralförmigen Bänder waren bunt und unterstrichen die Lowlights sowie die naturblonden Akzente in meinem aschbraunen Haar. Der Effekt war geradezu hypnotisierend – so etwas hatte ich noch nie gesehen.

Das Make-up war weniger dramatisch – natürlich, frisch, insgesamt dezent, bis auf die Augen. Ich hatte keinen Schimmer, was für ein Hexenwerk sie an mir vollbracht hatten, aber meine mit schwarzem Kajal umrandeten Augen sahen doppelt so groß aus wie normal und waren *grün* – ein echtes Grün, mit Sprenkeln, die eher golden als braun wirkten.

»Und die Krönung des Ganzen …« Einer der Stylisten legte geschwind eine Kette um meinen Hals. »Weißgold und drei Smaragde.«

Die Juwelen hatten die Größe meiner Daumennägel.

»Du siehst wunderschön aus«, staunte Libby.

Ich sah überhaupt nicht aus wie ich selbst. Ich sah aus wie jemand, der auf einen Ball gehörte, und doch ruderte ich beinahe zurück von meinem Plan, auf den Ball zu gehen. Das Einzige, was mich davon abhielt, das Handtuch zu werfen, war Libby.

Wenn es je eine Zeit für mich gegeben hatte, das Narrativ zu kontrollieren, dann jetzt.

KAPITEL 72

Oren erwartete mich oben an der Treppe.

»Hat die Polizei irgendwas aus Drake rausbekommen?«, fragte ich. »Hat er zugegeben, dass er geschossen hat? Mit wem arbeitet er zusammen?«

»Tief Luft holen«, erwiderte Oren. »Drake hat sich zur Genüge selbst belastet, aber er hat versucht, Libby als Drahtzieherin hinzustellen. Doch diese Geschichte will nicht ganz aufgehen. Es gibt keinerlei Kameraaufnahmen von ihm, wie er das Anwesen betritt, und die gäbe es, wenn, wie er behauptet, Libby ihn durchs Tor gelassen hätte. Wir tippen aktuell darauf, dass er über die Tunnel hereingekommen ist.«

»Die Tunnel?«

»Sie bilden eine Art Geheimzugang ins Haus, nur dass sie sich unter dem gesamten Grundstück erstrecken. Mir sind zwei Zugänge bekannt und die sind beide gesichert.«

Ich hörte, was Oren nicht aussprach. »Es gibt zwei, von denen Sie wissen – aber das hier ist Hawthorne House. Es könnte mehr geben.«

Auf dem Weg zu einem eleganten Ball hätte ich mich eigentlich wie eine Märchenprinzessin fühlen sollen, doch meine Pferdekutsche war ein SUV, der identisch war mit dem, den Drake heute Vormittag gerammt hatte. Nichts schrie mehr nach *Märchen* als ein versuchter Mord.

Wer kennt die Lage der Tunnel? Das war die Frage der Stunde. Wenn es Tunnel gab, von denen selbst der Sicherheitschef von Hawthorne House nichts wusste, hegte ich ernsthafte Zweifel daran, dass Drake von allein darauf gekommen war. Libby hatte ebenfalls nicht über sie Bescheid wissen können.

Wer also dann? Jemand, der sich sehr, *sehr* gut in Hawthorne House auskannte. *Hat derjenige Drake kontaktiert? Warum?* Diese letzte Frage war weniger mysteriös. Warum sollte man schließlich selbst einen Mord begehen, wenn es da draußen jemanden gab, der willens und bereit war, es für einen zu erledigen? Alles, was derjenige wissen musste, war, dass Drake existierte, dass er bereits gewalttätig geworden war und dass er allen Grund hatte, mich zu hassen.

Innerhalb der Mauern von Hawthorne House war nichts von alldem ein Geheimnis.

Vielleicht hatte der Komplize Drake die Sache schmackhafter gemacht, indem er ihm verriet, dass, falls mir etwas zustieß, das Erbe an Libby ging.

Sie haben einen registrierten Straftäter die Drecksarbeit machen und den Kopf dafür hinhalten lassen. Ich saß in meinem gepanzerten SUV, in einem Fünftausend-Dollar-Kleid und mit einem Collier um den Hals, mit dem man wahrscheinlich die Studiengebühren für ein ganzes Jahr bezahlen konnte, und fragte mich, ob Drakes Verhaftung bedeutete, dass die Gefahr gebannt war – oder ob derjenige, der ihm Zugang zu dem Tunnelsystem verschafft hatte, noch andere Pläne für mich in petto hielt.

»Die Stiftung hat für den Anlass des heutigen Abends zwei der Tische gekauft«, informierte Alisa mich, die vorne auf dem Beifahrersitz saß. »Zara war nicht sehr angetan davon, die Plätze teilen zu müssen, aber da es theoretisch deine Stiftung ist, hatte sie keine große Wahl.«

Alisa benahm sich, als wäre nichts passiert. Als hätte ich allen Grund, ihr zu vertrauen, wo es doch eher schien, als würden sich die Gründe dagegen langsam, aber stetig summieren.

»Also werde ich mit ihnen zusammensitzen«, sagte ich ausdruckslos. »Den Hawthornes.«

Von denen einer – *mindestens* einer – womöglich immer noch meinen Tod wollte.

»Es ist zu deinem Vorteil, wenn euer Verhältnis nach außen hin freundlich erscheint.« Alisa musste begriffen haben, wie lächerlich das in Anbetracht der Situation klang. »Wenn die Familie Hawthorne dich akzeptiert, wird das viel dazu beitragen, einige der weniger schicklichen Theorien, warum du geerbt hast, zu eliminieren.«

»Und was ist mit der unschicklichen Theorie, dass einer von ihnen – *mindestens* einer – mir den Tod an den Hals wünscht?«, fragte ich spitz.

Vielleicht war es ja Zara, oder ihr Ehemann, oder Skye. Oder sogar Nan, die mir mehr oder weniger unter die Nase gerieben hatte, dass sie ihren Mann um die Ecke gebracht hatte.

»Wir befinden uns immer noch in höchster Alarmbereitschaft«, versicherte mir Oren. »Aber es wäre zu unseren Gunsten, wenn die Hawthornes darüber im Unklaren blieben. Falls die Drahtzieher darauf spekuliert haben, die ganze Sache Drake – und Libby – anzulasten, dann sollen sie glauben, dass sie damit Erfolg gehabt hätten.«

Das letzte Mal hatte ich das Überraschungsmoment ruiniert. Dieses Mal würde es anders laufen.

KAPITEL 73

Avery, schau hierher!«

»Irgendwelche Kommentare zur Verhaftung von Drake Sanders?«

»Können Sie uns etwas zur Zukunft der Hawthorne Foundation sagen?«

»Ist es wahr, dass deine Mutter mal wegen des Anwerbens von Freiern verhaftet wurde?«

Ohne die sieben Runden Übungsfragen, die ich heute Nachmittag durchlaufen hatte, hätte mich die letzte erwischt. Ich hätte geantwortet, und meine Antwort hätte Kraftausdrücke beinhaltet, und zwar nicht wenige. Stattdessen blieb ich gelassen neben dem Wagen stehen und übte mich in Geduld.

Und dann kam die Frage, auf die ich gewartet hatte. »Angesichts all dessen, was vorgefallen ist, wie fühlen Sie sich?«

Ich blickte der Reporterin, die die Frage gestellt hatte, direkt in die Augen. »Ich bin dankbar, am Leben zu sein«, sagte ich. »Und ich bin dankbar, heute Abend hier sein zu können.«

Die Gala wurde in einem Kunstmuseum abgehalten. Wir betraten es über das Obergeschoss und stiegen dann eine pompöse marmorne Freitreppe hinab in den Ausstellungssaal. Als ich auf halber Höhe angelangt war, glotzten mich die einen an, und die anderen glotzten mich *explizit* nicht an, was auf seine Art schlimmer war.

Unten, am Fuß der Treppe, erblickte ich Grayson. Er trug einen Smoking mit der gleichen Selbstverständlichkeit, wie er seine Anzüge trug. Er hielt ein Kristallglas mit einer klaren Flüssigkeit in der Hand. In dem Moment, in dem er mich erblickte, erstarrte er so plötzlich und vollständig, als hätte jemand die Zeit angehalten. Ich musste daran denken, wie wir zusammen am Fuß der Geheimtreppe gestanden hatten, an die Art, wie er mich angesehen hatte, und auf gewisse Weise, so dachte ich, war das auch die Art, auf die er mich jetzt ansah.

Ich dachte, ich hätte ihm den Atem geraubt.

Dann ließ er das Glas fallen. Es kam auf dem Boden auf und zersplitterte, winzige Kristallscherben flogen über den Marmor.

Was ist passiert? Was habe ich getan?

Alisa stupste mich unauffällig an, damit ich mich wieder in Bewegung setzte. Ich stieg die letzten Stufen hinab, während die Servicekräfte herbeigeeilt kamen, um die Scherben aufzukehren.

Grayson starrte mich an. »Was tust du da?«, fragte er mit kehliger Stimme.

»Ich verstehe nicht«, erwiderte ich.

»Dein Haar«, presste er erstickt hervor. Er hob seine rechte Hand zu meinem Kopf, seine Finger berührten meine Flechtfrisur, bevor er sie wieder zurückzog und zu einer Faust ballte. »Diese Kette. Das Kleid …«

»Was?«, fragte ich.

Das einzige Wort, das er zur Antwort hervorbrachte, war ein Name.

Emily.

Es war immer Emily. Irgendwie schaffte ich es zu den Toiletten, ohne allzu sehr den Anschein zu erwecken, ich würde wegrennen. Ich zerrte umständlich mein Handy aus der schwarzen Satin-Handtasche, die man mir gegeben hatte, und verharrte so, unsicher, was ich mit dem Handy vorhatte. Jemand trat vor den Spiegel neben mir.

»Du siehst hübsch aus«, bemerkte Thea und musterte mich von der Seite. »Tatsächlich siehst du *perfekt* aus.«

Ich starrte sie an, bis es mir dämmerte. »Was hast du getan, Thea?«

Sie blickte auf ihr eigenes Handy hinab, tippte auf dem Display herum, und einen Moment später bekam ich eine Nachricht. Mir war gar nicht klar gewesen, dass sie meine Nummer hatte.

Ich öffnete die Nachricht sowie das angehängte Foto und mir wich alles Blut aus dem Gesicht. Auf diesem Foto lachte Emily Laughlin nicht. Sie lächelte nur in die Kamera – ein schalkhaftes kleines Schmunzeln, so als würde sie gleich zwinkern. Ihr Make-up war natürlich, nur ihre Augen wirkten unnatürlich groß, und ihr Haar …

War exakt frisiert wie meines.

»Was hast du getan?«, fragte ich Thea abermals, diesmal lag mehr Anklage als Frage darin. Sie hatte sich selbst zu meinem Shoppingtrip eingeladen. Sie war diejenige, die vorgeschlagen hatte, dass ich Grün trug – genau wie Emily auf diesem Foto.

Selbst meine Halskette sah ihrer geradezu unheimlich ähnlich.

Als der Stylist gefragt hatte, ob ich aussehen wolle wie auf dem Foto, war ich davon ausgegangen, dass Alisa es ihnen gegeben hatte. Ich hatte angenommen, dass es das Foto eines Models war. *Nicht das eines toten Mädchens.*

»Warum solltest du so etwas tun?«, berichtigte ich meine Frage an Thea.

»Es ist das, was Emily gewollt hätte.« Thea zog einen Lippenstift aus ihrem Schminktäschchen. »Falls es dir irgendwie ein Trost ist«, sagte sie, sobald sie fertig damit war, ihre Lippen mit einem glitzernden Rubinrot zu versehen, »das habe ich nicht *dir* angetan.«

Nein, sie hatte es *ihnen* angetan.

»Die Hawthornes haben Emily nicht umgebracht«, stieß ich aus. »Rebecca hat gesagt, es sei ihr Herz gewesen.«

Eigentlich hatte sie gesagt, *Grayson* habe gesagt, es sei ihr Herz gewesen.

»Und wie sicher bist du dir, dass die Hawthornes nicht versuchen, *dich* umzubringen?« Thea lächelte. Sie war heute früh mit mir unterwegs gewesen. Sie war völlig durch den Wind gewesen. Und nun tat sie so, als wäre das alles ein einziger Scherz.

»Irgendwas bei dir läuft von Grund auf schief«, erwiderte ich.

Mein Zorn schien nicht bis zu ihr durchzudringen. »Ich habe dir schon am ersten Tag, als wir uns trafen, gesagt, dass die Hawthornes ein kranker, kaputter Haufen sind.« Sie blickte einen weiteren Moment in den Spiegel. »Ich habe nie behauptet, dass ich es nicht auch bin.«

KAPITEL 74

Ich nahm die Halskette ab und blieb mit dem Schmuckstück in der Hand vor dem Spiegel stehen. Das Haar war das größere Problem. Es hatte zwei Leute gebraucht, um es so zu flechten, und ich würde höhere Gewalt benötigen, um es wieder zu lösen.

»Avery?« Alisa streckte den Kopf in die Damentoilette.

»Hilf mir«, sagte ich.

»Wobei denn?«

»Mein Haar.«

Ich griff nach hinten und begann, an den Zöpfen zu ziehen, als Alisa meine Hände abfing und in ihre nahm. Sie verlegte meine Handgelenke in ihre Rechte, während sie mit ihrer Linken den Riegel vor der Toilettentür vorschob. »Ich hätte dich nicht drängen dürfen«, sagte sie leise. »Das hier ist zu viel und zu früh, stimmt's?«

»Weißt du, nach wem ich aussehe?«, fragte ich sie. Ich hob abrupt die Kette vor ihr Gesicht. Sie nahm sie mir aus der Hand.

Sie runzelte die Stirn. »Nach wem denn?« Es schien wie eine ehrliche Frage von einer Person, die es nicht mochte, Fragen zu stellen, deren Antwort sie nicht bereits kannte.

»Emily Laughlin.« Ich konnte nicht verhindern, dass mein Blick erneut zum Spiegel zuckte. »Thea hat mich herrichten lassen wie sie.«

Alisa brauchte einen Moment, um das zu verarbeiten. »Das wusste ich nicht.« Sie hielt inne, während sie überlegte. »Die Presse wird es auch nicht wissen. Emily war nur ein ganz gewöhnliches Mädchen.«

Nichts an Emily Laughlin war gewöhnlich. Ich wusste nicht, wann ich zu dieser Überzeugung gelangt war. In dem Moment, als ich ihr Foto gesehen hatte? Bei meinem Gespräch mit Rebecca? Beim allerersten Mal, als Jameson ihren Namen gesagt hatte, oder beim ersten Mal, als ich ihn Grayson gegenüber erwähnt hatte?

»Wenn du länger auf der Toilette bleibst, werden die Leute es bemerken«, warnte Alisa mich. »Haben sie schon. Du wirst wohl oder übel da rausmüssen.«

Sie hatte recht. Ich war heute Abend hergekommen, weil ich geglaubt hatte, Libby beschützen zu können, indem ich gute Laune an den Tag legte. Ich wäre wohl kaum hier, wenn meine eigene Schwester versucht hätte, mich umzubringen, oder?

»Na schön«, stieß ich zwischen zusammengebissenen Zähnen hervor. »Aber wenn ich das tue, will ich dein Wort, dass du meine Schwester auf jede dir mögliche Art und Weise beschützen wirst. Es ist mir egal, was da zwischen dir und Nash läuft, oder was Nash mit Libby laufen hat. Du arbeitest nicht mehr nur für mich. Du arbeitest auch für sie.«

Ich konnte sehen, wie Alisa runterschluckte, was auch immer sie eigentlich sagen wollte. Alles, was aus ihrem Mund kam, war: »Du hast mein Wort.«

Ich musste nur das Dinner überstehen. Und ein oder zwei Tänze. Die Live-Auktion. Leichter gesagt als getan. Alisa führte mich zu den zwei Tischen, welche die Hawthorne-Stiftung erstanden hatte. Am linken Tisch hielt Nan zwischen den grauhaarigen Eminenzen Hof. Der Tisch zur Rechten war halb mit Hawthornes besetzt: Zara und Constantine, Nash, Grayson und Xander.

Ich steuerte Nans Tisch an, doch meine Anwältin trat dazwischen und führte mich sanft, aber bestimmt zu dem Platz direkt neben Grayson.

Alisa ließ sich auf dem Stuhl daneben nieder, womit noch drei freie Plätze blieben – wovon vermutlich einer für Jameson bestimmt war.

Grayson sagte kein Wort. Ich verlor meinen inneren Kampf, nicht zu ihm zu schauen, und sah, dass er starr vor sich hinblickte und weder mich noch irgendwen sonst am Tisch ansah.

»Ich habe das hier nicht mit Absicht gemacht«, raunte ich ihm zu, wobei ich mir Mühe gab, einen normalen Gesichtsausdruck für unsere Zuschauer, Partygänger und Fotografen aufrechtzuerhalten.

»Selbstverständlich nicht«, erwiderte er steif, die Worte wie einstudiert.

»Ich würde die Zöpfe ja rausmachen, wenn ich könnte«, murmelte ich. »Aber ich schaffe es nicht allein.«

Sein Kopf sank ein Stück nach vorne, seine Lider schlossen sich einen Moment. »Ich weiß.«

Unwillkürlich überkam mich ein Bild davon, wie Grayson Emily dabei half, ihre Frisur zu lösen, während seine Finger jeden Zopf einzeln entflochten, Stück für Stück.

Mein Arm stieß gegen Alisas Weinglas. Sie versuchte, es aufzufangen, reagierte jedoch nicht schnell genug. Während der Wein das weiße Tischtuch rot färbte, begriff ich, was mir schon von Anfang an hätte klar sein müssen – von dem Moment an, als das Testament verlesen wurde.

Ich gehörte nicht hierher, in diese Welt. Nicht auf eine Feier wie diese, nicht auf einen Platz neben Grayson Hawthorne.

Und das würde ich auch nie.

KAPITEL 75

Ich schaffte es durchs Dinner, ohne dass jemand versuchte mich umzubringen, und Jameson tauchte gar nicht erst auf. Ich sagte Alisa, ich bräuchte etwas frische Luft, doch ich ging nicht nach draußen. Ich konnte mich nicht so bald wieder der Presse stellen, also landete ich stattdessen in einem anderen Flügel des Museums, wobei Oren hinter mir Schatten spielte.

Der Flügel war geschlossen. Die Lichter waren gedimmt und die Ausstellungsräume abgesperrt, aber der Flur war frei. Ich ging den langen Gang entlang, wobei Orens Schritte mir folgten. Weiter vorne hob sich ein Licht vor der dämmrigen Umgebung drum herum ab. Die Kordel, mit der dieser Ausstellungsraum abgesperrt worden war, hatte man beiseitegeschoben. Daran vorbeizutreten, war, wie aus einem dunklen Kinosaal ins Sonnenlicht hinauszutreten. Der Raum war gleißend hell, selbst die Rahmen der Gemälde waren weiß. Es gab nur eine einzige Person in dem Raum. Der Junge trug einen Smoking ohne das Jackett.

»Jameson.« Ich sagte seinen Namen, doch er drehte sich nicht um. Er stand vor einem kleinen Gemälde und betrachtete es eingehend aus drei, vier Schritten Entfernung. Er schaute zu mir, als ich auf ihn zukam, dann wandte er sich wieder dem Gemälde zu.

Du hast mich gesehen, dachte ich. *Du hast meine Frisur gesehen.* Im Raum war es so still, dass ich meinen eigenen Herzschlag hören konnte. *Sag etwas.*

Er nickte zu dem Gemälde. »Cézannes *Vier Brüder*«, erklärte er, als ich neben ihm stehen blieb. »Ein Favorit der Hawthornes – wie man sich unschwer denken kann.«

Ich zwang mich, das Bild anzusehen, nicht ihn. Da waren vier Gestalten auf der Leinwand, ihre Züge verwischt. Ich konnte die Konturen ihrer Muskeln ausmachen. Ich konnte sie förmlich in Bewegung sehen, aber dem Künstler war es nicht um Realismus gegangen. Mein Blick schweifte zu der goldenen Plakette unter dem Gemälde.

Vier Brüder. Paul Cézanne. 1898. Eine Leihgabe aus der Privatsammlung von Tobias Hawthorne.

Jameson wandte mir sein Gesicht wieder zu. »Ich weiß, dass du den Davenport gefunden hast.« Er hob eine Augenbraue. »Da hast du mich wohl geschlagen.«

»Genauso wie Grayson«, sagte ich.

Jamesons Miene verdüsterte sich. »Du hast recht. Der Baum im Black Wood war nur ein Baum. Der Hinweis, nach dem wir suchen, ist eine Zahl. *Acht. Eins. Eins.* Da gibt es noch eine.«

»Aber es gibt kein *wir*«, erwiderte ich. »Betrachtest du mich überhaupt als Menschen, Jameson? Oder bin ich bloß ein Werkzeug?«

»Das habe ich wohl verdient.« Er hielt meinem Blick noch einen Moment stand, dann schaute er wieder auf das Gemälde. »Der alte Herr meinte immer, dass ich einen Fokus wie einen Laser habe. Ich bin nicht dazu geschaffen, mich um mehr als nur eine Sache gleichzeitig zu kümmern.«

Ich fragte mich, ob diese Sache das Spiel war … oder *sie*.

»Ich bin fertig, Jameson.« Meine Worte hallten in dem weißen Raum wider. »Mit dir. Mit was auch immer das war.« Ich wandte mich ab, um zu gehen.

»Es kümmert mich nicht, dass du Emilys Frisur trägst.« Jameson wusste ganz genau, was er sagen musste, um mich zum Stehenbleiben zu bringen. »Es ist mir egal«, wiederholte er, »weil *Emily mir egal ist.*« Er stieß einen abgehackten Atemzug aus. »Ich habe in jener Nacht mit ihr Schluss gemacht. Ich war ihre kleinen Spielchen so leid. Ich habe ihr gesagt, dass es für mich aus ist, und ein paar Stunden später war sie tot.«

Ich drehte mich wieder zu ihm um. Grüne Augen, leicht blutunterlaufen, verweilten auf meinen. »Das tut mir leid«, sagte ich, wobei ich mich fragte, wie oft er ihr letztes Gespräch in seinem Kopf abgespult haben musste.

»Komm mit mir zum Black Wood«, flehte Jameson. Er hatte recht. Sein Fokus war gebündelt wie ein Laser. »Du musst mich nicht küssen. Du musst mich nicht einmal mögen, Erbin, aber bitte lass mich das nicht alleine tun.«

Er klang roh, ungeschliffen, echt, auf eine Art, wie er es nie zuvor gewesen war. *Du musst mich nicht küssen.* Er hatte das gesagt, als würde er sich das von mir wünschen.

»Ich hoffe, ich störe nicht.«

Jameson und ich schauten gleichzeitig zum Eingang. Grayson stand dort, und mir wurde bewusst, dass er, als er den Raum betreten hatte, von seinem Blickwinkel aus lediglich mein geflochtenes Haar gesehen haben konnte.

Ein paar Sekunden starrten Grayson und Jameson einander nur an.

»Du weißt, wo du mich findest, Erbin«, sagte Jameson zu mir. »Falls es einen Teil in dir gibt, der mich finden will.«

Auf seinem Weg nach draußen streifte er Grayson. Sein Bruder sah ihm eine ganze Weile nach, bevor er sich wieder zu mir umdrehte. »Was hat er gesagt, als er dich so sah?«

Als er mein Haar sah. Ich schluckte. »Er hat mir gesagt, dass er in der Nacht, als Emily starb, mit ihr Schluss gemacht habe.«

Stille.

Ich hob den Blick wieder zu ihm.

Seine Augen waren geschlossen, jeder Muskel in seinem Körper angespannt. »Hat Jameson dir gesagt, dass ich sie umgebracht habe?«

KAPITEL 76

Nachdem Grayson fort war, verbrachte ich noch eine geschlagene Viertelstunde in der Galerie – allein – und betrachtete Cézannes *Vier Brüder*, bevor Alisa jemanden losschickte, um mich holen zu gehen.

»Ich pflichte dir bei«, begrüßte mich Xander, obwohl ich gar nichts gesagt hatte, dem er hätte beipflichten können. »Diese Party ist ein Reinfall. Das Promi-zu-Scones-Verhältnis ist ganz und gar unverzeihlich.«

Ich war nicht in der Stimmung für Scones-Witze. *Jameson sagt, dass er mit Emily Schluss gemacht hat. Grayson behauptet, er hätte sie umgebracht. Thea benutzt mich, um sie beide zu bestrafen.* »Ich bin hier raus!«, verkündete ich.

»Du kannst noch nicht gehen!«, protestierte Xander.

Ich verdrehte die Augen. »Warum nicht?«

»Weil …« Xander wackelte mit seiner verbliebenen Augenbraue, »… sie gerade die Tanzfläche eröffnet haben. Du willst doch der Presse was geben, worüber sie reden können, oder nicht?«

Ein Tanz. Das war alles, was ich Alisa zugestand – plus die Fotografen –, und dann nichts wie weg.

»Tu so, als sei ich die faszinierendste Persönlichkeit, die du je getroffen hast«, riet mir Xander, als er mich für einen Walzer auf die Tanzfläche geleitete. Er hielt mir eine Hand hin, damit ich ihm meine gab, dann legte er galant einen Arm um mich. »Schau, ich will dir helfen: Jedes Jahr zu meinem Geburtstag, von meinem siebten Lebensjahr an bis zu meinem zwölften, gab mein Großvater mir Geld, um es zu investieren, und ich gab es komplett für Kryptowährung aus, weil ich eben ein Genie bin und kein bisschen, weil ich fand, dass *Kryptowährung* sich irgendwie cool anhörte.« Er drehte mich einmal herum. »Ich verkaufte meine Anteile noch vor dem Tod meines Großvaters für hundert Millionen Dollar.«

Ich starrte ihn ungläubig an. »Du hast *was?*«

»Siehst du?«, erwiderte er. »Faszinierend.« Xander tanzte weiter, senkte jedoch den Blick. »Nicht einmal meine Brüder wissen das.«

»In was haben deine Brüder investiert?« Die ganze Zeit über war ich davon ausgegangen, dass ihnen *nichts* geblieben war. Nash hatte mir von Tobias Hawthornes Geburtstagstradition erzählt, aber ich hatte mir keine weiteren Gedanken über ihre *Investitionen* gemacht.

»Kein Plan«, erwiderte Xander vergnügt. »Wir durften nicht darüber sprechen.«

Wir tanzten weiter, während die Fotografen ihre Fotos knipsten. Xander beugte sein Gesicht ganz nah zu meinem runter.

»Die Presse wird noch denken, dass du mein heimlicher Verehrer bist«, ermahnte ich ihn, während mir der Kopf immer noch von seiner Enthüllung schwirrte.

»Wie es der Zufall so will«, erwiderte Xander neckisch, »bin ich ein ganz exzellenter falscher Verehrer.«

»Und wem genau hast du was vorgegaukelt?«, wollte ich wissen.

Xander schaute an mir vorbei zu Thea. »Ich bin eine menschliche Rube-Goldberg-Maschine«, sagte er. »Ich tue einfache Dinge auf komplizierte Art und Weise.« Er hielt inne. »Es war eigentlich Emilys Idee, dass Thea und ich es zusammen versuchen. Em war, sagen wir mal, *beharrlich.* Sie wusste nicht, dass Thea schon mit jemandem zusammen war.«

»Und ihr habt eingewilligt?«, fragte ich ungläubig.

»Ich wiederhole: Ich bin eine menschliche Rube-Goldberg-Maschine.« Seine Stimme wurde sanfter. »Außerdem habe ich es nicht für Thea getan.«

Für wen dann? Ich brauchte kurz, um die Teile zusammenzufügen. Xander hatte den falschen Verehrer *zwei*mal erwähnt: einmal in Bezug auf Thea und einmal, als ich mich nach Rebecca erkundigte.

»Thea und Rebecca?«, fragte ich.

»Unsterblich verliebt«, bestätigte Xander. *Thea hat sie schmerzhaft schön genannt.* »Die beste Freundin und die kleine Schwester. Was sollte ich tun? Die beiden glaubten nicht, dass Emily es verstehen würde. Sie konnte sehr besitzergreifend sein gegenüber den Leuten, die sie liebte, und ich wusste, wie schwer es Rebecca fiel, sich gegen ihre Schwester aufzulehnen. Nur dieses eine Mal wollte Bex etwas für sich selbst.«

Ich fragte mich, ob Xander Gefühle für sie hegte – ob die vorgetäuschte Beziehung mit Thea seine verquere Rube-Goldberg-Art war, das auszudrücken. »Hatten Thea und Rebecca denn recht damit?«, fragte ich. »Dass Emily es nicht verstehen würde?«

»Mehr als nur das.« Xander verstummte einen Moment. »In jener Nacht fand Em das mit den beiden heraus. Für sie war es Verrat.«

In jener Nacht – der Nacht, in der sie starb.

Die Musik kam zum Ende, und Xander ließ meine Hand los, wobei er jedoch seinen anderen Arm um meine Taille geschlungen hielt. »Ein Lächeln für die Presse«, murmelte er. »Gib ihnen eine Story. Schau tief in meine Augen. Spüre die Fülle meines Charmes. Denk an deinen Lieblingskuchen.«

Meine Mundwinkel verzogen sich nach oben und Xander Hawthorne geleitete mich von der Tanzfläche zu Alisa.

»Du kannst jetzt gehen«, sagte sie zufrieden. »Wenn du magst.«

Scheiße, ja. »Kommst du auch mit?«, fragte ich Xander.

Die Einladung schien ihn zu überraschen. »Ich kann nicht.« Er zögerte. »Ich habe Black Wood gelöst.« Damit hatte er meine volle Aufmerksamkeit. »Ich könnte das hier gewinnen.« Xander schaute auf seine schicken Schuhe hinab. »Aber Jameson und Grayson brauchen es mehr.

Fahr zurück nach Hawthorne House. Ein Hubschrauber wird auf dich warten, wenn du dort ankommst. Lass dich vom Piloten über den Wald fliegen.«

Ein Hubschrauber?

»Wohin du auch gehst«, sagte Xander, »sie werden dir folgen.«

Sie, seine Brüder. »Ich dachte, du wolltest gewinnen«, erwiderte ich.

Er schluckte. Schwer. »Das will ich.«

KAPITEL 77

Ich hatte Xander nur halb geglaubt, als er mir einen Hubschrauber versprochen hatte, aber da stand er, mit reglosen Rotorblättern auf dem Rasen vor Hawthorne House. Oren wollte mich nicht an Bord lassen, bevor er ihn nicht komplett gecheckt hatte. Und selbst dann bestand er darauf, den Platz des Piloten einzunehmen. Ich kraxelte nach hinten und entdeckte Jameson, der bereits da saß.

»Na, einen Helikopter bestellt?«, fragte er, als wäre es das Normalste von der Welt.

Ich schnallte mich auf dem Sitz neben ihm an. »Ich bin überrascht, dass du mit dem Start gewartet hast.«

»Ich sagte es dir doch, Erbin«, er bedachte mich mit einem schiefen Lächeln, »ich möchte das hier nicht alleine tun.« Für einen Sekundenbruchteil war es, als wären wir beide zurück auf der Rennstrecke, auf die Zielgerade zurasend, dann sprang mir etwas Schwarzes außerhalb des Hubschraubers ins Auge.

Ein Smoking. Graysons Miene war unmöglich zu deuten, als er an Bord kam.

Hat Jameson dir gesagt, dass ich sie umgebracht habe? Das Echo dieser Frage hallte geradezu ohrenbetäubend in meinem Kopf nach. Als hätte er es gehört, ruckte Jamesons Kopf zu Grayson hinüber. »Was tust du hier?«

Xander hatte mir angekündigt, dass die beiden folgen würden, wohin ich ging. *Jameson ist mir nicht gefolgt*, rief ich mir in Erinnerung, wobei sämtliche Nerven in mir sirrend zum Leben erwachten. *Er war vor mir hier.*

»Darf ich?«, fragte Grayson und nickte zu einem leeren Sitz. Ich konnte Jamesons Blick auf mir spüren, der mich zwingen wollte, Nein zu sagen.

Ich nickte.

Grayson nahm hinter mir Platz. Oren checkte noch einmal, ob wir alle angeschnallt waren, dann ließ er den Rotor an. Innerhalb einer Minute schwoll der Lärm ohrenbetäubend an. Das Herz klopfte mir bis zum Hals, als wir abhoben.

Mein erstes Mal im Flugzeug hatte ich richtig genossen, aber das hier war etwas anderes – es war einfach mehr. Der Krach, die Vibrationen, das gesteigerte Bewusstsein, dass mich so gut wie nichts von der Luft um mich herum trennte – oder dem Boden. Mein Herz wummerte, aber ich konnte es nicht hören. Ich konnte mich nicht einmal nachdenken hören – nicht darüber, wie Jamesons Stimme gebrochen war, als er mir diese Frage gestellt hatte, nicht darüber, wie Jameson mir gesagt hatte, dass ich ihn nicht küssen oder auch nur mögen *müsse*.

Alles, woran ich denken konnte, war, nach unten zu schauen.

Als wir über den Saum des Black Wood hinwegflogen, konnte ich das Wirrwarr aus Baumkronen unter uns erkennen – zu dicht, als dass Sonnenlicht hindurchdringen könnte. Als mein Blick jedoch zur Mitte des Waldes schweifte, wurde der Baumbestand lichter und wich schließlich ganz einer freien Fläche in seinem Zentrum. Dieser Lichtung hatten Jameson und ich uns genähert, als Drake begonnen hatte zu schießen. Mir war natürlich das Gras auf dem Waldboden aufgefallen, aber ich hatte es nicht wirklich gesehen – nicht so, wie ich es jetzt sah.

Von hier oben betrachtet, bildeten die Rodung in der Mitte, der hellere Ring ausgedünnter Bäume, der sie säumte, sowie der dichte, dunkle Wald drum herum eine Form, die an ein längliches, schmales *O* erinnerte.

Oder eine Null.

Als der Helikopter endlich wieder aufsetzte, hatte ich das Gefühl, als müsse ich jeden Moment explodieren. Ich sprang hinaus, bevor die Rotorblätter zum Stillstand gekommen waren, völlig adrenalingesteuert und aufgedreht.

Acht. Eins. Eins. Null.

Jameson kam auf mich zugesprungen. »Wir haben's geschafft, Erbin!« Er blieb direkt vor mir stehen und hob seine Hände, die Handflächen mir zugewandt. Berauscht von meinem Helikopter-High, tat ich das Gleiche, und seine Finger verschränkten sich mit meinen. »Vier Zweitnamen. Vier Zahlen.«

Ihn zu küssen war ein Fehler gewesen. Jetzt seine Hände zu halten war ein Fehler – aber es war mir egal.

»Acht, eins, eins, null«, sagte ich. »Das ist die Reihenfolge, in der wir die Zahlen entdeckt haben – und die Reihenfolge der Namen im Testament.« *Westbrook, Davenport, Winchester und Blackwood.* »Eine Zahlenkombination vielleicht?«

»Es gibt Minimum ein Dutzend Safes im Haus«, überlegte Jameson. »Aber es gibt auch andere Möglichkeiten. Eine Adresse … Koordinaten … und es gibt keinerlei Garantie dafür, dass der Hinweis nicht durcheinandergewürfelt ist. Um ihn zu lösen, werden wir die Ziffern womöglich umstellen müssen.«

Eine Adresse. Koordinaten. Eine Kombination. Ich schloss ganz kurz die Augen, gerade lange genug, damit mein Gehirn eine weitere Möglichkeit in Worte fassen konnte. »Ein Datum?« Alle vier Hinweise waren Zahlen, es waren zudem einzelne Ziffern. Für eine Safekombination oder Koordinaten hätte ich auch zweistellige Treffer erwartet. Aber ein Datum …

Am besten fange ich an mit der Null und einer Eins vorne. 0811 wäre der 08.11. »Der achte November«, sagte ich und ging dann rasch die anderen Möglichkeiten durch. *11.08.* »Der elfte August.« *18.01.* »Der achtzehnte Januar.«

Dann kam ich auf die letzte Möglichkeit – das letzte Datum.

Ich hörte auf zu atmen. Das war ein zu großer Zufall, um auch nur ansatzweise ein Zufall zu sein.

»18.10. – der achtzehnte Oktober.« Ich sog die Luft ein. Jedes Nervenende in meinem Körper fühlte sich an, als hätte es ein Eigenleben. »Das ist mein Geburtstag.«

Ich habe ein Geheimnis, hatte meine Mutter mir an meinem fünfzehnten Geburtstag gesagt, vor zwei Jahren, nur wenige Tage, bevor sie starb, *über den Tag, an dem du zur Welt kamst …*

»Nein.« Jameson ließ meine Hände fallen.

»Doch«, sagte ich. »Ich bin am achtzehnten Oktober geboren. Und meine Mutter …«

»Hier geht es nicht um deine Mutter.« Jameson ballte die Hände zu Fäusten und trat zurück.

»Jameson?« Ich hatte keine Ahnung, was hier los war. Falls Tobias Hawthorne mich wegen irgendwas ausgesucht hatte, das am Tag meiner Geburt geschehen war, war das eine Riesensache. Mehr als riesig. »Das könnte es doch sein. Vielleicht ist er meiner Mutter begegnet, als sie gerade in den Wehen lag. Vielleicht hat sie etwas für ihn getan, als sie mit mir schwanger war?«

»Stopp.«

Das Wort schnitt durch die Luft wie ein Peitschenhieb. Jameson sah mich an, als wäre ich widernatürlich, als wäre ich völlig kaputt, als müsste sich einem bei meinem Anblick der Magen umdrehen – einschließlich und vor allem seiner.

»Was hast …?«

»Die Zahlen sind kein Datum.«

Doch, dachte ich wild entschlossen. *Sind sie.*

»Das kann nicht die Antwort sein«, beharrte er.

Ich trat vor, doch er wich abrupt zurück.

Ich spürte eine leichte Berührung auf meinem Arm. Grayson. So sanft seine Berührung auch war, so hatte ich doch das deutliche Gefühl, dass er mich zurückhielt.

Warum? Was hatte ich denn getan?

»Emily«, erklärte Grayson mit angespannter Stimme, »ist am achtzehnten Oktober des letzten Jahres gestorben.«

»Dieser kranke *Bastard*«, fluchte Jameson. »All das – die Hinweise, das Testament, *sie* – all das *hierfür*? Er hat einfach jemanden aufgestöbert, der am gleichen Tag geboren ist, um uns eine Botschaft zu schicken? *Diese* Botschaft?«

»Jamie …«

»Ich will nichts von dir hören.« Jamesons Blick zuckte von Grayson zu mir. »Scheiß auf das hier. Ich bin damit durch.«

Als er mit großen Schritten in der dunklen Nacht verschwand, rief ich ihm hinterher. »Wohin gehst du?«

»Meine Gratulation, Erbin!«, rief Jameson zurück, wobei seine Stimme vor allem anderen troff, nur nicht von Glückwünschen. »Ich schätze, du hattest das große Glück, am richtigen Tag geboren worden zu sein. Rätsel gelöst.«

KAPITEL 78

Es musste mehr hinter diesem Rätsel stecken als nur das. Es *musste* einfach. Ich konnte nicht bloß eine zufällige Person sein, die am richtigen Tag im Jahr zur Welt gekommen war. *Das kann es nicht gewesen sein.* Was war mit meiner Mutter? Was war mit *ihrem* Geheimnis – ein Geheimnis, das sie an meinem fünfzehnten Geburtstag erwähnt hatte, ein ganzes Jahr, bevor Emily starb? Und was war mit dem Brief, den Tobias Hawthorne mir hinterlassen hatte?

Es tut mir leid.

Wofür hatte Tobias Hawthorne sich entschuldigen müssen? *Er hat nicht einfach nur eine zufällige Person mit dem richtigen Geburtsdatum ausgesucht. Da muss mehr dahinterstecken.*

Doch ich konnte immer noch Nashs Worte hören: *Du bist die gläserne Ballerina – oder das Messer.*

»Es tut mir leid«, meldete sich Grayson neben mir erneut zu Wort. »Es ist nicht Jamesons Schuld, dass er so ist. Es ist nicht Jamesons Schuld …« Der unbesiegbare Grayson Hawthorne schien Mühe zu haben weiterzusprechen. »… dass das Spiel so endet.«

Ich trug immer noch das Kleid von der Gala. Mein Haar war immer noch zu Emilys Frisur geflochten.

»Ich hätte es wissen sollen.« Graysons Stimme quoll über vor unterdrückten Gefühlen. »Ich habe es *gewusst.* An dem Tag, an dem das

Testament verlesen wurde, wusste ich, dass das alles meinetwegen war.«

Ich erinnerte mich noch gut, wie Grayson an jenem Abend vor meinem Hotelzimmer aufgetaucht war. Er war wütend gewesen, fest entschlossen herauszufinden, was *ich* getan hatte.

»Wovon redest du da?« Ich suchte in seinem Gesicht und seinen Augen nach Antworten. »Wie soll das bitte alles deinetwegen sein? Und jetzt sag mir nicht, du hättest Emily getötet.«

Niemand – nicht einmal Thea – hatte Emilys Tod als Mord bezeichnet.

»Das habe ich aber«, beharrte Grayson leise, wobei seine Stimme vor Nachdruck vibrierte. »Wenn ich nicht gewesen wäre, wäre sie nicht dort gewesen. Sie wäre nicht gesprungen.«

Gesprungen. Meine Kehle war plötzlich staubtrocken. »Wo gewesen?«, fragte ich möglichst ruhig. »Und was hat irgendwas von alldem mit dem Testament deines Großvaters zu tun?«

Grayson erschauderte. »Vielleicht ist es mir bestimmt, dir alles zu erzählen«, antwortete er nach einer langen Pause. »Vielleicht war das die ganze Zeit der Sinn. Vielleicht solltest du zu gleichen Teilen Rätsel … *und* Strafe sein.« Er senkte den Kopf.

Ich bin nicht deine Strafe, Grayson Hawthorne. Ich hatte nicht die Gelegenheit, es laut zu sagen, da er bereits weitersprach – und als er loslegte, gab es kein Halten mehr.

»Wir kannten Emily praktisch schon immer. Mr und Mrs Laughlin leben seit Jahrzehnten in Hawthorne House. Ihre Tochter und die Enkeltöchter wohnten damals noch in Kalifornien. Die Mädchen kamen zweimal im Jahr zu Besuch her – einmal mit ihren Eltern zur Weihnachtszeit und dann wieder drei Wochen im Sommer, allein. Zu Weihnachten bekamen wir sie nicht viel zu sehen, aber die Sommer über spielten wir ständig zusammen. Im Grunde war es so etwas wie ein Feriencamp. Man hat Ferienfreunde, die man einmal im Jahr sieht und die keinen Platz in deinem normalen Leben einnehmen. So war das mit Emily … und Rebecca. Sie waren so anders als wir vier. Skye sagte immer, es läge daran, dass sie Mädchen seien, aber ich dachte immer, es käme daher, dass sie nur zu zweit waren und Emily immer an erster Stelle kam. Sie war ein richtiges Energiebündel, und ihre Eltern hatten immer solche Angst, dass sie sich übernehmen könnte. Sie hatte die Erlaubnis, Karten und andere Spiele im Haus mit uns zu spielen, aber sie durfte nicht im Freien herumstreunen so wie wir oder gar rennen. Sie trug uns auf, ihr Dinge von draußen mitzubringen. Es wurde so etwas wie ein kleiner Brauch. Emily setzte uns auf etwas an, und wer auch immer fand, was sie verlangte – je ungewöhnlicher und je schwerer auffindbar, desto besser –, gewann.«

»Was habt ihr denn gewonnen?«, wollte ich wissen.

Grayson zuckte mit den Schultern. »Wir sind Brüder. Wir mussten nichts Besonderes gewinnen – einfach nur *siegen.*«

Das klang schlüssig. »Und dann bekam Emily die Herztransplantation«, sagte ich. So viel hatte Jameson mir erzählt. Er hatte auch gesagt, dass sie danach *leben* wollte.

»Ihre Eltern waren zwar immer noch überbehütend, aber Emily hatte lange genug im gläsernen Käfig gelebt. Sie und Jameson waren dreizehn. Ich war vierzehn. Sie kam im Sommer ständig vorbeigeschneit, die Waghalsigkeit in Person. Rebecca war immer hinter uns her und ermahnte uns, vorsichtig zu sein, aber Emily bestand drauf, die Ärzte hätten gesagt, dass ihr Aktivitätsniveau lediglich von ihrer körperlichen Kondition abhinge. Wenn sie etwas tun konnte, dann gab es keinen Grund, warum sie es nicht tun sollte. Als Emily sechzehn wurde, zog die Familie ganz her. Sie und Rebecca wohnten zwar nicht auf dem Anwesen wie bei ihren früheren Besuchen, aber mein Großvater bezahlte ihnen den Besuch der Privatschule.«

Ich sah schon, worauf das hinauslief. »Sie war nicht mehr nur eine Ferienfreundin.«

»Sie war alles«, sagte Grayson – und nicht unbedingt so, dass es wie ein Kompliment klang. »Die ganze Schule fraß Emily praktisch aus der Hand. Vielleicht war das unsere Schuld.«

Selbst wenn man sich nur in ihrem Dunstkreis aufhielt, änderte es die Art, wie die Leute einen anschauten, fiel mir Theas Behauptung wieder ein.

»Vielleicht lag es aber auch nur daran«, fuhr Grayson fort, »dass sie schlicht *Emily* war. Zu klug, zu schön, zu gut darin, zu bekommen, was sie wollte. Sie kannte keine Angst.«

»Sie wollte dich«, schloss ich. »Und Jameson. Und sie wollte sich nicht entscheiden müssen.«

»Sie verwandelte es in eine Art Spiel.« Grayson schüttelte den Kopf. »Und, bei Gott, wir spielten. Ich möchte gerne sagen, dass es daran lag, dass wir sie liebten … dass es wegen *ihr* war, aber ich weiß nicht, inwiefern das stimmte. Es gibt nichts, was mehr *Hawthorne* ist, als zu gewinnen.«

Hatte Emily das gewusst? Es zu ihrem Vorteil genutzt? Hatte es sie je verletzt?

»Die Sache war die …«, sagte Grayson erstickt. »Sie wollte nicht nur uns. Sie wollte das, was wir ihr geben konnten.«

»Geld?«

»Erfahrungen«, erwiderte Grayson. »Nervenkitzel. Rennautos und Motorräder und den Umgang mit exotischen Schlangen. Partys und Clubs und Orte, an denen wir nicht sein sollten. Es war ein Rausch – für sie und für uns.« Er hielt inne. »Für mich«, berichtigte er sich. »Ich weiß nicht, was genau es für Jamie war.«

Jameson hat mit ihr Schluss gemacht in der Nacht, in der sie starb.

»Eines Abends rief sie mich an, es war spät. Sie sagte, sie sei fertig mit Jameson, dass sie nur mich wolle.« Grayson schluckte. »Sie wollte feiern. Es gibt da diesen Ort namens *Devil's Gate*. Es ist eine Klippe mit Blick über den Golf von Mexiko – eine der bekanntesten Stellen für Klippenspringen überhaupt.« Grayson senkte den Kopf. »Ich wusste, dass es eine schlechte Idee war.«

Ich versuchte, Worte zu finden … irgendwelche Worte. »Wie schlecht?«

Er atmete nun schwer. »Als wir dort ankamen, steuerte ich eine der niedrigeren Klippen an. Emily ging ganz nach oben. An den Warnschildern vorbei. Es war mitten in der Nacht. Wir hätten überhaupt nicht dort sein dürfen. Ich wusste nicht, warum sie nicht bis zum Morgen warten wollte – das wurde mir erst später klar, als ich erfuhr, dass sie gelogen hatte, als sie sagte, sie hätte sich für mich *entschieden*.«

Jameson hatte sich von ihr getrennt. Sie hatte Grayson angerufen, und sie war nicht in der Stimmung gewesen zu *warten*.

»Der Sprung von der Klippe hat sie also umgebracht?«, fragte ich.

»Nein«, erwiderte Grayson. »Ihr ging's danach gut. *Uns* ging's gut. Ich ging nur kurz unsere Handtücher aus dem Auto holen, aber als ich zurückkam … Emily war da nicht mal mehr im Wasser. Sie lag einfach nur am Ufer. *Tot.*« Er schloss die Augen. »Ihr Herz.«

»Du hast sie nicht umgebracht«, sagte ich.

»Das Adrenalin hat es getan. Oder die Höhe, die Luftdruckveränderung. *Ich weiß es nicht.* Jameson wollte sie nicht fahren. Ich hätte es auch nicht tun sollen.«

Sie hat Entscheidungen getroffen. Sie war ein selbstbestimmter Mensch. Es war nicht deine Aufgabe, sie davon abzuhalten. Ich wusste instinktiv, dass es zu nichts Gutem führen würde, irgendetwas davon zu sagen, selbst wenn es stimmte.

»Weißt du, was mein Großvater mir nach Emilys Beerdigung sagte? *Die Familie kommt zuerst.* Er sagte, das mit Emily wäre nie geschehen, wenn ich meine Familie an die erste Stelle gesetzt hätte. Wenn ich mich geweigert hätte mitzuspielen, wenn ich meinen Bruder gewählt hätte statt sie.« Graysons Stimmbänder schienen sich in seiner Kehle anzuspannen, als wolle er noch etwas sagen, könne es aber nicht. Schließlich kam es doch. »Und genau darum geht es bei dieser Sache hier. Eins-acht-eins-null. Der achtzehnte Oktober. Der Tag, an dem Emily starb. Dein Geburtstag. Es ist der Weg meines Großvaters, das zu bestätigen, was ich tief in meinem Inneren bereits wusste.« Er blickte mir in die Augen. »All das hier – *alles* – ist nur meinetwegen.«

KAPITEL 79

Als Grayson fort war, geleitete mich Oren ins Haus.

»Wie viel haben Sie gehört?«, fragte ich ihn, während in meinem Kopf Gedanken und Gefühle ein Wirrwarr bildeten, das mich heillos überforderte.

Oren bedachte mich mit einem vielsagenden Blick. »Wie viel willst du, dass ich gehört habe?«

Ich biss mir in die Innenseite meiner Lippe. »Sie kannten doch Tobias Hawthorne. Hätte er mich wirklich als Erbin ausgewählt, nur weil Emily Laughlin an meinem Geburtstag gestorben ist? Hat er entschieden, sein Vermögen einer beliebigen Person zu vermachen, nur weil sie am achtzehnten Oktober zur Welt kam? Ließ er vielleicht das Los entscheiden?«

»Ich weiß es nicht, Avery.« Oren schüttelte den Kopf. »Der einzige Mensch, der je wirklich wusste, was Tobias Hawthorne dachte, war Mr Hawthorne selbst.«

Ich folgte den Fluren von Hawthorne House zu dem Flügel, den ich mir mit meiner Schwester teilte. Ich war mir keineswegs sicher, ob Grayson oder Jameson je wieder ein Wort mit mir sprechen würden. Ich wusste nicht, was die Zukunft bereithielt, oder warum die Vorstellung, dass ich aus solch einem banalen Grund ausgewählt worden sein sollte, sich wie ein Hieb in den Magen anfühlte.

Wie viele Menschen auf diesem Planeten teilten denselben Geburtstag wie ich?

Ich blieb auf dem ersten Treppenabsatz stehen, direkt vor dem Porträt Tobias Hawthornes, das Xander mir vor einer gefühlten Ewigkeit gezeigt hatte. Wie an jenem Tag suchte ich auch jetzt verzweifelt nach irgendeiner Erinnerung, nach irgendeinem Moment, in dem mein Lebensweg und der des Milliardärs sich gekreuzt haben könnten. Ich schaute Tobias Hawthorne in die Augen – Graysons Silberaugen – und fragte stumm: *Warum?*

Warum ich?

Warum tat es dir leid?

Ich rief mir das Bild meiner Mutter in Erinnerung, wie sie *Ich habe ein Geheimnis* spielte.

Ist etwas geschehen an dem Tag, als ich zur Welt kam?

Ich betrachtete das Porträt, musterte jede Falte im Gesicht des alten Mannes, suchte irgendeinen Hinweis auf seinen Charakter – in der Körperhaltung, selbst in den gedeckten Farben im Hintergrund. *Keine Antworten.* Dann blieb mein Blick an der Unterschrift des Künstlers hängen.

Tobias Hawthorne X VIII X

Ich schaute wieder zu den silbernen Augen des alten Mannes. *Der Einzige, der je wirklich wusste, was Tobias Hawthorne dachte, war Mr Hawthorne selbst.* Das hier war ein Selbstporträt. Und die Buchstaben neben dem Namen?

»Römische Ziffern«, murmelte ich.

»Avery?«, fragte Oren neben mir. »Alles in Ordnung?«

In römischen Zahlen war *X* eine Zehn, das *V* war eine Fünf und jedes *I* eine Eins.

»Acht-zehn.« Ich fuhr mit meinem Finger über das X und die VIII, dann zog ich ihn zum nächsten X. »Zehn.«

Mir fiel der Spiegel ein, hinter dem sich die Waffenkammer befand, und ich schob meine Finger hinter den Rahmen. Ich war nicht ganz sicher, wonach ich tastete, bis ich es fand. Ein Knopf. Ein *Hebel.* Ich drückte ihn runter und das Porträt schwang nach vorne.

Dahinter, in der Wand, befand sich ein kleines Tastenfeld.

»Avery?«, fragte Oren erneut, doch ich hob bereits die Hand zu dem Keypad. *Was, wenn die Zahlen nicht die endgültige Antwort sind?* Die Möglichkeit packte mich und wollte mich nicht mehr loslassen. Was, wenn sie nur zum nächsten Hinweis führen sollten?

Ich legte meinen Zeigefinger auf die Tastatur und versuchte es mit der offensichtlichen Kombination. »Eins. Acht. Eins. Null.«

Ein Piepen war zu hören, dann begann sich die Treppenstufe vor mir zu heben und enthüllte ein darunter verborgenes Fach. Ich ging in die Hocke und griff hinein. In der hohlen Stufe befand sich nur ein Ding: ein Stück Buntglas. Es war lilafarben, in der Form eines Achtecks, und hatte oben ein winziges Loch, durch das ein transparentes, schimmerndes Band gefädelt war. Es sah beinahe wie ein Weihnachtsbaumschmuck aus.

Als ich das getönte Glas an seinem Bändchen hochhielt, blieb mein Blick an der Unterseite der Stufe hängen. In das Holz geritzt befanden sich folgende Verse.

Auf der Uhren Spitze,
im Zenit ich sitze.
Den späten Tag, den grüße schön,
dem Morgen wünsch ein Wiedersehn.
Einmal drehen, einmal kippen,
und was kannst du nun erblicken?
Zwei auf einmal gilt für dich.
Komm doch her und finde mich.

KAPITEL 80

Ich wusste nicht, was ich mit dem Glasanhänger tun beziehungsweise was ich mit den Worten, die unter die Treppe geschrieben waren, anfangen sollte. Doch als Libby mir an diesem Abend half, mein Haar zu entflechten, war eine Sache absolut klar.

Das Spiel war noch längst nicht vorbei.

Am nächsten Morgen begab ich mich, mit Oren im Schlepptau, auf die Suche nach Jameson und Grayson. Ersteren fand ich in der Orangerie, oben ohne im Licht der Sonne badend.

»Geh weg«, sagte er, als ich die Tür öffnete, ohne auch nur nachzusehen, wer da war.

»Ich habe etwas gefunden«, erwiderte ich unbeirrt. »Ich glaube nicht, dass das Datum die Antwort ist – zumindest nicht die ganze.«

Er sagte nichts darauf.

»Jameson, hörst du mir zu? *Ich habe etwas gefunden.*« Die kurze Zeit, die ich ihn kannte, war er geradezu getrieben gewesen, besessen. Was ich in meiner Hand hielt, hätte zumindest ein Fünkchen Neugier entfachen sollen, aber als er sich mit trüben Augen zu mir umdrehte, sagte er lediglich: »Wirf es da rüber zum Rest.«

Ich sah hin, und in einem Mülleimer ein paar Schritte neben mir erblickte ich mindestens ein halbes Dutzend Achtecke aus gefärbtem Glas, die ganz genauso aussahen wie dasjenige, das ich gerade hochhielt.

»Die Nummern Zehn und Achtzehn sind überall in diesem gottverdammten Haus.« Jamesons Stimme war gedämpft, sein Auftreten verhalten. »Ich hab sie sogar in das Bodenbrett meines Kleiderschranks geritzt gefunden. Das kleine lilafarbene Scheißding war darunter versteckt.«

Er machte sich nicht die Mühe, zum Mülleimer zu zeigen oder zu präzisieren, von welchem Stück Buntglas er sprach.

»Und die anderen?«, wollte ich wissen.

»Sobald ich anfing nach den Zahlen zu suchen, konnte ich nicht mehr aufhören, und sobald man eine sieht«, sagte Jameson gepresst, »kann man sie nicht mehr *nicht* sehen. Der alte Herr hielt sich ja für so was von clever. Er muss im ganzen Haus Hunderte von den Teilen versteckt haben. Ich habe sogar einen Kronleuchter gefunden mit achtzehn Kristallen im äußeren Ring und zehn in der Mitte – samt einem versteckten Fach darunter. Es gibt achtzehn steinerne Blätter, die den Brunnen draußen säumen, und zehn fein gemeißelte Rosen in seinem Becken. Die Gemälde im Musiksaal …« Jameson senkte den Blick. »Überall, wo ich hinschaue, überall, wohin ich gehe, eine weitere Erinnerung.«

»Aber siehst du denn nicht«, erwiderte ich aufgebracht, »dass dein Großvater das nicht alles nach Emilys Tod getan haben kann? Ihr hättet doch gemerkt …«

»… wenn Arbeiter im Haus gewesen wären?«, beendete Jameson meinen Satz. »Der große Tobias Hawthorne hat jedes Jahr einen Raum oder Flügel zu diesem Haus hinzugefügt, und in einem Gebäude wie diesem muss ständig irgendwas ersetzt oder repariert werden. Meine Mutter kauft ständig neue Gemälde, neue Springbrunnen, neue Kronleuchter. Wir hätten *rein gar nichts* bemerkt.«

»Achtzehn-Zehn ist nicht die Antwort«, beharrte ich und gab seinen Blick nicht frei. »Das musst du doch sehen. Es ist ein Hinweis – einer, der uns auf keinen Fall entgehen sollte.«

Uns. Ich hatte *uns* gesagt und es auch so gemeint. Aber das spielte keine Rolle.

»Achtzehn-Zehn ist Antwort genug«, entgegnete Jameson und drehte mir den Rücken zu. »Ich habe dir doch gesagt, Avery: Ich spiele nicht mehr.«

Grayson war schon schwieriger zu finden. Schließlich versuchte ich es in der Küche und stöberte stattdessen Nash auf.

»Hast du Grayson gesehen?«, fragte ich ihn.

Nashs Miene war verhalten. »Ich glaube nicht, dass er dich sehen will, Kleines.«

Am Abend zuvor hatte Grayson mir keine Vorwürfe gemacht. Er war nicht auf mich losgegangen. Aber nachdem er mir das von Emily erzählt hatte, war er wortlos davongegangen.

Er hatte mich alleine stehen lassen.

»Ich muss ihn sehen«, sagte ich.

»Gib der Sache etwas Zeit«, riet mir Nash. »Manchmal muss man in eine Wunde schneiden, bevor sie heilen kann.«

Am Ende landete ich wieder vor dem Porträt auf der Treppe zum Ostflügel.

Oren bekam einen Anruf, und er musste wohl beschlossen haben, dass die Bedrohung für mich nun so weit gebändigt war, dass er mich nicht den ganzen Tag dabei beaufsichtigen musste, wie ich übellaunig durch Hawthorne House streifte. Er entschuldigte sich, und ich wandte mich wieder der Betrachtung von Tobias Hawthorne zu.

Es war mir wie Schicksal erschienen, als ich den Hinweis auf dem Gemälde gefunden hatte, aber nach meinem Gespräch mit Jameson wusste ich, dass es kein Zeichen war – nicht mal ein Zufall. Die Spur, die ich gefunden hatte, war eine von vielen. *Du wolltest nicht, dass ihnen das hier entgeht,* sprach ich den Milliardär im Stillen an.

Falls er all das nach Emilys Tod getan haben sollte, dann schien seine Beharrlichkeit geradezu grausam. *Wolltest du dafür sorgen, dass sie niemals vergessen, was passiert ist?*

Ist dieses ganze verquere Spiel nur eine Erinnerung daran – eine unaufhörliche Mahnung –, die Familie an erste Stelle zu setzen?

Ist das alles, was ich bin?

Jameson hatte von Anfang an gesagt, ich sei besonders. Mir war bis jetzt nicht klar gewesen, wie sehr ich glauben wollte, dass er damit recht hatte. Dass ich nicht unsichtbar war, kein bloßer Bildschirmschoner. Ich wollte glauben, dass Tobias Hawthorne etwas in mir gesehen hatte, etwas, das ihm gesagt hatte, dass ich das hier tun könnte, dass ich klarkommen könnte mit den Blicken und dem Rampenlicht, der Verantwortung, den Rätseln, den Drohungen … mit allem. Ich wollte etwas bedeuten.

Ich wollte nicht die gläserne Ballerina oder das Messer sein. Ich wollte, wenigstens mir selbst gegenüber, beweisen, dass ich *etwas* war.

Jameson mochte vielleicht fertig sein mit dem Spiel, aber ich, ich wollte gewinnen.

KAPITEL 81

Auf der Uhren Spitze,
im Zenit ich sitze.
Den späten Tag, den grüße schön,
dem Morgen wünsch ein Wiedersehn.
Einmal drehen, einmal kippen,
und was kannst du nun erblicken?
Zwei auf einmal gilt für dich.
Komm doch her und finde mich.

Ich saß auf den Stufen und starrte die in das Holz geritzten Worte an, dann arbeitete ich mich Zeile für Zeile durch den Reim, wobei ich das Stück Buntglas in meiner Hand drehte und wendete. *Auf der Uhren Spitze.* Ich stellte mir das Ziffernblatt einer Uhr in meinem Kopf vor. *Was ist ganz oben?*

»Zwölf.« Ich ließ das sacken. Die Ziffer ganz oben auf einer Uhr war die Zwölf. Wie Dominosteine setzte das eine Kettenreaktion in meinem Kopf in Bewegung. *Im Zenit ich sitze …*

Zenit wovon? Der Sonne?

»Die Mittagsstunde.« Das war nur geraten, aber die nächsten beiden Zeilen schienen es zu bestätigen. Die Sonne stand am Mittag im Zenit, wenn man sich vom Morgen verabschiedete und das begrüßte, was danach folgte. Ich ging über zur zweiten Hälfte des Rätsels … und kam nicht weiter.

Einmal drehen, einmal kippen,
und was kannst du nun erblicken?
Zwei auf einmal gilt für dich.
Komm doch her und finde mich.

Ich richtete meinen Fokus wieder auf das Buntglas. Sollte ich es drehen? Es kippen? Mussten wir womöglich erst *alle* diese Teile versammeln?

»Du siehst aus, als hättest du ein Eichhörnchen verschluckt.« Xander ließ sich neben mir auf die Stufe plumpsen.

Ich sah ganz bestimmt *nicht* aus, als hätte ich ein Eichhörnchen verschluckt, aber ich nahm mal an, das war Xanders Art zu fragen, ob es mir gut ging, daher ließ ich es so stehen.

»Ich schätze mal, meine nette Geste, euch alle zusammen zum Black Wood zu schicken, ist in die Luft gegangen.« Xander zog eine Grimasse. »Fairerweise muss ich sagen, dass die meisten meiner Gesten so enden.«

Das entlockte mir dann doch ein Lachen. Ich neigte den Deckel der Stufe in seine Richtung. »Das Spiel ist nicht vorbei«, klärte ich ihn auf. Er las die Inschrift. »Das habe ich gestern Abend gefunden, nach dem Black Wood.« Ich hielt das Buntglas hoch. »Was hältst du hiervon?«

»Tja, wo bloß«, erwiderte Xander nachdenklich, »habe ich so etwas schon einmal gesehen?«

KAPITEL 82

Ich war seit der Testamentsverkündung nicht mehr im Großen Salon gewesen. Das Buntglasfenster darin war groß – zweieinhalb Meter hoch auf knapp einen Meter Breite –, und sein tiefster Punkt befand sich auf Höhe meines Scheitels. Die Gestaltung war schlicht und geometrisch. In den obersten Ecken befanden sich zwei Achtecke – exakt die Größe, Transparenz, Farbigkeit und Form wie desjenigen in meiner Hand.

Ich reckte den Hals, um besser sehen zu können. *Einmal drehen, einmal kippen …*

»Was meinst du?«, fragte Xander.

Ich legte den Kopf schräg. »Ich meine, dass wir eine Leiter brauchen werden.«

Ich hockte oben auf der Leiter, während Xander sie unten festhielt, und presste meine Handfläche gegen eines der gläsernen Achtecke. Zuerst passierte nichts, aber als ich gegen die linke Seite drückte, vollführte das Achteck eine Rotation um etwa siebzig Grad, bis etwas es blockierte.

Geht das als Drehung durch?

Ich machte mich ans zweite Achteck. Links und rechts zu drücken brachte rein gar nichts, aber gegen die Unterseite schon. Die kleine Glasscheibe kippte um hundertachtzig Grad und ein paar Zerquetschte, bevor sie einrastete.

Ich kletterte zu Xander runter, der immer noch die Leiter umklammert hielt, und war unsicher, was ich damit erreicht hatte. *»Einmal drehen, einmal kippen«*, zitierte ich. »*Und was kannst du nun erblicken?*«

Wir traten zurück, um uns einen Überblick zu verschaffen. Die Sonne schien durch das Fenster und ließ diffuse bunte Lichter auf dem Boden des Großen Saals auftauchen. Die zwei Scheiben, die ich gedreht hatte, warfen im Gegensatz dazu lilafarbene Strahlen in den Raum. An einem Punkt kreuzten sie sich.

Und was kannst du nun erblicken?

Xander ging an der Stelle in die Hocke, wo die Lichtstrahlen sich auf dem Boden trafen. »Nichts.« Er drückte an der Parkettdiele herum. »Ich hätte gedacht, dass sie rausspringt oder nachgibt …«

Ich kehrte zum Rätsel zurück. *Und was kannst du nun erblicken?* Ich sah das Licht. Ich sah die Strahlen, die sich kreuzten … Als das zu nichts führte, arbeitete ich mich im Gedicht zurück – bis ganz nach oben.

»Mittag«, fiel es mir ein. »Die erste Hälfte des Rätsels umschreibt die Mittagsstunde.« Die Rädchen in meinem Kopf drehten sich nun schneller. »Der Einfallswinkel der Lichtstrahlen muss vom Stand der Sonne abhängen. Vielleicht zeigen die Drehung und das Kippen das, was man sehen soll, nur um Punkt zwölf?«

Xander grübelte eine Sekunde daran herum. »Wir könnten warten«, sagte er. »Oder …«, er zog das Wort in die Länge, »… wir könnten schummeln.«

Wir schwärmten aus, um die Parkettdielen drum herum zu überprüfen. Es war nicht lange hin bis Mittag. Der Einfallswinkel konnte sich nicht mehr so groß ändern. Ich stieß mit meinem Handballen gegen ein Brett nach dem anderen. *Fest. Fest. Fest.*

»Hast du schon was?«, erkundigte sich Xander.

Fest. Fest. Locker. Das Brett unter meiner Hand wackelte zwar nicht richtig, aber es hatte doch mehr Spielraum als die anderen. »Xander … hier drüben!«

Er kam herbeigeeilt, platzierte seine Hände auf der Stelle und drückte. Das Brett ploppte auf. Xander zog es beiseite und enthüllte ein kleines Drehrad darunter. Ich drehte daran, gespannt, was uns erwartete. Bevor ich wusste, wie mir geschah, sanken Xander und ich schon nach unten. Der Boden unter uns sank.

Als er anhielt, befanden Xander und ich uns nicht länger im Großen Salon, sondern darunter, und direkt vor uns lag eine Treppe. Ich tippte mal ganz verwegen, dass dies einer der Tunnel war, über die Oren *nicht* Bescheid wusste.

»Nimm zwei Stufen auf einmal«, wies ich Xander an. »So lautet die nächste Zeile.« *Zwei auf einmal gilt für dich. Komm doch her und finde mich.*

KAPITEL 83

Ich hatte keine Ahnung, was passiert wäre, wenn wir die Treppe nicht zwei Stufen auf einmal nehmend hinabgestiegen wären, aber ich war froh, dass wir es nicht hatten herausfinden müssen.

»Warst du schon mal in den Tunneln?«, fragte ich Xander, als wir es ohne Zwischenfälle nach unten geschafft hatten.

Xander schwieg lange genug, damit die Frage an Gewichtigkeit gewann. »Nein.«

Konzentriert nahm ich den uns umgebenden Raum in mich auf. Die Tunnel selbst waren aus Metall, wie riesige Röhren oder Teile eines Abwassersystems, aber sie waren überraschend gut beleuchtet. *Gasbeleuchtung?*, fragte ich mich. Ich hatte jegliches Gespür dafür verloren, in welcher Tiefe wir uns befanden. Vor uns erstreckten sich die Tunnelröhren in drei verschiedene Richtungen.

»Wo lang?«, fragte ich Xander.

Feierlich zeigte er geradeaus.

Ich runzelte die Stirn. »Woher weißt du das?«

»Weil«, erwiderte Xander keck, »der da es uns gesagt hat.« Er deutete auf eine Stelle zu meinen Füßen. Ich schaute runter und mir entfuhr ein Schrei.

Ich brauchte einen Moment, um zu begreifen, dass sich am Fuß der Treppe drei Gargoyles befanden, die denen im Großen Salon nachempfunden waren, nur dass der Gargoyle ganz links eine Hand – und einen Finger – ausgestreckt hatte und den Weg wies.

Komm doch her und finde mich.

Ich lief los, Xander folgte mir. Ich fragte mich, ob er eine Ahnung hatte, auf was wir da zugingen.

Komm doch her und finde mich.

Mir fiel erneut ein, wie Xander mir gesagt hatte, dass, selbst wenn ich glaubte, dass ich Tobias Hawthorne manipuliert hätte, es in Wahrheit umgekehrt war und der alte Mann mich manipuliert hatte.

Er ist tot, rief ich mir in Erinnerung. *Oder etwa nicht?* Dieser Gedanke traf mich mit voller Wucht. Die Öffentlichkeit dachte definitiv, dass Tobias Hawthorne verstorben war. Seine Familie schien es zu glauben. Aber hatten sie auch wirklich seinen Leichnam gesehen?

Was sonst könnte das zu bedeuten haben? *Komm doch her und finde mich.*

Fünf Minuten später trafen wir auf eine Mauer. Es gab keine Möglichkeit, weiterzugehen, nichts zu sehen, keine Abzweigungen, die wir hätten nehmen können, seit wir diesen Pfad eingeschlagen hatten.

»Vielleicht hat der Gargoyle *gelogen?*« Xander klang, als würde er diese Feststellung einen Tacken zu sehr genießen.

Ich drückte gegen die Mauer. *Nichts.* Ich drehte mich wieder um. »Haben wir etwas übersehen?«

»Vielleicht«, sagte Xander nachdenklich, »hat der Gargoyle gelogen!«

Ich schaute den Weg zurück, den wir gekommen waren. Ich schritt ihn langsam wieder ab, wobei ich jedes Detail des Tunnels in Augenschein nahm. *Stück. Für Stück. Für Stück.*

»Schau!«, rief ich zu Xander. »Da!«

Es war ein Metallgitter, das in den Tunnelboden eingelassen war. Ich beugte mich runter. In das Metall war ein Firmenname graviert, aber mit der Zeit hatten sich die meisten Buchstaben abgenutzt. Die Einzigen, die übrig waren, waren *M … I.*

Und *CH.*

»Komm doch her und finde *mich*«, flüsterte ich. Ich ging in die Hocke, umfasste den Rost mit den Fingern und zog. Nichts. Ich zog noch einmal, fester, und dieses Mal gab er nach. Ich fiel nach hinten, doch Xander fing mich auf.

Zu zweit starrten wir in das Loch unter uns.

»Es ist wohl möglich«, flüsterte Xander, »dass der Gargoyle doch die Wahrheit gesagt hat.« Ohne auf mich zu warten, ließ er sich in den Schacht hinab … und sprang. »Kommst du?«

Wenn Oren wüsste, was ich hier tue, würde er mich eigenhändig umbringen. Ich ließ mich ebenfalls hinab und fand mich in einem kleinen Raum wieder. *Wie weit unter dem Erdboden befinden wir uns wohl gerade?* Der Raum hatte vier Wände, drei davon identisch. Die vierte war aus Zement gemacht. Drei Buchstaben waren in die Betonwand geritzt.

A. K.G.

Meine Initialen.

Wie gebannt ging ich auf die Buchstaben zu, und plötzlich sah ich ein rotes laserartiges Licht, das über mein Gesicht glitt. Es erklang ein Piepen, und schon teilte sich die Betonwand in zwei Hälften wie ein Fahrstuhl, der sich öffnete. Dahinter befand sich eine Tür.

»Gesichtserkennung«, sagte Xander. »Es war völlig egal, wer von uns diesen Ort gefunden hätte. Ohne dich wären wir nicht an der Wand vorbeigekommen.«

Armer Jameson. Er hatte all diese Mühen auf sich genommen, um mich in seiner Nähe zu behalten, und mich dann abserviert, bevor ich meine Rolle spielen konnte. *Die gläserne Ballerina. Das Messer. Das Mädchen mit dem Gesicht, das die Wand öffnet, welche die Tür enthüllt, die …*

»Die was?« Ich trat vor, um die Tür zu inspizieren. Es gab vier Touchpads, eines in jeder Ecke der Tür. Xander drückte eines, um es zum Leben zu erwecken, und das fluoreszierende Bild einer Hand erschien.

»Oh-oh«, machte Xander.

»Was *oh-oh*?«, fragte ich.

»Auf diesem hier sind Jamesons Initialen vermerkt.« Xander wandte sich dem nächsten zu. »Graysons. Nashs.« Beim letzten hielt er kurz inne. »Meine.« Er legte die flache Hand auf das Display. Es gab ein piependes Geräusch von sich, und dann hörte ich ein Geräusch wie von einem Türriegel, der aufschnappte.

Ich drückte die Klinke. »Immer noch verschlossen.«

»Vier Schlösser«, sagte Xander gequält. »Vier Brüder.«

Mein Gesicht war nötig gewesen, um hierherzugelangen. Ihre Hände waren erforderlich, um weiterzukommen.

KAPITEL 84

Xander ließ mich zurück, damit ich den Raum bewachte. Er sagte, er wäre gleich wieder zurück – mit seinen Brüdern.

Leichter gesagt als getan. Jameson hatte seinen Standpunkt deutlich gemacht. Grayson hatte sich sehr rar und unauffindbar gemacht. Nash hatte sich gar nicht erst in das Spiel seines Großvaters verwickeln lassen. *Was, wenn sie nicht kommen?*

Was auch immer hinter dieser Tür wartete, es war das, was Tobias Hawthorne uns hatte finden lassen wollen. Der achtzehnte Oktober war *nicht* die Antwort.

Von all den Menschen auf der Welt mit meinem Geburtstag – warum ich? Wofür hatte der Milliardär sich bei mir entschuldigt? *Es gibt da zu viele einzelne Teile,* dachte ich. *Und ich kann sie nicht zusammenfügen … nichts davon.* Ich brauchte Hilfe.

Über mir waren Schritte zu hören. Das Geräusch verstummte abrupt. »Xander?«, rief ich. Keine Antwort. »Xander, bist du das?«

Weitere Schritte … Sie kamen näher. *Wer sonst weiß noch über diesen Tunnel Bescheid?* Ich war so darauf erpicht gewesen, Antworten zu finden, den Hinweisen bis zu ihrem Ende nachzugehen, dass ich beinahe etwas vergessen hatte: Jemand auf Hawthorne House hatte Drake Zugang zu den Tunneln verschafft.

Diesen Tunneln.

Ich presste mich mit dem Rücken gegen die Wand. Ich konnte hören, wie sich jemand direkt über mir bewegte. Die Schritte stockten. Eine Gestalt erschien oben im Gegenlicht und überragte meinen einzigen Ausgang aus diesem Raum. *Weiblich … Blass …*

»Rebecca?«

KAPITEL 85

Avery.« Rebecca blickte zu mir hinab. »Was tust du da unten?« Sie klang völlig normal, aber alles, woran ich denken konnte, war, dass Rebecca Laughlin auf dem Anwesen gewesen war in der Nacht, als Drake die Schüsse auf mich abgefeuert hatte. Sie hatte kein Alibi, denn als wir im Wayback Cottage eingetroffen waren, war sie nicht da, und ihre Großeltern wussten beide nicht, wo sie steckte. Sie hatte irgendwas davon gesagt, dass sie *mich warnen sollte.*

Am nächsten Morgen hatte Rebecca – Thea zufolge – ausgesehen, als habe sie geweint. *Warum?*

»Wo warst du«, fragte ich mit trockener Kehle, »an dem Abend, als ich angeschossen wurde?«

Rebecca schloss die Augen. »Du weißt nicht, wie es ist«, sagte sie leise, »wenn dein ganzes Leben sich um eine Person dreht, und dann, eines Tages, wachst du auf, und dieser Mensch ist weg.«

Das war keine Antwort auf meine Frage. Ich dachte an das, was Thea gesagt hatte, dass sie nur tue, was Emily gewollt hätte.

Was hätte Emily gewollt, dass Rebecca mir antut?

Xander musste zurückkommen … und zwar schnell.

»Es war meine Schuld, weißt du«, sagte Rebecca von oben, die Augen immer noch geschlossen. »Emily ging sehr große Risiken ein. Ich erzählte es unseren Eltern. Sie gaben ihr Hausarrest, verboten ihr, sich mit den

Hawthornes zu treffen. Aber Em hatte ihre Mittel und Wege. Sie überzeugte Mom und Dad davon, dass sie fertig war mit dem Über-die-Stränge-Schlagen. Das Verbot, die Jungs zu sehen, hoben sie nicht auf, aber sie ließen sie wieder mit Thea Zeit verbringen.«

»Thea«, wiederholte ich, »mit der du heimlich zusammen warst.«

Rebecca riss die Augen auf. »Emily erwischte uns an dem Nachmittag zusammen. Sie war ... *wütend*. Sobald sie allein mit mir war, sagte sie mir, dass das, was Thea und ich hatten, keine Liebe sei, dass Thea, wenn sie mich lieben würde, nie vorgegeben hätte, was mit Xander laufen zu haben. Emily sagte ...« Rebecca wurde nun völlig von der Vergangenheit mitgerissen. *Ohne jeden Halt.* »Em sagte, dass Thea *sie* mehr lieben würde – und dass sie es mir beweisen würde. Sie verlangte von Thea, sie wegen des Klippenspringens bei unseren Eltern zu decken. Ich flehte Thea an, es nicht zu tun, aber sie sagte nur, dass wir es Emily nach allem schuldig wären.«

Thea hat Emily gedeckt in der Nacht, in der sie starb.

»Die meisten Dinge, zu denen Emily die Jungs überredete, *konnte* sie tatsächlich auch, doch selbst Profis springen nicht einfach so vom Devil's Gate. Es wäre für jeden gefährlich gewesen, aber so viel Adrenalin, so viel Cortisol, die schlagartige Veränderung von Höhe und Luftdruck ... Mit *ihrem* Herzen?« Rebecca sprach nun so leise, dass ich nicht sicher war, ob sie sich überhaupt noch bewusst war, dass ich zuhörte. »Ich hatte versucht, meinen Eltern zu sagen, was Emily trieb, doch es hat nicht geklappt. Ich hatte versucht, Thea anzuflehen, aber sie entschied sich für Emily statt für mich. Also beschloss ich, zu Jameson zu gehen. Er war derjenige, der sie zum Devil's Gate fahren sollte.«

Rebeccas Kopf sank nach vorne, das rote Haar fiel ihr ins Gesicht. Thea hatte recht – Rebecca Laughlin war wunderschön. Aber im Moment sah irgendwas an ihr nicht richtig aus.

»Ich hatte eine Sprachaufnahme«, sagte sie leise, »von Emily. Sie erzählte mir immer alles, was die Jungs mit ihr taten und für sie taten. Sie führte gerne Buch über die Leistungen.« Rebecca hielt inne, und als sie wieder sprach, war da eine Schärfe in ihrer Stimme. »Ich spielte die Aufnahme für Jameson ab. Ich sagte mir, dass ich es tat, um meine Schwester zu beschützen, um ihn davon abzubringen, sie zu den Klippen zu fahren. Aber die Wahrheit war, dass sie mir Thea weggenommen hatte.«

Also hast du ihr etwas genommen, dachte ich. »Jameson hat mit ihr Schluss gemacht«, sagte ich. So viel hatte er mir verraten.

»Wenn er das nicht getan hätte«, erwiderte Rebecca, »hätte sie vielleicht nicht das Gefühl gehabt, bis an die Grenzen gehen zu müssen. Vielleicht hätte sie eingelenkt und wäre von einer der tieferen Klippen gesprungen. Vielleicht wäre alles gut ausgegangen.« Ihre Stimme wurde sanfter. »Wenn Emily mich und Thea an jenem Nachmittag nicht erwischt hätte, wenn sie unsere Beziehung nicht als solchen Verrat betrachtet hätte … hätte sie vielleicht gar nicht springen müssen.«

Rebecca gab sich die Schuld. Thea gab den Jungs die Schuld. Grayson nahm die Last all dessen auf sich selbst. *Und Jameson …*

»Es tut mir leid.« Rebeccas Entschuldigung riss mich aus meinen Gedanken. Ihr Tonfall verriet mir, dass sie nicht mehr über Emily sprach. Sie sprach nicht mehr über etwas, das sich vor über einem Jahr ereignet hatte.

»Was denn?«, wollte ich wissen. *Was tust du hier unten, Rebecca?*

»Es ist nicht so, dass ich etwas gegen dich hätte. Aber es ist das, was Emily gewollt hätte.«

Irgendwas stimmt nicht mit ihr. Ich musste einen Weg hier raus finden. Ich musste hier wegkommen.

»Emily hätte dich dafür gehasst, ihnen das Geld gestohlen zu haben. Sie hätte dich dafür gehasst, wie sie dich anschauen.«

»Also hast du beschlossen, mich loszuwerden«, sagte ich, um Zeit zu schinden. »Für Emily.«

Rebecca riss die Augen auf. »Nein.«

»Du wusstest über die Tunnel Bescheid und irgendwie bist du an Drake geraten …«

»*Nein*«, beharrte Rebecca. »Avery, das würde ich nie tun.«

»Du hast es doch selbst gesagt. Emily hätte gewollt, dass ich verschwinde.«

»Ich bin *nicht* Emily.« Die Worte klangen seltsam kehlig.

»Wofür entschuldigst du dich dann?«

Rebecca schluckte. »Mr Hawthorne hat mir das mit den Tunneln eines Sommers erzählt, als ich noch klein war. Er zeigte mir all die Eingänge, sagte, ich verdiene etwas, das meins ist, meins ganz allein. Ein Geheimnis. Ich komme hier runter, wenn ich von allem wegmuss – meist, wenn ich meine Großeltern besuche, aber seit Emily tot ist, ist es zu Hause ziemlich schlimm, daher betrete ich sie manchmal von außerhalb.«

Ich wartete. »Und?«

»An dem Abend, als du angeschossen wurdest, da sah ich noch jemanden im Tunnel. Ich sagte nichts, weil Emily das nicht gewollt hätte. Ich war es ihr schuldig, Avery. Nach allem, was ich getan habe … *schuldete ich es ihr.*«

»Wen hast du gesehen?«, fragte ich. Sie antwortete nicht. »Drake?«

Rebecca begegnete meinem Blick. »Er war nicht allein.«

»Wer war noch da?« Ich wartete. Nichts. »Rebecca, wer war noch da in dem Tunnel mit Drake?«

Wen hätte Emily beschützen wollen?

»Einer der Jungs?«, fragte ich, wobei ich mich fühlte, als würde der Boden unter mir wegbröckeln.

»Nein«, antwortete Rebecca leise. »Ihre Mutter.«

KAPITEL 86

»Skye?« Ich hatte Mühe zu begreifen. Sie war mir nie wie eine Bedrohung erschienen so wie Zara. Passiv-aggressiv, ja, klar, und spitzzüngig. Aber gewalttätig?

Wir sind doch hier unter Freunden, oder etwa nicht?, konnte ich sie noch verkünden hören. *Ich mache es mir zum Prinzip, mich mit jedem anzufreunden, der mein Geburtsrecht stiehlt.*

Ich sah vor mir, wie sie ein Glas Champagner hochhielt und mir anbot zu trinken.

»Skye war an dem Abend der Schüsse hier unten mit Drake«, sagte ich, um mir die Bedeutung dieser Worte klar zu vergegenwärtigen. »Sie hat ihm Zugang zum Anwesen gewährt, ihm wahrscheinlich sogar den Weg zum Black Wood gewiesen.«

Zu mir.

»Ich hätte es jemandem erzählen sollen«, sagte Rebecca leise. »Nach den Schüssen, sobald mir klar war, was ich da gesehen hatte …«

»Ja.« Das Wort war rasiermesserscharf. »Das hättest du tun sollen.« Grayson trat über mir ins Sichtfeld.

Rebecca drehte sich zu ihm um. »Es war deine Mutter, Gray. Ich *konnte* doch nicht …«

»Mir hättest du es sagen können«, unterbrach Grayson sie ruhig. »Ich hätte mich darum gekümmert, Bex.«

Ich bezweifelte, dass Graysons Methode des Sich-darum-Kümmerns beinhaltet hätte, seine Mutter der Polizei auszuliefern.

»Drake hat es noch mal versucht«, sagte ich, wobei ich Rebecca förmlich mit Blicken durchbohrte. »Das weißt du doch, oder? Er hat versucht, uns von der Straße abzudrängen. Er hätte mich töten können – und Alisa und Oren und *Thea.*«

Rebecca stieß einen gepressten Laut aus, als ich Theas Namen sagte.

»Rebecca«, kam es leise von Grayson.

»Ich weiß«, sagte Rebecca. »Aber Emily hätte gewollt …«

»Emily ist fort.« Graysons Tonfall war harsch und seine Worte schienen Rebecca den Atem zu nehmen. »Bex.« Er zwang sie, ihn anzuschauen. »Rebecca. Ich werde mich darum kümmern. Ich verspreche dir: Alles wird gut.«

»Gar nichts ist gut«, widersprach ich Grayson.

»Geh«, murmelte er zu Rebecca, woraufhin sie sich umwandte und uns verließ. Nun waren wir allein.

Grayson ließ sich langsam in den verborgenen Raum hinab. »Xander meinte, du bräuchtest mich.«

Er war gekommen. Und vielleicht hätte das ja mehr bedeutet, wenn ich gerade nicht dieses Gespräch mit Rebecca geführt hätte.

»Deine Mutter hat versucht, mich umbringen zu lassen.«

»Meine Mutter«, erwiderte Grayson, »ist eine komplizierte Frau. Aber sie gehört zur Familie.«

Und er würde immer und ausschließlich die Familie wählen, nicht mich.

»Wenn ich dich bitten würde, mich die Sache regeln zu lassen«, fuhr er fort, »würdest du das tun? Ich kann dir garantieren, dass dir und den Deinen nie wieder Gefahr drohen wird.«

Wie genau er irgendwas garantieren konnte, war mir unklar, aber zweifelsohne meinte er, dazu in der Lage zu sein. *Die Welt beugt sich dem Willen Grayson Hawthornes.* Ich dachte an den Tag, an dem ich ihn getroffen hatte, wie selbstsicher, wie unbesiegbar er gewirkt hatte.

»Was, wenn wir darum spielen?«, fragte Grayson, als ich nicht antwortete. »Du magst Herausforderungen. Ich weiß, dass du das tust.« Er trat auf mich zu. »Bitte, Avery. Gib mir eine Chance, das wiedergutzumachen.«

Es gab hier kein Wiedergutmachen – aber alles, worum er bat, war eine Chance. *Ich bin ihm das nicht schuldig. Ich schulde ihm rein gar nichts. Aber …*

Vielleicht war es der Ausdruck in seinem Gesicht. Oder das Wissen, dass er schon einmal alles an mich verloren hatte. Vielleicht wollte ich auch einfach nur, dass er mich sah und dabei an etwas anderes dachte als den achtzehnten Oktober.

»Ich bin dabei«, erwiderte ich. »Wie lauten die Regeln?«

Graysons silberne Augen hielten meinen Blick fest. »Denk an eine Zahl«, sagte er mir. »Von eins bis zehn. Wenn ich sie errate, lässt du mich die Situation mit meiner Mutter auf meine Art regeln. Wenn nicht …«

»Zeige ich sie bei der Polizei an.«

Grayson machte einen halben Schritt auf mich zu. »Denk an eine Zahl.«

Die Chancen standen gut für mich. Er hatte lediglich eine zehnprozentige Wahrscheinlichkeit, richtig zu raten. Ich hatte neunzig Prozent, dass er falsch tippte. Ich nahm mir ausgiebig Zeit, meine Wahl zu treffen. Es gab gewisse Zahlen, zu denen die Leute allgemein neigten. Die Sieben beispielsweise. Ich könnte mich auf ein Extrem verlegen – Eins oder Zehn, aber das schien mir zu einfach. Die Acht schwirrte mir von unserem Rätselraten der letzten Tage im Kopf herum. Vier war die Anzahl der Hawthorne-Brüder.

Wenn ich ihn davon abhalten wollte, richtig zu tippen, musste ich auf etwas Unerwartetes setzen. Ohne Sinn und Verstand.

Zwei.

»Soll ich die Zahl aufschreiben?«, fragte ich.

»Auf was denn?«, erwiderte Grayson sanft.

Ich schluckte. »Woher willst du wissen, dass ich dich nicht anlüge, wenn du richtig rätst?«

Grayson schwieg einen Moment, bevor er sprach. »Ich vertraue dir.«

Ich wusste mit jeder Faser meines Seins, dass Grayson sein Vertrauen nicht leichtfertig verschenkte – und auch nicht vielen. Ich schluckte erneut. »Na, dann los.«

Er nahm sich mindestens genauso lange Zeit, sich seine Antwort zu überlegen, wie ich, um meine Zahl auszuwählen. Er schaute mich an, und ich konnte spüren, wie er versuchte, meine Gedanken und Impulse zu durchschauen, mich zu entziffern wie ein weiteres Rätsel.

Was siehst du, wenn du mich anschaust, Grayson Hawthorne?

Er gab seinen Tipp ab. »Zwei.«

Ich wandte den Kopf ab, durchbrach unseren Blickkontakt. Ich hätte lügen können. Ich hätte sagen können, dass er falschlag. Aber ich tat es nicht. »Gut geraten.«

Grayson entwich ein abgehackter Atemstoß. Dann spürte ich, wie er mein Gesicht behutsam mit beiden Händen wieder zu seinem drehte. »Avery.« Er benutzte fast nie meinen Vornamen. Sanft fuhr er an meinem Kinn entlang. »Ich werde nicht zulassen, dass dich je wieder jemand verletzt. Du hast mein Wort.«

Er dachte, er könne mich beschützen. Er *wollte* es. Er berührte mich, und alles, was ich wollte, war, es zuzulassen. Mich von ihm beschützen zu lassen. Mich von ihm berühren zu lassen. Mich …

Schritte. Bei dem Geklapper über uns wich ich automatisch ein Stück zurück und ein paar Sekunden später kletterten auch schon Xander und Nash hinunter in den Raum.

Es gelang mir, meinen Blick auf sie zu richten – nicht auf Grayson. »Wo ist Jameson?«, erkundigte ich mich.

Xander räusperte sich. »Ich darf berichten, dass es einige fantasievolle Kraftausdrücke hagelte, als ich seine Anwesenheit erbat.«

Nash schnaubte. »Er wird schon auftauchen.«

Wir warteten … fünf Minuten, dann zehn.

»Ihr könnt eure Schlösser genauso gut schon entriegeln«, schlug Xander seinen Brüdern vor. »Eure Hände, wenn ich bitten darf.«

Grayson ging als Erster, dann Nash. Nachdem die Touchpads ihre

Handflächen gescannt hatten, hörten wir das verräterische Klacken von Riegeln, die einer nach dem anderen zurückschnappten.

»Drei Schlösser haben wir«, murmelte Xander. »Eines fehlt.«

Weitere fünf Minuten. Acht. *Er kommt nicht*, dachte ich.

»Jameson kommt nicht«, sagte Grayson im selben Moment, als hätte er den Gedanken aus meinem Hirn genauso mühelos rausgepickt, wie er meine Zahl erraten hatte.

»Er wird schon auftauchen«, wiederholte Nash.

»Tue ich nicht immer, was man mir sagt?«

Wir schauten hoch – und Jameson sprang nach unten. Er landete zwischen seinen Brüdern und mir, wobei er beinahe bis zum Boden in die Hocke ging, um den Aufprall abzufangen. Er richtete sich auf, dann blickte er ihnen in die Augen, einem nach dem anderen. Nash. Xander. Grayson.

Dann mir. »Du weißt auch nicht, wann man aufhören soll, stimmt's, Erbin?« Es klang nicht unbedingt wie ein Vorwurf.

»Ich bin eben zäher, als ich aussehe«, entgegnete ich.

Er betrachtete mich noch einen Moment länger, dann wandte er sich der Tür zu. Er legte die Hand auf das Feld, das seine Initialen trug. Der letzte Riegel schnappte zurück und die Tür wurde entsperrt. Sie ging einen Spalt auf – einen Fingerbreit, vielleicht zwei. Ich erwartete, dass Jameson nach der Türklinke griff, doch stattdessen spazierte er unter die Öffnung in der Decke zurück und sprang hoch, um sich am Rand hochzustemmen.

»Wohin gehst du?«, wollte ich wissen. Nach allem, was es erfordert hatte, um an diesen Punkt zu gelangen, konnte er doch nicht einfach abhauen.

»Zur Hölle … irgendwann«, erwiderte Jameson. »Aber fürs Erste wohl in den Weinkeller.«

Nein. Er konnte jetzt nicht gehen. Er war derjenige, der mich in die ganze Sache hineingezogen hatte, und er würde es gefälligst bis zum Ende durchziehen. Ich sprang ebenfalls hoch, um mich am Rand der Öffnung hochzuschwingen und ihm zu folgen, doch ich spürte, wie mein Griff abrutschte. Kräftige Hände packten mich von unten – Grayson. Er schob mich nach oben, und ich schaffte es, rauszuklettern und mich aufzurappeln.

»Geh nicht weg!«, rief ich Jameson zu.

Er war bereits auf dem Weg zur Tür. Als er meine Stimme hörte, blieb er stehen, aber er drehte sich nicht um. »Ich weiß nicht, was sich auf der anderen Seite der Tür befindet, Erbin, aber was ich weiß, ist, dass der alte Herr diese Falle *für mich* ausgelegt hat.«

»Nur für dich?«, fragte ich, wobei sich Härte in meine Stimme schlich. »Und deswegen brauchte es die Hände aller vier Brüder und mein Gesicht, um so weit zu kommen?« Tobias Hawthorne hatte ganz offensichtlich gewollt, dass wir *alle* uns hier versammeln.

»Er wusste, dass ich in jedes Spiel einsteigen würde, das er uns hinterließ. Nash könnte womöglich sagen, Scheiß drauf, Grayson könnte sich in Formalitäten und Rechtsfragen verlieren, Xander könnte Abertausende andere Dinge im Kopf haben … aber ich, ich würde spielen.« Ich konnte sehen, wie schwer er atmete – ich sah seinen Schmerz. »Also ja, das hat er sich für mich ausgedacht. Was auch immer sich auf der anderen Seite der Tür befindet …« Jameson nahm noch einen zitternden, abgehackten Atemzug. »Er wusste es. Er wusste, was ich getan hatte, und er wollte sichergehen, dass ich es niemals vergesse.«

»Was wusste er?«, fragte ich verwirrt.

Grayson tauchte neben mir auf und wiederholte meine Frage: »Was wusste der alte Herr, Jamie?«

Hinter mir konnte ich Nash und Xander in den Tunnel hochklettern hören, aber ich registrierte kaum ihre Anwesenheit. Ich war voll und ganz auf Jameson und Grayson konzentriert.

»Wusste was, Jamie?«, drängte Grayson erneut.

Jameson drehte sich um und sah seinen Bruder an. »Was am achtzehnten Zehnten passiert ist.«

»Es war meine Schuld.« Grayson schritt nach vorne und umfasste Jamesons Schultern mit seinen Händen. »Ich bin derjenige, der Emily zu den Klippen gefahren hat. Ich wusste, dass es eine schlechte Idee war, doch es war mir egal. Ich wollte einfach nur gewinnen. Ich wollte, dass sie *mich* liebte.«

»Ich bin euch in der Nacht gefolgt.« Jamesons Bekenntnis hing eine Weile in der Stille des Raums. »Ich habe euch beiden zugesehen, als ihr sprangt.«

Urplötzlich befand ich mich wieder mit Jameson auf dem Weg zur Brücke über dem West Brook. Er hatte mir zwei Lügen und eine Wahrheit erzählt. *Ich habe Emily Laughlin sterben sehen.*

»Du bist uns gefolgt?« Grayson schien sichtlich verwirrt. »Warum?«

»Masochismus?« Jameson zuckte mit den Achseln. »Ich war wütend.« Er hielt inne. »Und irgendwann bist du los, um die Handtücher zu holen, und ich …«

»Jamie.« Grayson ließ die Hände sinken. »Was hast du getan?«

Grayson hatte mir erzählt, dass er losgegangen war, um Handtücher zu holen, und als er zurückkam, lag Emily am Ufer. *Tot.*

»Was hast du getan?«

»Sie hat mich gesehen.« Jameson wandte seinen Blick von seinem Bruder zu mir. »Sie hat mich gesehen und gelächelt. Sie dachte, sie hätte gewonnen. Sie dachte, sie hätte mich immer noch, aber ich drehte mich um und ging. Sie rief meinen Namen. Ich blieb nicht stehen. Ich hörte sie nach Luft ringen. Sie gab diesen leisen erstickten Ton von sich.«

Vor Grauen hob sich meine Hand wie von allein an meinen Mund.

»Ich dachte, sie würde mit mir spielen. Ich hörte ein Platschen im Wasser, drehte mich aber nicht um. Ich schaffte es vielleicht hundert Meter weit. Sie rief mir nicht mehr nach. Und da warf ich doch einen Blick zurück.« Jamesons Stimme brach. »Emily war vornübergebeugt und kroch aus dem Wasser. Ich dachte, sie würde nur *so tun*.«

Er hatte geglaubt, sie würde ihn manipulieren.

»Ich stand verdammt noch mal einfach nur da«, sagte Jameson dumpf. »Ich habe nichts getan, um ihr zu helfen.«

Ich habe Emily Laughlin sterben sehen. Mir war speiübel. Ich konnte ihn vor meinem inneren Auge sehen, wie er dastand, wie er versuchte, ihr zu zeigen, dass er nicht mehr ihr gehörte, wie er versuchte, zu widerstehen.

»Dann brach sie zusammen. Sie rührte sich nicht mehr und sie *blieb* reglos. Und dann kamst du zurück, Gray, und ich ging fort.« Jameson schauderte. »Ich habe dich dafür gehasst, dass du sie hingefahren hast, aber mich hasse ich noch mehr, weil ich sie habe sterben lassen. Ich stand einfach nur da und habe *zugesehen*.«

»Es war ihr Herz«, warf ich hilflos ein. »Was hättest du denn tun …?«

»Ich hätte eine Wiederbelebung versuchen können. Ich hätte *irgendwas* tun können.« Jameson schluckte. »Aber das habe ich nicht. Ich weiß nicht, woher der alte Herr es wusste, aber ein paar Tage später fing er mich ab. Er sagte mir, er wisse, dass ich dort gewesen sei, und er fragte, ob ich mich schuldig fühlte. Er wollte, dass ich es dir sage, Gray, doch ich tat es nicht. Ich sagte ihm, wenn er so verdammt versessen darauf sei, dass du es erfährst, könne er es dir ja selbst sagen. Aber das tat er nicht. Stattdessen hat er … das hier inszeniert.«

Der Brief. Die Bibliothek. Das Testament. Ihre Zweitnamen. Das Datum meiner Geburt … und Emilys Tod. Die überall versteckten Zahlen auf dem Anwesen. Das Buntglas, der Reim. Der geheime Durchgang zum Tunnel. Das mit M-I-CH markierte Gitter im verborgenen Raum. Die bewegliche Wand. Die Tür.

»Er wollte sicherstellen«, sagte Jameson bitter, »dass ich es niemals vergesse.«

»Nein«, platzte Xander heraus. Die anderen drehten sich zu ihm um. »Das ist es nicht«, beschwor er. »Er wollte keine Lektion erteilen. Er wollte, dass wir vier – wir alle – zusammenkommen. Hier.«

Nash legte ihm eine Hand auf die Schulter. »Der alte Herr konnte ein echter Arsch sein, Xan.«

»Das ist es nicht«, wiederholte Xander mit so viel Nachdruck in der Stimme, wie ich es noch nie bei ihm gehört hatte – als würde er keine Spekulation anstellen. Als *wüsste* er es.

Grayson, der seit Jamesons Geständnis kein Wort gesagt hatte, ergriff nun das Wort. »Was genau möchtest du damit sagen, Alexander?«

»Ihr beide seid hier herumgelaufen wie Gespenster. Du warst ein Roboter, Gray.« Xander sprach nun schnell – fast zu schnell, um ihm zu folgen. »Jamie war eine tickende Zeitbombe. Ihr habt einander gehasst.«

»Uns selbst haben wir noch mehr gehasst«, erwiderte Grayson mit einer Stimme wie Sandpapier.

»Der alte Herr wusste, dass er krank war«, gestand Xander. »Er hat es mir noch kurz vor seinem Tod gesagt. Und er bat mich, etwas für ihn zu tun.«

Nash kniff die Augen zusammen. »Und was war das?«

Xander antwortete nicht. Nun kniff Grayson die Augen zusammen. »Du solltest sicherstellen, dass wir spielen.«

»Es war meine Aufgabe, dafür zu sorgen, dass ihr bis zum Ende dranbleibt.« Xander schaute von Grayson zu Jameson. »Ihr beide. Falls einer von euch mit dem Spiel aufhören sollte, war es mein Job, euch zurückzugewinnen.«

»Du wusstest es?«, entfuhr es mir ungläubig. »Die ganze Zeit über wusstest du, wohin die Spuren uns führen?«

Xander war derjenige, der mir geholfen hatte, den Tunnel zu finden. Er war derjenige, der das Rätsel um den Black Wood gelöst hatte. Selbst ganz am Anfang …

Er hat mir verraten, dass sein Großvater keinen Zweitnamen hatte.

»Du hast mir geholfen«, sagte ich. Er hatte mich *manipuliert*. Mich herumgeschoben wie einen Köder.

»Ich sagte dir doch, dass ich eine wandelnde, atmende Rube-Goldberg-Maschine bin.« Xander senkte den Blick. »Ich habe dich gewarnt. Sozusagen.« Ich dachte an den Tag, als er mich zu der Maschine führte, die er konstruiert hatte. Ich hatte ihn gefragt, was sie mit Thea zu tun habe, und seine Antwort hatte gelautet: *Wer sagt denn, dass das hier irgendwas mit Thea zu tun hat?*

Ich starrte Xander an – den jüngsten, größten und, ganz unbestreitbar, genialsten Hawthorne. *Wohin du auch gehst*, hatte er mir auf der Gala gesagt, *sie werden dir folgen*. Die ganze Zeit über hatte ich geglaubt, Jameson wäre derjenige, der mich benutzte. Ich hatte geglaubt, dass er mich aus gutem Grund in seiner Nähe hielt.

Es war mir nie auch nur in den Sinn gekommen, dass auch Xander seine Gründe haben könnte.

»Weißt du dann auch, warum euer Großvater mich ausgewählt hat?«, fragte ich. »Hast du die Antwort die ganze Zeit über gewusst?«

Xander hielt die Hände vor seinem Körper hoch, als fürchtete er, ich könnte ihn erdrosseln. »Ich weiß nur so viel, wie er wollte, dass ich weiß. Ich habe keine Ahnung, was auf der anderen Seite dieser Tür ist. Ich sollte lediglich Jamie und Gray hierherschaffen. *Zusammen.*«

»Uns vier«, berichtigte ihn Nash. »Zusammen.« Mir fiel ein, was er in der Küche gesagt hatte: *Manchmal muss man in eine Wunde schneiden, damit sie heilen kann.*

War es das? Ging es darum? War das der Plan des alten Mannes? Mich herbringen, sie zum Handeln anspornen, hoffen, dass das Spiel die Wahrheit herauskommen ließ?

»Nicht nur uns vier«, sagte Grayson zu Nash. Er sah wieder zu mir. »Ganz offenbar war das ein Spiel für fünf.«

KAPITEL 87

Wir ließen uns, einer nach dem anderen, wieder in den Raum hinab. Jameson legte seine Hand flach auf die Tür und schob sie auf. Die Zelle dahinter war leer bis auf ein kleines Holzkästchen. Auf dem Kästchen befanden sich Buchstaben – goldene Buchstaben, die in goldene Plättchen graviert waren, die aussahen, als entstammten sie dem teuersten Scrabble-Spiel der Welt.

Die Buchstaben auf dem Kästchen bildeten meinen Namen: AVERY KYLIE GRAMBS.

Es gab vier leere Plättchen, eines vor meinem ersten Vornamen, eines nach meinem Familiennamen und zwei, welche die Namen voneinander trennten. Nach allem, was gerade geschehen war – Jamesons Geständnis, dann Xanders –, schien es irgendwie verkehrt, dass diese Sache wieder auf mich rauslaufen sollte.

Warum ich? Dieses Spiel mochte konzipiert worden sein, um Jameson und Grayson wieder zusammenzuführen, um Geheimnisse an die Oberfläche zu bringen, um das Gift ausbluten zu lassen, bevor alles drum herum abstarb … doch irgendwie, aus irgendeinem Grund, endete es mit mir.

»Schaut aus, als wäre das dein Rodeo, Kleines.« Nash stupste mich sanft Richtung Kästchen.

Schwer schluckend kniete ich mich hin. Ich versuchte, das Kästchen zu öffnen, aber es war abgeschlossen. Es gab kein Schlüsselloch, kein Kombinationsschloss.

Über mir meldete sich Jameson. »Die Buchstaben, Erbin.«

Er konnte einfach nicht anders. Selbst nach alldem konnte er nicht aufhören, das Spiel zu spielen.

Ich griff zögernd nach dem *A* in *Avery*. Es löste sich von dem Kästchen. Eins nach dem anderen zog ich die anderen Buchstaben sowie die leeren Plättchen ab, und mir wurde klar, dass das der Mechanismus für das Schloss war. Ich betrachtete die Teile. Neunzehn insgesamt. *Mein Name.* Das war ganz offensichtlich nicht die Kombination, um das Kästchen aufzusperren. *Was also dann?*

Grayson ließ sich neben mir nieder. Er sortierte die Buchstaben – erst die Vokale, dann die Konsonanten in alphabetischer Reihenfolge.

»Es ist ein Anagramm«, merkte Nash an. »Stellt die Buchstaben um.«

Mein Bauchgefühl sagte, dass mein Name bloß mein Name war, kein Anagramm irgendeiner Art, aber mein Gehirn ging bereits die Möglichkeiten durch.

Avery war recht leicht in Worte zu verwandeln – zwei kleine Worte im Englischen, indem ich die Leerstelle, die sich vor dem Namen befand, dazwischenschob. Ich legte die Plättchen wieder auf den Deckel der Holzkiste und schob sie mit einem Klick an ihren Platz.

A very …

Ich setzte eine weitere Leerstelle nach *very*. Damit blieben zwei leere Steine sowie alle Buchstaben meines Zweit- und Familiennamens übrig.

Kylie Grambs, nach Graysons Methode angeordnet, bildete: *A, E, I, B, G, K, L, M, R, S, Y.*

BIG. BALM. BALE. Ich begann damit, recht wahllos Wörter aus der Reihe zu ziehen, um zu überprüfen, was mir damit übrig blieb, und dann sah ich es …

Auf einmal sah ich es.

»Das muss wohl ein Scherz sein«, flüsterte ich.

»Was?« Jameson war jetzt hundertprozentig dabei, ob er es wollte oder nicht. Er kniete sich neben Grayson und mich, als ich die Buchstaben einen nach dem anderen auflegte.

Avery Kylie Grambs – der Name, den ich am Tag meiner Geburt erhalten hatte, der Name, den Tobias Hawthorne auf der Bowlingbahn, im Flippergerät und wer weiß an wie vielen Orten in dem Haus noch einprogrammiert hatte – wurde, anders angeordnet, zu: *A very risky gamble.*

Ein sehr riskantes Spiel.

»Das hat er immer wieder gesagt«, murmelte Xander. »Dass, egal, was er auch plane, es womöglich nicht funktionieren könnte. Dass es ein ...«

»... ein sehr riskantes Spiel sei«, beendete Grayson den Satz, und sein Blick wanderte zu mir.

Mein Name? Ich versuchte, das zu verdauen. *Erst mein Geburtstag, jetzt mein Name.* War es das? War das der Grund? Wie hatte Tobias Hawthorne mich überhaupt gefunden?

Ich legte das letzte leere Steinchen an seinen Platz und das Schloss des Kästchens wurde entriegelt. Der Deckel schnappte auf. Im Inneren befanden sich fünf Umschläge, auf jedem jeweils einer unserer Namen.

Ich sah zu, als die Jungs ihre öffneten und lasen. Nash stieß einen unterdrückten Fluch aus. Grayson starrte seinen stumm an. Jameson entfuhr ein leises, brüchiges Lachen. Xander stopfte seinen stumm in die Hosentasche.

Ich wandte mich meinem Umschlag zu. Der letzte Brief, den Tobias Hawthorne mir hatte zukommen lassen, hatte gar nichts erklärt. Als ich diesen hier öffnete, erwartete ich Klarheit. *Wie hast du mich gefunden? Warum solltest du dich bei mir entschuldigen? Was tat dir leid?*

In meinem Umschlag war kein Blatt Papier, kein Brief. Das Einzige, was er enthielt, war ein Päckchen Zucker.

KAPITEL 88

Ich stelle zwei Zuckerpäckchen aufrecht auf den Tisch und lehne die oberen Enden aneinander, sodass sie ein Dreieck bilden, das von alleine stehen kann. »Da«, sage ich. Das Gleiche mache ich mit den nächsten zwei Päckchen, dann setze ich ein fünftes waagrecht darüber und verbinde so die zwei Dreiecke, die ich gebaut habe.

»Avery Kylie Grambs!« Meine Mutter taucht lächelnd auf der anderen Seite des Tisches auf. »Was habe ich dir über das Schlösserbauen aus Zuckerpäckchen gesagt?«

Ich strahle sie an. »Es lohnt sich nur, wenn du es auf fünf Stockwerke schaffst!«

In meinem Traum hatte die Erinnerung an dieser Stelle aufgehört, aber nun, als ich dieses Zuckerpäckchen in meiner Hand hielt, nahm mich mein Unterbewusstsein ein Stück weiter mit.

Ein Mann, der am Tisch vor mir sitzt, schaut sich zu mir um. Er fragt mich, wie alt ich bin.

»Sechs«, sage ich.

»Ich habe ein paar Enkel zu Hause, die ungefähr in deinem Alter sind«, sagt er. »Sag mal, Avery, kannst du deinen Namen buchstabieren? Deinen vollen Namen, so wie deine Mom ihn gerade eben gesagt hat?«

Ich kann und ich tue es.

»Ich habe ihn getroffen«, sagte ich benommen. »Nur einmal, vor Jahren … nur ganz flüchtig. Er hat meine Mutter meinen vollen Namen sagen hören. Er hat mich gebeten, ihn zu buchstabieren.«

»Er hat Anagramme mehr geliebt als Scotch«, sagte Nash. »Und er war ein Mann, der einen guten Scotch zu schätzen wusste.«

Hatte Tobias Hawthorne die Buchstaben meines vollen Namens in dem einen kurzen Moment im Kopf umgeordnet? Hatte es ihn amüsiert?

Mir fiel ein, dass Grayson jemanden angeheuert hatte, um Schmutz über meine Vergangenheit auszubuddeln. Und auch über meine Mutter. War Tobias Hawthorne neugierig auf uns gewesen? Hatte er das Gleiche getan?

»Er hat euch sicherlich weiter im Auge behalten«, sagte Grayson, als habe er meine Gedanken gelesen. »Ein kleines Mädchen mit einem lustigen kleinen Namen.« Er schaute zu Jameson. »Er muss ihr Geburtsdatum gewusst haben.«

»Und nachdem Emily starb …«, Jameson sah nun mich an – nur mich, »… da hat er an dich gedacht.«

»Und beschlossen, mir sein gesamtes Vermögen wegen *meines Namens* zu hinterlassen?«, sagte ich. »Das ist doch verrückt.«

»Du hast es doch selbst gesagt, Erbin: Er hat uns nicht wegen dir enterbt. Wir sollten das Geld ohnehin nicht bekommen.«

»Es wäre aber an wohltätige Einrichtungen gegangen«, hielt ich dagegen. »Und du willst mir sagen, dass er aus einer Laune heraus das Testament verworfen hat, das er vor zwanzig Jahren aufgesetzt hatte? Das ist …«

»Er brauchte etwas, um unsere Aufmerksamkeit zu gewinnen«, unterbrach mich Grayson. »Etwas so Unerwartetes, so Verstörendes, dass es nur als eines gesehen werden konnte …«

»Ein Rätsel«, ergänzte Jameson. »Etwas, das wir nicht ignorieren konnten. Etwas, um uns aufzurütteln. Etwas, um uns hierherzuführen … alle vier.«

»Etwas, um das Gift zu tilgen.« Nashs Ton war nicht zu durchschauen.

Sie hatten den alten Mann gekannt. Ich nicht. Was sie da sagten …

Für *sie* ergab es einen Sinn. In ihren Augen war das keine bloße Laune gewesen. Es war lediglich ein sehr riskantes Spiel gewesen. *Ich* war ein sehr riskantes Spiel gewesen. Tobias Hawthorne hatte alles darauf gesetzt, dass meine Gegenwart in Hawthorne House Dinge aufrühren und alte Geheimnisse bloßlegen würde, dass ein letztes Rätsel irgendwie, auf magische Weise alles ändern würde.

Dass, nachdem Emilys Tod sie auseinandergerissen hatte, ich sie wieder zusammenbringen könnte.

»Ich hab's dir doch gesagt, Kleines«, sagte Nash neben mir. »Du bist keine Spielerin. Du bist die gläserne Ballerina … oder das Messer.«

KAPITEL 89

Oren tauchte auf, kaum dass ich einen Fuß in den Großen Salon setzte. Dass er gewartet hatte, warf in mir die Frage auf, warum er überhaupt erst von meiner Seite gewichen war. War es wirklich ein Anruf gewesen – oder hatte Tobias Hawthorne ihm die Anweisung hinterlassen, uns fünf das Spiel alleine beenden zu lassen?

»Wissen Sie, was da unten ist?«, fragte ich meinen Sicherheitschef. Er war dem alten Herrn gegenüber loyaler als mir. *Was sonst hat er Sie gebeten zu tun?*

»Außer dem Tunnel?«, erwiderte Oren. »Nein.« Er musterte eingehend erst mich, dann die Jungs. »Sollte ich?«

Ich dachte an das, was in Xanders Abwesenheit unten passiert war. An Rebecca und was sie mir dort unten verraten hatte. An Skye. Ich schaute zu Grayson. Sein Blick begegnete meinem. Da war eine Frage, eine Hoffnung, und etwas anderes, das ich nicht benennen konnte.

»Nein«, war alles, was ich Oren sagte.

An jenem Abend saß ich an Tobias Hawthornes Schreibtisch, dem in meinem Flügel. In meinen Händen hielt ich den Brief, den er mir hinterlassen hatte.

Liebste Avery,
es tut mir leid.
T.T. H.

So oft hatte ich mich gefragt, *was* ihm leidtat, aber allmählich drängte sich mir der Gedanke auf, dass ich das Was ganz verkehrt aufgefasst hatte. Vielleicht hatte er mir das Geld gar nicht als Entschuldigung vermacht. Vielleicht entschuldigte er sich dafür, *dass* er mir das Geld vermacht hatte. *Dafür, dass er mich benutzt hat.*

Er hatte mich für *sie* hierhergebracht, seine Enkel.

Ich faltete die Karte in der Mitte und dann doch noch einmal. Das hier – das alles – hatte nichts mit meiner Mom zu tun. Was auch immer für Geheimnisse sie gehütet hatte, sie gingen Emilys Tod lange voraus. Im Großen und Ganzen betrachtet, hatte diese gesamte lebensverändernde, überwältigende, schlagzeilenträchtige Kette von Ereignissen nichts mit mir zu tun gehabt. Ich war nur ein kleines Mädchen mit einem lustigen kleinen Namen, das am richtigen Tag auf die Welt gekommen war.

Ich habe ein paar Enkel zu Hause, konnte ich den alten Mann sagen hören, *die ungefähr in deinem Alter sind.*

»Es ging hierbei immer nur um sie«, sagte ich laut. »Was soll ich jetzt bloß tun?« Das Spiel war zu Ende. Das Rätsel war gelöst. Ich hatte meinen Zweck erfüllt. Und noch nie in meinem Leben hatte ich mich derart unbedeutend gefühlt.

Mein Blick fiel auf den Kompass, der in die Tischplatte eingelassen war. Als ich das erste Mal in diesem Büro saß, hatte ich den Kompass gedreht, und die Platte auf dem Schreibtisch war aufgesprungen und hatte ein Fach darunter enthüllt. Ich fuhr mit dem Finger leicht über das ins Holz geschnitzte *T*.

Und dann blickte ich auf meinen Brief zurück, faltete die Karte noch einmal auf und betrachtete Tobias Hawthornes Unterschrift. *T. T. H.*

Mein Blick schweifte zum Schreibtisch zurück. Jameson hatte doch einmal erwähnt, dass sein Großvater nie einen Schreibtisch ohne Geheimfächer gekauft hatte. Nun, da ich das Spiel gespielt, da ich in Hawthorne

House gelebt hatte, kam ich nicht umhin, die Dinge anders zu betrachten. Ich probierte an dem Holzpaneel herum, in welches das T geritzt war.

Nichts.

Dann legte ich meine Finger in das T und schob. Das Holz gab nach. *Klick.* Und dann sprang es an seinen Platz zurück.

»T«, sagte ich laut. Und dann tat ich das Gleiche erneut. Noch ein Klicken. »T.« Ich betrachtete das Paneel eine ganze Weile, bevor ich es bemerkte: einen winzigen Spalt zwischen dem Holz und der Tischplatte, direkt unterhalb des *Ts.* Ich schob meine Finger darunter und fand eine weitere Rille … und darüber einen winzigen Riegel. Ich löste ihn und das Paneel drehte sich gegen den Uhrzeigersinn auf.

Nach dieser Neunziggraddrehung betrachtete ich nicht länger ein *T.* Ich schaute auf ein *H.* Ich drückte alle drei Striche des *H* gleichzeitig. *Klick.* Eine Art Motor sprang surrend an, und das Paneel verschwand hinten im Schreibtisch, wobei es ein weiteres Fach darunter enthüllte.

T. T. H. Tobias Hawthorne hatte mir diesen Flügel zugewiesen. Er hatte meinen Brief mit seinen Initialen unterschrieben, nicht mit seinem vollen Namen. Und diese Initialen hatten den Schreibtisch entriegelt. Im Inneren befand sich eine Aktenmappe, ähnlich wie die, die Grayson mir in der Stiftung gezeigt hatte. Mein Name – mein vollständiger Name – stand drauf.

Avery Kylie Grambs.

Nun, da ich das Anagramm gesehen hatte, bekam ich es nicht mehr aus dem Sinn. Ahnungslos, was ich darin finden würde – oder gar, was ich erwartete –, hob ich die Mappe vorsichtig heraus und klappte sie auf. Das Erste, was ich sah, war eine Kopie meiner Geburtsurkunde. Tobias Hawthorne hatte mein Geburtsdatum farbig markiert – und die Unterschrift meines Vaters. Das Datum ergab Sinn. Aber die Unterschrift?

Ich habe ein Geheimnis, konnte ich meine Mutter sagen hören. *Über den Tag, an dem du zur Welt kamst.*

Ich hatte keine Ahnung, was ich damit anfangen sollte … null. Ich blätterte zur nächsten Seite, und zur übernächsten, und der darauf. Sie waren voller Fotos: vier oder fünf pro Jahr, aufgenommen ab dem Zeitpunkt, als ich sechs war.

Er hat euch sicherlich weiter im Auge behalten, konnte ich Graysons Worte hören. *Ein kleines Mädchen mit einem lustigen kleinen Namen.*

Nach meinem sechzehnten Geburtstag ging die Anzahl an Fotos deutlich in die Höhe. Nach Emilys Tod. Es gab so viele … so als hätte Tobias Hawthorne jemanden darauf angesetzt, jede meiner Bewegungen zu dokumentieren. *Du konntest nicht das gesamte Risiko an eine völlige Fremde hängen*, dachte ich. Rein theoretisch war es genau das, was er getan hatte, doch als ich mir die Fotos ansah, überkam mich die Gewissheit, dass Tobias Hawthorne seinen Job ordentlich gemacht hatte.

Ich war nicht nur ein Name oder ein Datum für ihn gewesen.

Es gab Schnappschüsse von mir bei meinen Pokerpartien auf dem Schulparkplatz, Schnappschüsse beim Kellnern im Diner, wo ich viel zu viele Tassen auf einmal balanciere. Es gab ein Foto von mir mit Libby, auf dem wir lachen, und eines, wo ich zwischen ihr und Drake stehe. Es gab eine Momentaufnahme beim Schachspielen im Park und eine von mir und Harry, als wir uns Frühstück holen und in der Schlange stehen und man lediglich unsere Hinterköpfe sieht. Es gab sogar ein Foto von mir in meinem Auto, auf dem ich einen Stapel Postkarten in meinen Händen halte.

Der Fotograf hatte mich beim Träumen erwischt.

Tobias Hawthorne hatte mich nicht gekannt – aber er hatte alles über mich *gewusst*. Womöglich war ich ja ein sehr riskantes Spiel. Womöglich war ich bloß Teil des Rätsels und keine Spielerin. Aber der Milliardär hatte gewusst, dass ich spielen *kann*. Er hatte sich nicht blindlings in dieses Unterfangen hineinbegeben und auf das Beste gehofft. Er hatte alles durchdacht und geplant, und ich war Teil seiner Rechnung gewesen. Nicht nur Avery Kylie Grambs, geboren am Todestag von Emily Laughlin, sondern das Mädchen auf diesen Fotos.

Ich dachte an das, was Jameson gesagt hatte, in jener ersten Nacht, als er durch den Kamin in mein Zimmer gekommen war. Tobias Hawthorne hatte mir das Vermögen hinterlassen – alles, was er ihnen hinterlassen hatte, war *ich*.

KAPITEL 90

Früh am nächsten Morgen informierte mich Oren, dass Skye Hawthorne im Begriff war, Hawthorne Haus zu verlassen. Sie zog überraschend aus, und Grayson hatte die Sicherheitskräfte angewiesen, dass sie das Anwesen nicht mehr betreten dürfe.

»Irgendeine Idee, warum?« Oren bedachte mich mit einem Blick, der stark vermuten ließ, dass er wusste, dass ich was wusste.

Ich sah ihn an und log. »Keine Ahnung.«

Ich fand Grayson in dem verborgenen Treppenhaus mit dem Davenport-Schreibtisch. »Du hast deine Mutter aus dem Haus geworfen?«

Das war nicht, was ich von ihm erwartet hatte, als er unsere kleine Wette gewann. Immerhin war Skye seine Mutter. *Die Familie zuerst.*

»Mutter ging auf eigenen Wunsch«, sagte Grayson. »Ihr wurde nahegelegt, dass es die bessere Option sei.«

Besser, als bei der Polizei angezeigt zu werden.

»Du hast die Wette gewonnen«, erwiderte ich. »Du hättest nicht …«

Er drehte sich um und machte einen Schritt, sodass er auf derselben Stufe stand wie ich. »Ja, das habe ich.«

Wenn ich zwischen dir und einem von ihnen wählen müsste, hatte er mir am Anfang gesagt, *würde ich immer und ausschließlich sie wählen.*

Aber das hatte er nicht.

»Grayson.« Ich war ihm nun ganz nahe, und das letzte Mal, als wir auf diesen Stufen standen, hatte ich meine Wunden vor ihm bloßgelegt – wortwörtlich. Dieses Mal hob sich meine Hand wie von allein an *seine* Brust. Er war arrogant und unmöglich und war die ersten Wochen unserer Bekanntschaft eisern entschlossen gewesen, mir das Leben zur Hölle zu machen. Er war immer noch halb verliebt in Emily Laughlin. Doch vom ersten Moment an, als ich ihn sah, war es mir beinahe unmöglich gewesen, den Blick von ihm abzuwenden.

Und letzten Endes hatte er *mich* gewählt. Noch vor seiner Familie. Vor seiner Mutter.

Zögernd ließ ich meine Finger von seiner Brust zu seinem Kiefer wandern. Für eine einzige Sekunde ließ er zu, dass ich ihn berührte, doch dann wandte er den Kopf ab.

»Ich werde dich immer beschützen«, sagte er mit angespannter Miene, sein Blick überschattet. »Du verdienst es, dich in deinem eigenen Haus sicher zu fühlen. Und ich werde dir mit der Stiftung helfen. Ich werde dir beibringen, was du wissen musst, um dich an dieses Leben zu gewöhnen, als wärst du dafür geboren worden. Aber das hier … wir …« Er schluckte. »Es kann nie sein, Avery. Ich habe gesehen, wie Jameson dich anschaut.«

Er sagte nicht, dass er nicht zulassen würde, dass je wieder ein Mädchen zwischen sie kam. Das musste er nicht.

KAPITEL 91

Ich ging zur Schule, und als ich heimkam, rief ich Max an, obwohl ich wusste, dass sie wahrscheinlich immer noch kein Handy hatte. Mein Anruf landete auf der Mailbox. »Hier ist Maxine Liu. Ich wurde in das technologische Pendant eines virtuellen Klosters verbannt. Habt einen herrlichen Tag, ihr miesen Schurken.«

Ich versuchte es auf dem Handy ihres Bruders und landete abermals auf der Mailbox. »Ihr habt Isaac Liu erreicht.« Max hatte auch seine Mailbox in Beschlag genommen. »Er ist ein wirklich erträglicher kleiner Bruder, und wenn ihr eine Nachricht hinterlasst, wird er euch wahrscheinlich zurückrufen. Avery, wenn du das bist, hör damit auf, dich abknallen zu lassen. Du schuldest mir noch Australien!«

Ich hinterließ keine Nachricht, aber ich nahm mir vor, bei Alisa nachzufragen, ob es drin wäre, die komplette Familie Liu erster Klasse nach Australien zu schicken. Ich selbst konnte nicht reisen, bevor meine Zeit in Hawthorne House um war, aber vielleicht konnte es Max.

Das war ich ihr schuldig.

Da ich mich nach Graysons Worten immer noch haltlos und schrecklich niedergeschlagen fühlte, und da Max nicht da sein konnte, um es mit mir durchzukauen, begab ich mich auf die Suche nach Libby. Wir mussten ihr wirklich mal ein neues Handy besorgen, denn in diesem Haus konnte man problemlos verloren gehen.

Und ich wollte nicht noch jemanden verlieren.

Ich hätte sie womöglich nie gefunden, aber als ich mich dem Musiksaal näherte, hörte ich den Flügel. Ich folgte der Musik und fand dort Libby, die neben Nan auf der Klavierbank saß. Beide hatten sie die Augen geschlossen und lauschten.

Libbys blaues Auge war endlich verblasst. Wie ich meine Schwester so mit der alten Dame da sitzen sah, musste ich an ihren Job daheim denken. Ich konnte nicht von ihr verlangen, dass sie tagtäglich einfach nur in Hawthorne House herumhockte und nichts tat.

Ich fragte mich, was Nash Hawthorne vorschlagen würde. Ich könnte sie bitten, sich ein Geschäftsmodell zu überlegen. Vielleicht einen Foodtruck oder so was?

Oder vielleicht hätte sie auch Lust zu reisen? Bis das Testament vollstreckt war, war mein Handlungsradius beschränkt, aber die netten Leute bei *McNamara, Ortega & Jones* hatten guten Gründe, sich mit mir gut zu stellen. Irgendwann würde das ganze Geld mir gehören. Irgendwann würde das Treuhandverhältnis auslaufen.

Irgendwann würde ich eine der reichsten und mächtigsten Frauen der Welt sein.

Die Klaviermusik verstummte, und meine Schwester und Nan blickten auf und sahen mich. Libby ließ sofort die Oberglucke raus.

»Bist du sicher, dass es dir gut geht?«, fragte sie. »Du siehst nicht so aus.«

Ich dachte an Grayson. An Jameson. An das, weswegen man mich nach Hawthorne House gebracht hatte. »Mir geht's super«, erwiderte ich so bestimmt, dass ich es beinahe selbst glauben konnte.

Sie ließ sich nicht täuschen. »Ich werde dir was Schönes backen«, verkündete sie. »Hast du je eine Quiche gegessen? Ich habe noch nie eine Quiche gemacht.«

Mir war nicht wirklich danach, aber Backen war Libbys Art, ihre Liebe zum Ausdruck zu bringen. Sie brach Richtung Küche auf. Ich wollte ihr folgen, doch Nan hielt mich auf.

»Bleib«, befahl sie.

Es blieb mir nichts anderes übrig, als zu gehorchen.

»Ich höre, meine Enkelin verlässt das Haus«, sagte Nan schnippisch, nachdem sie mich ein bisschen hatte schwitzen lassen.

Ich überlegte kurz, auf ahnungslos zu machen, aber sie hatte schon bewiesen, dass sie nicht der Typ für höfliches Geplänkel war. »Sie hat versucht, mich umbringen zu lassen.«

Nan schnaubte. »Skye hat sich noch nie gern selbst die Hände schmutzig gemacht. Wenn du mich fragst – wenn man schon jemanden umbringen will, dann sollte man wenigstens den Anstand besitzen, es selbst zu tun – und dann aber auch richtig.«

Das war wahrscheinlich das schrägste Gespräch, das ich je in meinem Leben geführt hatte – und das wollte was heißen.

»Nicht, dass die Leute heutzutage über Anstand verfügen würden«, fuhr Nan unbeirrt fort. »Kein Respekt. Keine Selbstachtung. Kein Schneid.« Sie seufzte. »Wenn meine arme Alice ihre Kinder so sehen könnte …«

Ich fragte mich, wie es wohl für Zara und Skye gewesen war, in Hawthorne House aufzuwachsen. Wie es für Toby gewesen war.

Was ist schiefgelaufen, dass sie so wurden?

»Ihr Schwiegersohn hat sein Testament nach Tobys Tod geändert.« Ich musterte Nans Miene und fragte mich, ob sie das gewusst hatte.

»Toby war ein guter Junge«, sagte Nan schroff. »Bis er es eben nicht mehr war.«

Ich wusste nicht ganz, was ich mit dieser Aussage anfangen sollte.

Sie umfasste mit ihren Händen ein Medaillon, das um ihren Hals hing. »Er war so ein süßes Kind, blitzgescheit. Genauso wie sein Papa, sagten die Leute, aber, oh, der Junge hatte auch eine ordentliche Prise von mir.«

»Was ist passiert?«

Nans Miene verdüsterte sich. »Es brach meiner Alice das Herz. Im Grunde uns allen.« Ihre Finger umfassten den Anhänger nun fester und ihre Hand zitterte. Sie biss die Kiefer aufeinander, dann öffnete sie das Medaillon. »Schau ihn dir an«, sagte sie. »Schau dir diesen süßen Jungen an. Da ist er sechzehn.«

Ich beugte mich vor, um besser zu sehen, und fragte mich, ob Tobias

Hawthorne der Zweite wohl einem seiner Neffen geähnelt hatte. Was ich sah, ließ mir den Atem stocken.

Nein.

»*Das* ist Toby?« Ich bekam keine Luft. Ich konnte keinen Gedanken mehr fassen.

»Er war ein guter Junge«, wiederholte Nan schroff.

Ich konnte sie kaum hören. Ich konnte meine Augen nicht von dem Bild losreißen. Ich konnte nicht sprechen – denn ich kannte diesen Mann. Auf dem Foto war er jünger – viel jünger –, aber das Gesicht war unverkennbar.

»Erbin?« Eine Stimme erklang von der Tür her. Ich wandte den Kopf und sah Jameson dort stehen. Er sah anders aus als in den letzten paar Tagen. Irgendwie beschwingter, leichter. Einen Hauch weniger wütend. Dazu in der Lage, mir ein schiefes, kleines Halblächeln zu schenken. »Welche Laus ist dir denn über die Leber gelaufen?«

Ich blickte wieder auf das Medaillon hinab und sog einen Atemzug ein, der mir förmlich die Lunge versengte. »Toby«, brachte ich schließlich hervor. »Ich kenne ihn.«

»Bitte *was*?« Jameson schritt auf mich zu. Nan neben mir war plötzlich ganz still.

»Ich habe früher mit ihm Schach gespielt, im Park«, sagte ich. »Jeden Morgen.« *Harry.*

»Das ist unmöglich«, sagte Nan mit zittriger Stimme. »Toby ist seit zwanzig Jahren tot.«

Vor zwanzig Jahren hatte Tobias Hawthorne seine gesamte Familie enterbt. *Ging es darum? Was zur Hölle geht hier vor sich?*

»Bist du sicher, Erbin?« Jameson stand nun neben mir. *Ich habe gesehen, wie Jameson dich anschaut*, hatte Grayson gesagt. »Bist du dir absolut sicher?«

Ich sah Jameson an. Das hier fühlte sich nicht real an. *Ich habe ein Geheimnis*, konnte ich meine Mutter sagen hören, *über den Tag, an dem du zur Welt kamst …*

Ich griff nach Jamesons Hand und drückte sie fest. »Ich bin mir sicher.«

EPILOG

Xander Hawthorne starrte auf den Brief hinab, so wie er es seit einer Woche jeden Tag getan hatte. Oberflächlich betrachtet sagte er nicht viel.

> ***Alexander,***
> ***gut gemacht.***
> ***Tobias Hawthorne***

Gut gemacht. Er hatte seine Brüder bis zum Ende des Spiels geführt. Er hatte auch Avery bis dorthin gelotst. Er hatte alles genau so gemacht, wie er es versprochen hatte, aber der alte Herr hatte ihm ebenfalls ein Versprechen gegeben.

Wenn ihr Spiel vorüber ist, wird deines beginnen.

Xander hatte nie in der Form gewetteifert, wie es seine Brüder taten – aber, oh, wie sehr er es wollte! Er hatte nicht gelogen, als er Avery gesagt hatte, dass er, nur einmal, gewinnen wollte. Als sie es zum letzten Raum geschafft hatten, als Avery das Kästchen geöffnet hatte, als er seinen Umschlag aufgerissen hatte, da hatte er … *etwas* erwartet.

Ein Rätsel.

Eine Herausforderung.

Einen Hinweis.

Doch alles, was er bekommen hatte, war das hier. *Gut gemacht.*

»Xander?«, meldete sich Rebecca neben ihm leise. »Was tun wir hier?«

»Melodramatisch herumseufzen«, meinte Thea schnippisch. »Ganz offenbar.«

Dass er sie beide hierher bekommen hatte, in denselben Raum, war ein echter Kraftakt gewesen. Er war selbst nicht ganz sicher, warum er es getan hatte, bis auf die Tatsache natürlich, dass er einen Zeugen brauchte. Mehrere Zeugen. Wenn Xander ehrlich zu sich war, dann hatte er Rebecca hergebracht, weil er sie dahaben wollte, und er hatte Thea hergebracht, weil, wenn er es nicht getan hätte …

Wäre er mit Rebecca allein gewesen.

»Es gibt zig verschiedene Arten unsichtbarer Tinte«, erklärte Xander ihnen. In den letzten paar Tagen hatte er ein Streichholz hinter den Papierbogen gehalten, um ihn zu erhitzen. Er war in die Stadt gegangen und hatte ein UV-Licht gekauft. Er hatte jede ihm bekannte Methode, eine versteckte Botschaft auf einem Blatt Papier sichtbar zu machen, ausprobiert. Bis auf eine. »Aber es gibt nur eine Methode«, fuhr er ruhig fort, »welche die Botschaft zerstört, nachdem sie offenbart wurde.«

Wenn er sich damit irrte, dann wäre es vorbei. Es gäbe kein Spielen, kein Gewinnen. Xander wollte das hier nicht alleine tun.

»Was genau denkst du, dass du finden wirst?«, wollte Thea wissen.

Xander blickte ein letztes Mal auf die Buchstaben hinab.

Alexander,
gut gemacht.
Tobias Hawthorne

Vielleicht war das Versprechen des alten Herrn eine Lüge gewesen. Vielleicht war Xander für Tobias Hawthorne nur eine Nebensache in dem Spiel gewesen. Aber er musste es versuchen. Er drehte sich zu der Badewanne neben sich. Er füllte sie mit Wasser.

»Xander?«, fragte Rebecca erneut, und ihre Stimme hätte ihn beinahe um seine Fassung gebracht.

»Wird schon schiefgehen.« Xander legte den Brief vorsichtig auf die Wasseroberfläche, dann drückte er ihn runter.

Erst dachte er schon, er hätte einen schrecklichen Fehler gemacht. Er dachte, es würde sich nichts tun. Dann, ganz allmählich, tauchte eine Schreibschrift zu beiden Seiten des Namens seines Großvaters auf. *Tobias Hawthorne*, hatte er den Brief unterzeichnet, *kein Zweitname*, und nun war der Grund für diese Auslassung klar.

Die unsichtbare Tinte auf dem Papier wurde dunkler. Rechts der Unterschrift waren da nun zwei Buchstaben, die sich zu einer römischen Zahl fügten: *II*. Und links davon befand sich ein einzelnes Wort. *Finde.*

Finde Tobias Hawthorne II.

Exklusives Bonuskapitel

EPILOG II

Eine Sache wusste Jameson Winchester Hawthorne ganz sicher: Das Spiel war noch nicht vorbei. Natürlich nicht. Bei den Rätseln des alten Herren handelte es sich stets um mehrköpfige Ungeheuer. *Warum zwei Fliegen mit einer Klappe schlagen*, hatte er immer gesagt, *wenn man auch ein Dutzend erwischen kann.*

Jameson machte einen Schritt auf Avery zu. »Erzähl mir alles, Erbin.«

Wie sich herausstellte, war *alles* nicht besonders viel, doch einfach jedes Wort, das aus Averys Mund kam, fesselte ihn.

Warum sie? Das war die Frage, seit dem Moment, da er Avery Kylie Grambs zum ersten Mal gesehen hatte. Sobald das Testament verlesen worden war, sobald ihm klar geworden war, was der alte Herr getan hatte, war es die einzige Frage gewesen, die für ihn von Bedeutung war.

Bis sie beide die Frage beantwortet hatten.

Doch nun gab es ein anderes Geheimnis, eines in dessen Zentrum Avery stand, und Jameson wurde das Gefühl nicht los, dass Mystery-Girl mehr war als sie schien – dass dieses Rätsel, dieses Mädchen tiefere Schichten barg.

Während sie sprach, ruhte Jamesons Blick auf ihren Lippen. Er versuchte, alles in sich aufzunehmen, was sie über seinen »toten« Onkel sagte, versuchte, Avery Kylie Grambs als das zu sehen, was sie in den Augen seines Großvaters gewesen sein musste.

Warum zwei Fliegen mit einer Klappe schlagen, wenn man auch ein Dutzend erwischen kann?

Stunden später überschlugen sich Jameson Gedanken immer noch, dröhnte immer noch sein Kopf, als er um die Ecke bog … und in seinen Bruder hineinrannte.

Grayson richtete sich auf. Seine Augen verengten sich eine Spur, und Jameson bereitete sich auf einen Schlagabtausch vor – verbal wie körperlich. Doch alles, was Grayson sagte, als er mit der Hand das Revers seines Jacketts glattstrich, war: »Geht es dir gut?«

Nun war es an Jameson, die Augen zusammenzukneifen. »Ging mir nie besser.«

Grayson suchte seinen Blick. »Ich habe die Frage ernst gemeint, Jamie.« Grays Stimme war nun sanfter, tiefer. »Geht es dir gut?«

Es war lange her, dass Gray ihn so etwas gefragt hatte – und noch viel länger her, dass Jameson darauf hatte antworten wollen.

»Es hilft.« Jameson spürte, wie sich ihm der Hals zuschnürte. »Dass du es weißt.« Er nannte Emilys Namen nicht.

Er wollte und würde es nicht tun.

»Ich weiß«, bestätigte Grayson. »Und ich mache dir keinen Vorwurf, Jamie.«

Jameson wollte niemandes Absolution. Er verdrehte theatralisch die Augen und schnaubte. »Würdest du natürlich nie, Anzugjunge.«

»Was genau soll das heißen?«

»Ich mache mich bestimmt nicht lustig über dich«, erwiderte Jameson ernsthaft. »Das würde ich nicht wagen.«

»Du bist ein Kindskopf«, sagte Grayson.

Unter anderen Umständen hätte Jameson sich für diese Beleidigung revanchiert, doch dieses Mal war es schlicht ehrlich, was ihm über die

Lippen kam. »Ich bin das, wozu der alte Herr mich gemacht hat«, erwiderte er ruhig, »genau wie du.«

Grayson neigte leicht den Kopf, bevor er den Blick wieder zu Jameson hob. »Was glaubst du, würde der alte Herr wohl sagen, wenn er uns jetzt sehen könnte?«

Jameson schloss die Tür hinter sich und sperrte ab. »Was würde der alte Herr wohl sagen«, murmelte er leise, »wenn er uns jetzt sehen könnte?«

Ohne selbst so recht zu merken, wohin er ging, steuerte Jameson seinen Schreibtisch an. Er öffnete die mittlere Schublade und entriegelte ein Geheimfach an der Rückwand. Aus dem Fach zog er ein Messer hervor. Der Griff war so lang wie seine Hand breit. Er schloss die Finger um das Heft und starrte die Klinge so lange an, bis die Gedanken in seinem Kopf zur Ruhe kamen und er sich in einer Erinnerung verlor.

Ein Angelhaken. Ein Preisschild. Eine gläserne Ballerina. Ein Messer.

Einen nach dem anderen legte Tobias Hawthorne die Gegenstände auf dem Tisch vor sich aus. Jameson beäugte das Messer. Er konnte spüren, dass Grayson neben ihm das Gleiche tat.

»Wie alt seid ihr Jungs jetzt?«, fragte der alte Herr – eine rhetorische Frage, die Tobias Hawthorne sich selbst beantwortete, während er nacheinander jeden seiner Enkelsöhne betrachtete, angefangen mit Xander. »Zwölf.« Sein Blick schweifte zu Jameson. »Vierzehn.« Grayson. »Fünfzehn.« Nash blinzelte nicht mal, als der Blick des alten Herrn auf ihm landete. »Einundzwanzig.«

Jamesons Hand kroch langsam auf das Messer zu. Grayson umfing das Handgelenk seines Bruders. »Nicht so schnell, Jamie.«

»Hätte ich auf *schnell* abgezielt«, gab Jameson zurück, »hätte ich das Messer schon in der Hand.«

»Falls du auf *heimlich* abgezielt hast«, warf Xander fröhlich ein, »bist du echt mies.«

»Jameson ist doch nicht mies.« Nash gab sich Mühe, ernst zu klingen, versagte aber. »Bin mir sicher, das war bloß ein Musterbeispiel dafür, es zu verkacken.«

»Genug«, sagte Tobias Hawthorne bestimmt, aber auch er lächelte. »Grayson, lass deinen Bruder los. Jameson, behalt deine Hände bei dir. Ihr kennt alle die Regel: Solange ihr nicht den Zweck eines Gegenstandes ermittelt habt – Finger weg.«

»Können wir dann endlich loslegen?«, fragte Nash und handelte sich damit einen strengen Blick ihres Großvaters ein. Die Spiele verliefen nach dem Plan des alten Herrn, und niemandes sonst.

»Denkt dran«, verkündete Tobias Hawthorne, »um das große Ganze zu sehen, ist es manchmal vonnöten, drei Schritte zurückzutreten.«

Jameson forschte nach einer doppelten Bedeutung in der Aussage. In den Rätseln ihres Großvaters hatte alles etwas zu bedeuten. *Alles.*

»Eure Aufgabe am heutigen Morgen«, fuhr der alte Herr fort, »ist folgende: Sagt mir, was echt ist.«

Jameson wartete. Sie alle vier warteten. Doch der alte Herr hatte nichts weiter zu sagen. Er zog einen Briefumschlag aus seiner Gesäßtasche, ließ ihn auf den Boden fallen und spazierte aus der Tür.

Jameson hechtete zum Briefumschlag – genau wie seine drei Brüder. Es folgte ein kurzes Gerangel, bis Nash Jameson von Xander runterzog und Gray einen mahnenden Blick zuwarf.

»Na los, Xan«, sagte Nash gedehnt. »Lies vor.«

Mit einem triumphierenden Grinsen rappelte Xander sich auf und zog einen einzelnen Bogen Papier aus dem Umschlag. Jameson schob sich neben ihn, um besser zu sehen, und erblickte das Wort NOTIZEN, das in Großbuchstaben oben in der Mitte der Seite vermerkt war.

»*Gebt bloß acht*«, las Xander laut die Botschaft vor, die darunter geschrieben stand, »*Cojoten fressen Clowns.*«

»Gebt bloß acht, Cojoten fressen Clowns.« Jameson hatte die Worte im Geiste mindestens schon ein Dutzend Mal wiederholt. Nash hatte sich bereits verdünnisiert. Xander hielt die Nachricht an eine Glühbirne, um zu sehen, ob die Hitze so einen Extra-Hinweis enthüllen würde. Grayson blickte konzentriert zum Fenster hinaus.

»Gebt bloß acht, Cojoten fressen Clowns«, wiederholte Jameson.

»Musst du unbedingt laut denken?«, fragte Grayson genervt.

»Jameson feixte. »Ich muss.« Doch seinen nächsten Gedanken sprach er nicht laut aus. *Es muss einen Grund geben, dass der alte Herr »Cojote« statt des korrekten »Kojote« verwendet hatte.* Jedem Hawthorne wurde beigebracht, sich immer klar und korrekt auszudrücken. Man erwartete von ihnen »ordentlich« zu schreiben und zu sprechen – nur Nash schien eine besondere Freude daran zu haben, diese Erwartung zu unterlaufen.

»Gebt bloß acht, Cojoten fressen Clowns.« Jameson schloss die Augen. Kurz erwog er, ob das »acht« in Wirklichkeit auf das Zahlwort verwies, aber das schien ins Leere zu laufen. Wieder landete er beim Wort »Cojote«. Hätte sein Großvater wenigstens »Coyote« geschrieben, wäre es stimmig gewesen, so aber hatte er nur den Anfangsbuchstaben vertauscht …

Und das war der Moment, in dem Jameson es sah: die ersten Buchstaben dieser Worte. *G, B, A, C, F, C.* Er ging auf die Tür des Arbeitszimmers zu, bevor er die Reihe überhaupt fertiggedacht hatte. *G, B, A, C, F, C.*

Und der Titel über dem Ganzen lautete **NOTIZEN**.

Jameson flitzte durch die gewundenen Geheimgänge – es war besser, dafür zu sorgen, dass niemand ihm folgte. Als er den Musiksaal erreichte, kam er schlitternd zum Stehen.

Nash saß bereits am Flügel.

Zu langsam, schalt Jameson sich selbst. *Ich hätte nicht den Umweg neh-*

men sollen. Einen Moment darauf tauchte Grayson neben Jameson auf. Er musste den ersten Hinweis ebenfalls entschlüsselt haben, was bedeutete, dass der Weg durch die Geheimgänge wirklich eine Fehlkalkulation gewesen war.

»Weg da«, sagte Grayson zu Jameson.

»Nie im Leben.« Jameson blieb, wo er war, und gemeinsam sahen sie zu, wie Nash die Abfolge von sechs Noten spielte. *G, B, A, C, F, C.*

Ein Geheimfach am Flügel öffnete sich. Nash versuchte, hineinzugreifen, aber schnell war klar, dass seine Hand zu groß dafür war.

Jameson wandte sich zu Grayson. »Der Angelhaken«, raunte er. »Ich geh ihn holen. Du lenkst ihn ab.«

Und einfach so war ihre Übereinkunft geschlossen.

Nash war älter. Er hatte die Spiele ihres Großvaters schon viel länger gespielt. Aber jetzt hieß es zwei gegen einen.

Als Jameson mit dem Angelhaken in seiner Handfläche zum Musiksaal zurückkehrte, waren seine Brüder nirgends zu sehen. Jameson wusste instinktiv, dass Grayson gewartet hatte, bis Nash ein gutes Stück entfernt war, bevor er sein Manöver startete. Genau das hätte Jameson nämlich getan, wenn er Nash Grayson hätte vom Leib halten sollen.

Als er zum Flügel hinüberging, bemerkte Jameson, dass das Geheimfach wieder verschlossen worden war. Jameson spielte die Notenfolge, entriegelte das Fach und benutzte dann den Angelhaken, um zwei silberne Anhänger herauszufischen, die wohl zu einem Bettelarmband gehörten. Bei beiden handelte es sich um jeweils einen Buchstaben.

»*Q*.« Jameson sah erst den einen an, dann den anderen. »Und *R*.«

Wie aufs Stichwort erhielt er eine SMS von Grayson. *Nash ist auf dem Rückweg. Treffen uns du weißt schon wo. Falls du mich hintergehst, wirst du es bereuen.*

Jameson grinste. Es war jetzt nicht die Zeit um seinen Bruder zu hintergehen. Noch nicht. Und Grayson wusste das.

»Die Buchstaben könnten für etwas stehen«, sagte Grayson, als er die Anhänger in seinen Händen drehte. Sie hatten sich an ihrem üblichen Ort getroffen – auf dem Dach. Es gab da einen flachen Abschnitt, anderthalb Meter lang, anderthalb Meter breit, der durch die schrägen Giebel und Gauben von Hawthorne House vor allen Blicken verborgen war. Nur Grayson, Jameson und Xander kamen je hierher.

Nash wusste nicht einmal, dass der Ort existierte.

»Q«, wiederholte Jameson, fest entschlossen, den Sinn des Hinweises zu entschlüsseln. »Und R. R und Q. Rechteck und Quadrat?«

Grayson schüttelte den Kopf. »Das hat er schon mal benutzt.« Der alte Herr verwendete nie denselben Hinweis zweimal. »R ist der achtzehnte Buchstabe des Alphabets«, übernahm Grayson. »Q der siebzehnte. Sie sind nur eine Stelle voneinander entfernt.«

Jameson brütete darüber und dachte daran, wie sie das Rätsel präsentiert bekommen hatten. »*Sagt mir, was echt ist*«, wiederholte er die Anweisung ihres Großvaters.

Grayson hatte die Angewohnheit stillzustehen, wenn er in Gedanken war, doch Jameson schritt auf und ab, selbst wenn es nicht viel Platz dafür gab.

»Was sagte er noch mal, woran sollen wir denken?« Jameson kannte die Antwort auf die Frage, aber Grayson lieferte sie dennoch.

»*Um das große Ganze zu sehen, ist es manchmal vonnöten, drei Schritte zurückzutreten.*«

Das probierte Jameson, indem er buchstäblich drei Schritte zurücktrat … Er stolperte über etwas – besser gesagt, über *jemanden*, der gerade durch die Falltür geklettert kam.

»Scone gefällig?«, bot Xander an und hielt einen Teller hoch.

Aus dem Augenwinkel sah Jameson, wie Grayson schnell die Finger zur Faust ballte, um die Anhänger zu verbergen.

»Wie kannst du in so einem Moment überhaupt ans Essen denken?«, wollte Jameson von Xander wissen.

»Ich muss nicht ans Essen denken, um Scones zu essen«, erwiderte Xander. »Ich bin sozusagen ein Scone-mampfendes Wunderkind. Darf ich mal sehen, was das da in deiner Hand ist, Gray?«

Grayson Blick kreuzte Jamesons, und nach einem kurzen Moment nickte Jameson. Xander gewann die Samstagmorgen-Challenges so gut wie nie. Jameson war sich nicht mal wirklich sicher, ob er es je versuchte. Trotzdem kam ihr kleinster Bruder, was die schiere Hirnleistung betraf, wahrscheinlich am ehesten an die des alten Herrn heran.

»R.« Xander inspizierte einen Anhänger, dann den anderen. »Q.« Er grinste. »Clever.«

Jameson kniff die Augen zusammen, und kaum, dass Xander es bemerkte, wurde sein Grinsen gleich zehnmal so breit. »Wartet mal, ihr beide seid noch nicht daraufgekommen? Im Ernst?«

»Im Ernst«, bestätigte Grayson, ohne die Miene zu verziehen. »Jetzt reich mir einen Scone rüber und sprich.«

Xander warf einen Scone in Graysons Richtung, bevor er triumphierend die Faust in die Luft stieß. »Jetzt schau uns einer an!«, sagte er. »Einfach nur drei Brüder, die gemeinsam auf dem Dach abhängen, Scones essen und sich in meiner Großartigkeit sonnen.«

»Sprich«, sagte jetzt auch Jameson.

Xander gehorchte. »QR«, wiederholte er, wobei er vielsagend mit den Augenbrauen wackelte. »Ich geb euch mal einen Tipp: Denkt an das Preisschild.«

Ohne eine Antwort abzuwarten, ließ Xander den Teller mit den Scones fallen und verschwand wieder durch die Falltür – Jameson und Grayson jagten ihm hinterher.

Vor dem Arbeitszimmer ihres Großvaters holten sie Xander ein. Als sie es betraten, steuerte der jüngste Hawthorne direkt den Tisch und die drei darauf verbliebenen Gegenstände an.

Ein Preisschild. Eine gläserne Ballerina. Ein Messer.

»QR«, verkündete Xander fröhlich. »Wie in QR-Code. Na los! Huldigt mir, ihr Niederen unter den Sterblichen.«

»QR-Code?« Jameson schaute zu Grayson, der bloß mit den Schultern zuckte.

»Das war ursprünglich ein Kürzel für *quick response*«, ratterte Xander drauflos. »Das ist eine Art Matrix-Barcode, der …«

»Ein Barcode.« Jameson stellte sich hinter Xander. »Wie die auf den Preisschildern?«

»Nicht auf allen Preisschildern. Aber auf diesem schon.« Xander grinste erneut. »Gray, wir werden einen Scanner benötigen.«

Einen App-Download später scannte Xander triumphierend den QR-Code ein, der sie auf eine Webseite weiterleitete, die offenbar das Werk ihres Großvaters war. Zig Zahlen bedeckten das gesamte Display, und die Seite scrollte automatisch herunter – immer weiter und weiter.

Xander blinzelte. »Ich glaube, wir werden einen größeren Bildschirm brauchen.«

Nachdem sie in Xanders Zimmer gegangen waren und die Seite mit dem Laptop aufgerufen hatten, den der jüngste Hawthorne sich im vergangenen Sommer komplett allein zusammengebastelt hatte, mussten die drei Brüder nur noch drei Schritte zurücktreten.

Wenn man aufhörte, die Zahlen als Zahlen zu betrachten, wenn man das große Ganze sah, trat ein Bild daraus hervor. *Ein Messer.*

Als die Seite weiter nach unten scrollte, veränderte sich das Bild – der Griff des Messers klappte auf.

Jetzt hieß es nur noch, jeder für sich. Jameson war nicht der schnellste Hawthorne – aber er war derjenige, der sich am wenigsten davor scheute, unfair zu spielen. Während sie zum Arbeitszimmer zurückrannten, stellte er Grayson ein Bein und verpasste Xander einen Stoß, sodass die beiden der Länge nach hinfielen. Einer von beiden griff noch nach seinem Knöchel, aber Jameson sprang über die Hand hinweg und schaffte es als Erster zum Schreibtisch ihres Großvaters.

Er schnappte sich das Messer vom Tisch. Als er die Finger über das Heft gleiten ließ, stieß er auf einen winzigen Riegel, und als er daraufdrückte, ploppte die obere Hälfte des Hefts auf. Zusammengerollt im Inneren befand sich ein kleiner Papierstreifen, so einer, wie man ihn auch in Glückskeksen findet.

»Gib das her«, befahl Grayson mit stählerner Stimme. Er wusste genauso wie Jameson: Das Ende des Spiels nahte. Sie waren kein Team mehr.

Einander auszustechen, war Teil des Ganzen.

Jameson ließ das Messer auf den Tisch fallen. Während er mit der einen Hand Grayson und Xander abwehrte, versuchte er mit der anderen, das Papierchen auseinanderzufalten. Xander schnappte es sich, bevor Grayson es ihm gleich wieder abnahm, bevor Jameson es wieder an sich brachte, und dieses Mal schaffte er es, den Zettel zu lesen.

Nur zwei Worte standen da, in Großbuchstaben. Die Botschaft lautete: *ZERBRECHE MICH*.

Jameson zögerte nicht. Drei der vier Gegenstände in diesem Spiel hatten sie bereits verwendet: den Angelhaken, das Preisschild, das Messer. Das Einzige, was jetzt noch übrigblieb, war die Ballerina. Jameson packte sie. Sie war so klein, dass sie in seine Hand passte. *Grazil. Wunderschön*. Er schleuderte sie mit voller Wucht gegen die Wand.

Sie zerbarst.

Die Splitter schossen in alle Richtungen. Die Zeit schien sich zu verlangsamen, und Jameson dachte an den Anfang des Spiels zurück. *Sagt mir, was echt ist*.

Dort, auf dem Boden, zwischen den Scherben, lag etwas, das aussah wie ein Diamant. Jameson ließ sich zu Boden fallen und griff danach; er merkte kaum, wie die Scherben drumherum in seine Hand schnitten.

Grayson kniete sich vorsichtiger neben ihm hin und zog einen zweiten Diamanten aus den Überresten der gläsernen Ballerina hervor. Xander fand einen dritten. Vorsichtig siebten sie die verstreuten Scherben auf der Suche nach einem vierten durch, aber das war's.

»Drei Diamanten«, sagte Jameson laut. Er sah abwechselnd seine Brüder an. »Welcher davon ist echt?«

Jameson und Grayson verbrachten den Nachmittag damit, Webseiten zu durchforsten, um herauszufinden, welche Utensilien erforderlich waren – und was sie tun mussten —, um einen echten von einem falschen Diamanten zu unterscheiden. Xander schweifte ab. Und bekam Hunger. Er hatte den Kitzel der Jagd schon immer lieber gemocht, als den eigentlichen Sieg für sich zu entscheiden.

Als der alte Herr sie kurz vor Sonnenuntergang wieder in sein Arbeitszimmer zitierte, hatte Jameson dementsprechend zwei der drei Diamanten in seinem Besitz. Beide, so hatte er festgestellt, waren falsch.

»Nun denn«, sagte Tobias Hawthorne mit einem Funkeln in den Augen, »sagt mir, was echt ist, Jungs.«

Jameson unterdrückte den Drang, Grayson einen finsteren Blick zuzuwerfen. Er hasste es, zu verlieren – erst recht, wenn der Sieg reine Glückssache war. »Die sind beide nicht echt«, erklärte er und legte die falschen Steine auf dem Tisch ab. Dann wartete er darauf, dass Grayson sich mit seinem Fund brüstete.

Stattdessen legte Gray seinen Diamanten ebenfalls auf den Tisch. »Auch nicht echt.«

Die Augen des alten Herrn glitzerten jetzt richtig. »Na, dann sagt mir, ihr beiden: Was ist echt?«

Ausnahmsweise war Jameson um eine Antwort verlegen. Er blieb still. Genau wie Grayson. Xander schien vollauf damit beschäftigt, eine Standuhr in der Ecke zu zerlegen.

Da warf Nash einen Lederbeutel auf den Tisch. »Das hier …«, sagte er, wobei er die Worte extra in die Länge dehnte, »… ist ein echter Haufen Glas.«

Jameson starrte den Beutel an, dann schaute er zu der Wand, an der er die gläserne Ballerina zerschmettert hatte.

Die Scherben lagen nicht mehr da.

»So gesehen«, sagte Grayson schließlich, »war mein Stein aber auch echt … er war nur kein echter Diamant.«

Der alte Herr schnaubte. »Zu wenig, zu spät«, erwiderte er. »Das gilt für euch beide.« Er richtete den Blick auf Jameson, der es noch mehr hasste, den alten Herrn zu enttäuschen, als er es hasste zu verlieren.

»In diesem Leben gilt«, begann der alte Herr, seine Augen immer noch auf Jameson gerichtet. »Um zu sein, was ich bin, um zu tun, was ich tat, um all das zu haben, was wir haben …«, Tobias Hawthorne schloss die Augen, »… müssen Opfer erbracht werden. Dinge gehen zu Bruch.«

»Was für Dinge?«, fragte Xander und bewies, dass er nicht ganz so abgelenkt gewesen war, wie es den Anschein erweckt hatte.

»Alle Arten von Dingen«, antworte der alte Herr ruhig. Seine Lider öffnete sich. »Gut gemacht, Nash. Was den Rest von euch angeht, hört gut zu: Vergesst niemals die zerbrochenen Dinge, diejenigen, die ihr hinterlasst. Beseitigt die Scherben, denn wenn ihr es nicht tut …«, die Muskeln am Hals ihres Großvaters verspannten sich sichtbar, »… kommen Menschen zu Schaden.«

Zurück in der Gegenwart ließ Jameson das Geheimfach am Messer aufklappen. Er wusste nicht, warum er es damals nach jenem Spiel aufbewahrt hatte. Er wusste nicht, was er erwartet hatte, darin vorzufinden. Das Fach war so leer wie seit Jahren.

Nachdem er sich an seinen Schreibtisch gesetzt hatte, nahm Jameson einen Zettel aus der Schublade. Er dachte an das Testament seines Großvaters. An Avery Kylie Grambs. An Toby Hawthorne, der angeblich im Alter von neunzehn Jahren in einem Feuer umgekommen war.

Den Füllfederhalter in der linken Hand schrieb Jameson die Worte nieder, die sein Großvater damals gesprochen hatte. *Vergesst niemals die zerbrochenen Dinge, diejenigen, die ihr hinterlasst.*

»Beseitigt die Scherben«, murmelte er. Seine Gedanken überschlugen sich, sein Gehirn ging alles durch, was Avery ihm erzählt hatte.

Game on.

DANKSAGUNG

Dieses Buch zu schreiben war sowohl Herausforderung als auch Freude, und ich bin den unglaublichen Teams (Plural!), die mich bei jedem Schritt dieses Prozesses unterstützt haben, so dankbar. Ich habe mit zwei fantastischen Lektorinnen an diesem Projekt gearbeitet. Kieran Viola bin ich wirklich dankbar dafür, erkannt zu haben, dass es *dieses* Buch war, das ich unbedingt als Nächstes schreiben musste, und dafür, mir dabei geholfen zu haben, Avery, die Hawthorne-Brüder und ihre Welt zum Leben zu erwecken. Lisa Yoskowitz begleitete das Buch daraufhin bis zu seiner Veröffentlichung, und ihre Leidenschaft und ihr Weitblick für dieses Projekt, gepaart mit ihrem Vertriebsgespür und ihrem Liebreiz, haben diesen Prozess zu einem Traum gemacht. Es wäre für jeden Autor eine Freude, mit einer dieser Lektorinnen zusammenarbeiten zu dürfen; ich kann mich unglaublich glücklich schätzen, die Ehre mit beiden gehabt zu haben!

Ein riesiges Dankeschön geht an das gesamte Team bei Little, Brown Books for Young Readers, vor allem an Janelle DeLuise, Jackie Engel, Marisa Finkelstein, Shawn Foster, Bill Grace, Savannah Kennelly, Hannah Koerner, Christie Michel, Hannah Milton, Emilie Polster, Victoria Stapleton und Megan Tingley. Ein besonderer Dank geht an meinen Presseagenten, Alex Kelleher-Nagorski, dessen Enthusiasmus für dieses Projekt mir mehr als einmal den Tag gerettet hat; an Michelle Campbell für ihre unglaubliche Reichweite bei Bibliothekarinnen und Lehrerinnen; und an Karina Granda für ihre Arbeit an dem schönsten Cover, das ich je gesehen habe! Voller Bewunderung und zu Dank verpflichtet bin ich zudem dem Künstler Katt Phatt, welcher die unglaubliche Illustration für das Cover schuf. Danke schön an Anthea Townsend, Phoebe Williams und das gesamte Team bei Penguin Random House UK für ihre Leidenschaft und ihre Arbeit an diesem Projekt sowie dem Team bei Disney – Hyperion, die das Potenzial in diesem Buch schon sahen, als es bloß ein vierseitiges Exposé war.

Elisabeth Harding ist meine Agentin, seit ich am College war, und ich könnte mir keine klügere, unglaublichere Vertreterin wünschen! An mein gesamtes Team bei Curtis Brown – danke, danke, danke. Holly Frederick hat die Filmrechte für dieses Buch vertreten. Sarah Perillo leistete unglaubliche Arbeit bei den Auslandslizenzen (und das inmitten der Pandemie!). Danke auch an Nicole Eisenbraun, Sarah Gerton, Maddie Tavis und Jazmia Young. Ich schätze euch alle so sehr!

Unermesslich dankbar bin ich Familie und Freunden, die mir beim Schreiben dieses Projekts beistanden. Rachel Vincent saß mir regelmäßig einmal die Woche im *Panera* gegenüber, sagte mir, dass ich das schaffen könne, war immer für ein Brainstorming zu haben und brachte mich zum Lächeln, auch wenn ich so gestresst war, dass ich am liebsten heulen wollte. Ally Carter ist eine stete Begleiterin durch die Höhen und Tiefen des Büchermachens. Meine Kollegen und Studenten an der University of Oklahoma waren mir auf vielerlei Art und Weise eine Stütze. Danke schön an euch alle!

Und schließlich danke an meine Eltern und meinen Ehemann für ihre endlose Unterstützung und an meine Kinder, dafür, dass sie mich haben ausreichend schlafen lassen, um dieses Buch zu schreiben.

JENNIFER LYNN BARNES landete mit ihrer »The Inheritance Games«-Reihe einen internationalen Sensationserfolg und erklomm mit ihren Büchern die New-York-Times-Bestsellerliste ebenso wie die SPIEGEL-Bestsellerliste. Sie studierte Psychologie und Kognitionswissenschaften an der Yale University und arbeitete als Professorin für Psychologie und Kreatives Schreiben, bevor sie sich ausschließlich ihrem eigenen Schreiben widmete.

Von Jennifer L. Barnes sind bei cbj erschienen:

The Inheritance Games (Band 1; 31432)
The Inheritance Games – Das Spiel geht weiter (Band 2; 31433)
The Inheritance Games – Der letzte Schachzug (Band 3; 31538
The Brothers Hawthorne (Band 4; 31604)
Games Untold (Stories, Band 5; 31720)
The Grandest Game (Spin-off, Band 1; 31608)
Cold Case Academy – Ein mörderisches Spiel (Band 1; 31574)
Cold Case Academy – Ein tödliches Rätsel(Band 2; 31575)
Cold Case Academy – Eine riskante Entscheidung (Band 3; 31587)
Cold Case Academy – Eine gefährliche Enthüllung (Band 4; 31588)
Little White Lies (Band 1; 31689)

Mehr zu unseren Büchern auch auf Instagram

Jennifer Lynn Barnes

The Grandest Game – Ein Inheritance-Games-Roman

384 Seiten, ISBN 978-3-570-31608-5

Nachdem Avery Grambs das milliardenschwere Erbe der Familie Hawthorne angetreten hat, ruft sie einen jährlichen Wettbewerb der besonderen Art auf. Jeder der geladenen sieben Teilnehmer soll die Chance bekommen, Millionen zu gewinnen. Abgeschieden auf einer Privatinsel der Hawthornes stellen sie sich dem exklusiven Wettbewerb. Doch die Geheimnisse, die dabei ans Licht kommen, erschüttern nicht nur das Leben der Mitspieler, sondern auch das der Hawthorne-Brüder und Averys ...

30510

www.cbj-verlag.de

Jennifer Lynn Barnes
The Brothers Hawthorne

480 Seiten, ISBN 978-3-570-31604-7

Das atemberaubende Inheritance Games-Abenteuer geht weiter

Grayson Hawthorne wuchs als Kronprinz einer milliardenschweren Familie heran, doch der Patriarch ist verstorben, die Familie enterbt, das Vermögen dahin. Und so hat er es sich zur Aufgabe gemacht, jeden Schaden von Avery, der Erbin, fernzuhalten. Doch Ermittlungen zum Tod seines Vaters bringen sie allerdings in höchste Gefahr.
James Hawthorne ist abenteuerlustig und eine echte Spielernatur. Als sich plötzlich sein verschollener Vater bei ihm meldet und einen riskanten Gefallen erbittet, kann Jameson nicht widerstehen. Beide Hawthornes werden vor schier unlösbare Aufgaben gestellt, doch ihre Brüder und Avery stehen ihnen zur Seite.

30477

www.cbj-verlag.de

Jennifer Lynn Barnes

Cold Case Academy

Eine jugendliche Profilerin, ein hochbegabtes Team und ein mörderisches Familiengeheimnis – Die atemberaubende Thriller-Serie der Bestsellerautorin der »The Inheritance Games«-Reihe.

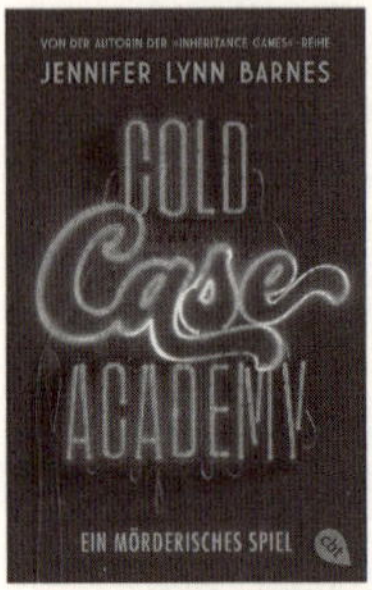

Ein mörderisches Spiel
Band 1, 272 Seiten,
ISBN 978-3-570-31574-3

Ein tödliches Rätsel
Band 2, 336 Seiten,
ISBN 978-3-570-31575-0

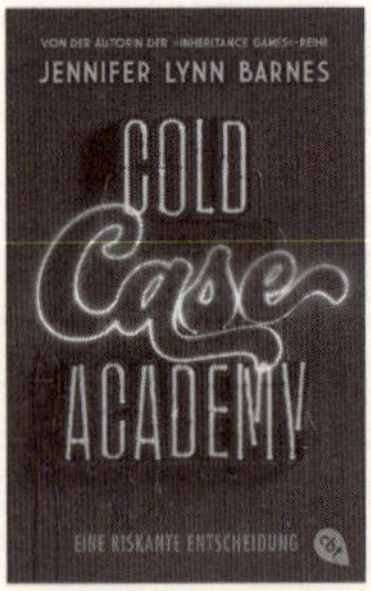

Eine riskante Entscheidung
Band 3, 320 Seiten,
ISBN 978-3-570-31587-3

Eine gefährliche Enthüllung
Band 4, 320 Seiten,
ISBN 978-3-570-31588-0

30478_4

www.cbj-verlag.de

»Dir hat er das Vermögen
hinterlassen, Avery.
Alles, was er uns
hinterlassen hat, bist du.«